TUDO QUE UM GEEK DEVE SABER

Maria Eduarda Barros
2015

TUDO QUE UM GEEK DEVE SABER

ETHAN GILSDORF

Tradução:
Ivar Panazzolo Júnior

Novas Ideias

1ª Impressão — 2015

Produção editorial:
Equipe Novo Conceito
Impressão e Acabamento Intergraf 121214

Este livro segue as regras da Nova Ortografia da Língua Portuguesa.

Dados Internacionais de Catalogação na Publicação (CIP)
(Câmara Brasileira do Livro, SP, Brasil)

Gilsdorf, Ethan

Tudo que um geek deve saber / Ethan Gilsdorf ; tradução Ivar Panazzolo Júnior. -- Ribeirão Preto, SP : Novo Conceito Editora, 2015.

Título original: Fantasy freaks and gaming geeks
ISBN 978-85-8163-553-8

1. Internet - Aspectos sociais 2. Jogos de fantasia - Aspectos sociais 3. Jogos de internet - Aspectos sociais 4. Realidade virtual - Aspectos sociais 5. Redes sociais online I. Título.

14-12740 CDD-794.81

Índices para catálogo sistemático:
1. Jogos eletrônicos e realidade virtual 794.81

Novas Ideias

Rua Dr. Hugo Fortes, 1.885 — Parque Industrial Lagoinha
14095-260 — Ribeirão Preto — SP
www.grupoeditorialnovoconceito.com.br

Para Sara Lynn Gilsdorf (1940–1997),
que não conseguiu escapar

Ilustração: cortesia do autor

SUMÁRIO

Não tenho certeza de que a tendência a tratar tudo isso como se fosse uma espécie muito ampla de jogo seja algo bom. Certamente não é assim para mim, que acho esse tipo de coisa atraente demais.

— J. R. R. Tolkien, comentando sobre os pedidos dos seus leitores para que fornecesse mais informações sobre o universo e a ambientação de *O Senhor dos Anéis*

(6 de março de 1955)

Dungeons & Dragons *é um jogo no qual a narrativa épica e contínua é a parte mais importante. Ela se torna uma entidade na qual alguns dos personagens, pelo menos, parecem ser capazes de sobreviver por um tempo indefinido, e os personagens que existem por um período mais curto são ligados uns aos outros por relações familiares ou por objetivos em comum. Esses personagens precisam suportar suas frustrações, os obstáculos e as tragédias, porque almejam e têm uma chance razoável de conseguir encontrar aventura, desafios, riqueza, glória e muito mais. Se os personagens não são da mesma estirpe de Conan, eles sabem que, na realidade, estão escrevendo suas próprias aventuras e criando suas próprias lendas, e não meramente revivendo aquelas criadas por outra pessoa. Ainda assim, como o personagem do jogo tem toda essa importância, ele ou ela deve sempre — ou quase sempre — ter uma oportunidade, não importa quão pequena seja, de escapar daquilo que de outra maneira seria a destruição inevitável. Muitos não serão capazes de fazer isso, mas as aventuras daqueles que conseguem são o alicerce sobre o qual o jogo é criado.*

— Advanced Dungeons & Dragons Dungeon Masters Guide (1979)

Prólogo

A Momster[1]

— Ethan! Eeeeeeethan!

Eu ouço o chamado assustador. Aquele urro. Sua urgência, ecoando por entre o papel de parede que começa a descolar, o fogão a lenha, as tábuas empenadas do piso da cozinha. O que ele quer desta vez?

— Eeeeethan???

Em seguida, uma porta bate com força. Ele escapou. Arrasta-se para fora do seu covil. *Shhhh-thunk. Shhhh-thunk. Shhhh-thunk.* A perna direita, depois a esquerda. Sempre aquele barulho *thunk* quando a perna esquerda toca o chão. Sei que ele está vindo, e não estou preparado. Nunca estarei preparado.

Estamos no verão de 1979. Tenho doze anos e o meu mundo é habitado por monstros. Por um monstro. Meu irmão Adam, minha irmã Jess e eu, nós o chamamos — ou melhor, nós a chamamos — de "O Dragão da Cozinha".

---

[1] Em inglês, junção das palavras "mom" (mamãe) e "monster" (monstro). (N.E.)

Quando entramos na casa, é quase como se tivéssemos que atravessar uma pista de obstáculos. Meu truque secreto é encontrar uma maneira de subir para o andar de cima sem que ela me veja. Sem que ela perceba que estou ali. Sei que ela tem tarefas, pedidos e perguntas para mim. E vai me mandar em uma missão impossível: lavar os pratos ("Não quebre nenhum deles, ou vou suspender a sua mesada!") ou ir ao mercado, comprar mais fogo e fumaça, mais cigarros. Vai me perguntar sobre a escola, sobre a *Playboy* ou sobre boquetes. Pior: vai esperar até que algum amigo venha até aqui e vai fazer perguntas para nós dois ao mesmo tempo sobre aqueles três assuntos.

Vejo a fumaça sair pelo seu nariz enquanto ela me procura. Ela se arrasta de um lado para o outro como um figurante num filme de terror: uma bruxa velha, um corcunda, um espreitador. Alheio. Algo que está lá e, ao mesmo tempo, não está. Ela inclina a cabeça para um dos lados. Seu braço esquerdo está curvado na altura do cotovelo, imóvel, formando um ângulo reto. A mão está retorcida, curvada sobre si mesma como se fosse um gancho.

Ninguém quer enfrentar o Dragão da Cozinha, essa criatura com a qual nós ainda não nos acostumamos a conviver neste último ano. Nossa mãe.

Minha mãe tinha trinta e oito anos quando o Dragão da Cozinha tomou seu lugar. A pessoa que nos mantinha limpos, alimentados e curiosos desapareceu. Aquela que nos fazia bolo de carne, *smoothies* de iogurte e gérmen de trigo, *ratatouille*. Aquela que me ensinou a esquiar no estilo *cross-country*, a plantar abóboras, a revelar filmes fotográficos em preto e branco no escuro e a usar um bastão de beisebol para rebater bolas. Assim como nos contos de fadas, ela foi trocada por outra pessoa. Goblins maldosos roubam um bebê que foi deixado sozinho e o trocam por um impostor da sua própria espécie. O problema é que esse impostor, um *doppelgänger*, já está crescido. Minha mãe antiga desapareceu há um ano. Puf! Lá foi ela para um hospital. Os duendes a substituíram por uma nova mãe, uma duplicata com uma cicatriz feia do lado esquerdo do crânio. Agora ela saiu do hospital e está de volta em casa.

Nós a chamamos de "A *Momster*".

Sara Gilsdorf em 1974, como aparecia na foto da sua carteira de habilitação, quatro anos antes do aneurisma. Foto: cortesia do autor.

A *Momster* se confunde com o passado e o futuro. O agora está conectado a ambos, ou a nenhum deles. O que aconteceu há uma década — aquela memória feliz e alegre... digamos, a época em que eu era bebê e subi em um monte de neve, só de fralda e descalço — é muito acessível, como se tivesse acontecido ontem. Mas é impossível ter certeza sobre o passado de uma hora atrás — a necessidade de limpar o vaso sanitário ou um cigarro que precisa ser aceso, por exemplo. Ela não sabe ver as horas no relógio. Ela não sabe nem mesmo que dia da semana é. Terá sorte se souber em que ano estamos. Instruções são coisas sem qualquer sentido. O lado esquerdo — do seu corpo, da cozinha, do mundo — foi apagado do seu mapa. Seu cérebro ficou bastante prejudicado. As convulsões que ela sofre me assustam. Ela nem deveria beber; quando bebe, o álcool altera o efeito dos remédios e sua fala fica arrastada; ela cai no chão ou tem de ser tirada dos restaurantes quando está aos gritos. Apenas alguns lampejos ocasionais da minha mãe do período anterior à sua doença conseguem transparecer.

Enquanto isso, Adam, Jess e eu temos de cortar sua comida, ajudá-la a entrar no banheiro e puxar para cima a sua roupa de baixo.

INDO CONTRA TODAS AS REGRAS

Ontem à noite, a *Momster* arremessou os bolinhos amanteigados na hora do jantar. Não fez isso contra ninguém específico. Atacou a televisão. A apresentadora Julia Child foi atingida por uma bola de manteiga bem na altura do seio.

— Desgraça! — gritou minha mãe.

Não conseguimos saber se devíamos ficar horrorizados ou rir daquele episódio.

— Har, har, har — disse ela, uma risada em *staccato* que mal chegava a ser real. Uma gargalhada forçada. Decidimos que era algo cômico e rimos, arquivando essa pequena demonstração de emoção como algo engraçado, ou numa pasta com a letra “P” de “Piadas”.

Minha mãe espetou a comida. Virou o rosto para o outro lado. Depois, com um cigarro que pendia do canto direito da boca, com os cinco centímetros de cinzas que milagrosamente desafiavam todas as leis da gravidade, ela se levantou, pegou a bengala com uma das garras, girou a perna esquerda para a frente como se fosse o mastro transversal da vela principal de um navio e se afastou, com o olhar perdido, passando pela lareira, pela caixa onde a lenha ficava guardada, em direção à noite.

Shhhh-thunk. Shhhh-thunk. Shhhh-thunk.

Respirei fundo, alguém limpou a manteiga da TV e nós voltamos a prestar atenção no jantar.

Naquela noite o Dragão da Cozinha ficou acordado até mais tarde, como frequentemente acontecia, até as três ou quatro da manhã, ou ainda mais tarde — bem depois do final do *The Late Late Show*, depois dos filmes mal dublados e programas de mistério da PBS e de os padrões coloridos de teste tomarem conta da tela.

Quando ela acordou, na manhã seguinte, seu cabelo preto e oleoso estava levantado como se fosse uma plantação de milho. Era sábado. Eu estava em casa, infelizmente, mas já tentava encontrar uma rota de fuga.

— Grmmmph — disse a minha mãe, olhando para cima. — Pode me ajudar?

— Oi, Alfafa — respondi. Era uma das nossas piadas. Har har.

Minha mãe disse:

— Oi, espertinho.

— Isso é uma piada. "P" de piada.

— Eu sei — arriscou ela. Pausa. — Ah, te peguei!

Ela tirou um cigarro do bolso. Já subiu até a metade da escada, com a mão que ainda tinha força agarrada ao corrimão, e estava com o cabo da bengala enfiado no bolso traseiro da sua calça marrom de veludo sintético. O equipamento de hóquei preso à canela e ao tornozelo da perna esquerda começava a se soltar.

As tiras de velcro dos tênis que ela calçava não estavam bem presas. Ainda assim, enquanto caminhava, ela conseguiu acender o cigarro sem cair ou rolar escada abaixo, e a rotina de tosse da manhã começou — estertores profundos, negros e guturais que levavam cerca de dez minutos para atravessar todo o seu organismo. Ela olhou para mim enquanto tossia, fez uma careta e voltou a se ocupar com a tarefa de subir a escada que a levaria ao banheiro. Uma escada horrível e frágil numa casa depauperada que foi erguida no século dezenove, que meus pais compraram em 1966, o ano em que eu nasci, e que não recebia uma demão de tinta na parte interna desde que ele foi embora. Talvez por mais tempo.

Vamos lá, caia, eu me apanhei pensando.

— Cuidado, mãe! — eu disse, com a voz cheia de falsa preocupação, mal disfarçando o meu aborrecimento.

Uma longa pausa. Com ela, era sempre a longa pausa. As engrenagens girando. As fichas do arquivo Rolodex passando uma a uma: nomes, palavras, rostos.

— Ok... Adam.

— Mãe, eu sou o Ethan.

— Está bem, seu chato. — E, como uma criança que ainda está aprendendo a subir uma escada, com *Shhhh-thunks* lentos, deliberados e longos, ela continuou a ascender os degraus.

UMA ESPÉCIE DE MEIA-VIDA

Minha mãe não caiu. Não naquela ocasião. Demorou algum tempo até realmente cair. Ela não morreu. Levou algum tempo até morrer. Mas ela também não estava realmente vivendo.

Ela começou a existir em uma espécie de meia-vida após o aneurisma cerebral, ou a "hemorragia subaracnóidea do lado direito", conforme a definição que constava em seu prontuário médico. Danos no lado direito do cérebro causavam uma paralisia pronunciada no lado esquerdo do corpo, mudanças enormes no comportamento e na personalidade e também perigosos surtos de epilepsia. A antiga Sara Gilsdorf — bonita, cheia de vida e divertida — se foi. Não era mais a atleta, a artista, a cozinheira, a fotógrafa, a professora, a realizadora. A mãe divorciada de espírito livre que convidava rapazes para vir à sua casa, que lia *Os Prazeres do Sexo,* que organizava festas incríveis, batia pregos por toda parte e animava o nosso bairro em inúmeros projetos — jantares internacionais, confecção de carros alegóricos para a Bicentennial Parade, exibição de filmes no jardim da casa — nunca mais retornaria. O centro do meu mundo havia desaparecido.

A nova mãe: completamente o oposto da antiga. Matreira, frágil, dependente, deformada, antissocial, frustrada, volátil e fechada para o mundo. Como se o seu lado esquerdo, agora morto — o braço esquerdo e imóvel, e a perna esquerda, que também era quase inútil —, tivesse absorvido todo o seu lado bom. O aneurisma dela havia se tornado o nosso aneurisma. Ela se tornou o centro de algo que eu não queria de jeito nenhum.

A Família Gilsdorf após o aneurisma de Sara, diante da sua casa em New Hampshire. Da esquerda para a direita: Sara, Ethan, Jessica e Adam. Foto: cortesia do autor.

Eu logo percebi que a *Momster* não era nenhuma

donzela em perigo. Eu não podia salvá-la. E também não podia domar essa criatura. Eu queria muito que os goblins trocassem essa Nova Mãe pela Antiga, que desfizessem o feitiço que lançaram sobre ela, mas a maldição persistiu.

Quero minha mãe de volta, eu dizia a mim mesmo.

Meu desejo não foi atendido. Tive de aguentar uma mãe que eu não sabia como amar.

Claro, mesmo naquela época, eu sabia que ela não tinha culpa de nada disso. Os amigos e parentes da minha mãe concordavam que o que havia acontecido era algo trágico, devastador e uma completa falta de sorte. Um médico escreveu no prontuário dela: "♀ azarada de 38 anos". Mas nenhuma das condolências tornava fácil lembrar ou visualizar a antiga mãe, aquela que existiu em outra época, uma época mais feliz. Como dizemos hoje em dia, "antes que ela ficasse doente". Antes que a nossa infância virasse um inferno.

MUITAS COISAS QUE EU QUERIA FAZER

Até que, no verão anterior à minha entrada no oitavo ano da escola, o mesmo ano em que eu começava a entender a "nova mãe", algo maravilhoso aconteceu. Em uma tarde encoberta de junho eu conheci JP, o garoto que havia acabado de se mudar para a casa que ficava diante da nossa. JP me mostrou um truque bastante inteligente — como me afastar do meu próprio corpo, da minha mente, da minha família e viajar para lugares que eu nunca havia visto. Um escape.

— Já jogou D&D? — perguntou JP, na minha cozinha, com os olhos brilhantes e enormes por trás das lentes extragrossas dos óculos que usava. JP era um ano mais novo do que eu. Era baixinho, de aparência frágil, mas bastante animado e falava rápido. Ele estava usando uma tipoia. Havia acabado de quebrar a clavícula. De novo.

— D&D? O que é isso? Um jogo de tabuleiro?

Falando sem parar e em alta velocidade, ele explicou a premissa:

— *Dungeons & Dragons*? Não é um jogo de tabuleiro normal... não como os que você já viu. Você joga com um personagem... e tem um monte de regras. — Ele revirou a mochila e tirou uma pilha de livros. Em seguida, despejou o conteúdo de um pequeno saco sobre a mesa, cheio de objetos pequenos e coloridos. Pareciam ser pedras preciosas. — Dê uma olhada nesses dados! É assim: eu sou o Mestre do Jogo. Eu crio um cenário, uma aventura, um mundo. E eu te falo sobre ele. E você diz o que o seu personagem quer fazer.

— Personagem? Como assim? — eu perguntei. Aquele garoto era estranho.

JP suspirou.

— Bom, é mais ou menos assim. — Ele pensou por um momento. — Imagine que você está numa floresta escura. Mais adiante, na trilha, você percebe uma criatura bem feia: dois metros e dez de altura, orelhas pontudas e a boca cheia de dentes pretos apodrecidos. A criatura veste uma armadura de malha de metal bastante surrada e também um elmo. "Amigo ou inimigo?", ela resmunga. O punho da criatura aperta com mais força ao redor do mangual que ela traz consigo, e ela começa a brandir a arma. Deste jeito. — JP deu uma olhada ao redor e pegou uma frigideira que estava sobre o fogão. Ele a agitou no ar. — O que você faz?

— O que eu faço?

— É um orc. O que você quer fazer?

A minha casa velha e caindo aos pedaços se desfez à minha volta. O papel de parede que começava a se soltar, as pilhas de pratos sujos, a fumaça do cigarro, a perna manca da minha mãe. Tudo aquilo desapareceu.

— Ah... — Hesitei. Tudo bem, acho que consigo fazer isso. Mas não sei que jogo é esse. Eu nem sei o que é um mangual. Ou um orc. — Ah... eu ataco? Com a minha espada. Eu tenho uma espada?

JP rolou os dados. Apertando os olhos, ele folheou alguns livros e papéis e olhou para uma tabela.

— Certo, a sua espada curta atinge a criatura no ombro. O sangue negro jorra pelo ferimento. O monstro grita, "Arrghhh!" — JP demonstrou, jogando-se para trás, contra a parede. — Você tirou quatro pontos de vida dele.

— Legal. — Eu queria perguntar o que era um "ponto de vida", mas não tinha importância. Eu já estava encantado.

— Agora o orc vem correndo na sua direção. Ele está bem furioso. — JP arreganhou os dentes e moveu o corpo para a frente e para trás para demonstrar o efeito. — *E agora,* o que você faz? — perguntou ele, com um sorriso enorme se abrindo no rosto.

O que eu faço?

Havia muitas coisas que eu queria fazer.

Mount Dar
Roden
Lorsorak Woods
Mors River
Lizzard Lake
Eagle River
Krendil
Mondil Lake
Troll Mts.
Prendor Tower
Withered Hills
Toris
Gladen River
Wilting Woods
Lorserach Plains
Bon
Silver Lake
White Hills
Black Lake
Black Woods
Black River
Green Hills
Dragon's Breath
Silver River
Dragon's Crest
Balcar
The Dark Woods
Male Swamp
Brog Mts.
Arond Pass
Darn Forest
Dafed River
Pawn River
Brand
Bangor

Dungeons & Dragons *é um jogo imaginativo, fantástico e empolgante de interpretação de personagens para jogadores com doze anos de idade ou mais. Cada jogador cria um ou mais personagens, que podem ser anões, elfos, metadílios ou humanos guerreiros, magos, clérigos sacrossantos ou ladrões espertos. Em seguida, os personagens, se lançam em aventuras numa série de masmorras, túneis, salas secretas e cavernas controladas por outro jogador: o árbitro, frequentemente chamado de Mestre do Jogo. As masmorras estão cheias de monstros temíveis, tesouros fabulosos e perigos assustadores. À medida que os jogadores se engajam, jogo após jogo, seus personagens ganham mais poderes e habilidades: os magos aprendem mais feitiços; os ladrões aumentam sua esperteza e seus talentos; os guerreiros humanos, os metadílios, os elfos e os anões lutam com uma eficiência mais letal e são mais difíceis de matar. Logo os aventureiros vão ousar se embrenhar cada vez mais profundamente nas masmorras nos jogos, combatendo mais monstros terríveis e, é claro, recuperando tesouros cada vez maiores e mais fabulosos! O jogo é limitado apenas pela inventividade e imaginação dos jogadores...*

— Retirado da "Introdução" do manual de regras do
Dungeons & Dragons – Basic Set (1977)

EU ERA UM MAGO ADOLESCENTE

Eu tinha outros problemas além da minha mãe. Afinal de contas, sendo um adolescente no interior de New Hampshire, eu estava imerso em uma terra cheia de sombras e ansiedade — cercado de um lado por um vago pressentimento ruim, consequência de uma infância anormal e, de outro, quando terminei o ensino fundamental, pela era apocalíptica e ameaçadora do presidente Reagan e seus discursos sobre impérios malignos e o Armagedom nuclear. Além disso, a hierarquia cruel da Oyster River High School havia estratificado os meus colegas de classe em camadas tão imutáveis quanto o sistema de castas da Índia. Lá havia os atletas, os CDFs e os nerds (frequentemente os filhos e filhas de professores e profissionais liberais), os esfarrapados intocáveis (filhos de lavradores e operários) e o restante: os dispensáveis, os invisíveis, os que mal conseguiam pagar as contas de casa. Quanto a mim, eu me sentia tão poderoso quanto um hobbit de três pernas em um time de basquete.

Mas garotos que não se encaixam nos padrões precisam encontrar coisas para fazer juntos. Eu sentia muita vontade de ter o mesmo senso de camaradagem e irmandade que me era negado pela equipe esportiva, com exceção dos perigos de um vestiário cheio de testosterona. *Dungeons & Dragons* acabou se tornando esse refúgio colaborativo, uma válvula de escape e uma área de lazer. Naquele tempo, no final da década de 1970 e início da década de 1980, hobbies como a leitura de épicos de espada e magia ainda estavam à margem da cultura popular. O escapismo — ou, para ser mais exato, o escapismo fantástico — estava em sua infância, um flagelo para os evangelizadores que temiam influências satânicas, mas que, de maneira geral, era apenas um modismo de pouca importância, incompreendido e marginalizado. Apenas para geeks. Ou seja, para mim.

Quando as pessoas perguntam se eu praticava algum esporte no tempo do ensino médio, respondo que estava no time que jogava *Dungeons & Dragons*, na função de *quarterback* titular durante quatro anos seguidos[2]. Não posso falar pelos outros rapazes, mas, para mim, RPGs (Role-Playing Games, ou Jogos de Interpretação de Personagens) como o D&D eram empolgantes e me davam uma sensação de poder. E também eram um ótimo antídoto ao anonimato, à monotonia e à guerra de egos que ocorria na escola. Em vez de ir às cervejadas ou aos treinos de futebol para extravasar nossa raiva, nós tínhamos a noite do D&D. Quem precisa ser um astro do esporte quando se é capaz de lançar bolas de fogo pelas pontas dos dedos?

Eu jogava todas as semanas, e às vezes duas vezes por semana, desde o oitavo ano do ensino fundamental até o fim do ensino médio. JP, outro amigo da vizinhança chamado Mike e eu jogávamos sozinhos no início. Mais tarde, encontramos um grupo de amigos que era composto por outros gamers: Bill K., Bill S., Bill C., Dean, Eric M., Eric H. e John. Alguns de nós haviam passado

---

[2] Também fui presidente do clube audiovisual. E memorizei os quadros humorísticos do grupo Monty Python. E aprendi a programar computadores na linguagem BASIC.

por maus bocados: a mãe de Eric H. havia morrido, o pai de John sofria com um problema cerebral parecido com o da minha mãe e JP nasceu com uma doença que fazia com que seus ossos fossem frágeis e quebradiços, além de catarata e problemas no crescimento. Acho que, de certa maneira, nós sabíamos que não nos encaixávamos no resto das pessoas da nossa idade. Talvez fôssemos esquisitos. Meninas eram algo escasso entre nós, e o nosso grupo provavelmente comprovou aquele clichê de que garotos deslocados, esquisitões e nerds que usavam computadores não conseguiam lidar com a realidade. Éramos deixados a sós com os nossos equipamentos: mapas, jogos, livros de regras e refrigerantes. Não levou muito tempo até que palavras como *alabarda* e *basilisco* começassem a fazer parte do meu vocabulário diário. Como atores em um espetáculo, nós interpretávamos per-

Parte do grupo de D&D, por volta de 1984. Da esquerda para a direita, em pé: Ethan, John, Eric H., Bill S.; sentados: Bill K. e Eric M.
Foto: cortesia de Jane Kaufmann.

sonagens — humanos, elfos, anões e metadílios — que rapidamente se tornaram extensões melhores ou mais audaciosas de nós mesmos. Desejávamos ter aventuras e poder escapar da nossa realidade.

Um de nós assumia a função de Mestre do Jogo (também conhecido pela sigla DM, do original em inglês *Dungeon Master*) por algumas semanas ou meses. Os jogos realmente tinham essa duração. O DM era o diretor do espetáculo, o árbitro, o construtor de mundos, o Deus. Os mapas e complexos subterrâneos que ele preparava, cheios de monstros, enigmas e recompensas, determinavam o nosso caminho através de túneis úmidos e florestas sombrias. Nosso "eu" verdadeiro ficava sentado em uma mesa na sala de estar ou no porão, devorando provisões como tigelas de salgadinhos e pizzas de supermercado. Equipávamos nossos personagens com espadas de lâmina larga machadas da batalha, ganchos de escalada e moedas de ouro. No ambiente do jogo, esses personagens memorizavam feitiços e recolhiam tesouros e objetos mágicos como "Espadas Longas +2", "Mantos de Invisibilidade" e "Cetros de Ressurreição". E a aventura então começava. O DM propunha a cena: frequentemente nós éramos um bando de aventureiros novatos e inexperientes que se conheciam em uma taverna e ouviam rumores sobre masmorras a explorar e tesouros a conquistar. Ou sobre alguma criatura ou feiticeiro que estava aterrorizando a região e precisava ser destruído. Não demorava muito para entrarmos em algum mundo subterrâneo. Nossas sessões de D&D aconteciam mais ou menos desta forma:

JP, como o Mestre do Jogo (DM): A enorme porta de pedra bate com força por trás de vocês. CABUM! Vocês estão caminhando por uma passagem com mais ou menos trinta metros de comprimento por três de largura. Há também outro túnel, que se abre à esquerda. A luz da sua tocha é fraca. O lugar está em silêncio. Vocês sentem o cheiro de algo podre. Mais ou menos dez metros mais adiante há uma parte mais ampla, uma caverna. E vocês conseguem ver algo pequeno que se move. Uma criatura.

Ethan, como Elloron, o guerreiro humano [Ele desenha um mapa em uma folha de papel quadriculado conforme o DM descreve o espaço.]: Eu chego mais perto para poder enxergar melhor.

John, como Malicus, o meio-elfo mago: Eu também.

Bill K., como Virn, o elfo ladrão: Eu digo: "Oi!"

DM: É uma pequena criatura com a pele verde, coberta por escamas. Ela pega algumas pedras e começa a jogar contra vocês. [O DM rola alguns dados.] Algumas pedras batem no seu elmo, Malicus.

Malicus: "Ai!", eu grito, "Filhadaputa! Quem é você?"

Elloron: Eu pergunto: "Por que está jogando pedras em nós?"

DM: Ele grita em resposta, na língua goblin: "Malditos inimigos!" [O DM rosna para criar um efeito interessante, esforçando-se para imitar os sons de um goblin.]

Virn: Goblins!

DM: Ele começa a gritar para algo ou alguém que está mais adiante, e que vocês não conseguem ver. "Intrusos! Rápido! Peguem os arcos!"

Virn: Eu consigo chegar até o desgraçado rapidamente? Há um rebordo ou algo assim? Sou ladrão, então sei escalar. O que vocês acham, Malicus? Elloron?

Malicus: Vá pegá-lo, meu bom ladrão! [John se levanta da sua cadeira e se curva graciosamente.]

DM: Não há nenhum ponto de apoio. A parede é lisa. Além disso, ele percebe o que você quer fazer. Não vai causar o efeito surpresa.

Elloron: Por que você não vai pela passagem lateral? Talvez ela chegue até lá. Podemos cercá-lo.

Virn: Vou me esgueirar pela passagem sem fazer barulho.

DM: Quanto tem de destreza?

Virn: Dezessete.

DM: Ok. [Ele rola alguns dados atrás de uma tela de cartolina.] Ok, você vai até lá. Parece que ele não percebeu. Você tem uma tocha?

Virn: Dã. Sou um elfo. Tenho infravisão.

DM: Ok, ok. Enquanto isso, mais goblins aparecem na caverna e começam a preparar seus arcos.

Malicus: Quantos goblins tem ali?

DM: Mais de dez.

Virn: Virn prepara sua funda enquanto caminha pela passagem lateral. Até onde ela vai? [Às vezes os jogadores falam como seus personagens, em primeira pessoa. Outras vezes, falam na terceira pessoa.]

DM: A passagem leva até um ponto que fica atrás de onde estão os goblins.

Virn: Legal. Eu me aproximo sorrateiramente e ataco com a minha funda.

Elloron: Eu ataco com o meu arco e flecha.

DM: Rolem a iniciativa. [Todos rolam dados; o DM pergunta os números que os jogadores tiraram.] Certo, vocês atacam primeiro. Rolem um d20 [pronúncia: "dê vinte"]. Vocês dois.

Elloron: Uau! Tirei dezoito!

Virn: Rolei um quatro. Que merda.

DM: Virn, você errou. Elloron, você acertou. Role um d6 para ver o dano.

Elloron: Tirei seis! [Ele pula da cadeira.] "Ha! Tomem isso! [E agora fala com sotaque francês, parafraseando uma das falas do filme *Monty Python e o Cálice Sagrado*.]: Vocês não nos assustam, seus cães suínos goblins! Eu solto um peido na direção de vocês!"

DM: Elloron, o goblin que você atingiu grita e cai para trás, ferido. Outro goblin mira o arco e dispara uma flecha contra Malicus. [O DM rola alguns dados.] Ele o atinge no braço.

Malicus: É grave?

DM: Quatro pontos de vida. [Malicus faz anotações com um lápis, subtraindo quatro pontos de vida da sua ficha de personagem.] Quantos pontos de vida você ainda tem?

Malicus: Dois. Que porcaria.

DM: Malicus, você cai de joelhos. Em seguida vocês todos ouvem um ribombar e um jato de fogo surge por trás de vocês. [O DM rola os dados.]

Elloron: Espere... Eu achava que a porta tinha se fechado atrás de nós! O quê...

DM: Não mais. Ela está aberta e um jato de fogo e fumaça voa na sua direção. O fogo erra vocês por pouco, apenas chamuscando seus cabelos. Em seguida, uma voz ressoa por trás de vocês: "Quem se atreve a matar os meus capangas?" [O DM sorri.]

Malicus: Merda... Estamos cercados. Ei, caras, o que nós vamos fazer?

Imagine esse diálogo se estendendo por seis horas — os combates disputados turno a turno, os diálogos que parafraseavam os filmes do grupo Monty Python, a narrativa desajeitada do DM — e você começará a fazer ideia de como eu passava todas as minhas noites de sexta-feira, das cinco da tarde até a meia-noite, durante os seis anos em que tentei me desviar de — ou mergulhar em — uma adolescência bastante curiosa. Nós solucionávamos enigmas, procurávamos portas secretas e encontrávamos passagens ocultas. Negociávamos com inimigos — goblins, trolls, prostitutas — e atacávamos somente quando era necessário. Ou de maneira desenfreada, apenas para sentir o prazer imaginário de uma lâmina surrada penetrando a carne de uma criatura maligna. Acumulávamos pontos de experiência. Experimentávamos o ardor de uma vida de pseudo-heroísmo, combates físicos e mortes com um propósito maior. Qualquer lugar que o DM descrevesse, até onde sabíamos, existia. Criado conjuntamente em nossas mentes, tudo aquilo era real. Éramos bardos, bufões e contadores de histórias. Propúnhamos charadas e enigmas uns aos outros no escuro.

E cada nível da masmorra levava ao próximo ainda mais profundo sob a superfície, repleto de outros monstros perigosos, e ainda mais difícil de escapar.

PELO MENOS HAVIA UM MANUAL DE REGRAS

A alegria do jogo não se resumia ao cenário de fantasia onde qualquer coisa podia acontecer, na matança e nos atos heroicos, mas também nas regras. Havia centenas de regras, para todas as situações. Geeks e nerds adoram regras. O D&D (e a sua continuação, o AD&D, *Advanced Dungeons & Dragons*) nos permitia trocar um conhecimento bastante especializado que só era encontrado em livros de capa dura com nomes como o *Manual dos Monstros* ou o *Guia do Mestre*. Conforme jogávamos, consultávamos gráficos, índices, tabelas, descrições de atributos, listas de feitiços, causas e efeitos — quase como se aquilo fosse uma escola em si mesma, cheia de respostas para perguntas sobre a raridade de itens mágicos, sobre atravessar terrenos e como sobreviver a venenos. Adorávamos discutir os pormenores[3]. Sabíamos a diferença entre uma maça e um mangual, entre um porrete e uma clava, e sabíamos desenhar todas essas armas. Sabíamos que uma criatura chamada *wight* causava entre um e quatro pontos de dano quando atacava. Podíamos recarregar varinhas mágicas? Não. Se morresse, poderia ser ressuscitado, porque, de acordo com a página 50 do *Livro do Jogador*, um clérigo de nível nove poderia trazer de volta à vida uma pessoa que tivesse morrido havia menos de nove dias. "É importante ressaltar que o corpo da pessoa deve estar inteiro; caso contrário, partes que estiverem faltando continuarão ausentes quando a pessoa for trazida de volta à vida." Coisas ótimas de se saber. Os trolls e as bolas de fogo podem ser divertidos, mas eles têm de se comportar de acordo com um sistema lógico.

Assim como na vida, as regras de fantasia eram afetadas pelo acaso — a rolagem dos dados. E, como se fossem joias, nós colecionávamos sacos e sacos deles: dados plásticos e poliédricos, com quatro, seis, oito, dez, doze e vinte lados, que, assim como varetas ou moedas do I Ching, ditavam a nossa sorte quando eram lançados. Um dado que rolava, como o "d20" em forma de icosaedro, podia exibir o número 20 ("Acertou! Você corta fora

[3] Exemplo de discussão: Jogador: "Por que você acha que um cubo gelatinoso tem um modificador para ataques-surpresa?" DM: "Ele é invisível". Jogador: "Mas é um cubo de três metros de aresta feito de gelatina! Deixe eu dar uma olhada..." O jogador pega o *Manual dos Monstros* do DM. Uma discussão de vinte minutos se segue.

a cabeça do homem-lagarto e o sangue verde do monstro jorra para todos os lados!") com a mesma frequência que o número 1 ("Errou! A sua espada dá um golpe desajeitado e você acaba acertando a si mesmo. Que idiota!").

O mundo que a doença da minha mãe trouxe consigo era imprevisível e emocionalmente instável. Meus pais haviam se divorciado seis anos antes do aneurisma, e nem o meu pai nem a minha madrasta, que moravam no Canadá, uma viagem de cerca de seis horas, eram capazes de oferecer orientação ou supervisão diária. Minha mãe não podia cozinhar nem dirigir. Como ela teria condições de criar três adolescentes? Uma boa amiga dela, chamada Alice, concordou em se mudar para a nossa casa quando minha mãe voltou do hospital. Com o passar dos anos, uma quantidade enorme de outros amigos da minha mãe e familiares de Alice, entre idas e vindas, aparecia para ajudar. O papel de "pai" era interpretado por um grupo grande de personagens. Mas, acima de tudo, foi Alice quem carregou o fardo. Ela acabou se instalando ali permanentemente e cuidando de nós e da minha mãe, até que eu saí de casa para ir para a faculdade. Para conseguir lidar com a vida que tínhamos em casa, minha irmã escolheu atividades como ser representante de classe, ser popular e praticar esportes. Meu irmão encontrou um emprego depois do horário das aulas para conseguir ficar fora de casa. E eu desapareci em minha própria mente.

A lição de tudo isso? A vida real, até aquele momento, havia me ensinado que no mundo adulto o destino era caótico e incerto. As diretrizes para o sucesso eram arbitrárias. Mas no mundo do D&D, pelo menos, havia um manual. As minúcias das regras e a possibilidade de prever os resultados oferecia algum conforto. Por mais que fossem imaginários, os combates e a resolução de enigmas inerente ao D&D tinham consequências imediatas e palpáveis. Quando interpretávamos personagens, tínhamos o controle, e os nossos personagens — fossem eles ladrões, magos, paladinos ou druidas — perambulavam por lugares perigosos, e seus destinos estavam ostensivamente ao nosso alcance.

Ao mesmo tempo, entendíamos que os fracassos e triunfos dos nossos personagens eram decididos por forças desconhecidas, malévolas ou benevolentes. Assim era a qualidade ambivalente da nossa vida no mundo da fantasia, onde a crueldade aleatória ou a sorte inesperada governavam o dia. O jogo era um campo de testes sem qualquer risco para fazer coisas de adulto. Era também um alívio poder viver a vida por baixo de outra pele e agir por trás da segurança de atributos ampliados. Os personagens de D&D tinham estatísticas em seis áreas-chave: força, inteligência, sabedoria, destreza, constituição e carisma. Tais estatísticas tinham um valor numérico que ia de três a dezoito. Os atributos de Ethan, o garoto da vida real, ficariam todos abaixo de dez; os atributos do seu guerreiro Elleron eram todos dezesseis, dezessete e dezoito.

Cada DM tinha o seu próprio mundo (e o DM geralmente era do sexo masculino; o jogo despertou o interesse de uma ou duas jogadoras itinerantes, mas elas nunca duraram muito em nosso grupo). Desde que concordássemos em continuar jogando no mundo daquele DM e na campanha que ele criou, a sua versão da lei era a que valia. Se eu fosse o mestre do jogo, teria o poder completo, até mesmo sobre o acaso. Ser DM era o que eu mais gostava de fazer. Eu podia desconsiderar um resultado da rolagem de dados que não fosse favorável, colocar fim em discussões e ditar os destinos dos meus amigos. Eu podia criar mapas, desenhar masmorras e inventar mundos. O universo parecia não ter limites.

Quando dominamos as regras básicas, acabamos nos graduando para conjuntos mais avançados. Quando discordávamos dos

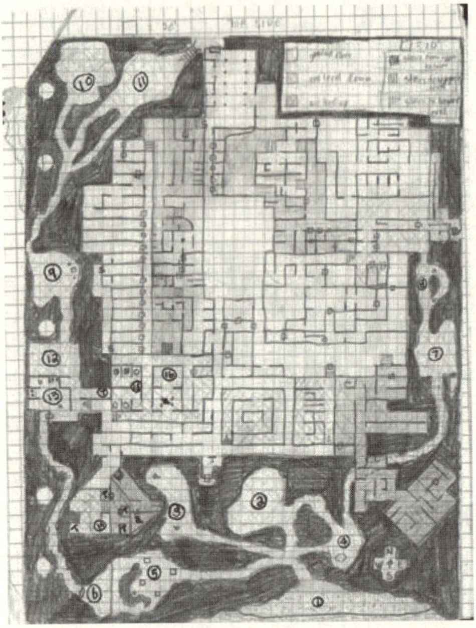

Uma das masmorras criadas pelo autor para o jogo de D&D, desenhada a lápis no papel quadriculado que sempre acompanhava as partidas. Foto: cortesia do autor.

livros de regras, criávamos nossos próprios sistemas: ajustes, emendas, sistemas inteiros de regras de combate e inventávamos até mesmo alguns novos jogos. Quando ficávamos entediados de tanto lutar contra os monstros-padrão (os orcs, goblins e dragões), nós inventávamos nossos próprios monstros: os leems, os quizers, as larvas explosivas. Quando nos cansávamos de interpretar personagens em cenários medievais e de magia, passávamos a viajar pelo espaço sideral, e depois pelo Velho Oeste, por universos de espionagem inspirados em James Bond ou por um mundo pós-holocausto nuclear assolado por coelhos mutantes e restos de civilizações do passado. De certa maneira, os mundos que eu criava me pareciam mais genuínos do que a sala de aula, o shopping center e os museus de Paris sobre os quais eu aprendia na aula de francês.

Não foi por acaso que o ano em que eu descobri o D&D, ou o ano em que o jogo me descobriu, coincidiu com o ano em que a minha mãe deixou o hospital. Era preciso muita coragem para um adolescente conseguir lidar com a *Momster* — mais coragem do que eu geralmente conseguia reunir. Eu não era capaz de enfrentar a criatura que assolava o meu próprio vilarejo, a minha casa. Era muito mais fácil virar as costas — pensar em batalhas imaginárias — do que enfrentar a luta real que era travada dentro das quatro paredes que abrigavam a minha família. Era mais fácil me esconder.

Antes de me interessar por *Dungeons & Dragons*, eu fazia curtas-metragens animados em Super 8 que envolviam monstros que engoliam cidades, feitos de massa de modelar. Fui um dos fundadores do Fã-Clube de *Guerra nas Estrelas*. Eu gritava as falas que ouvia no desenho do Pernalonga ("Vou em frente com a minha lança e meu elmo mágico!"). Queria ser cartunista do *Boston Globe* e um dos desenhistas de animações da Disney. Escrevia romances em uma velha máquina de escrever. Como eu já era um contador de histórias, o D&D foi um salto imaginativo lógico.

Eu também comecei a ler as obras de J. R. R. Tolkien. O reino de espada e feitiçaria do D&D parecia ser tão rico quanto a Terra-média de Tolkien, o cenário que ele mapeou e povoou cuidadosamente para utilizar em *O Hobbit* e *O Senhor dos Anéis*, juntamente com seus vários poemas, lendas e contos perdidos. Eu não acreditava em Deus, nem em céu ou inferno. Mas os lugares da Terra-média, ou um labirinto de D&D, ou um universo de ficção científica como *Guerra nas Estrelas* — esses sim eram locais nos quais eu conseguia acreditar, e eu os visitava sempre que queria. Os reinos subterrâneos do D&D me recebiam de braços abertos; os bailes e os vestiários esportivos da escola não tinham o mesmo efeito sobre mim. Como já era um sonhador contumaz, eu era o perfeito candidato para o escapismo.

DEIXEI OS MUNDOS MEDIEVAIS PARA TRÁS

O *Dungeons & Dragons* começou a morrer para mim quando, durante o último ano do ensino médio, em 1983, eu passei pela experiência do primeiro beijo. A aparência e a tangibilidade altamente realísticas da minha namorada da época expulsaram para sempre as imagens daquelas guerreiras de fantasia com seios enormes e que vestiam armaduras de couro. O primeiro amor foi algo bem sério. Como havia outras coisas a fazer nas noites de sexta-feira, e como havia uma criatura do sexo feminino para me acompanhar, comecei a jogar D&D com uma frequência cada vez menor. O ensino médio me levou a outros reinos, tais como a faculdade, o sexo, a cerveja, carros, empregos, viagens e decepções amorosas. A turma do D&D se dispersou por New Hampshire, Pensilvânia, Nova York, Chicago e Alasca. Acabei deixando aqueles mundos de fantasia medieval para trás e praticamente me esqueci dos anos que passei jogando RPG. Eles se dissiparam e o mundo dos sonhos afrouxou as garras que estavam ao meu redor, como um feiticeiro que desfaz uma maldição. Deixei que a minha obsessão pelo D&D se esmaecesse — não porque o meu desejo por interpretar personagens houvesse desaparecido, mas talvez porque eu achasse que não queria mais me ocupar com coisas de criança. Eu já havia passado por aventuras demais. Se o D&D fosse um rito de passagem, então eu havia atravessado a masmorra para me tornar um homem.

Embora eu finalmente houvesse parado de jogar D&D e outros RPGs pouco antes de entrar na faculdade, no decorrer dos anos eu sempre verificava como o meu precioso passatempo de fantasia evoluía. Secretamente, sem contar a ninguém, e especialmente sem dizer nada às minhas namoradas, eu entrava em lojas de jogos e examinava cuidadosamente as prateleiras com os novos livros de regras e jogos para ver o que havia sido publicado desde a última vez que joguei. Eu pegava embalagens de miniaturas de metal. Passava um bom tempo vadiando em fliperamas.

Estudava *card games* modernos como *Magic: The Gathering*. À medida que entrava na casa dos vinte anos, e posteriormente dos trinta, percebi que havia uma indústria de entretenimento focada em fantasia que vinha se tornando gradualmente maior e mais bem aceita socialmente do que quando eu fazia parte dela. Ocasionalmente eu lamentava o fato de que poderia estar perdendo alguma coisa conforme a subcultura evoluía sem mim. Sentia saudades daquilo. Acabei afastando algo que foi importante para mim. Embora me sentisse tentado, decidi que nunca mais jogaria D&D seriamente, ou que mergulharia em qualquer outro mundo de fantasia outra vez.

Quanto à minha mãe, ela nunca conseguiu se recuperar. Sobreviveu por dezenove anos após o aneurisma, heroicamente, pode-se dizer, mesmo estando alheia à sua condição. Ela viveu em uma casa de repouso para idosos por uma década, entediada e sofrendo. Eu a visitava, e às vezes as visitas eram regulares, outras vezes não. Nos dias em que ela estava bem, quando eu baixava a guarda, tinha mais facilidade para vislumbrar um pouco da minha antiga mãe. Tentava afastar a visão da *Momster* que conferi a ela, e tentava interpretar alguém que não fosse um cuidador amargurado, mas sim um filho normal. Depois de um declínio longo e vagaroso, ela faleceu em 1997. Viveu durante os anos que passei no ensino médio, na faculdade, no início da vida adulta e até eu completar trinta e um. Conforme os anos se passaram após a sua morte, minha mãe continuou a ser uma presença — um inimigo que não havia sido derrotado, uma companhia espectral, um destino errante. Sempre tive a sensação de que ela me deixou no meio da floresta, sozinho, prestes a entrar em uma missão impossível. Como todos os aspirantes a herói, eu esperava respostas oportunas e triunfos satisfatórios. Mas não consegui nada disso. Lidar com a minha mãe também foi um rito de passagem em si; e eu havia rolado os dados e passado, mesmo que um pouco atordoado, por todos os níveis da idade adulta.

E então chegou um momento de dúvida. Quando os filmes da trilogia *O Senhor dos Anéis*, de Peter Jackson, chegaram ao cinema em três anos sucessivos (*A Sociedade do Anel* em 2001, *As Duas Torres* em 2002 e *O Retorno do Rei* em 2003), eu acabei me rendendo. Amei as produções. Comecei a caçar rumores e fofocas em sites populares entre os fãs, como TheOneRing.net, e assistia aos trailers na internet, repetidamente. A febre de *O Senhor dos Anéis* se espalhou por toda parte — até mesmo em Paris, onde eu morava na época. Eu visitava lojas de objetos colecionáveis cujas vitrines estavam abarrotadas de bonecos dos personagens de *Le Seigneur des Anneaux*. Tinha sonhos recorrentes de visitar as locações da filmagem na Nova Zelândia, onde nunca estive antes, conversar com Peter Jackson e usar uma máscara de orc como um dos figurantes durante a filmagem de uma cena de batalha.

Isso não fazia sentido. Talvez a minha obsessão pela fantasia estivesse ainda mais mal resolvida do que eu gostaria de admitir. Percebi que lutava contra um desejo incontrolável de colecionar todo o conjunto de miniaturas do *Le Seigneur des Anneaux* que vinha como brinde no Kinder Ovo.

Um dos muitos mapas dos mundos que o autor criou no início dos anos 1980. Foto: cortesia do autor.

Comprei mais de uma dúzia — uma Sociedade do Anel inteira — e os abri, esperando, conforme dizia a propaganda na TV, conseguir "colecionar todos!" Estranhamente, eu não tinha pudor em ser parte desse fenômeno mundial da cultura pop. Os fabricantes dos produtos licenciados se refestelavam com desejos como os que eu sentia, algo que seria revertido em milhões de dólares. Claro, ovos de chocolate são uma coisa; uma réplica da "Glamdring Martelo dos Inimigos", a espada usada por Gandalf nos filmes, por 299 dólares, era outra completamente diferente. Eu só não deixaria a minha fase de colecionador ir tão longe.

Em uma escrivaninha cheia de coisas, montei um pequeno santuário para a minha Sociedade do Anel de cinco centímetros de altura. Havia Sam Gamgi, Merry e Pippin, a etérea Galadriel e Frodo, que, apesar dos meus avisos — "Não, Frodon (o nome do personagem em francês), guarde isso!" —, insistia em brandir constantemente o seu Anel do Poder. A aquisição mais recente era a miniatura do elfo Legolas, dada por um amigo, de presente. Ele estava com a aljava de flechas pronta, defendendo o telefone dos ataques dos Nazgûl. Sua pequena demonstração de lealdade me deu a sensação de que eu fazia parte daquilo. Mas também um desejo: eu queria muito que Gandalf, Gimli e Aragorn pudessem se juntar ao restante daquele bando de miniaturas plásticas de heróis. E, no fundo, eu também queria me juntar a eles.

Mas eu já era adulto, não era? Já havia deixado para trás o D&D e tudo o que ele representava. Visualizar aquele eu imaginário outra vez, vagar por masmorras e estraçalhar goblins não parecia ser algo muito atraente. A imagem era patética. Não havia qualquer possibilidade de eu deixar alguém rabiscar a palavra *nerd* na minha testa outra vez. Eu não era mais um adolescente desajeitado, introvertido, antissocial, que tinha medo de garotas e de bebedeiras, um fã de RPG que habitava mundos de fantasia.

Pois é.

A CAIXA TÉRMICA AZUL COMEÇA A FALAR

Quando eu era adolescente, jogava-se *Dungeons & Dragons* com lápis e papel. Jogadores devotados acumulavam pilhas de livros, papéis, mapas e acessórios. Quando parei de jogar, as inúmeras caixas e pilhas ficaram no armário do meu quarto em New Hampshire. Quando concluí o ensino médio, mesmo dizendo que não queria mais jogar, os materiais do D&D vieram comigo e acabaram chegando ao primeiro apartamento onde morei depois de concluir a faculdade, na parte oeste de Massachusetts, que eu dividia com JP. Mudei de casa com bastante frequência dos vinte até depois dos trinta anos. Em algum momento o material do D&D desapareceu.

Em um Natal, depois de eu voltar da França para os Estados Unidos, fui visitar meu pai e minha madrasta em Ontário. Fui até o porão deles procurar algumas das minhas coisas e bum! Ali estava: o meu material de D&D, dentro de uma enorme caixa térmica azul Coleman de acampamento, dentre todos os lugares possíveis. Eu não me lembrava de ter guardado nada ali. Talvez alguém o houvesse feito, algum servo cruel que insistia em me lembrar dos meus dias de jogador aficionado de (ou viciado em) RPG, ou, como a minha irmã ainda gosta de dizer, um "doente". Toda a minha parafernália de D&D havia retornado às minhas mãos, intacta[4].

[4] Assim como no filme *O Senhor dos Anéis*, na cena em que o mago Gandalf explica a Frodo como o Um Anel ressurgiu: "O Anel está tentando voltar ao seu mestre", diz ele. "Ele quer ser encontrado". Muitas coisas que acontecem na vida real têm um correspondente em *O Senhor dos Anéis*.

Agachado no porão, eu abri a tampa. Comecei a revirar o conteúdo da caixa térmica, sem qualquer cuidado: uma pilha de caixas de jogos amassadas e emboloradas, cadernos e livros. Espirrei — várias vezes — e depois fechei a tampa. Sem pensar nas consequências dos meus atos, peguei a caixa térmica — cerca de onze quilos de material —, subi a escada do porão aos trancos e barrancos, coloquei-a no porta-mala do carro que havia alugado e a trouxe de volta a Boston.

A caixa térmica estava agora no meu armário, uma Caixa de Pandora de plástico duro com capacidade para trinta e quatro litros que, num mundo ideal, deveria ser preenchida com cerveja gelada, não com a escuridão de masmorras do passado. Senti-me atraído a dar mais uma olhada nos meus materiais de jogo, só mais uma vez. Eu sabia que, nas palavras de Gollum, aquilo era *preccciossso* para mim.

Mas eu resisti à caixa térmica azul. Por algum tempo.

O chamado à aventura significa que o destino convocou o herói e transferiu o seu centro espiritual de gravidade do interior da sociedade para uma zona desconhecida. Essa região fatídica, que envolve tesouros e perigos, pode ser representada de várias formas: uma terra distante, uma floresta, um reino subterrâneo, embaixo das ondas ou acima do céu, uma ilha secreta, um lugar no alto das montanhas ou um estado profundo de sonhos; mas sempre é um lugar de seres estranhamente fluidos e polimórficos, tormentos inimagináveis, proezas sobre-humanas e prazeres impossíveis.

— Joseph Campbell, *The Hero with a Thousand Faces (1949)*

2

A Jornada Começa

Mais ou menos um ano depois de redescobrir a caixa térmica azul, resolvi encarar a chamada "idade adulta". Havia chegado a hora.

Em primeiro lugar, eu tinha um novo amor que ficava cada vez mais sério. Mas nós dois tínhamos dúvidas. Eu: Será que eu estava preparado para assumir um compromisso sério, para morar junto com alguém e para a paternidade? Ela: Quem era esse cara que às vezes parecia estar somente meio presente? Metade homem e metade garoto. Os seus devaneios mentais — sem mencionar sua hesitação em relação a ter seu próprio carro, conseguir um emprego das nove da manhã às cinco da tarde, ganhar um bom dinheiro e ter filhos — seriam sintomas maiores que indicariam uma recusa em crescer?

Lembro de um momento que foi um divisor de águas. Nessa lembrança, minha namorada e eu estamos juntos. E eu estou usando uma armadura de malha de aço. Minha espada longa +2 está batendo contra a lateral do corpo. Estou correndo no meio do mato alto, com a capa esvoaçante por trás de mim, trombetas e tambores marcando o ritmo dos meus passos. Dum... duh-duh--dum... duh-da-da!

"Querido?" Ela ergue uma sobrancelha. "Teve sorte?"

Isso não é hora para perguntas! Eu desembainho a espada. "Ninguém simplesmente entra em Mordor", eu anuncio. "Seus Portões Negros são vigiados por mais do que apenas orcs. Lá existe um mal que nunca dorme, e o Grande Olho está sempre atento."

Ela revira os olhos.

"Ethan, por favor... ache logo o carro, está bem?"

Continuo a marchar. Estou caçando orcs. Estou caçando... espere. Estou no estacionamento. Estou caçando... o carro dela. Tudo na minha imaginação. Meu devaneio se evapora e se transforma em asfalto, ondas de calor e filas e mais filas de criaturas metálicas.

Mais tarde, seis meses depois que o nosso romance se iniciou, completei quarenta anos. Bebi cinco doses de tequila além do que devia e passei a primeira noite da meia-idade com as mãos apertando a barriga e gemendo no banheiro da casa dos pais da minha namorada. Idade Média? Não, é a Meia-Idade. Ha ha.

De repente, quarenta anos não era algo fácil de aceitar. As sementes da dúvida foram plantadas no nosso relacionamento. No caso dela: Será que Ethan mora no Planeta Adulto? No meu caso: Será que eu continuaria a escapar desse jeito? Eu percebi que, agora, era mais velho do que a minha mãe na época quando o aneurisma a destruiu. E havia também a caixa térmica azul — eu juro que a ouvia chamar o meu nome, até que eu não consegui mais ignorá-la. A sensação apareceu exatamente quando a crise da meia-idade começou a me afetar. Eu tinha a sensação de que o material do D&D, de algum modo, acabaria por resolver o enigma de quem eu era, de onde eu vim e por que eu ainda precisava de reinos imaginários. E aquilo talvez pudesse me ajudar a entender o que eu ainda tinha para conquistar.

O conteúdo da caixa térmica azul me salvou uma vez. Será que poderia me salvar novamente?

UM MOTIVO PARA PERMANECER LONGE

Arrastei a caixa térmica para fora do armário. Ali estava ela, no chão, ao lado da escrivaninha. Respirei fundo e abri a tampa.

Dentro dela havia o tesouro de um dragão. Revirei as pilhas. Centenas de páginas escritas a mão que descreviam lugares, tramas e personagens que eu criei, nomeei e que, antigamente, conhecia muito bem. Cadernos cheios de desenhos de dragões e guerreiros. Jogos cujas caixas frágeis de papelão haviam cedido ao peso e ao tempo.

Tabelas oficiais do D&D, listas e outros acessórios. Livros de regras cuidadosamente cobertos e protegidos, como todos os tomos preciosos, com sacos de papel pardo. Pastas e fichários, alguns cheios de fichas de personagens, outros com meus próprios rascunhos datilografados de histórias que imitavam *O Senhor dos Anéis*[5]. Uma pequena bolsa cinza cheia de dados. E uma boa quantidade de mapas desenhados a mão de terras distantes e masmorras, o suficiente para compor um atlas.

Diante de mim, depois de todos esses longos anos, o pano de fundo para as minhas histórias heroicas e aventuras imaginárias: As Colinas Escarpadas, as Terras Intocadas, as Planícies de Lorsearch. Observei cuidadosamente as montanhas chamadas de Ramen-Nashew, que eu havia desenhado cuidadosamente, e Elfwood, a floresta que plantei com a ponta do meu lápis. Aqui, o covil de um feiticeiro

---

[5] Fragmento real do texto: "Era um tempo de desespero nas terras de Rothian. Os aldeões estavam se revoltando e os homens de Orean invadiam pelo norte, em direção à Terra Esquecida...".

O equipamento de D&D pertencente ao autor: dados, livros de regras e outros papéis, com a caixa térmica azul ao fundo. Foto: cortesia do autor.

maligno. Lá, um labirinto subterrâneo protegido por armadilhas e monstros, com salas numeradas de 1 a 37, que eu havia desenhado em papel quadriculado. E Elloron, meu velho amigo, meu velho alter ego, que agora era apenas uma folha de papel dourado. Esses cenários de jogos e terras imaginárias voltavam para mim. Todo esse material de D&D, antigamente, representou mais do que um simples passatempo adolescente. Aquele havia sido o meu mundo.

Num primeiro momento eu senti apenas uma onda de nostalgia em relação aos meus dias de jogo. Fiquei empolgado em relembrar aquela época, mesmo que sentisse uma pontada familiar no estômago. Um coquetel de sentimentos. O material parecia ser uma caixa cheia de provas do crime, apresentadas no meu próprio julgamento. O que encontrei não era apenas um mapa que me levaria de volta aos meus devaneios adolescentes, de 1978 a 1984; era um arquivo pessoal de escapismo. As folhas escritas a mão revelavam um adolescente inseguro que tentava prognosticar algo melhor. Um garoto desesperado. Quanto mais eu refletia, mais eu me preocupava com os danos residuais. Seria saudável ter dedicado tanta energia mental a um mundo que não existia? Será que a fantasia e o escapismo explicavam por que a pessoa que me tornei aos quarenta anos agora parecia ser insatisfatória e estar insatisfeita?

Quando conto a história da minha vida, eu frequentemente digo (e isso pode até parecer ser um discurso ensaiado) que o D&D ampliou o meu vocabulário e melhorou a minha habilidade verbal, juntamente com a matemática, a estatística e a interpretação de mapas; desenvolveu meu interesse por história, estimulou minha imaginação e me ensinou a trabalhar em equipe, a me expressar pessoalmente e a interagir. Eu sempre dizia: "Sim, eu era um geek, mas, considerando toda a situação, o D&D era algo bom." Além disso, eu dizia a mim mesmo que não teria vergonha de ensinar meus próprios filhos (se algum dia eu viesse a tê-los) a jogar. Mas eu realmente acreditava nisso? O jogo e outros mundos de fantasia tolkieniana haviam me encantado em momentos de fraqueza. Eles consumiram os anos da minha adolescência. Meus amigos e eu ficamos obcecados pelo drama e fomos atraídos pelo poder. Examinar o conteúdo da caixa térmica azul fez com que outros medos surgissem. Se o adulto que havia em mim houvesse realmente "superado tudo aquilo", por que eu ainda sentia vontade de reler *O Hobbit* e *As Crônicas de Nárnia*? Por que eu havia me matriculado recentemente em uma oficina de "construção de mundos", promovida por um escritor de ficção científica que morava nas proximidades? Por que, quando um jogo de videogame chamado *Lord of the Rings: Conquest* prometeu que eu poderia "viver todas as [minhas] fantasias" na Terra-média — permitindo que eu assumisse a forma de um temível Balrog e brandisse uma espada de fogo, saqueasse o Condado e destruísse Valfenda —, eu fiquei tão animado para jogar? Fiquei muito atormentado por essas dúvidas. O interesse ainda existia. O que havia de errado comigo?

Eu sabia que, desde os anos de minha adolescência, havia me distanciado dos RPGs e atividades similares por um motivo, mas não sabia ao certo qual era esse motivo.

Aquelas miniaturas do Kinder Ovo foram o primeiro tiro de advertência. Foi quando comecei a sentir a tentação de me jogar de volta, de corpo e alma, nos mundos de fantasia. Mas eu mantinha esse desejo afastado devido ao medo de acabar gostando demais da perda de identidade e de responsabilidade; de o mundo irreal ficar mais envolvente do que o real; e de a minha esquisitice dormente — expressada por meio de um jargão geek frívolo e desinibido sobre sabres de luz ou pontos de vida — chegar à superfície e explodir a qualquer momento — em uma entrevista de emprego, uma festa ou um encontro romântico. Talvez eu não fosse capaz de admitir para mim mesmo que ainda precisava da muleta escapista de uma vida de fantasias para conseguir me arrastar pelo mundo real. Ou que eu viesse a permitir que os RPGs consumissem minha vida de novo, de maneira intencional ou inconscientemente em um ato silencioso de autossabotagem, de modo que não restasse tempo, energia ou disponibilidade mental para resolver os problemas da vida real. Ou será que tudo isso era simplesmente um pavor sem qualquer nome específico de me perder para sempre na Geeklândia?

Qualquer que fosse a explicação, folhear meu velho *Guia do Mestre* do D&D — suas listas e tabelas para os "Talentos de Ladrão", "Afastar Mortos-Vivos" e "Falhas em Testes de Moral" — subitamente não parecia ser apenas algo perigoso, mas também uma espécie de presságio. Ali estava eu, mais de duas décadas após parar de jogar D&D e me transformar em um homem, mas ainda vulnerável ao vírus da fantasia. Não imune.

Restavam muitas perguntas, e eu comecei a procurar respostas. Havia uma missão começando a se formar.

SER UM GEEK NO SÉCULO 21

Eu sabia que a percepção geral sobre hobbies inspirados em fantasia havia mudado desde que eu era membro de carteirinha da tribo do D&D. Hoje em dia, geek não é mais um termo pejorativo. Subculturas compostas por entusiastas da fantasia saíram da marginalidade e passaram a ser consideradas interessantes e atraentes, e sua terminologia e referências culturais — Gandalf, subir de nível, trollagem — foram absorvidas pela linguagem do dia a dia. Jogos de fantasia, livros de fantasia e filmes de fantasia são infinitamente mais permissíveis hoje em dia do que quando eu explorava masmorras no interior de New Hampshire. Onze milhões e meio (e esse número não para de crescer) de jogadores pagantes de *World of Warcraft* (WoW), juntamente suas esposas ou maridos, comprovam o fato, assim como o fenômeno literário internacional chamado Harry Potter. Homens e mulheres adultos possuem consoles Xbox e PlayStation e colocam embalagens de doce com o formato de Yoda e R2-D2 sobre os monitores dos seus computadores. Mundos virtuais como Second Life fizeram o ato de interpretar personagens ser assimilado com muito mais facilidade e se tornar um comportamento amplamente aceitável. Até mesmo os "Trouxas" o entendem.

Suspiro aliviado. Pelo menos eu estou bem acompanhado. Milhões de pessoas agora dão as costas ao mundo real para habitar outros. Mas o simples fato de, aparentemente, todo mundo ir a feiras renascentistas ou jogar sem parar o Nintendo Wii ou jogos de tabuleiro como *Warhammer* não significa que todas essas opções neomedievais ou com temática mística fossem necessariamente *boas* para você. A fantasia como fenômeno cultural ainda me causava uma espécie de incômodo, mesmo que vagamente. Perguntei a mim mesmo se esse escapismo generalizado poderia ter infantilizado uma geração inteira. A fantasia, em todas as suas formas, seria algo bom ou ruim? Seria possível que algumas das subculturas estivessem mais condenadas do que outras? Pensamentos bem profundos.

Talvez ninguém mais perdesse tempo ponderando sobre questões como estas. Ou talvez eu quisesse apenas tranquilizar a mim mesmo com a ideia de que eu não era mais esquisito do que qualquer outra pessoa.

Fosse qual fosse a razão, como ex-jogador de D&D que interpretava o papel de um suposto escritor "adulto" especializado em artes e viagens para jornais e revistas de alcance nacional, comecei a aceitar qualquer projeto que me desse a oportunidade de escrever profissionalmente sobre Tolkien, jogos ou fantasia. Embarquei em uma odisseia não linear e não contígua de autorreflexão, análises culturais e hidromel grátis. Eu precisava encarar esses hábitos escapistas. Antigamente, quando era mais novo, minha obsessão pelo D&D era uma consequência sem qualquer tipo de organização, um sintoma de estar perdido na vida. Eu não tinha a menor noção disso. Desta vez eu me perderia de propósito. Não iria escapar outra vez: eu escavaria. Examinar o que não havia sido examinado em um esforço para descobrir o que a fantasia significava para mim, para todos nós. Eu conseguiria fazer essa viagem como um observador que se mantém a distância? Eu realmente *queria* observar tudo aquilo a distância? A minha jornada acabaria se transformando neste livro.

Meu plano evoluiu. Eu pretendia atravessar todos os cantos do país, o mundo inteiro e outros mundos, de Sommerville, em Massachusetts, até Lake Geneva, em Wisconsin; da França à Nova Zelândia; do planeta Terra ao reino de Aggramar. Perguntaria aos entusiastas de jogos e de fantasia como eles encontraram o equilíbrio entre seus desejos escapistas e o mundo adulto. Questionaria estudiosos da obra de Tolkien e medievalistas. Conversaria com homens adultos que construíram tocas de hobbit e aprenderam a falar Quenya e Sindarin, e mulheres adultas que envergavam alter egos digitais para explorar os mundos de *Warcraft* e *EverQuest*. Procuraria aqueles que sonhavam com elfos, espadas longas e proezas heroicas, e que habitavam mentalmente terras mágicas muito distantes. Velhos, jovens, homens, mulheres, vigorosos e deficientes — eu queria ouvir, em suas próprias palavras, o que os atraía e por quais motivos, fosse algo saudável, mórbido ou se estivesse em algum ponto entre esses dois extremos. E, dada a precariedade da minha própria vida afetiva, eu já estava curioso para saber se havia garotas bonitas e entusiastas de jogos em algum lugar por aí, nas sombras, esperando por mim.

Agora que eu havia aberto a caixa térmica azul, lentamente, e talvez até mesmo insidiosamente, jurei a mim mesmo que me tornaria um participante mais ativo da subcultura. Simultaneamente fascinado e com repulsa, iria assistir a filmes de fantasia e ler livros. Iria até mesmo tentar alguns jogos outra vez. Quando os jogos interativos para múltiplos jogadores (os MMOs, ou *Massively Multiplayer Online games*), como D&D Online e *Lord of the Rings Online: Shadows of Angmar,* fossem lançados, eu escreveria artigos sobre eles. Isso, é claro, significava que eu teria de fazer um bom *test drive* nesses jogos, para "fins de pesquisa". Esquematizei meu tempo para jogar WoW por várias semanas. Planejei viagens para lugares visitados por peregrinos: a cidade natal de Tolkien, locações utilizadas em filmes, castelos e arquivos. Decidi fazer amizade com bandas que faziam tributos a Harry Potter. Em um LARP (*Live-Action Role-Playing game*), eu passaria um fim de semana inteiro vestido como um monge pacifista. Participaria de convenções de fãs e torneios de jogos. Passaria uma semana acampando com entusiastas de reencenações medievais — 12 mil deles. Costuraria a minha própria túnica. Estava determinado até mesmo a jogar D&D outra vez.

Nível de Ameaça Geek: Alto.

FALE, AMIGO, E ENTRE

Eu estava determinado a explorar o meu passado de fantasia. Mas, antes de começar essas aventuras, tive de abrir o jogo com os meus amigos. Se eu não pudesse admitir que era um geek para aqueles que me conheciam (ou que pensavam que me conheciam), então eu simplesmente seria um fã fajuto. Chegou a hora de eu me expor ao público. Para testar minha coragem, dei uma festa. Um "Fim de Semana Geek" para me lançar em minha missão na vida real. O que os meus amigos pensariam sobre mim?

Vedei as janelas do meu apartamento com cobertores grossos para impedir a entrada de luz. Transformei o hall de entrada em uma floresta élfica, com galhos de árvores, luzes piscantes e uma música etérea de fundo, composta por Howard Shore. Fiz uma versão em papelão das Portas de Durin, o portal mágico para as Minas de Moria, e pintei sobre o arco, em élfico, as palavras "Fale, amigo, e entre". Em uma manhã de inverno, um grupo de amigos e familiares veio me prestigiar, cada um deles entrando pelo portão para embarcar na jornada do meu "Fim de Semana Geek" pelas terras dos hobbits, magos, Anéis do Poder e erva--de-fumo. Uma vez na Terra-média, nós nos reunimos para as "onzehoras" dos hobbits (a refeição que vem logo depois do "segundo café da manhã"), composta por ovos, salsichas e *lembas* élficas. Bebemos cervejas artesanais com rótulos de aparência medieval. Discutimos a estratificação entre os atletas e os geeks no ensino médio, e lembramos das nossas próprias adolescências complicadas. Busquei a caixa térmica azul e mostrei aos amigos os meus dados de D&D e os manuais de regras. Em seguida, assistimos à trilogia de doze horas de Peter Jackson, *O Senhor dos Anéis*. Por volta de 1 hora da manhã, uma hora depois do início do terceiro filme, *O Retorno do Rei*, nosso alegre bando de aventureiros caiu no sono. E sonhou com outro mundo, possivelmente melhor, que gostaríamos de explorar com nossos pezinhos peludos.

Era tarde demais para voltar: o portão mágico estava escancarado. E eu era um geek confesso. Não sabia exatamente o que iria descobrir, e não sabia exatamente o quanto eu queria voltar a mergulhar no universo geek. Formulei testes na minha mente pelos quais eu teria de passar — ou nos quais teria que deixar-me reprovar intencionalmente. Será que eu precisaria deixar os cabelos crescerem para usar um rabo de cavalo, e conhecer os pormenores e as minúcias de *Battlestar Galactica*? Será que eu fugiria daquilo tudo horrorizado ou me apaixonaria por aqueles jogos novamente? Eu não sabia nem mesmo se conseguiria me encaixar naquele universo outra vez.

Mas havia algo que eu sabia: a caixa térmica azul abriu novamente um mundo — um mundo que se multiplicou exponencialmente desde que eu era um jovem artista do escape. Os meios para nos perdermos na fantasia cresceram de maneira quase infinita. Em minha busca de alcance planetário, disposto até mesmo a explorar masmorras novamente para encontrar outros companheiros entusiastas da fantasia, o meu povo, a minha raça, eles teriam as respostas que eu procurava. Pelo menos era isso que eu esperava.

A primeira parada da minha missão parecia óbvia: a Inglaterra. Que lugar melhor serviria para explorar esses desejos escapistas do que a terra do pai da fantasia moderna, J. R. R. Tolkien, também conhecido como "O Professor"? Eu esperava descobrir o que significava ser um fã de Tolkien nos anos recentes. Além disso, eu queria conhecer outras pessoas como eu — gente que conseguiu cruzar o abismo entre o imaginário e o real, e que, como eu, ocasionalmente acabava caindo nesse mesmo abismo. Assim, com a minha espada longa +2 novamente presa ao cinto, os olhos treinados para detectar a presença do inimigo e a capa esvoaçante às minhas costas outra vez, eu me embrenhei na floresta e rumei para lugares profundos e sombrios do mundo uma vez mais. E de outros mundos também.

Eu digo que a Fuga é uma das principais funções dos contos de fadas, e, como não os desaprovo, é patente que eu não aceito o tom de escárnio ou pena com o qual a palavra "Fuga" é frequentemente usada hoje em dia: uma conotação à qual os usos fora do ambiente da crítica literária não dá qualquer respaldo. Naquilo que as pessoas que utilizam de forma errônea o termo "Fuga" gostam de chamar de Vida Real, a Fuga é uma regra evidentemente bastante prática, e pode até mesmo ser heroica... Por que um homem deveria ser menosprezado se, ao perceber-se na prisão, ele tenta sair e voltar para casa? Ou, se não puder fazer isso, se ele pensar e falar sobre outros assuntos além de carcereiros, muros e grades? O mundo exterior não se tornou menos real apenas porque o prisioneiro não pode vê-lo. Ao usar Fuga desta maneira, os críticos... estão confundindo, não somente por um erro ingênuo, a Fuga do Prisioneiro com a Fuga do Desertor. Da mesma forma que um porta-voz do Partido poderia ter rotulado o abandono da penúria do Führer ou de qualquer outro Reich, e até mesmo críticas ao regime, como traição.

— J. R. R. Tolkien, "Sobre Contos de Fadas" (1964)

No Rastro de Tolkien

“Posso garantir que esta jovem dama caminhou pelas florestas da Terra-média”, disse Mark Egginton, indicando com o queixo uma mulher que usava um longo vestido de veludo. “Eu estive na Terra-média. Ela está por toda parte.”

Na mão direita, Egginton usava um Anel do Poder feito de ouro. Com a outra, segurava uma caneca de cerveja. Dando uma rápida olhada para mim, Egginton prosseguiu:

“Eu vou para esse mundo com bastante frequência.” Em seguida ele se deu conta do que dizia, e acrescentou: “Mas isso não quer dizer que eu deixe a realidade para trás. Meus pés estão firmemente plantados no mundo real.”

Soldado britânico aposentado e que também trabalhou como alfaiate em Fleetwood, Lancashire, Egginton hoje em dia colocava produtos nas prateleiras da ASDA, uma rede de supermercados do grupo Walmart. Era membro da Tolkien Society (TS) desde 1980, embora em caráter intermitente. A TS é uma organização oficialmente sancionada e semiacadêmica que celebra todas as coisas relacionadas à obra de Tolkien. Patrocina conferências, publica um boletim informativo e promove eventos periodicamente, como o Encontro Geral Anual (conhecido por AGM, do inglês *Annual*

General Meeting). No ano que conheci Egginton, o AGM ocorreu em Chester, uma pequena cidade perto de Liverpool com ancestralidade romana, medieval e também da época dos Tudors, e uma quantidade enorme de prédios e casas muito antigos. O evento estava lotado. Atas foram lidas, pessoas foram eleitas para ocupar cargos e um prêmio foi concedido — naquele ano, para o ator Sir Ian Holm, por sua interpretação de Bilbo Bolseiro na trilogia dos *Anéis* (Holm não pôde comparecer à cerimônia, mas enviou uma carta de agradecimento). De maneira geral, foi uma ocasião relativamente pacata[6].

A celebração pelos pubs que ocorreu após o evento foi a parte mais amalucada da AGM. Juntei-me a Egginton e a alguns outros naquela mesma tarde. Andamos de bar em bar, bebendo em cada uma das paradas e admirando intermitentemente as vistas das muralhas medievais de Chester até que o passeio começou a perder o ânimo em uma taverna escura. A discussão passou a se concentrar em Tolkien — e, por sorte, não foi mais uma vez o debate interminável sobre "se os Balrogs têm asas ou não". Alguém mencionou os Istari, a poderosa ordem de magos que incluía Gandalf. Quem realmente eram eles, e por que Tolkien incluiu tão poucos em suas histórias? Em toda a Terra-média, quantos deles realmente existiam?

"Dois", disse alguém no bar, em voz baixa. "Gandalf e Saruman."

"Não, três", respondeu um estudioso semiprofissional que já estava meio bêbado. "Você esqueceu Radagast, o Castanho."

"É verdade. Radagast. O que aconteceu com ele, afinal?"

---

[6] Festejos nos quais os participantes utilizam trajes e fantasias mais elaborados e excêntricos — como fãs com orelhas de elfos, danças típicas dos hobbits e coisas assim — são reservados para eventos como Oxonmoot, que a TS organiza anualmente no mês de setembro na cidade natal de Tolkien, Oxford. Egginton me disse que vai a Oxonmoot todos os anos.

"Ouvi dizer que havia cinco, originalmente", argumentou outra pessoa. Um debate bem animado surgiu dali, uma conversa que incluía palavras como Maiar, Valar, Alatar e Pallando, uma língua inteiramente estranha para um mero tolkienista amador como eu. O minucioso "legendarium" da Terra-média, como Tolkien o chamava, significava que os fãs mais ardorosos, assim como os jogadores de D&D, poderiam ser bem fanáticos em relação aos fatos. A conversa se transformou em um festival de resmungos e reclamações sobre os novos convertidos que não chegavam mais à Terra-média pelos canais tradicionais — os livros —, mas sim pelos filmes. Os puristas mais ferrenhos da obra de Tolkien reclamavam dos fãs que foram atraídos pelos elementos mais rasos da ambientação, tais como a habilidade com a espada de Viggo Mortensen (o bonitão e *bad boy* que se torna o Rei Aragorn) em vez do gênio criativo de Tolkien.

Eu queria contribuir com o debate. De verdade. Mas estava sonolento por causa da viagem de trem e da meia dúzia de cervejas que já tinha tomado. Assim, me despedi daquela gente e voltei para o hotel. Tirei uma soneca e acordei a tempo do banquete que aconteceria naquela noite, onde voltei a me sentar com Egginton. A refeição foi servida, os presentes brindaram "Ao Professor" e rapidamente voltamos a conversar sobre Tolkien.

"O escapismo é uma parte essencial da vida", disse Egginton, retomando um dos assuntos discutidos naquela tarde. Ele engoliu outra caneca de cerveja e deixou a cabeça pender de lado. "Caso esteja preso num reino da realidade que seja desconfortável, você escapará para o mundo interior."

Depois que terminamos de comer, Egginton olhou para mim e continuou a falar.

"O que eu sinto é que, depois de passar os últimos trinta anos lendo Tolkien, sou capaz de descer, ou talvez subir, dependendo do seu ponto de vista, com bastante facilidade até a Terra-média", disse ele. "Dentro do mundo, conforme vamos vivendo, existe o mundo que Tolkien criou". Em sua mente, ele conceitualizou o mundo de Tolkien como uma "versão espelhada" do mundo real que todos conhecemos e no qual vivemos.

É isso aí, irmão.

Egginton foi a primeira pessoa com quem tive uma discussão séria sobre Tolkien, ou sobre qualquer um desses assuntos — escapismo, fantasia e o porquê de tudo isso ter tanto apelo. Ele parecia estar olhando nesse espelho enquanto conversávamos.

FALANDO SOBRE TOLKIEN

Fui à Inglaterra no outono de 2003, no ápice da mania generalizada pelos *Anéis*, pouco antes do lançamento de *O Retorno do Rei*, o terceiro filme da trilogia de Peter Jackson. Fui incumbido por um jornal de explorar a popularidade contínua e universal de Tolkien e refletir sobre as razões pelas quais ele acreditava que a sociedade precisava de mitos modernos. Imaginei que o AGM da Tolkien Society em Chester, assim como Oxford, a cidade natal do escritor, seriam campos férteis para a minha pesquisa. Mas, além do compromisso profissional com o jornal, eu queria fazer uma peregrinação pessoal às casas e aos lugares onde ele escreveu *O Hobbit* e *O Senhor dos Anéis*. Tolkien era o mestre. Eu me sentia com um membro perdido do clã visitando a terra natal do meu líder, procurando pelas minhas origens. Mesmo assim, as sensações que eu tinha eram conflitantes. Durante a viagem, eu queria testar a mim mesmo para saber se ainda era um membro dessa tribo. Será que eu poderia conversar sobre Tolkien usando o jargão dos entusiastas? Caminhar como Gollum? E por que eu iria querer fazer essas coisas? Eu esperava que a minha viagem a Oxford e Chester pudesse esclarecer essas questões.

Para funcionar bem, todo cenário de fantasia precisa de uma ambientação verossímil. Nos seus livros, Tolkien conjurou um dos maiores intrincamentos de toda a literatura: a Terra-média, um mundo autônomo e alheio ao nosso, muito longe dos problemas raciais e sociais, e mesmo assim imbuído com temas arquetípicos e altamente fantásticos do bem, mal, honra e justiça. Tolkien criou suas próprias raças de pessoas e criaturas; criou idiomas para elas falarem; deu-lhes históricos, poemas, canções, crenças e árvores genealógicas; criou terras, mapas, geografias e calendários; e inventou uma história pregressa detalhada e uma nomenclatura consistente para concatenar tudo isso. Como o mundo não tratava especificamente de uma única cultura ou religião, os leitores perceberam que a obra era aplicável a todas elas. Estimativas sugerem que os livros de Tolkien já venderam cerca de 200 milhões de cópias por todo o mundo, o que o torna um dos maiores autores best-seller do nosso tempo. A trilogia dos *Anéis* também chega periodicamente ao topo de pesquisas sobre "o melhor livro do século". Dada a sua complexidade e detalhamento, as histórias de Tolkien convidam a uma participação diferente de qualquer outra obra literária anterior a ela — possivelmente, as únicas exceções seriam textos religiosos como a Bíblia.

"Você tem que acreditar que é possível sem acreditar que é real", disse Egginton. As pessoas que realmente acreditam que vivem na Terra-média, acrescentou ele, "... estão loucas. Não batem bem".

Comecei a pensar na curiosa incompatibilidade de desejos que ele parecia expressar — ao mesmo tempo, uma nostalgia de um mundo perdido que ele nunca viu e a melancolia em relação ao mundo real e moderno que ele habita. Para onde esse cara realmente ia quando "escapava"? Será que ele também não era meio pirado?

Eu poderia pensar que Egginton, como veterano de guerra, não teria qualquer motivo para jogar D&D ou outros jogos de que gostava, tais como *World of Warcraft*. Egginton lutou na Guerra do Golfo. Ele também fez parte da guarda de honra no Palácio de Buckingham e na Torre de Londres. Proezas de bravura e valor. Por que ele precisava de fantasia?

"Eu ficava mais na retaguarda", disse Egginton. "Não me sentia tão heroico assim. Soldados sempre são tratados com indiferença, até terem de salvar o rabo do país". Além disso, a sociedade costuma dar mais valor às "celebridades cafonas e baratas" do que ao verdadeiro heroísmo, lamentava ele. "Quando um esportista que ganha milhões de dólares pode ser chamado de herói e um policial, bombeiro ou enfermeira ganha uma miséria para ser dez vezes mais digno de elogios, é aí que você percebe que o mundo virou de cabeça pra baixo."

Quando era mais novo, Egginton não tinha o sonho típico dos meninos ingleses de marcar um gol decisivo no Estádio de Wembley. Tudo que ele queria fazer era explorar as montanhas, perambular pelas florestas e procurar elfos. O que atraiu Egginton para Tolkien foi a possibilidade de se imaginar em uma busca em um reino muito distante do século 21. Atacar um inimigo, falar uma língua antiga, mergulhar na história; criar sua própria existência sem as restrições da vida moderna, na qual ainda seria possível alcançar a grandiosidade.

Mas só os esquisitos poderiam ser realmente influenciados por Tolkien — aqueles que pareciam não ter vida. Eu dizia a mim mesmo que não tinha necessidade desses devaneios tolkienianos.

Já não eram mais para mim aquelas fantasias, não mais. Conhecer Egginton me fez sentir superior, ainda que eu fosse um indivíduo comum. Bola para a frente.

E foi então que algo engraçado aconteceu. Ao passar o tempo com tolkienistas como Egginton, vinte e quatro horas por dia, sete dias por semana, eu me lembrei do quanto é fácil se deixar encantar por Tolkien. Quanto mais falava com Egginton, mais eu achava que as opiniões articuladas sobre sua obsessão eram reconfortantes. Ele era um modelo de conformidade: totalmente centrado, adulto e maduro. Seus cabelos eram bem penteados, ele conversava racionalmente e olhava nos olhos do seu interlocutor. Embora chamasse a si mesmo de "anão de karaokê" — tinha uma figura atarracada, corpulenta e barbuda —, ele parecia ter uma boa noção da realidade. Não apenas isso, mas Egginton também não se desculpava ou lamentava a atração que sentia pela Terra-média. Ele encontrava sentido e significado enormes nas proezas dos heróis. Estudou as linguagens élficas e os apêndices das obras. Outras formas de escapar existiam, mas, no caso dele, nenhuma tinha o mesmo efeito daquele causado pelos universos de fantasia. Uma atividade escapista como a televisão, disse Egginton, era "o olho de Sauron me dizendo o que comprar, o que fazer". Entrar em ação, mesmo apenas em sua imaginação — identificando-se com o protagonista, como acontece quando se lê um dos livros de Tolkien ou Harry Potter —, era preferível ao consumismo passivo.

Conforme eu mergulhava cada vez mais fundo no universo tolkieniano e conversava com fãs naquele fim de semana, ficou claro que os leitores de Tolkien não são somente garotos adolescentes e geeks do mundo da informática. Tolkien não é apenas coisa de criança. Seus leitores são um recorte surpreendentemente diverso que engloba todos os gêneros, idades e estilos de vida[7]. "Há tantos fãs dos *Anéis* que são pacifistas-esquerdistas-liberais-salvadores-de-golfinhos quanto ultrarreligiosos-armamentistas-paroquiais", disse-me Erica Challis, uma das fundadoras da página de aficionados TheOneRing.net. "Além disso, todo tipo de opiniões políticas, culturais e religiosas que há entre esses extremos. É uma comunidade bastante diversificada, e geralmente muito inteligente, engraçada, culta e divertida". — No ápice da popularidade dos filmes, quando a obra ganhou muitos novos fãs, seu site recebia cerca de 1,1 milhão de acessos únicos por mês.

Em termos puramente comerciais, os *Anéis* se tornaram provavelmente a obra de ficção mais lucrativa e influente de todos os tempos. Todos os bolos decorados com motivos hobbits, castiçais votivos com a imagem do Balrog ou copos de tequila com a imagem de Aragorn comprovam isso. O sucesso mundial da trilogia de filmes que se tornaram campeões incontestáveis de bilheteria em países como Dinamarca, Rússia e Turquia também ajudou a dar legitimidade ao gênero de fantasia. Mas, mesmo antes dos filmes, o legado de Tolkien já havia estimulado um *boom* nos gêneros de fantasia e ficção científica, que hoje respondem por cerca de 10% de todo o volume mundial de livros publicados. O sucesso fenomenal de J. K. Rowling em parte se deve ao apetite pela fantasia que Tolkien semeou.

Antigamente marginalizado como obra que não mereceria o rótulo de "literatura", Tolkien agora é ensinado em sala de aula. A área de estudos sobre Tolkien rende teses de doutorado, fã-clubes que vão desde a Polônia até a Argentina, e, de acordo com a última contagem, há traduções de *O Hobbit* e dos *Anéis*

---

[7] A Tolkien Society diz que sua base de membros é composta por 57% de homens e 43% de mulheres; a média de idade fica entre o final da casa dos vinte e o início dos trinta, com alguns membros com oitenta anos e outros com oito.

em trinta e oito idiomas. No encontro anual do Congresso Internacional de Estudos Medievais, que ocorre anualmente no campus de Kalamazoo da Western Michigan University, vários painéis são dedicados a Tolkien e ao "neomedievalismo". Dessa conferência surgiu a Medieval Electronic Multimedia Organization, que estuda "filmes, programas de televisão, jogos eletrônicos e outras mídias eletrônicas que retratam ou reescrevem a Idade Média". Minha amiga Elly, cujo PhD em Harvard trata sobre autômatos medievais (robôs na Idade das Trevas — legal!), alertou-me para a existência de artigos acadêmicos tais como "Corpos Orcs, Personalidades Orcs: A Monstruosidade Medieval e Moderna na Terra-média" e até mesmo um no campo de estudos de gêneros intitulado "Cavaleiros, Sapatões, Donzelas e Viados".

ESTARÍAMOS CULTUANDO GANDALF

Egginton e eu continuamos a beber. Ele me disse que começou a ler os livros da série de *Nárnia* quando tinha oito anos.

"Você tem outros livros como esse?", ele perguntou à bibliotecária na época. Ela lhe deu *O Hobbit*. Ele leu as lendas do Rei Artur. Tinha quinze anos quando resolveu encarar os *Anéis*. Leu também outros autores de fantasia, como Terry Brooks, David Eddings e Stephen R. Donaldson, mas disse que "eles não têm a mesma profundidade" de Tolkien. Assim, sempre voltava à Terra-média, lendo os *Anéis* e *O Silmarillion* (o mito de criação de Tolkien que se passa antes da saga dos *Anéis*) a cada dois anos, desde que era adolescente.

Era difícil não questionar a sabedoria da devoção de Egginton à Terra-média, um mundo que não existia. Como eu disse, ele me parecia ser uma pessoa equilibrada. Mas será que, no fundo, não estaria deslocado do planeta Terra? Ou talvez isso fosse o efeito das várias canecas de cerveja Porter. Eu certamente sabia com exatidão o que Egginton queria dizer com a ideia de viver em dois mundos, sendo um o espelho do outro. Várias pessoas pareciam fazer isso. Meu amigo JP (aquele que me ensinou a jogar D&D) fazia isso sem qualquer dificuldade, pelo que eu percebia. Eu sabia que ele ficava tão encantado por fantasia quanto eu, mas ainda assim conseguiu ter uma esposa e ser pai de dois filhos. E quanto a mim?

Será que eu sofria de uma insatisfação crônica com a realidade que perdurou durante toda a minha vida? Eu sempre imaginava vidas paralelas para mim mesmo — uma namorada fictícia, um emprego fictício, um Prêmio Pulitzer fictício. Meus esforços criativos — casas na árvore a construir, quadrinhos para desenhar, livros para escrever, filmes para produzir e poemas para compor — sempre me deixavam decepcionado. Quando tentava traduzir o impulso criativo em algo que tivesse forma e substância irrevogáveis, o resultado sempre deixava a desejar. O que eu produzisse se tornaria real, mas inerte; um vasto meio-termo, inexoravelmente falho. Passei a preferir aquele outro lugar parecido com a Terra-média, no interior da minha cabeça, onde as minhas criações se apresentavam como joias intocadas, perfeitamente realizadas.

Uma hora depois, ou talvez mais, Egginton ainda estava bem animado com a conversa. Era tarde.

"Quem poderia dizer que Tolkien era diferente de Moisés?", perguntou ele. "O mundo de Tolkien é mais crível do que o de Moisés. A Bíblia é cheia de inconsistências. Tolkien podia reler seu trabalho e revisá-lo. Moisés nunca fez isso". Tolkien seria o "subcriador" — abaixo de Deus, mas também com o dom de criar vida. Egginton disse que Tolkien contava as mesmas histórias que sempre ouvimos, "recontando um mito de uma nova maneira". Igual ao cristianismo. A Terra-média é um sistema de crenças. "Talvez, há dois mil anos, Tolkien tivesse criado uma nova religião... nós estaríamos cultuando Gandalf... não leríamos a Bíblia todos os dias, e sim *O Silmarillion*."

Egginton era convincente, e eu estava pronto para me converter à Igreja da Terra-média. Imaginei Tolkien conduzindo humanos e hobbits à Terra Prometida. Egginton certamente estava preparado para conduzir sua seita. Disse-me que, em sua casa, o porão que ele havia adaptado e que chamava de "caverna dos orcs" estava repleto de materiais que remetem à obra de Tolkien: 61 exemplares dos *Anéis*; 43 exemplares do *Hobbit*; mais de 180 outros livros relacionados à obra de Tolkien; mais de duas dúzias de elmos, escudos, cajados de mago, adagas, machados dos anões e espadas (com nomes como Narsil, Andúril e Hadhafang); vinte jogos de tabuleiro e de computador ambientados na Terra-média, e mais de cem miniaturas pintadas.

"Se eu lhe dissesse que passo setenta e cinco por cento do meu tempo livre lá embaixo, não estaria exagerando", disse ele. "Eu vivo num mundo cercado por Tolkien". Era uma pena eu não poder ver isso com meus próprios olhos.

Ele parou por um momento, tomou um gole da cerveja e falou outra vez:

"É difícil não ver a beleza de Tolkien... é como um sonho. Um sonho adormecido".

Aquele sonho. Pensei que eu o havia superado, mas o feitiço de Tolkien ainda agia sobre mim. Subitamente eu me senti feliz por estar indo para Oxford, o lar de Tolkien durante cinquenta anos, e animado pela possibilidade de prestar uma homenagem ao patriarca da fantasia.

NO QUAL O AUTOR SE DESVIA DO CAMINHO

John Ronald Reuel Tolkien (1892–1973) não viveu tempo suficiente para testemunhar o advento dos videogames, para jogar *Dungeons & Dragons* ou ver sua obra transformada em filme. Mas, à medida que seus livros se tornavam sucesso entre o público *underground* na década de 1960, chegava a mania pela Terra-média. Slogans como FRODO VIVE e GANDALF PARA PRESIDENTE começaram a aparecer em adesivos colados em para-choques de carros, camisetas e bottons. Fã-clubes surgiram. Quando os fãs começaram a escrever para ele, importunando-o para esclarecer detalhes, relatando discrepâncias em seu universo e perguntando quando ele escreveria o próximo volume, Tolkien começou a perceber como os fãs podiam ser atraídos para o seu mundo. Embora houvesse rumores de que Tolkien secretamente ficasse contente com o nível de devoção dos seus leitores, toda aquela atenção também acabou lhe causando um certo desconforto. Ele chamava seus leitores de "meu culto deplorável". Sabia que a fantasia podia ser algo perigoso — um "vasto jogo", escreveu ele para o seu editor a respeito da obra, que podia causar uma "atração fatal". Até mesmo para ele.

O recluso acadêmico, lexicógrafo e catedrático de Oxford, de certa maneira, foi o primeiro geek. Ele se especializou na área relativamente mundana da Filologia (a história da linguagem). A maioria dos autores do início do século 20 se ocupava destruindo as convenções vitorianas e reunindo os pedaços em um modernismo carregado de ironia. Tolkien, não. Escritor amador, ele nem mesmo lia obras de ficção contemporâneas. Sentia-se repelido pelo mundo moderno. Fundou clubes literários com nomes arcaicos: O TBCS (*Tea Club and Barrovian Society*, o Clube de Chá e Sociedade Barroviana), a sociedade dos Kolbitars (que recebeu esse nome a partir das palavras *coal*, carvão; e *biter*, morder, do inglês. Os membros do grupo se sentavam tão perto do fogo que praticamente mordiam as brasas) e os Inklings. C. S. Lewis, autor da série de *Nárnia*, também foi membro dos Inklings. Tolkien se reunia com seus amigos intelectuais e entusiastas pela Idade Média em pubs, onde bebiam cerveja, fumavam cachimbo e criavam histórias à luz das lareiras.

Para o Tolkien medievalista, as sagas islandesas e poemas com mais de mil anos como *Beowulf* eram a melhor literatura já escrita. Dragões dominadores e magos bastante viajados e conhecedores do mundo pareciam ser candidatos perfeitamente legítimos para obras de ficção no século 20. Tolkien não se preocupava se seus livros seriam encarados como arte refinada ou histórias para dormir; na verdade, ele duvidava que suas criações despertassem interesse em outras pessoas além dos seus filhos e colegas de Oxford, como C. S. "Jack" Lewis. Cercado de pessoas que não compreendiam sua obra, Tolkien era ridicularizado. "Como está o seu hobbit?", zombavam os colegas. Apesar de toda aquela pressão, Tolkien prosseguiu resoluto. O Professor sentia-se impelido a inventar len-

J. R. R. Tolkien, o pai da fantasia moderna.
Foto: cortesia da HarperCollins Publishers Ltd., ©John Wyatt.

das porque, de acordo com o que acreditava, a Grã-Bretanha carecia de sua mitologia própria, verdadeira e autóctone. Com *O Hobbit* (publicado em 1937) e os *Anéis* (1954–55), o objetivo de Tolkien era "abrir a porta para Outro Tempo" e "permanecer... à margem do próprio tempo".

Como o gênero de fantasia já está bem estabelecido nos dias de hoje, as histórias neomedievais épicas de Tolkien talvez pareçam uma coleção de clichês. Mas ele as escreveu quando poucos outros autores o faziam. Eram épicos em extensão e contados em uma linguagem rebuscada. Suas tramas se desdobravam no decorrer de muitos anos, e frequentemente colocavam personagens comuns — como Bilbo e Frodo — em circunstâncias extraordinárias que envolviam magia, batalhas, criaturas estranhas e forças malignas. Suas empreitadas restauravam uma espécie de balanço primal ao mundo. Claro, não foi Tolkien quem inventou o gênero. Mas, ao reviver suas regras, ele foi o autor certo na época certa, e tirou a sorte grande. Ninguém poderia prever o sucesso que sua fantasia heroica, romântica e épica faria.

FUJAM, SEUS TOLOS!

Depois do AGM da Tolkien Society em Chester, peguei o trem para Oxford. Fui visitar os pubs escuros onde Tolkien bebia para encontrar inspiração e visitar as casas onde ele criou os primeiros manuscritos dos *Anéis*. Prometi a mim mesmo que iria entrar sorrateiramente nos jardins em estilo gótico onde ele viveu e estudou, perambular ao lado da sombra de Tolkien e escutar. E a melhor época para fazer isso seria exatamente no período de maior popularidade da obsessão frenética pela trilogia dos filmes.

Mas a Oxford University, onde Tolkien lecionou línguas e literatura medievais de 1925 a 1959 não celebrava o seu herói literário. Na verdade, eles praticamente ignoravam o seu legado. Apenas os resquícios mais sutis da época que Tolkien passou ali continuavam entalhados nas silhuetas das oito casas e quatro faculdades que ele frequentou. Minha missão consistia em recuperar e registrar as marcas deixadas por Tolkien conforme eu andava. Talvez ele tivesse evitado os holofotes, mas eu acreditava que Tolkien — o mestre que criava mapas e jornadas heroicas — iria aprovar. Eu sentia que devia algo a ele. Lembrei das palavras de Gandalf para Bilbo Bolseiro e os anões em *O Hobbit*, antes que eles entrassem na Floresta das Trevas: "Não se afastem da trilha!" Mas ali a trilha de Tolkien estava encoberta por boatos e passos em falso. Não havia uma trilha a seguir. Oxford seria uma aventura solo, como os livros da série *Choose Your Own Adventure*.

Passei alguns dias sozinho em Oxford. Encarregado de cumprir uma missão importante e lendária, comecei a peregrinação. Sozinho. Em uma cidade estranha, eu não esperava encontrar ninguém conhecido. Mas, cinco minutos após descer do trem, caminhando pela George Street, eu vi um rosto familiar.

"David?"

"Ethan!"

Ficamos nos olhando, embasbacados.

"O que você está fazendo aqui?", nós dois perguntamos um ao outro quase simultaneamente.

Amigo de longa data do meu pai e da minha madrasta e uma espécie de mentor pessoal para mim, David me conhecia desde os meus dias de *Dungeons & Dragons*. Ele mora em Ontário quando não se bandeia para os lados do Sudão ou de Bangladesh para fazer boas ações em missões humanitárias, um verdadeiro herói do mundo real. David me disse que estava na cidade para participar de um encontro da Oxfam[8], e eu resumi rapidamente a razão da minha estada em Oxford. Nossa passagem pela cidade teria apenas um dia em comum; assim, fizemos planos rápidos para nos encontrarmos naquela noite em um dos lugares onde Tolkien ia beber regularmente. Considerei que a presença de David era um bom presságio e me perguntei se haveria um grupo de heróis se reunindo enigmaticamente para a minha missão em Oxford.

Às sete da noite eu me encontrei com David diante do The Eagle and Child, um pub do século 17 onde os Inklings costumavam se encontrar para discutir o que haviam escrito nas manhãs de terça-feira, de 1939 a 1962. Olhei para o letreiro do pub: uma ave de rapina voando para longe com um bebê em suas garras. Ao vê-la com as asas batendo ao vento, perguntei-me se aquela imagem haveria inspirado uma cena famosa em *O Hobbit*: o resgate de Bilbo e seus companheiros por águias gigantes. (No capítulo seis, para vocês que estão acompanhando em casa.)

Com logotipos de cervejas modernas, um computador sobre o balcão do bar e uma placa que proclamava OS INKLINGS ESTIVERAM AQUI, o pub foi uma decepção. Fomos para outro refúgio literário que ficava mais adiante naquela mesma rua, o White Horse. Ah, esse lugar parecia mais com o que eu imaginava: um covil com mesas surradas de madeira e uma clientela mais surrada ainda. Aqui, na década de 1940, Tolkien recebia o feedback sobre os rascunhos dos *Anéis* dos seus aficionados de cerveja eruditos.

---

[8] *Oxford Committee for Famine Relief* (Comitê de Oxford de Combate à Fome), organização humanitária fundada em 1942. (N. T.)

Pedi uma caneca de cerveja e David, um conhaque. Erguemos nossos copos.

"Ao Professor", eu disse.

Fiquei feliz por David estar comigo; estava ansioso para compartilhar com ele as minhas ideias nascentes sobre fantasia, jogos em geral e o legado de Tolkien. Contei-lhe sobre o meu encontro com Egginton. Disse que as pessoas que liam Tolkien frequentemente passavam a jogar D&D. E expliquei a David que D&D era um jogo que não precisava de nenhuma tecnologia especial, sendo quase anacrônico quando comparado a jogos como *World of Warcraft*. Públicos acostumados aos belos gráficos produzidos pelos computadores de hoje teriam dificuldade para imaginar a atração fanática de um mundo de fantasia onde se jogava com lápis, papel e miniaturas de metal — ferramentas tão toscas quanto ossos e porretes. Quando eu jogava D&D, gráficos computadorizados eram quadriculados, tinham somente cores primárias e eram tortos. Nada de texturas fotorrealísticas, nada de placas de som de 24 bits. Nada que fosse incrivelmente imersivo. A experiência ocorria predominantemente em nossas cabeças, dependendo da nossa própria capacidade de imaginar.

"Não é do jeito que a garotada brinca hoje em dia", resmunguei.

Sendo de uma geração anterior à minha, David falou sobre o seu relacionamento com a fantasia. Disse que leu uma edição barata, impressa em papel-jornal, dos *Anéis* na década de 1960 enquanto fazia faculdade no Canadá, e nunca mais voltou a se interessar pela obra. Ela não o atraiu.

"Por que não?"

"Não era exatamente o que eu gostava."

"Andei pensando", eu disse, sentindo-me um pouco mais audacioso por causa do álcool. "Toda essa coisa de Tolkien, essa fantasia de irmandade entre homens, elfos, hobbits e anões... é relativamente importante para mim." Mas eu estava somente começando a formar minhas teorias sobre o escapismo fantástico. Li uma biografia de Tolkien no trem durante o trajeto de Chester a Oxford. "Você sabe, ele sofreu traumas. Tolkien e vários dos seus amigos, como o próprio C. S. Lewis, escaparam por pouco da Batalha do Somme, na Primeira Guerra Mundial. Eles viram seus amigos morrerem." Também destaquei que tanto Tolkien quanto Lewis sofreram por perder os pais quando ainda eram muito novos.

"Talvez tenha sido isso que os levou a se afastar do mundo", sugeriu David.

"Sim, e tem outra coisa", eu acrescentei. "Nem Tolkien nem Lewis tinham carro. Não sabiam dirigir. De maneira geral, ignoravam a política e as notícias." Eu também não tinha carro, e me identificava com a mensagem pseudoambientalista dos *Anéis,* que lamentava o avanço da tecnologia. Talvez a tristeza pelo seu passado e uma rejeição à modernidade tivessem deixado Tolkien sem qualquer saída, com exceção da própria imaginação e de suas histórias anacrônicas, que foram muito mais impactantes por terem sido escritas muito tempo antes que a ficção científica e a fantasia se tornassem os gêneros literários estabelecidos dos dias de hoje.

Tomamos mais uma rodada e nos despedimos antes de voltarmos para nossos respectivos hotéis. A Sociedade, tal como era, havia se despedaçado.

Caminhei até a minha hospedaria, maravilhado pelas paredes maciças dignas de uma fortaleza em cada uma das faculdades de Oxford. Ainda um pouco embriagado antes de dormir, comecei a especular se os contornos entrecortados das silhuetas dos torreões da universidade instilaram as visões de Tolkien sobre cidades como Minas Tirith. Ou se a reprodução da Ponte dos Suspiros de Veneza inspirou a Ponte de Khazad-dûm, que se estendia sobre o abismo que Gandalf, Frodo, Aragorn, Sam, Pippin, Merry, Legolas, Boromir e Gimli atravessaram enquanto eram perseguidos por orcs pelas Minas de Moria.

Em meu quarto, eu li a passagem correspondente em *A Sociedade do Anel*, uma das minhas favoritas. Tolkien descreve Khazad-dûm como uma "uma estreita ponte de pedra, sem parapeito ou qualquer proteção, que cruzava o abismo num arco de quinze metros". É nessa ponte que Gandalf, o mago, luta contra o maligno Balrog.

Fiz uma pausa em minha leitura e lembrei da primeira vez que li aquelas palavras, provavelmente durante o oitavo ano da escola, quando meu amigo Mike e eu estávamos disputando para ver quem seria o primeiro a terminar a trilogia (e ele ganhou). Estando aqui em Oxford, a minha conversa com David me fez refletir sobre todas as razões pelas quais as pessoas se sentiriam atraídas pela obra de Tolkien ou por qualquer coisa que fosse relacionada à fantasia. Como tenho o hábito de criar listas, eu me sentei na cama e, num pedaço de papel, comecei a escrever.

Por que fantasia?

1. *Escapismo evidente (de problemas: emocionais, conjugais, societais, terrorismo, econômicos).*

2. *Sensação de impotência (relacionado ao item 1).*

3. *Desejo de não se sentir como uma pessoa comum, e sim como um herói; sentir que faz parte de uma narrativa maior (imortalidade?).*

4. *Excesso de tempo livre (comparado à vida dos camponeses/ fazendeiros; referência à "comunidade autônoma" de Monty Python?).*

5. *Desejo (genético?) de interpretar/revisitar desafios humanos — traição, vingança e a superação de grandes dificuldades.*

6. *Maneira segura de expressar necessidades, medos e desejos.*

7. *Fantasia = bem × mal. Realidade: muitos tons intermediários. Necessidade de uma visão de mundo simplista.*

8. *Conexão com a natureza/magia — um Jardim do Éden perdido? Época pré-industrial?*

9. *Realidade insuportável, sobrecarregada. Excesso de notícias.*

10. *Retorno à infância / reviver a infância.*

Esta última eu acabei eliminando da lista:

10. ~~*Retorno à infância / reviver a infância.*~~

10. *Brincar de polícia e ladrão / índio e cowboy outra vez. Em seguida, acrescentei:*

10. *Só para ficar claro, não estou falando de mim.*

Voltei a ler a *Sociedade*, na qual Gandalf e Balrog esperavam por mim na ponte, engalfinhados em combate:

"Mas, no momento em que caía, brandiu o chicote, e as correias bateram e se enrolaram em volta dos joelhos do mago, arrastando-o para a borda. Ele perdeu o equilíbrio e tombou, agarrando-se em vão à pedra, e escorregou para dentro do abismo. — Fujam, seus tolos! — gritou ele, e desapareceu."

E eu acabei adormecendo.

ENVERGONHADO DE ADMITIR O LEGADO DE TOLKIEN

Na segunda manhã da missão, dei uma olhada nas minhas provisões. Mapa (do tipo amarrotado, típico dos turistas)? Ok. Guarda-chuva (também meio surrado)? Ok. *Lembas* — os "pães de viagem" élficos, parecidos com biscoitos, pelo seu valor nutritivo durante as jornadas (e que tecnicamente não são diferentes de pães rápidos e sem fermento apreciados pelos britânicos, mas e daí)? Ok. Ressaca (leve tontura e dor de cabeça?) Ok. Vamos às brumas, então.

Imaginei que uma cronologia das várias casas que serviram de residência a J. R. R., a sua esposa, Edith, e seus quatro filhos poderia me revelar alguma coisa. Mas, conforme eu andava de uma casa para outra, descobri que, bem, Tolkien era uma pessoa inquieta. As casas onde ele morou me pareceram não ter nada de especial, e algumas eram até mesmo feias. Imaginei que, já que passava tanto tempo em Oxford, a sua necessidade de fazer grandes jornadas acabava sendo saciada simplesmente por mudar de endereço a cada poucos anos. Ou por sonhar acordado.

Ele começou a escrever a história pregressa da Terra-média nas trincheiras da Primeira Guerra Mundial, mas os livros começaram a ser escritos na casa número 20 de Northmoor Road. Fiquei diante da residência modesta de estuque cinzento.

Enquanto corrigia provas, durante um devaneio, ele escreveu as primeiras palavras do livro *O Hobbit*: "Em um buraco no chão vivia um Hobbit" no verso de um de seus diários de classe azuis. Imaginei o autor em seu estúdio, olhando para o fogo da lareira com um cachimbo na mão; em seguida, ele molha a ponta da caneta no tinteiro para escrever, em letra cursiva, uma linha de diálogo de Gandalf ou inventar algumas palavras para uma canção élfica. Seria a Terra-média a sua principal forma de viajar sem sair da poltrona? Imaginei Jack Lewis comentando: "Arrisco dizer que, com a esposa e as crianças dormindo e todas aquelas provas para corrigir, é claro que um pouco de fantasia se justifica, meu chapa!" Não passei muito tempo ali, imaginando que os moradores atuais estariam querendo arrancar aquela placa azul que declarava J. R. R. TOLKIEN, AUTOR DE O SENHOR DOS ANÉIS, MOROU AQUI DE 1930 A 1947. Tenho certeza de que os donos da casa não gostavam da ideia de se deparar com fãs de Tolkien escondidos entre os arbustos para fotografar o lugar.

De volta à cidade, a Oxford University mal se lembrava dele. Além de lhe conferir um doutorado honorário em Letras um ano antes da sua morte em 1973 e instalar um busto de bronze com a imagem de Tolkien, esculpido pela sua nora, Faith Tolkien, na biblioteca do Departamento de Língua Inglesa, Oxford deu as costas a Tolkien e ao seu legado.

Percebi que conjurar e entrar em comunhão com o meu herói literário demandaria mais imaginação, mas, conforme o crepúsculo estendeu seu manto sobre Oxford, eu não tinha tanto tempo para refletir. Peguei um ônibus rumo ao cemitério Wolvercote. Pequenas placas marrons me conduziram por lápides indistintas até o derradeiro local de repouso do escritor. Com uma grossa lápide e uma borda de pedra emoldurando um retângulo de alecrim, amores-perfeitos e rosas, o túmulo de J. R. R. e Edith lembrava uma cama. Alguns fãs deixaram oferendas: uma vela, um rosário de madeira, uma presilha de cabelo cravejada de joias. Com letras negras em alto-relevo sobre a tumba de granito negro com pequenas manchas incrustadas no mineral, a inscrição exibia:

EDITH MARY TOLKIEN
LUTHIEN
1889–1971

JOHN RONALD REUEL TOLKIEN
BEREN
1892–1973

"Luthien" e "Beren"? Esses são os nomes dos heróis de um conto de fadas que Tolkien escreveu em 1917 sobre um homem mortal que se apaixona por uma donzela élfica imortal. O tema floresceu posteriormente, em *O Senhor dos Anéis*, entre os personagens Arwen e Aragorn. Após a sua morte, o Professor conseguiu se transformar em mito. Quem não gostaria disso?

Voltei a pensar no que Mark Egginton me disse sobre o escapismo ser parte essencial da vida, mesmo enquanto os pés de uma pessoa ficam firmemente plantados no mundo real. Egginton me deu permissão para admitir minhas próprias obsessões. Também me lembrei de conversas que tive com fãs durante o passeio da Tolkien Society pelos pubs. O apelo da alta fantasia não era simplesmente fazer de conta que alguém era um herói ultrapoderoso, dotado de poderes másculos e talentos mágicos. Com Tolkien, os protagonistas centrais — os humildes hobbits — não têm qualquer poder especial... assim como a média dos fãs de Tolkien. E ainda assim é o hobbit, a invenção real de Tolkien, e não os guerreiros ou os magos, que acaba salvando o mundo.

Túmulo de Tolkien e sua esposa, Edith, no cemitério Wolvercote, Oxford.
Foto: cortesia do autor.

Quando você lê os livros ou assiste aos filmes (ou mesmo quando joga os jogos), tem a sensação de que, se um reles hobbit pode resistir ao mal, por que não você? Se aquela pessoinha é capaz de entrar em Mordor e destruir o Um Anel nas chamas da Montanha da Perdição, então talvez nós possamos encarar nossos próprios problemas. Eu não sabia exatamente quais eram os problemas pessoais que Egginton teve de enfrentar, mas um certo boneco chamado Ethan sabia que tinha uma montanha enorme para escalar.

O mundo de Tolkien brotou a partir de um livro — apenas uma das facetas dentre os vários lados do seu d20 de fantasia. E os jogos? Será que tinham algo a oferecer além de diversão boba para um adulto? Eu ainda nem havia saído da floresta. Não tinha todas as respostas. E o meu próprio jogo, vasto e amplo, ainda aguardava.

Lizzard Lake
Mount Dar
Lorsorac Woods
RODEN
Mors River
Troll Mts.
Prendor Tower
Withered Hills
Wilting Woods
Eagle River
Krendil
Mondil Lake
Borso Woods
Toris
Gladen River
Lorserach Plains
Bon
Silver Lake
White Hills
Black Lake
Black Woods
Black River
Balcar
Dragon's Breath
Silver River
Dragon's Crest
Green Hills
The Dark Woods
Malg Swamp
Brog Mts.
Arond Pass
Darn Forest
Dafed River
Paon River
Brand
BANGOR

Cubo Gelatinoso

Frequência: Incomum

Quantidade por encontro: 1

Classe de armadura: 8

Movimento: 6

Dados de vida: 4

% de estar no covil: 0

O cubo gelatinoso não é uma presença incomum nas masmorras. Sua forma cúbica é ideal para absorver todos os organismos vivos, assim como carniça e cadáveres, do piso e das paredes das passagens subterrâneas...

Se um cubo gelatinoso tocar (atingir) um oponente, é necessário fazer uma jogada de proteção contra paralisação, ou a criatura tocada será anestesiada por 5 a 20 rodadas de combate. Em seguida, o cubo absorve a vítima, secreta fluidos digestivos e digere a sua refeição. O dano causado aos oponentes se deve às secreções digestivas.

— Retirado do *Manual dos Monstros do Dungeons & Dragons* – Quarta Edição

4

De volta à masmorra

Você deve rejeitar o sol. Para os habitantes da superfície, talvez este seja um dia maravilhoso. Esqueça. Você tem suas próprias batalhas. Mesmo no calor de 33 graus do verão, aproxime-se da porta, diga "amigo" e entre.

Aqui está frio. Você passa por várias pilhas de livros, tanto aqueles que foram escritos por autores consagrados quanto os mais recentes, bolsas de veludo cheias de joias e criaturas que se espalham pelo lugar. Será que querem lhe fazer mal?

Você anda rapidamente, desce os degraus, vira à esquerda e, depois, novamente à esquerda. Mal-iluminado. Úmido. Mensagens dos que estiveram aqui antes estão afixadas na parede.

"Aventureiros!" "Estão preparados?" Uma galeria de retratos de heróis e semideuses. Mapas, campos de batalha e castelos em ruínas. Fileiras e mais fileiras de soldados de infantaria, imóveis como estátuas, esperando pela guerra.

Pessoas com sorrisos tortos no canto da taverna. Amigos ou inimigos em potencial? Homens com cabelos longos, barbas e corpos grandes, muitos com roupas pretas e largas. Roupas adornadas com figuras heráldicas de todo tipo: dragões, lobisomens. Botas de couro. Piercings. Tatuagens. Uma moda que há algum tempo não era vista por estas bandas. Há poucas mulheres.

Pessoas estranhas das redondezas estão nesta taverna. Irrequietas. Conversam rápido. Ninguém olha você nos olhos.

Ainda assim, você tenta escutar as conversas: eles ouviram os rumores sobre crianças raptadas. Uma cripta assombrada. Feiticeiros e mortos-vivos guardando tesouros. Do que eles precisam? Das suas habilidades de ladrão, seus feitiços de cura, sua aptidão com um machado ou uma espada?

"Hum, ei, pessoal", você tenta. Algumas cabeças se viram na sua direção. "Posso jogar?"

Eles abrem espaço. A maioria deles ainda não o encara.

Uma voz que vem do alto, alguma espécie de Deus, começa a narrar a história que você logo vai habitar e ajudar a contar:

Dois meninos desapareceram da casa onde moravam no meio da noite, e seu pai, um ourives especializado em artefatos de prata chamado Quinn Stasi, veio pedir sua ajuda. Embora ele não saiba quem sequestrou seus filhos ou as razões para tanto, graças a um ritual místico executado no templo de Erathis, que fica nas redondezas, ele sabe que os garotos ainda estão vivos, não estão muito longe e que estão em algum lugar próximo do Mausoléu de Shadowhaunt, uma tumba muito antiga de uma linhagem esquecida de generais. O lugar é evitado pela população local, que acredita que ele é mal-assombrado.

"Quer uma bala Starburst?", diz Evan de Pelor, um clérigo humano.

"Obrigado." Você estende a mão para pegar o doce, tira a embalagem e o joga na boca.

Você está dentro. Está jogando outra vez. Seu idiota.

VOLTEI A ENTRAR NO CLIMA DO D&D

"Faz dezessete anos que não jogo D&D", diz um cara com mais ou menos a minha idade, que joga com um personagem chamado Desand Quickfoot, um meio-elfo ladino. Ele trouxe sua velha bolsa de dados para o jogo e rolou seu d20 para ver se conseguiria acertar seu algoz. "E meu primeiro rolamento é logo um 1!" Um golpe poderoso que erra o alvo. Ele abre um sorriso conformado, mas está claramente decepcionado com o seu retorno, não tão triunfal quanto esperava.

Ainda assim, fiquei feliz por esse cara, que retornava mais uma vez, e bravamente, à masmorra. Quando o seu Desand tentou executar o que ele chamou de "Manobra élfica ao estilo de *O Senhor dos Anéis*" e saltou sobre um sarcófago para atravessar um incêndio de grandes proporções, recebendo 18 pontos de dano no processo, percebi que tínhamos certa afinidade e que ele era um maluco desgraçado, sem possibilidade de cura.

Eu estava na loja de jogos da minha cidade, a Pandemonium Books and Games, em Cambridge, Massachusetts. Os "games" do nome da loja não são coisas como *Banco Imobiliário* ou *Detetive*. Não há nada disso por aqui. Estamos falando de jogos de estratégia, jogos de fantasia, miniaturas, livros de ficção científica e fantasia e bolsas de feltro para guardar dados. Eu conheci minha namorada em uma festa que não ficava muito longe dessa loja de jogos. Nunca, nem mesmo em cem anos, eu admitiria a ela que passava o meu tempo aqui; mesmo assim, as condições da minha missão autoimposta eram mais importantes do que a revelação de toda a verdade. Minha missão: jogar D&D novamente, ver se eu conseguia me lembrar do jogo e o que havia mudado, e se eu teria condições de entrar no clima dos RPGs outra vez. Dançar com os dados outra vez.

A despeito da popularidade dos RPGs online — incluindo o próprio jogo online para múltiplos usuários, (*Massively Multiplayer Online game*, ou MMO) —, a Wizards of the Coast, empresa responsável pelo D&D, estima que quatro milhões de pessoas ainda se divertem com o jogo da maneira como eu costumava jogar, presencialmente, sentadas ao redor de uma mesa na sala de jantar ou no porão da casa, com o piso cheio de sacos de salgadinhos, garrafas de refrigerante e montes de dados poliédricos.

Era 21 de junho de 2008, o dia em que a Wizards of the Coast (WotC) lançou a aguardada quarta edição do D&D. A WotC, inteligentemente, fez com que o lançamento dos novos manuais de regras coincidisse com um "Dia Mundial do D&D". Qualquer pessoa poderia chegar da rua, entrar na loja e, assim como se pode ingressar em um time de pessoas desconhecidas selecionadas aleatoriamente para um jogo de basquete, fazer um *test drive* com o jogo. Milhares de lojas especializadas em jogos e hobbies por todo o mundo estavam promovendo uma aventura de quatro horas chamada de *Into the Shadowhaunt* sobre os garotos sequestrados, com uma recompensa de cinquenta moedas de ouro para investigar o mausoléu, e mais cinquenta se os meninos fossem encontrados. Era a estratégia para encantar os jogadores, para nos fazer gastar 34,95 dólares por cada um dos manuais de regras de capa dura, ou 104,95 dólares por uma caixa com os três. Fantasia não é uma coisa barata.

Conheci o DM, um cara chamado Matt, dei uma olhada nas fichas de personagem que já estavam prontas e escolhi um anão guerreiro chamado Durgen Darksteel[9]. Os atributos da ficha

[9] Outra personagem disponível para os jogadores, uma maga Eladrin chamada "Althaea Gildleaf", tinha um nome muito parecido com o meu nome real para que eu conseguisse interpretá-la de maneira séria. Os nomes dos personagens que

pareciam familiares: Força: dezesseis; Constituição: quinze; Carisma: dez. Mas outros itens da ficha me deixaram confuso: "Pulsos de Cura"? "Defesa de Vontade"? "Ataque Fulminante"? Tentei me apresentar aos outros jogadores, em sua maioria pessoas com mais de vinte, mais de trinta anos. Não houve muitas respostas. Não havia tempo para cortesia, pelo que parecia. O jogo começou rapidamente. Matt, o DM, contou a história dos meninos raptados. Tentei entrar no clima. Começamos a nos concentrar na tarefa, entramos na cripta, rolamos dados e matamos hobgoblins e esqueletos mortos-vivos. Não houve muita "interpretação de papéis" no jogo, com exceção do cara que me ofereceu umas balas, cujo personagem clérigo ocasionalmente gritava: "Em nome de Pelor, eu o castigarei!".

Senti... empolgação, e também certo desdém. Isso era um passo atrás ou uma adaptação simplista? Eu não jogava desde 1985. Depois, percebi que as pessoas nas outras quatro mesas, onde a mesma aventura estava sendo jogada, pareciam estar se divertindo mais. Mesmo nas profundezas do universo geek, eu não estava com o grupo mais descolado.

NO QUAL DEFINIMOS OS TERMOS "GAMER", "NERD" E "GEEK"

Atletas × nerds, músculos × cérebro, descolados × CDFs; a América tem uma relação conflituosa com os inteligentes, os estudiosos ou qualquer pessoa que decidiu não seguir o caminho do macho alfa caçador. Como David Anderegg ressalta em *Nerds: Quem São Eles e Por Que Precisamos de Mais Deles,* há uma cisão em

---

eu interpretei durante essa missão voltariam para me assombrar. Já era ruim o bastante que as pessoas que eu conheci achassem que "Ethan Gilsdorf" soava meio élfico.

nossa cultura entre "Homens de Ação" e "Homens de Reflexão". O Super-Homem incorpora esses extremos polares. Clark Kent representa o lado introvertido, reservado e nerd. Mas é o herói público, musculoso e onipotente de Krypton que a cultura celebra. Nossa sociedade supostamente estimula bons resultados em matemática, em ciências, mas também crucifica as pessoas por serem inteligentes. Sim, queremos ver nossos filhos indo bem na escola — desde que os interesses que eles desenvolvem, o conhecimento que adquirem e as áreas que eles dominam tenham relevância no mundo real. Em outras palavras, é melhor que a carreira de astrofísico lhes renda muito dinheiro. Por outro lado, se você for muito inteligente, os outros irão dizer que você é um esquisitão e lhe condenar ao ostracismo, sempre o último a ser escolhido para um dos times de futebol na hora do recreio. É uma mensagem confusa.

Hora de estudar um pouco de terminologia: as palavras *geek* e *nerd* frequentemente são usadas como sinônimos. *Geek* antigamente significava *General Electrical Engineering Knowledge* (Conhecimento Geral de Engenharia Elétrica), um fragmento do jargão militar americano. Um *geek* também era um artista de circo que arrancava as cabeças dos animais com os dentes e as comia. Daí a associação entre a ciência, a matemática e o caráter de aberração. Em seu uso mais comum, *nerd* é utilizado para descrever alguém que sabe usar computadores e que não tem muito traquejo em situações sociais. Você sabe como é: o garoto inteligente sem autoconfiança, desengonçado e que não conhece as sutilezas adequadas, tais como olhar nos olhos e o fluxo normal da conversa, sem tentar dominá-la ou sem deixar que a outra pessoa seja a única a falar. Mas, recentemente, o termo *geek* passou a designar qualquer pessoa que se interesse por desenvolver uma habilidade ou que seja devotada a um assunto que pareça um pouco extremado: geeks de filmes, geeks de histórias em quadrinhos, geeks de teatro, geeks de história, geeks de música, geeks de arte, geeks de filosofia, geeks de literatura. Tanto *geek* quanto *nerd* podem identificar alguém que expresse uma paixão exacerbada por algum hobby em um monólogo ininterrupto. Já a palavra *gamer* se refere a entusiastas sérios de jogos de tabuleiro, RPGs, jogos de estratégia e videogames. Tramas intrincadas e conjuntos complexos de regras costumam empolgar as pessoas obcecadas por saber "como as coisas funcionam", e assim os jogos frequentemente exercem atração sobre mentes geeks. Mas gamers não são necessariamente geeks ou nerds, pelo menos se considerarmos os estereótipos; conheci vários gamers que eram veteranos das forças armadas. É bom ter em mente, antes de classificar qualquer pessoa de acordo com visões estereotipadas, que esses termos são apenas parâmetros gerais.

Desde a época em que eu jogava D&D, na minha adolescência, declarar o seu pedigree geek se tornou algo bastante aceitável e até mesmo elegante. Quando anunciei que iria embarcar na missão de explorar o meu passado de fantasia, os meus amigos repentinamente admitiram que jogavam D&D na época da escola, ou ser fãs de Harry Potter, ou haver namorado alguém que "gostava muito e jogava bastante *Ultima Online*". Mike Myers, Robin Williams e Stephen Colbert tinham o hábito de jogar D&D; aparentemente, Vin Diesel ainda joga. Mas não é apenas o fato de que atividades como jogar jogos como esses e gostar de gêneros como ficção científica e fantasia se tornaram mais aceitáveis de maneira geral. Os próprios gamers adultos não se sentem mais constrangidos. Sim, alguns podem ignorar as risadinhas das outras pessoas em relação às suas coleções de miniaturas de jogos como *Warhammer*. Mas é melhor tomar cuidado para não rir de qualquer um; alguns dos gamers na

Pandemonium Books and Games se parecem com membros da banda Motörhead. Ou dos Hells Angels.

Conversei com uma mulher que trabalhava na Pandemonium. Ela usava uma touca de lã verde fosforescente e uma camiseta com os dizeres MORRA, ORC. Enquanto dava uma tragada no seu cigarro, ela disse que sabia o que era, e não tinha vergonha de admitir.

"Geek é algo que tem a ver comigo", disse ela. Alguns dos seus maiores compradores de livros e jogos de ficção científica e fantasia são diretores de empresas, médicos, advogados e empreiteiros. "Os geeks saíram do armário. As pessoas sentem orgulho de serem geeks".

Por que eu não sentia o mesmo?

A SENSAÇÃO DE PERTENCER A UM GRUPO MAIOR

Conforme eu conversava com mais e mais gamers, especialmente aqueles com a minha idade, percebi que um certo padrão começou a surgir. Eles me diziam que, depois de anos jogando apenas online, haviam voltado aos jogos em grupo, praticados presencialmente e usando papel e caneta. Partir em aventuras solitárias no WoW e em outros MMOs lhes causava uma sensação de solidão. Eles sentiam falta de poder estar frente a frente com outros gamers, da pouca tecnologia e do aspecto tangível de estar em uma mesa de jogo. Eu sabia que sentia saudades do meu ritual semanal do D&D, daquela camaradagem e cumplicidade.

Algumas semanas antes da minha redoutrinação no D&D, conversei com Pete Nelson numa noite de quarta-feira na Pandemonium. Desci até o subsolo da loja para dar uma olhada. Em uma das mesas, um grupo estava reunido ao redor do jogo de tabuleiro *Colonizadores de Catan*, que é incrivelmente popular. Em outro canto do subsolo, dois caras disputavam uma partida de outro jogo de tabuleiro, chamado *Blood Bowl*. Imagine formar um time de humanos, goblins, anões, orcs e trolls para jogar uma versão fantástica de um esporte que é um híbrido de futebol americano, rúgbi e Rollerball[10].

"Tire essas patas fedidas de cima de mim, seu macaco imundo!", gritou um deles, agitando uma miniatura. Um tamborilado rápido, algo como um cruzamento entre *O Planeta dos Macacos* e um jogo de futebol americano da NFL, teve início. Parecia uma vaia coletiva.

Em outro canto, Nelson e um cara chamado Max estavam debruçados sobre uma mesa jogando um jogo de miniaturas diferentes sobre um mapa todo colorido, impresso em papel brilhante. Fui até onde eles estavam.

"Oi. Estamos jogando D&D *Miniatures*", disse Nelson. "Eu venho aqui toda quarta-feira para ensinar as pessoas. Quer aprender?" Os dois homens falavam com clareza e inteligência, vestiam-se bem e tinham o rosto barbeado. Os dois usavam alianças de casamento. Algo que era inacreditavelmente normal. E por que não?

"Ah, claro", eu disse.

Dungeons & Dragons Miniatures foi lançado em 2003. As partidas são disputadas com pequenos cartões cheios de atributos e estatística. Cada cartão corresponde a uma miniatura de plástico pintada. As miniaturas combatem em "mapas de batalha" coloridos e quadriculados. Nelson me disse que os jogadores têm o mesmo número de pontos para equipar seus "bandos de

---

[10] Filme dirigido por Norman Jewison e estrelado por James Caan, de 1975, focado num esporte violento e futurista com o mesmo nome. Foi lançado no Brasil com o título *Gladiadores do Futuro*. (N. T.)

guerra" com monstros e humanoides. Quando criou o *Miniatures*, a WotC claramente tentava competir com *Warhammer*, um jogo de tabuleiro de combate entre miniaturas numa ambientação fantástica cujo universo é composto por magia, armas de fogo e exércitos de diferentes criaturas. Com o ritmo rápido do seu sistema de combate simplificado, o D&D *Miniatures* também estava tentando preencher a lacuna que há entre os jogos de guerra e RPGs para atrair os jogadores de MMO viciados em batalhas. Ou talvez quisesse atrair jogadores nostálgicos como eu, que não conseguem justificar o ato de jogar D&D por dias e dias atualmente, mas que poderiam estar dispostos a disputar partidas de *Miniatures* uma ou duas horas por semana. O jogo usava termos de combate típicos do D&D, como "Classe de

Um close das miniaturas usadas no jogo D&D Miniatures. Foto: cortesia do autor.

Armadura" e "Pontos de Vida", e utilizava monstros do velho universo do D&D como o Devorador de Mentes, o Tríbulo Brutal e o Arbusto Errante, que até mesmo eu conseguia reconhecer. Além disso, as miniaturas eram brinquedos bem legais.

Sincero e de fala tranquila, Nelson era um homem de trinta e seis anos, magro e de óculos que morava em Cambridge e trabalhava como vendedor de softwares. Ele me disse que, cerca de dois anos antes, depois de se casar e mudar de emprego, subitamente se viu com bastante tempo livre. Já havia "levado os videogames até o seu limite" e queria voltar a socializar:

"Não se consegue isso com jogos eletrônicos". Ele não sabia nem mesmo se o D&D clássico, que ele jogava quando era adolescente, ainda existia; de qualquer forma, ele havia "se livrado de todos aqueles trambolhos" vários anos atrás. Como trabalhava em casa, considerava que ter a oportunidade de sair para algum outro lugar era "uma necessidade". E foi isso que fez; encontrou um grupo de jogo e começou a se divertir com RPGs outra vez, tanto no papel de jogador quanto no de DM. Após algum tempo ele descobriu o D&D *Miniatures* e comprou um dos kits introdutórios.

"Quando dei por mim", disse ele quando nos sentamos para jogar, "eu estava montando uma coleção enorme".

O D&D *Miniatures* não tem elementos de interpretação de personagens, mas, assim como o D&D, tem valores numéricos e estatísticas a serem considerados, utiliza o sistema de combate do D&D e envolve rolagens constantes de dados. Em seus níveis mais competitivos, o jogo tem um sistema de rankings individuais para os jogadores, da mesma forma que esportes profissionais como o tênis. Nelson começou a participar do circuito de torneios no ano passado e ficava entre a 80ª e a 120ª posições em um grupo de cerca de 920 jogadores de torneio em todo o mundo. Ele esperava competir na Wimbledon do seu jogo, os campeonatos na Gen Con, uma das maiores convenções de jogos do mundo, que acontece todos os anos na cidade de Indianápolis. Ele competia em torneios locais e precisava estar entre os 100 melhores colocados até 30 de junho de 2008 para poder competir na Gen Con em agosto. Todos os dias ele conversa em fóruns online especializados em jogos de miniaturas, como o hordelings.com, no qual debatia sobre minúcias: "Uma criatura pode se teletransportar quando estiver num quadrado de teletransporte ocupado por um aliado e ir para outro quadrado de teletransporte, mesmo se não tiver nenhuma possibilidade de movimento restante antes do teletransporte?" — isso parecia representar metade dos tópicos de discussão.

Durante o verão, a classificação de Nelson no ranking subia e descia. No início de junho, após chegar ao 62º lugar, ele despencou para o 98º. Posteriormente, naquele mesmo mês, Nelson jogou contra o jogador número 4 do mundo, Pat Lynch, cujo histórico de vitórias e derrotas era de cerca de 600 contra 100 em partidas oficiais. "O ponto de virada no jogo foi a segunda rodada", postou Nelson, no estilo de um comentarista esportivo, no hordelings.com após o jogo. "Lynch aplica uma carga na passagem estreita na base da torre e mata uma Bruxa que estava presa com o cavalo e Wulfgar... preciso de um resultado de 19 ou melhor no dado para atingir Wulfgar, e rolo... aguardem... aguardem... um 20 natural!" O Wulfgar de Nelson matou o Wulfgar de Pat, e ele usou a sua Bruxa e a Lâmina Eterna para dilacerar o cavalo de batalha do oponente. Nelson conseguiu ganhar dois jogos contra Pat, que não ganhou nenhum. "Bem", escreveu Nelson mais tarde para o mundo do D&D *Miniatures*. "Eu me sinto um pouco como os Mets de

1986[11] devem ter se sentido depois que a bola passou por baixo das pernas de Buckner... estou muito feliz pela sorte que tive, e por conseguir a vitória!"

Sua classificação no ranking deveria melhorar até mais ou menos a 80ª posição — o suficiente para se qualificar. Entretanto, houve uma "atualização dramática na minha jornada rumo ao campeonato de D&D *Miniatures*", Nelson me disse num e-mail. "O torneio no qual ganhei dois jogos, no dia 24 de junho, não foi processado a tempo de ser considerado. Assim, neste momento, não estou entre os jogadores qualificados." Outros jogadores também tiveram problemas. Sua única esperança de se qualificar era ter um bom resultado em um dos dois torneios abertos, apelidados de "moedores de carne" na Gen Con daquele mesmo verão. "Eles vão pegar os quatro mais bem colocados em cada torneio, então ainda há oito vagas. Não vai ser fácil, mas tenho tantas chances quanto qualquer outra pessoa."

"Isso não é uma coisa meio geek? Ou meio nerd?", disse Nelson, repetindo a reação inicial da sua esposa. "Sim", respondeu ele. "É geek e é nerd. Mas também é bastante divertido."

Quando a Gen Con teve início no verão daquele ano, Nelson viajou de carro até Indianápolis para jogar D&D *Miniatures* oito horas por dia, mas a melhor posição que conseguiu conquistar no moedor de carne foi a sétima.

"Não fui campeão do mundo", ele me disse alguns meses depois. Posteriormente, a WotC anunciou que não promoveria mais torneios oficiais de D&D *Miniatures*. Aquele cara genial estava jogando havia mais de um ano, treinando toda semana, dominando as regras e subindo nos rankings. Ainda tinha uma

[11] Referência às finais do campeonato de beisebol daquele ano, disputadas entre os times do New York Mets e do Boston Red Sox. (N. T.)

disposição otimista na última vez que o vi na Pandemonium, ansioso por jogar D&D *Miniatures* sem compromisso novamente após a derrota na Gen Con. Uma bela atitude, mas tenho certeza de que ele ficou decepcionado. "Estou encarando isso como uma oportunidade de reavaliar a forma como eu uso meu tempo", disse ele. O D&D regular ainda o atraía, mas ele também sentia vontade de tocar piano e guitarra.

Mesmo com tudo isso, Nelson dizia que sua esposa aprovava o fato de que ele disputasse as partidas e viesse até a Pandemonium e outras lojas especializadas onde ele costumava competir:

"Ela gosta de me ver socializando e fazendo novos amigos." Ainda assim, ela preferia que ele mantivesse a sua "vida de jogo" separada da vida privada. Ela estava preocupada com o estigma.

Bem-vinda ao clube.

LIBERTADOS DAS JAULAS DA IDENTIDADE

Geeks são pessoas tolerantes. Eles aceitam "os outros", os brinquedos que não combinam com o resto da coleção, e não apenas porque ninguém mais quer se sentar com essas pessoas na mesa da cantina. Eles também sentiram a dor da exclusão. Eles sabem bem a sensação de achar que não se é especial. Assim, não fiquei surpreso por descobrir, durante a minha jornada, que gamers e pessoas que se vestem a caráter — particularmente os entusiastas do LARP ou de grupos de reencenações medievais como a Sociedade para o Anacronismo Criativo (Society for Creative Anachronism, ou SCA) — aceitam gays, lésbicas, transformistas e transgêneros sem hesitar.

Povoados por elfos e anões de várias origens, os reinos de fantasia podem fazer com que as pessoas não se sintam tão estranhas, libertando-as das jaulas da identidade. Jogar com personagens meio-humanos (ou não humanos) pode ser uma exploração do seu lado mais bizarro, uma nova porta para dentro de si mesmos[12]. Pessoas solitárias por natureza também descobrem afinidades através dos jogos; aí está a razão pela qual tantas atividades geek acontecem em função de convenções e grupos. Finalmente, eles pensam — há outras pessoas com mentalidade semelhante que gostam de criar trajes e vestimentas, festivais de fadas, obras como *O Guia do Mochileiro das Galáxias* e apresentações de bandas que tocam, ao vivo, temas musicais de jogos de videogame.

Claro, a privação do contato normal e íntimo entre humanos por longos períodos de tempo pode ser prejudicial. Eu só fui beijar pela primeira vez quando estava no último ano do ensino médio. Será que isso me transformava em alguma espécie de aberração? Talvez. É certo que geeks e nerds não detêm o monopólio dos comportamentos esquisitos e não são seus expoentes mais egrégios, mas eles são os que viram motivo de piada por serem antissociais, a seu próprio modo. A incompreensão leva a um desprezo generalizado. E isso não é justo. Certa vez eu vi uma camiseta que enfrentava essa ambivalência: NÃO SOU ANTISSOCIAL; SÓ NÃO SOU MUITO FÁCIL DE ENTENDER.

Em relação ao estereótipo de que geeks, nerds e gamers são exclusivamente do sexo masculino, eu observei que a fantasia atrai muitas mulheres, especialmente devido a uma parte das subculturas mais inclusivas e menos violentas, tais como o LARP, o *cosplay* (eventos em que fãs se reúnem e se fantasiam como personagens) e o *filk* (música folk tradicional cujas letras têm

[12] Uma organização real, a Otherkin Resource Center (ORC) atrai pessoas que realmente acreditam não serem humanos, e sim outros tipos de criaturas: fadas, elfos, vampiros e unicórnios.

temas de fantasia ou ficção científica), baseados em teatro e música. Meninos querem salvar o mundo e matar o dragão. Meninas querem criar um ninho e fazer amizade com o dragão. Os LARPs e a SCA têm outros objetivos, não somente combates e matança. Quem vai querer lutar quando há tantas coisas para aprender, como heráldica, caligrafia, culinária, cantar, tocar instrumentos, contar histórias e escrever poesia?

Mesmo assim, muitas pessoas *realmente* querem fazer aquele dragão em pedaços, incluindo as mulheres. E, dada a preferência pelos cabelos longos presos em rabos de cavalo ou tranças, e cavanhaques e barbas cheias (no caso dos homens, é claro), não seria inadequado sugerir que vários gamers poderiam participar como figurantes em um *remake* de *Camelot* sem qualquer dificuldade. Mas estamos caindo nos estereótipos mais uma vez. Para cada penteado anacrônico ou corpo com alguns quilos a mais existe um lorde ou uma lady que poderia facilmente ser confundido com um corretor de ações ou profissional de atendimento ao consumidor. Existem geeks de todo tipo e tamanho.

Apesar da evidência de que geeks estão por toda parte, são casados e bem-sucedidos, alguns membros da comunidade de fãs me disseram que ainda precisam lutar contra alguns estereótipos reinantes — especialmente aquele que diz que seu hobby é infantil, frívolo ou perda de tempo. Mas o geek moderno tem uma resposta para essas opiniões. Em mais de uma ocasião eu encontrei fãs de fantasia ansiosos para fazer comparações entre seus mundos imaginários e os mundos das paixões de outras pessoas. Sim, ouvi relatos de que a sociedade exclui os fanáticos por Tolkien e os fanáticos por cálculo, mas tolera e até mesmo estimula o esquisitão que gosta de ferromodelismo, que participa de ligas fictícias de futebol americano ou os artesãos especializados em criar iscas especiais para os praticantes de *fly fishing*. Por algum motivo, os termos *esquisito* ou *geek* não são usados para descrever esses interesses, que são chamados de *hobbies*. Outro gamer me disse que "as pessoas memorizam as estatísticas de jogadores de beisebol da mesma maneira que algumas pessoas memorizam as árvores genealógicas de *O Senhor dos Anéis*". Qualquer grupo de pessoas com interesses em comum — jardineiros, criadores de cães, francófilos — têm seus próprios jargões de inspiração geek e conhecimento especializado. Considera-se aceitável conhecer esse tipo de coisa. Mesmo assim, não é apropriado discutir, em público, a miríade de maneiras em que jogar com um Elfo Noturno Caçador é mais divertido do que jogar com um Druida Humano em *World of Warcraft*.

O limite para a maioria das pessoas está, literalmente, em "vestir a fantasia". Não há nada de errado em uma noite de pôquer entre adultos, ou com Grand Theft Auto; e até mesmo o D&D se tornou passável em alguns círculos. Mas, a menos que seja exigido pela profissão de alguém — soldado, policial, funcionário de lanchonete *fast-food*, personagem de parque de diversões ou super-herói —, qualquer pessoa com mais de dezesseis anos que vista uma fantasia está completamente envolvida em um *faz de conta*. Não está mais brincando de cowboy e índio. Não está mais revirando o guarda-roupa da mamãe em busca de roupas esquisitas ou a penteadeira para usar a sua maquiagem. Em épocas como o Halloween ou o Carnaval, não há problemas em se fantasiar. Se não for nessas datas, é melhor deixar as fantasias guardadas.

A ironia de tudo isso é que todos nós nos envolvemos em uma forma sutil de vestir fantasias e interpretar personagens. Em um casamento, numa festa elegante, no primeiro encontro com alguém, durante uma entrevista de emprego ou quando voltamos para a casa dos nossos pais para passar as férias nós nos vestimos de forma adequada ao ambiente e começamos a interpretar outro personagem: Inteligente ou Bem-Apresentado, Corretor de Ações ou Vendedor, Feliz ou Perfeito. A menos que você não esteja disposto a participar do jogo e colocar uma máscara, seus amigos vão dizer: "Você não está agindo como você mesmo. O que há de errado?" Quem realmente é você, se você não for você?

UM GAROTO MEDROSO COM POUCOS AMIGOS

Em uma câmara profunda daquela masmorra, rumo ao fim da aventura estrelada pelo meu anão Durgen Darksteel, os outros jogadores e eu tivemos de enfrentar um feiticeiro maligno e seu exército de esqueletos. Após um longo combate corpo a corpo, conseguimos acabar com eles. De repente, um jogador que até pouco antes estava relativamente quieto saltou da cadeira, quase derrubando a sua Coca Diet.

"Somos os heróis!", gritou o saltador. "Somos os heróis da batalha!" Ele dançou como um jogador de futebol americano faria para celebrar o *touchdown* que deu a vitória ao seu time. Um enorme sorriso se abriu em seu rosto. Aquela explosão de alegria nos assustou, mas ninguém disse nada. Eu também não esperava receber o *high-five* da vitória. Parei por um segundo e pensei. Depois, bati com a palma da mão na do rapaz saltador, sorrindo. "É isso aí, cara."

Os gamers se reúnem no subsolo da Pandemonium porque o lugar é um refúgio, da mesma forma que o quarto de JP era para mim e para os meus amigos da época do D&D. No começo daquela tarde, o saltador mencionou casualmente que tinha ADD — "Não o *Advanced Dungeons & Dragons*, mas a Síndrome do Déficit de Atenção", cuja sigla vem do inglês *Attention Deficit Disorder.* (Até que a piada foi boa para um cara sem nenhum senso de humor.). Daí a sua propensão a se levantar da cadeira durante o jogo, andar de um lado para outro e mover as mãos e os dedos sem parar. Ele aparentava ser um garoto inquieto que provavelmente tinha poucos amigos. Na Pandemonium ele podia simplesmente chegar e participar de um jogo sem que nenhuma pergunta lhe fosse feita. Os jogos ajudam a promover a sensação de que alguém pertence a algo maior. Para geeks adultos que têm dificuldade de expressar suas verdadeiras emoções, os jogos ajudam a extravasar esses sentimentos sem o temor de serem julgados por quem está em volta. Ninguém mais precisa se sentir excluído. A comunhão instantânea.

De volta à superfície, após sair da masmorra e receber a luz do sol no rosto, o preconceito contra os gamers rapidamente me atingiu na cabeça e nos ombros. Quando esbarrei em uma amiga na rua, eu disse a ela que havia voltado a me envolver com D&D e jogos de tabuleiro, e que tinha planos de participar de um LARP e um evento da SCA.

"Ah, aquela gente!", exclamou ela. "Eles costumavam vir fantasiados ao parque que fica perto da minha casa e ficar lutando com espadinhas todo fim de semana. Que bando de idiotas!"

Outro dia, uma mulher casada que eu conheço me disse que não achava ruim que seu marido jogasse pôquer com os amigos. Mas e se ele jogar D&D?

"Para mim, isso seria um problema." Uma semana depois eu mencionei minha pesquisa para o amigo de um amigo que eu havia acabado de conhecer:

"Ah, aquelas feiras renascentistas?", perguntou a pessoa, de supetão, com um tom bastante sarcástico. "Isso é muito gay!"

Idiotas. Problema. Gay.

Eu ainda estava no início da minha jornada. Só havia dado os primeiros passos. Mas os comentários doeram. Eram pessoas como eu que eram insultadas. Meus compatriotas. Minha raça. Minha classe. Eu já não me sentia tão bem ao denegrir os meus companheiros gamers.

Você está na masmorra outra vez.

Está escuro, mas seus olhos élficos conseguem enxergar. (Dã! Você tem infravisão.)

Você sente... algo inesperado. Seguro. Nada pode lhe atingir ou magoar aqui. Não tema.

Você sente o espírito da irmandade outra vez. O seu povo.

Mas você sai, sobe os degraus e entra novamente no mundo. Você volta para casa e acrescenta os seus espólios de guerra — um Troglodita Quebrador de Ossos, um Anão Senhor da Guerra, um Esqueleto de Ossos Afiados — ao santuário de miniaturas, vigilantes e leais que guardam a sua escrivaninha.

Você está pronto, meu discípulo, para o próximo nível.

[D&D], na verdade, não é nada mais do que um jogo. Os "feitiços mágicos" são todos de faz de conta, [eles] não funcionam. Eles, junto com os demônios, diabos, dragões, espadas, ladrões, ouro e pedras preciosas — tudo aquilo e o que mais vier —, são fictícios. Coisas imaginárias não são malignas nem prejudiciais. Em relação ao "ocultismo", como um jogo que é jogado por milhões de pessoas pode ser "escondido", "secreto" e coisas do tipo? Tudo isso é bobagem. Sobre ser perigoso para as mentes dos jogadores, também não há base para esse tipo de afirmação. A grande maioria de especialistas qualificados em saúde mental não tem esse tipo de preocupação em relação a pessoas normais. Dizer que um grupo que joga um RPG de fantasia pode perder o contato com a realidade, ou "ter suas mentes controladas", é completamente ridículo. Isso é óbvio para qualquer pessoa que observe ou participe de uma atividade como o RPG. Pessoas que afirmam que tal efeito é possível são aquelas que perderam o contato com a realidade.

— Gary Gygax, em entrevista ao TheOneRing.net, respondendo a acusações de que o D&D pode ser um "portal" para práticas satânicas (2000)

5

A Fonte Onde Nascem os Jogos de Fantasia

Após as quatro horas de uma revigorante partida de D&D, havia chegado o momento de a dose ser mais forte. Uma experiência mais diluída não iria me satisfazer. E uma edição nova, cheia de firulas e com muitas expectativas a atender, também não seria o bastante. Eu sabia que queria jogar o velho D&D, o clássico. Eu sabia que queria jogar com E. Gary Gygax, o cocriador do jogo, a fonte. Isso se eu realmente me atrevesse a jogar.

Para essa parte da minha jornada, eu tinha perguntas. Dei as costas ao D&D após a adolescência. Tive de dizer a mim mesmo: *O jogo serviu ao seu propósito*. Mas Gygax e seus contemporâneos continuaram jogando e criando jogos durante as décadas de 1980, 1990 e 2000. Esses caras já estavam com cinquenta, sessenta anos. Eu queria descobrir o que mantinha o seu ânimo. Eles não se sentiam constrangidos por se entreter com jogos de criança? Por que nunca deixaram o hobby para trás? E como os jogos de mesa primitivos, jogados com objetos obsoletos tais como lápis, peças de papelão e dados de plástico, conseguem competir com toda a beleza e o apelo visual dos jogos online?

Além disso, considerando uma perspectiva pura e geek de fã, eu estava muito empolgado com a possibilidade de conhecer

Gygax. E por que não? Se você ama o basquete, iria querer voltar no tempo para perguntar um monte de coisas ao inventor do esporte, o Dr. James Naismith. Gygax era o elo perdido entre *O Senhor dos Anéis* e os RPGs modernos de fantasia. Se considerarmos que foi Tolkien quem abriu os portões, então foi Gygax quem conduziu as primeiras equipes participativas às suas profundezas, encantando garotos como eu com aquele grito de guerra: "Aventureiros, empunhem suas espadas e sigam-me!".

Vamos recarregar as baterias geeks, pensei comigo mesmo. O que não me mata — como as armadilhas criadas por um Mestre do Jogo, por exemplo — me fortalece.

Eu sabia o lugar exato onde encontraria Gygax: em Lake Geneva, no estado de Wisconsin, uma pacata cidade turística construída às margens de um lago, a cerca de uma hora de viagem de Milwaukee. Ali, Ernest Gary Gygax fundou uma empresa chamada Tactical Studies Rules em 1973. A empresa se tornou a TSR Hobbies, que Gygax transformou no império dos role-playing games. A companhia floresceu nesse lugar durante a década de 1980, apresentando no mercado o conjunto original do D&D em sua caixa azul e branca, com a qual JP me ensinou a jogar. Para a minha mente adolescente, a TSR era uma entidade misteriosa, e Lake Geneva era uma terra inimaginável, tão distante de New Hampshire quanto a Terra-média. Eu sempre quis ver a casa de Gygax, caminhar pelas ruas da cidade onde ele morava e ver as velhas fachadas que outrora abrigaram a TSR. Embora a empresa houvesse deixado Lake Geneva e dispensado Gygax havia muito tempo, para mim o lugar continuava a ser a fonte de onde os jogos de fantasia fluíam, um local sagrado que figurou por muito tempo na minha lista de peregrinações.

A Gen Con, uma convenção anual de jogos, ou simplesmente "con" — a maneira pela qual as convenções de entusiastas por jogos, ficção científica e fantasia são conhecidas —, tinha suas raízes etimológicas em Lake Geneva[13]. Com o passar das décadas, o evento ficou grande demais para esse lugar, tornando-se um redemoinho caótico e ultracorporativo de jogos que é organizado todos os anos em Indianápolis no mês de agosto, e que atrai aproximadamente 25 mil gamers. As tentações poderiam acabar me dominando. Além disso, Gygax não estava mais associado com aquilo.

Mas uma convenção menor e mais nova, de três dias, chamada de Lake Geneva Gaming Convention (LGGC), coexistia discretamente com a Gen Con desde 2005. Organizada na cidade original, parecia ter uma sintonia maior comigo. Gygax estaria lá para conversar com os fãs, mestrar aventuras de D&D e jogar outros jogos. E a LGGC IV, com o seu tema de "Caminhando Entre os Gigantes", seria o lugar ideal para socializar com jogadores e designers de jogos da era clássica, antes que os computadores e a internet virassem a indústria de cabeça para baixo.

Eu estava muito empolgado. Finalmente viria a conhecer o criador, a divindade e o mestre do reino que eu habitei por tantos anos. Já que eu não podia conhecer Tolkien, que faleceu em 1973 (note-se: um ano antes do lançamento do D&D), pelo menos conseguiria trocar algumas ideias com Gygax, o outro herói no meu panteão. Os dois pareciam versões distantes de figuras paternas, como a minha terapeuta diria. Na ausência do meu próprio contador de histórias e criador de regras, eu permiti que

---

[13] Em 1967, vários anos antes que o D&D começasse a ser criado, Gygax organizou sua primeira reunião para disputar jogos de guerra e estratégia, um evento com vinte participantes chamado "Gen Con". O nome foi criado como uma paródia da Convenção de Genebra, que governa as regras internacionais para guerras e conflitos armados. O evento ocorreu no porão da casa de Gygax.

aqueles dois criadores de mundos entrassem no meu mundo, onde ajudaram a preencher esse vazio[14].

Mas, em 4 de março de 2008, cerca de três meses antes da convenção, E. Gary Gygax, aos sessenta e nove anos, morreu. Assim como a minha mãe, Gygax foi derrotado por uma bomba de sangue, hemorragias e tristeza: um aneurisma.

GARY QUERIA QUE AS PESSOAS JOGASSEM

Durante a viagem de carro até Lake Geneva, o compositor de paródias e nerd assumido "Weird Al" Yankovic foi convidado para ir até o estúdio de uma estação de rádio local para uma entrevista. "White & Nerdy", sua paródia da música "Ridin' Dirty", do rapper Chamillionaire, tocava em alto volume no som do meu carro alugado conforme eu cruzava as ruas da cidade, tentando encontrar o hotel onde eu iria me hospedar. A letra da música enumerava as qualidades de um geek arquetípico: é membro de um clube de jogadores de xadrez, matriculado no MIT, perito em D&D, talento para memorizar os esquetes de Monty Python, frequentador de feiras renascentistas (*Ren fairs*) e tem preferência pelo Capitão Kirk ou pelo Capitão Picard. Sim, antigamente eu também sabia de cor as falas dos filmes e episódios de Monty Python. E também fui o presidente de um certo clube na época do ensino médio.

Entrei no estacionamento do hotel assim que a música terminou. A paródia de Weird Al provava que a cultura nerd havia

---

[14] Durante o ensino médio, numa tentativa de explicar ao meu pai o que era o D&D, certa vez mostrei mapas de uma terra que eu havia desenhado. "Esta é a Floresta Ressecada", eu disse. "E é daqui que vêm os orcs. E este..." Ele nunca me julgou ou fez com que eu sentisse que estava desperdiçando o meu tempo, mas acho que nunca compreendeu o que eu fazia, ou nunca me viu jogar.

E. Gary Gygax na Gen Con, em Indianápolis, em 2007, um ano antes de sua morte.
Foto: ©Alan de Smet.

chegado ao *mainstream*. Encarei a música e a coincidência como um bom presságio, não mau. Aquela canção de Weird Al também me fez lembrar da minha adolescência desajeitada. Eu não havia deixado o D&D para trás porque estava desinteressado; eu adorava jogar. Parei porque queria ser respeitado. Será que a minha verdadeira identidade seria um "Gamer Desinibido"? Eu esperava, e temia, descobrir.

Registrei-me no hotel e estudei o mapa do lugar (todos os ex-jogadores de D&D adoram seus preciosos mapas) para descobrir a localização da prévia, um aquecimento, que ocorreria antes da convenção, na noite de quinta-feira. Normalmente essa festa ocorreria na varanda da casa de Gary e sua esposa, Gail Gygax. Por razões óbvias, nesse ano as coisas seriam diferentes. Um homem chamado Steve Chenault pediu que eu o encontrasse no Lake Geneva American Legion Hall para a festa — uma escolha significativa, pois aquele foi um dos lugares utilizados por Gygax para promover suas primeiras convenções. Chenault era dono de uma empresa sediada em Little Rock, no estado do Arkansas, chamada Troll Lord Games. Depois que Gygax foi removido da TSR, em 1985 (uma longa história), ele acabou se associando à Troll Lord. Chenault e Gygax colaboraram para criar um sistema de RPG similar ao D&D chamado *Castles & Crusades*. A Troll Lord era a empresa responsável pela Lake Geneva Con. Com cerca de 150 jogadores, o evento tentava recapturar o espírito original das convenções de jogos[15].

"Todas as convenções são muito estruturadas. Nós não fazemos nada disso", disse Chenault ao telefone algumas semanas antes de eu chegar. "Você entra pela porta e há uma cadeira e uma mesa. Você senta e começa a jogar". Nada de lançamentos espalhafatosos de produtos ou apresentações feitas por executivos de empresas. A Lake Geneva Con, como ele fez questão de enfatizar, era um evento pequeno. "É como voltar para a casa dos seus pais para jantar", riu ele, com o seu sotaque arrastado do Arkansas. "E depois você vai para algum bar". Ele comentou sobre um lugar bastante agradável chamado Fat Cat, e prometeu uma noite com alto nível de consumo de cerveja.

Jogos e cerveja? Cerveja = ser popular. Se houvesse bebidas alcoólicas envolvidas nos jogos quando eu era adolescente, talvez eu não tivesse me afastado do D&D. Mas ninguém sabia o tipo de celebração que aconteceria naquele final de semana. Seria a primeira LGGC desde que Gygax morrera, Chenault me advertiu. O clima poderia estar meio lúgubre.

Quando Gygax morreu, os geeks saíram das suas tocas como caçadores de orelhas, as amadas criaturas do D&D que saltavam das portas de madeira das masmorras e invadiam as cabeças dos aventureiros (pondo 1d8 + 8 ovos, que eclodiam 4d6 horas depois). A mídia foi inundada por depoimentos, homenagens e elogios. Blogs e editoriais celebravam a genialidade de Gygax. As

[15] No final de 2008, os herdeiros de Gygax cancelaram as licenças que a Troll Lord Games tinha sobre todos os produtos desenvolvidos por Gygax.

pessoas postaram galerias de arte baseadas no D&D, vídeos no YouTube e músicas. O site da Troll Lord recebeu 200 mil acessos e 2 mil comentários em seus fóruns. No jogo EVE Online, alguns jogadores compraram uma espaçonave, chamaram-na de *Gary Gygax* e lhe deram "um belo funeral em estilo viking", destruindo-a até não restar nada. Até mesmo alguns amigos que eu nunca imaginei serem gamers subitamente se revelaram como tal. A nostalgia pelo jogo superava qualquer vergonha.

Percorri em meia hora o caminho que ia da Main Street de Lake Geneva até o Legion Hall. Essa cidade não era a Oxford de Tolkien. Nada de construções góticas de pedra que evocam grandes façanhas. A imaginação de Gygax teve de se esforçar mais para conseguir forjar a espada e a feitiçaria dessa terra tipicamente americana. De fato, Gygax disse que nunca gostou tanto assim de Tolkien. Seus verdadeiros amores literários eram autores cujas narrativas tinham uma dose maior de combates e batalhas — um estilo conhecido como *hack-n-slash* —, como Robert E. Howard (*Conan*) e Fritz Leiber (*As Aventuras de Fafhrd e o Gatuno*). Aventura, sim; fantasia nobre e altiva, nem tanto.

Fui um dos primeiros a chegar ao Legion Hall. Um cara mais velho — que usava um boné de beisebol, tinha um rabo de cavalo grisalho e uma circunferência considerável — estava no salão vazio e se lembrava dos bons e velhos tempos:

"Mil novecentos e setenta e oito, setenta e nove... acho que faz mais ou menos uns trinta anos. Eu me lembro de jogar perto da janela".

Após algum tempo, cerca de cinquenta jogadores mais ávidos já haviam chegado; vieram de carro ou de avião de lugares tão distantes como o Arizona, o Texas e a Flórida. Eles, assim como eu, fizeram suas peregrinações. Um jogador de D&D da região de Chicago, que jogou na época em que estava na faculdade, na década de 1970, recentemente voltou a se interessar pelo hobby.

"Estou compensando os vinte e quatro anos de jogo que perdi", disse ele. Havia ensinado a filha adolescente a jogar.

"Meu sonho era conhecer Gary Gygax", disse outro gamer de New Hampshire. O jogo "literalmente mudou o curso da minha vida". Ele conhecera Gygax no ano anterior. Teve sorte.

Encontrei Steve Chenault na área do bar, rodeado por seu séquito, contando histórias. Gostei desse cara: era genial, bem-humorado e meio maluco. Ele me indicou alguns dos figurões dos velhos dias da TSR, incluindo Frank Mentzer, de cinquenta e oito anos, um ex-funcionário da TSR e designer de jogos, mais conhecido por revisar as regras do D&D no início da década de 1980. Fundador da Role-Playing Games Association (RPGA), Mentzer era especialista em jogos e tinha centenas de jogos de tabuleiro. Cinco minutos após conhecê-lo, Mentzer me apresentou uma história do hobby: da antiguidade até a época da Guerra de Secessão, empresas fabricantes de jogos, como Milton Bradley e Parker Brothers, o nascimento da mecânica de jogo do tipo "role dois dados e ande o número de casas correspondente".

"Isso estabeleceu a receptividade do mercado americano para os jogos em família", disse ele. Mas o D&D nunca foi considerado uma "diversão para toda a família". O D&D geralmente atraía aquele garoto deslocado que procurava outros rejeitados para jogar, não a mamãe, o papai e os irmãos.

Uma cerimônia em memória de Gygax fora realizada algumas semanas antes do evento, então não houve discursos no Legion Hall, apenas conversas enquanto se bebiam cervejas de 2 dólares, gim-tônicas de 2,50 e um jantar no qual cada um dos participantes contribuía com um prato. Quando perguntei se haveria alguma espécie de tributo, Chenault disse: "Gary não gostava dessas coisas. Ele queria que as pessoas jogassem". E, realmente, foi o que aconteceu. Quando os assuntos se esgotaram no Legion Hall, os jogos surgiram. Talvez os jogos fossem outra forma de se comunicar. Tomei mais um G&T barato e, já meio embriagado, me recostei na cadeira para observar o movimento.

Perdi a chance de conhecer Gygax. Por que ele teve de morrer? Ele não estava ali para responder às minhas perguntas sobre como o D&D começou ou o que ele achava do hobby desde os velhos dias. Além disso, eu queria jogar com ele, rolar alguns d20 e tê-lo como DM na minha mesa, lançando alguns monstros barra-pesada contra mim. E me ajudar a encontrar esse arco que eu tentava traçar — da adolescência até a chamada idade adulta — e conectá-lo, formando um círculo perfeito. Entrar em comunhão com o salvador da minha juventude.

Eu vi um garoto, provavelmente de dez ou doze anos, com o seu pai, debruçado sobre uma mesa de jogo, comendo frango frito e bebendo Coca-Cola. O garoto rolava os dados, vibrando quando os resultados eram favoráveis. Um gamer da segunda geração. Tal pai, tal filho.

Ali estávamos, no meio da América, não na Terra-média, em um salão da Legião Americana dedicado à memória dos heróis de guerra. E ali estávamos sentados, entretendo-nos com jogos que recriavam conflitos dignos de heróis — futuros, passados, mas, em sua maioria, simplesmente inventados.

UMA HISTÓRIA EXTREMAMENTE BREVE DO D&D

Alguns dizem que o escritor britânico H. G. Wells é o "pai dos jogos de guerra com miniaturas". Em 1913 ele escreveu o livro *Pequenas Guerras*, que tinha o singelo subtítulo de "Um Jogo para Meninos dos Doze aos Cento e Cinquenta Anos e Para Aquelas Meninas Mais Inteligentes que Gostam de Jogos de Meninos e Livros". O livro descrevia as primeiras regras para combate entre exércitos de soldadinhos de brinquedo. Os jogos que seguiram costumavam enfocar cenários típicos do período napoleônico, da Guerra de Secessão americana e da Segunda Guerra Mundial. Não eram jogos para qualquer um, e mesmo assim tinham sua própria subcultura de jogadores que se reuniam em porões. Empresas como a Avalon Hill venderam mais de 200 mil conjuntos de jogos de estratégia apenas no ano de 1962.

A visão geral sobre esse tipo de jogo começou a mudar depois que edições não autorizadas e baratas de *O Senhor dos Anéis* — edições pirateadas e impressas em papel jornal, que uma editora americana produziu para atrair leitores universitários — chegaram às faculdades na década de 1960. Tolkien se tornou uma figura *cult*. Mais ou menos nessa mesma época, os gamers começaram a criar variantes de regras para jogos de estratégia ambientados nos períodos medieval e romano, detalhando efeitos individuais de unidades pequenas e ações de um único soldado. Gygax era um grande entusiasta de jogos de guerra e fundou um grupo chamado Castle & Crusade Society, que tinha um interesse particular em jogos de estratégia com miniaturas ambientado na era medieval. Com Jeff Perrin, em 1971, Gygax criou regras para um jogo de combates medievais chamado *Chainmail*. E acrescentou um detalhe que deixou as batalhas muito mais divertidas: elementos de fantasia, como um dragão que atacava com uma baforada de fogo, um herói que valia por quatro guerreiros normais e um feiticeiro que era capaz de lançar bolas de fogo. Os jogadores adoraram a inovação[16].

[16] Gygax transformou um estegossauro de plástico em "um dragão bem razoável, já que não havia miniaturas de dragões naquela época", disse o próprio Gygax em

Gygax e um novo colaborador, Dave Arneson, levaram aquele jogo adiante. Arneson criou um mundo de fantasia chamado Blackmoor, que era baseado em aventureiros individuais, não em exércitos. Os livros de fantasia de Tolkien já haviam introduzido a premissa da jornada do grupo de companheiros composto por heróis de raças diversas — anões, humanos, elfos e hobbits — que se aventuravam juntos. Cada membro tinha suas próprias características e habilidades, tais como combater, utilizar magia ou arrombar fechaduras, coisas que sempre eram necessárias. Gygax e Arneson adaptaram essa ideia, modificando o foco do jogo. Em vez de "você é um general que comanda centenas de soldados", agora "você é um ladrão hobbit que vai apunhalar o orc pelas costas". Os jogadores podiam interpretar um único personagem. As regras foram expandidas para replicar aquela experiência típica das Minas de Moria, fazendo com que os participantes pudessem explorar masmorras abarrotadas de monstros. Em 1974, essas regras se transformaram em um jogo inteiramente novo: *Dungeons & Dragons*. Dados com vários números de faces — quatro, seis, oito, doze e vinte — eram usados para determinar os combates e eventos aleatórios. Frank Mentzer me disse que o jogo ficou conhecido na indústria como "aquele jogo com os dados diferentes".

Chamado inicialmente de *The Fantasy Game*, o D&D foi recusado por várias empresas de jogos mais ortodoxas. A dinâmica colaborativa (ao invés de competitiva) e o Mestre de Jogo, na função de coordenador, eram conceitos excessivamente radicais. "Ninguém vence? É preciso haver uma maneira de vencer",

---

uma entrevista em 2001. "Um boneco viking de 70 milímetros fabricado pela empresa Elastolin, com cabelos de boneca colados na cabeça, uma clava construída a partir de um palito de fósforo e massa automotiva, e cuja pele foi pintada em tons de azul, se transformou em um gigante temível."

zombava Mentzer. A empresa de Gygax produziu o jogo por conta própria, imaginando que venderia umas duzentas unidades. A tiragem inicial de mil caixas, montadas manualmente uma a uma, se esgotou no primeiro ano e tornou-se popular por ser o primeiro jogo de fantasia na história que permitia que os jogadores fossem os heróis.

Mas a história do D&D sempre foi marcada pela controvérsia, desde o início. Enquanto hoje em dia a sua violência simulada parece algo bastante contido, nos dias do seu auge como um novo e estranho fenômeno da cultura pop o D&D foi acusado de ser a causa de desaparecimentos, assassinatos e suicídios. Rumores de que o D&D era usado para atrair crianças ingênuas para o lado sombrio fizeram aumentar a estranheza aos aspectos mais geek do jogo, associando-o eternamente a comportamentos atípicos e antissociais. Mas essa reputação acabou resultando em mais vendas. A notícia se espalhou ainda mais. Garotos como eu ficaram encantados. O jogo ensinou o conceito de interpretar personagens a milhões de pessoas. Foi um passo decisivo para o entretenimento baseado em escapismo imersivo. O D&D influenciou artistas, diretores de cinema e designers de jogos. Ideias como arrastar-se por masmorras, matar monstros e encontrar tesouros se tornavam um dos principais pilares do gênero de fantasia. Alguns diriam até mesmo que toda a indústria dos videogames, dos jogos de computador e dos MMOs existe hoje graças ao jogo de Gygax. Certamente, o *World of Warcraft* não existiria sem o D&D.

"As pessoas certamente jogavam jogos antes de Gary. Mas não do mesmo jeito que jogam agora, sejam eles role-playing games ou videogames, com a magia e todos aqueles componentes estranhos... qualquer coisa que tenha elfos, anões e guerreiros, aí está o legado de Gary", disse Chenault. "Hoje isso parte do alicerce cultural... parte do alicerce daquilo que fazemos."

NO QUAL O AUTOR TEM O SEU PRIMEIRO MOMENTO GEEK DEPOIS DE ADULTO

Se havia um lugar que estava distante do burburinho animado das pessoas que vêm de Chicago e Milwaukee para passear com seus barcos motorizados no lago que dá nome à cidade de Lake Geneva, esse lugar era o Salão Lakeshore do Cove Hotel, o quartel-general da LGGC durante aquele fim de semana. O salão de conferência genérico com detalhes em azul turquesa ficava localizado na ala mais distante da orla do lago. A convenção de jogos não estava listada no quadro de eventos do hotel nem no calendário da Câmara de Comércio da cidade. A omissão parecia ser mais um golpe, indicando o status baixo que os gamers desfrutavam na pirâmide cultural.

Sem me deixar abalar, na manhã seguinte eu marchei rumo à história relatada do D&D. Comparei as anotações que fiz durante o tempo em que curtia a ressaca com Chenault, enquanto várias dúzias de gamers circulavam entre as duas dúzias de mesas de jogo espalhadas pelo salão. Outros examinavam as estantes de produtos da Troll Lord: revistas, livros de regras de capa dura, pôsteres de guerreiras usando roupas justas de couro. Se os gamers não estivessem participando de algum jogo, estavam observando um jogo ou esperando pelo próximo, ou ainda sentados em algum canto, refestelando-se com hambúrgueres e refrigerantes.

"Os demônios até que não eram tão ruins", eu ouvi um cara dizer.

"Esse cara aqui matou três gigantes", disse outro.

"Espera... quantos pontos de vida sobraram pra você no final?", perguntou um terceiro. Ele usava um chapéu de mago, roxo e pontudo, e uma camiseta do Led Zeppelin.

Absorvi tudo aquilo. Do lado de fora era uma manhã azul e imaculada de junho, com turistas andando pela cidade e embarcando em cruzeiros pelo lago passando diante das janelas. Do lado de dentro: luzes fluorescentes, *junk food* e homens (com algumas garotas ocasionais) debatendo os méritos de sistemas de regras. Meu Deus.

E foi então que... eu o vi. Minha pele se arrepiou. Como uma criança de quatro anos correndo pela calçada quando o caminhão de bombeiros passa correndo, eu quase gritei. Estava sentindo a minha primeira volta ao passado geek em várias décadas.

Chainmail.

Aproximei-me de um grupo de homens reunidos ao redor de uma plataforma de dois metros e meio de largura por três de comprimento, apoiada sobre várias mesas. Várias pranchas de compensado de sessenta por sessenta centímetros compunham a paisagem de um campo de batalha. Um castelo desmontável feito com espuma e madeira estava em uma das pontas. Montanhas se erguiam ao redor da área de jogo, e árvores feitas com tufos de líquen pontilhavam a grama artificial. Aquela maquete enorme parecia o modelo ferroviário que eu e meu irmão construímos certa vez, mas quatro vezes maior. Nessa terra em 3D havia fileiras e mais fileiras de exércitos — divisões de cavalaria, infantaria, catapultas, trabucos e ocasionalmente algum dragão ou troll. A maioria estava pintada de preto e branco para que a diferença entre heróis e vilões pudesse ser identificada mais facilmente.

Ali estava *Chainmail*, o elo perdido que ligava as velhas batalhas entre tanques e as guerras napoleônicas ao D&D. Aquele jogo obsoleto ainda existia. Não consegui conter um sorriso.

O homem que estava por trás do renascimento do *Chainmail* era Paul Stormberg, que veio dirigindo desde Omaha, no estado de Nebraska, e trouxe consigo os seus tabuleiros e quase sete mil miniaturas. Arqueólogo e cartógrafo de profissão, Stormberg atualmente ficava em casa no papel de pai em período integral, e ocasionalmente fazia leilões nos quais vendia objetos típicos de jogos clássicos. Havia investido "uma quantia exorbitante, mais do que a minha mulher imagina", no *Chainmail*. E parecia que não estava disposto a contar a ela.

Stormberg — poderia haver um nome mais perfeito do que esse? — trouxe o *Chainmail* para a LGGC em 2006 para uma reunião com jogadores mais velhos. Eles não jogavam havia décadas. "Meu objetivo principal com todo esse esforço era fazer com que Gary se reconectasse com o seu passado", disse Stormberg. O primeiro amor de Gygax foram os jogos de estratégia; após sua morte, aquela reunião de entusiastas por jogos de guerra se tornou algo muito especial. "As fotos dos [antigos jogadores] de braços dados", disse Stormberg, "são o motivo pelo qual eu fiz isso". E ele continuava a trazer o *Chainmail* a Lake Geneva para manter o passado vivo.

Um garoto de doze anos ajudou a preparar a primeira batalha. Seu nome era Alex Clark, e seu pai, Chris, de quarenta e seis anos, era "provavelmente o designer de jogos mais prolífico do qual você já ouviu falar", de acordo com o site da Troll Lord Games. Eles eram a dupla composta por pai e filho que eu vi na noite anterior. Fundador da Inner City Games, Clark pai foi o criador de cem jogos já publicados com o seu nome, como *Fuzzy Heroes* (combate tático para brinquedos e bichos de pelúcia). Ele parecia ser uma pessoa que havia dedicado toda a sua vida aos jogos, e ao que tudo indicava o seu filho acabaria por seguir os seus passos.

Fiquei por ali e observei enquanto a ação da primeira batalha ocorreu. Isso era o oposto de jogos de guerra e estratégia online que acontecem em tempo real, como *Warcraft III* ou *Lord of the Rings: Conquest*, em que os jogadores esmurram teclados e manipulam mouses furiosamente, exércitos se movem em alta velocidade e os resultados são calculados instantaneamente pelo computador. No *Chainmail*, as batalhas evoluem de maneira incremental. As jogadas são consideradas cuidadosamente, na velocidade de um jogo de xadrez. Pouco dependente da tecnologia? O jogo utiliza um bastão de madeira com marcas entalhadas para determinar o alcance de projéteis e a distância que cada unidade pode avançar. Um combate de D&D *Miniatures* durava cerca de meia hora; um cenário para *Chainmail* como esse que eu observei, "A Batalha pela Fortaleza", levava várias horas para ser concluído.

"A ideia aqui é chutar o rabo do seu amigo em quatro horas, enquanto vocês bebem cerveja e comem salgadinhos", explicou Stormberg enquanto revirava suas caixas e tirava mais exércitos. "Eu certamente conheço coisas demais sobre isto aqui."

E sabia mesmo. Ele conhecia as minúcias de cada livro de regras. Stormberg tinha quarenta e um anos, a minha idade. Uma visão cruzou os meus olhos, eu mesmo no porão da minha casa, cercado por milhares de miniaturas de vinte e cinco milímetros. *Uau!*

E eu rapidamente afastei aquela imagem.

O MUNDO EXIGE QUE VOCÊ CRESÇA

O que acontece com os gamers quando eles crescem? Transformam-se em grognards.

Grognards, palavra francesa que significa "soldado velho", era uma gíria para designar "entusiastas por jogos de guerra e estratégia". Mas, hoje em dia, o termo é usado para indicar qualquer gamer que ignora as novas edições de um jogo. Os grognards de Lake Geneva não estavam interessados no D&D – Quarta Edição. Também não se interessavam pelo D&D –

Terceira Edição. Mesmo que o jogo tenha dado origem a dezenas de filmes, livros, jogos de computador e até mesmo um RPG para computadores chamado *Dungeons & Dragons Online*, para eles a evolução do D&D parou em meados de 1987. Eles viviam no limbo temporal dos jogos. Os grognards não eram adolescentes, universitários ou jovens adultos debruçados sobre mesas de jogo bebendo Coca Diet e comendo Doritos. Eram pessoas com seus quarenta, cinquenta, sessenta e poucos anos, debruçados sobre mesas de jogo, bebendo Coca Diet e comendo Doritos.

Na LGGC, os grognards mais velhos haviam testemunhado em primeira mão os anos dourados da TSR. Muitos trabalharam lado a lado com Gygax. Alguns eram mais baixos, atarracados, com barrigas proeminentes. Tinham rabos de cavalo grisalhos, barbas brancas e óculos de lentes grossas. Alguns usavam bonés de beisebol ou chapéus de pescador. Andavam a passos lentos e claudicantes em vez de caminhar normalmente. Tinham gargalhadas estridentes e um brilho nos olhos, como uma manada de filhotes do cruzamento entre Papais Noéis e anões guerreiros. Eles iam de mesa em mesa, conversavam com os fãs e davam autógrafos. Aos meus olhos, eles se pareciam com feiticeiros, magos e místicos. Aqueles caras adoravam jogar, conheciam a história dos jogos, criavam jogos. Vinham até ali, creio eu, para prestar uma homenagem a Gygax e para se certificar de que aqueles jogos nunca morreriam.

Havia Frank Mentzer, com um crachá que exibia os dizeres MESTRE DO TEMPLO. Ele falou sobre mestrar um jogo contínuo de AD&D desde 1976. "Eu era o melhor DM da região da Filadélfia, pelo que diziam", gabou-se. Mas ele construíra sua carreira na TSR. Alguns gamers conseguiram fazer fortuna, como foi o caso de Gygax, quando a TSR era uma empresa que valia muitos milhões de dólares. Mas a maioria passou a considerar o design de jogos uma espécie de hobby. "Não se ganha a vida escrevendo jogos." Recentemente, Mentzer vendeu sua confeitaria na região norte do Wisconsin e tinha sonhos de voltar a se tornar escritor e designer de jogos em tempo integral. Ele chegou à LGGC com caixas enormes de cookies e brownies para vender.

Por ali também estava Tom Wham, vestido com seu macacão habitual de listras azuis e o boné de engenheiro ferroviário. No seu crachá: SENHOR DOS JOGOS. O veterano da Marinha e da TSR era artista e designer de jogos, mais conhecido por títulos como *Snit's Revenge* e *The Awful Green Things from Outer Space*. Em Lake Geneva, ele explicava pacientemente como jogar suas novas invenções — jogos como *Missing Mining Moon* e *Dragon Lairds*. Fiquei muito contente por saber que ele havia trabalhado em *Divine Right*, um jogo de estratégia com ambientação fantástica que lembra muito o *Risk*[17], que se passa no mundo de Minaria. Eu e JP o considerávamos um dos nossos jogos favoritos, e o jogávamos quando queríamos dar um tempo do D&D[18].

E vi também Jim Ward, outro dos meus ídolos, um fato de que não me dei conta até conhecê-lo. Ex-funcionário da TSR, escritor de ficção e designer de jogos, Ward escreveu o meu jogo favorito derivado do D&D, *Gamma World*, uma mutação de

---

[17] Risk foi adaptado e lançado no Brasil pela Grow com o nome WAR na década de 1970. A versão oficial do Risk foi lançada no Brasil na década de 2000 pela Hasbro, e os dois jogos, embora similares, são concorrentes no mercado brasileiro atualmente. (N. T.)

[18] Wham me mandou um e-mail mais tarde: "Nos últimos anos da sua vida, acabei me aproximando mais de Gary do que em 1977 e nos primeiros tempos". Muitos dos membros da velha guarda ficavam com os olhos cheios de lágrimas quando falavam sobre Gygax.

outro de seus jogos, *Metamorphosis Alpha*, o primeiro RPG de ficção científica. Fora de catálogo, *Gamma World* era um RPG similar ao D&D, mas ambientado em um mundo pós-apocalíptico cheio de humanoides mutantes, cultos messiânicos e ruínas radioativas. Um antídoto sombrio, mas ideal para o medo da corrida armamentista da era Reagan que eu presenciei quando era adolescente.

"O fato de os gamers serem retratados como nerds me deixa louco de raiva", disse Ward, sem que eu precisasse perguntar. "Me irrita muito quando as pessoas fazem isso com o meu hobby."

Ward, com cinquenta e sete anos, parecia um garotão. Tinha o mesmo rosto gorducho de Philip Seymour Hoffman e a mesma personalidade inabalável. Ward tinha dificuldade para ganhar a vida em uma indústria que estava se afastando dos jogos de tabuleiro e rumando para uma aliança infernal com a informática. "Todas essas empresas de jogos eletrônicos querem ganhar um bilhão de dólares por ano", reclamou ele. Eu sentia que Ward, assim como os outros veteranos, tinha saudade dos velhos tempos da TSR. Ele sentia falta de Gygax. "Gary foi o pioneiro. Ele criou um novo gênero de entretenimento." Ward jogava aqueles jogos desde que tinha vinte e três anos e conheceu Gygax logo depois que se formou na faculdade. Gygax ensinou Ward a ser um Mestre de Jogo, a jogar, a se divertir. "[Gary] sempre foi o meu ídolo", disse Ward. "Ele sabia muito bem fazer com que as pessoas tivessem sucesso. Era um ótimo mentor."

Gygax também deixou para trás "várias toneladas de projetos que estavam pela metade", mencionou Ward. Tive a impressão de que Ward adoraria ajudar a concluí-los. Queria continuar a criar jogos, continuar a escrever livros, continuar a sonhar grande. Mas a realidade sempre o ameaçava. "Há um estigma inerente ao hábito de jogar. Costumávamos dizer que 'os gamers são nossos até conhecerem garotas e irem para a faculdade'." Ele desviou o olhar. "O mundo exige que você cresça.

VOU ME CERTIFICAR DE QUE VOCÊS MORRERÃO ESPLENDOROSAMENTE

O grito de um tríbulo brutal sendo estraçalhado. Os gritos de comemoração do grupo após uma batalha vitoriosa. O riso depois que um elfo apunhala um kobold com uma flecha quebrada. Essa conversa típica do universo dos jogos pode ser bastante engraçada, e eu me dei conta de que sentia falta dela. Queria voltar a ativar aquela parte do cérebro que tem doze anos de idade.

No sábado, decidi que era hora de baixar a guarda e jogar. Queria me divertir sem qualquer ironia ou constrangimento. Frank Mentzer ia mestrar uma partida de AD&D em uma das salas de reunião em um dos subsolos mais remotos do hotel. Eu não conseguiria jogar com Gygax, mas consegui algo que não ficava muito atrás: um jogo em estilo antigo, coordenado por um dos *Dungeon Masters* originais.

Mentzer chegou às seis da tarde com centenas de dados em uma maleta de plástico transparente. "Se não puderem ficar até depois das dez, vou me certificar de que vocês morrerão esplendorosamente", prometeu Mentzer, com as sobrancelhas grossas se movendo rapidamente enquanto falava. Ele tirou os seus mapas e anotações, datadas da década de 1970 e grafadas com caneta esferográfica. Não era desenhista, mas o caráter de documentos feitos a mão era algo atraente. Isso me fez lembrar do motivo pelo qual eu amava o D&D — a alma do jogo que diz que qualquer pessoa pode ser Deus, o espírito do "faça você mesmo", de coisas feitas em casa, manualmente.

Alguns jogadores saíram correndo até o McDonald's para buscar comida. Uma mulher tentou fazer seu filho de dois anos se aquietar no carrinho. Peguei alguns dados emprestados. E começamos a jogar.

"Seus personagens são pessoas como quaisquer outras", declarou Mentzer aos oito jogadores reunidos. "Vocês são a essência da mediocridade." Com os dedos, Mentzer cofiou o seu cavanhaque grisalho até que ele estivesse pontudo. Em seguida, preparou o cenário.

Nosso grupo de aventureiros havia chegado até um castelo. Os rumores indicavam que ele estava abandonado. Eu jogava com Ethora, um ladrão do terceiro nível que era metade humano e metade elfo. Nós nos aproximamos da fortaleza e atraímos a atenção de seis hobgoblins. Depois de um combate, invadimos o castelo. Ao caminhar por um dos corredores, nós sobrevivemos ao ataque de um verme da carniça (uma espécie de minhoca necrófaga gigante cujos tentáculos podem causar paralisia). Nosso anão levou uma ferroada. Surpreendemos lagartos gigantes que tomavam banho em uma fonte. Matamos mais bichos.

Em um pátio, um escorpião gigante saltou por uma porta e começou a nos causar problemas. Dois personagens estavam perto da morte.

— Ladrão metade elfo — perguntou Mentzer, erguendo uma sobrancelha. — O que você faz?

Lembrei de uma conversa que tive naquele mesmo dia, mais cedo. "É igual a brincar de cowboys e índios", disse o relações-públicas da Troll Lord Games, Mark Sandy, enquanto se afastava da área de jogos para fumar. "Em vez de correr de um lado para outro e suar, estamos num lugar com ar-condicionado comendo

Doritos." Assim como um bando de marmanjos ao redor de uma mesa de pôquer ou assistindo a uma partida de futebol americano, os gamers querem simplesmente se divertir. Mesmo assim, naquele momento, eu resistia à ideia de me entregar. Como na resposta que dei a Mark Egginton no encontro da Tolkien Society, eu tinha preconceitos latentes — inclusive em relação a mim mesmo. Esses gamers estavam abaixo de mim.

Minha hesitação não acontecia porque eu não sabia como me soltar e me divertir. Eu podia beber, dançar e vomitar com os piores dentre eles — mesmo depois de já ter passado dos quarenta. O meu complexo de superioridade em relação ao D&D não se devia aos gamers; devia-se a mim mesmo. A lembrança de não ter amigos "descolados", de não beber cerveja, de não ter namoradas. O D&D estava inextrincavelmente ligado à repugnância que eu sentia por "Ethan, o Geek" e da qual eu tentava me desvencilhar — quieto, invisível, tímido. Ao me formar no ensino médio e parar de jogar D&D, eu me recriei como Ethan Não Geek. Lembro-me de ter jogado uma última vez quando estava na faculdade, com estranhos, no alojamento que ocupei quando estava no primeiro ano, e de decidir imediatamente: *já passei da idade de jogar isto. Estas pessoas não são companhia para mim.* Jurei que me tornaria um amante incansável de mulheres e bebidas alcoólicas, um artista com amigos antenados que faziam coisas de artista. Um Ethan diferente, que não precisava de jogos. Mas, ao mesmo tempo, a nova *persona* que eu havia criado era uma traição ao meu passado. Minha turma de irmãos geeks havia me ajudado a sobreviver ao ensino médio e à vida. Eles eram meus amigos; eu ainda mantinha relações com alguns deles, como JP. Como eu poderia virar as costas para eles? Eu estava dividido durante todos esses anos, e nunca me dei conta disso.

— Ethora, é sua vez. O que o ladrão vai fazer? — perguntou Mentzer, impaciente. — O escorpião envenenou dois membros do seu grupo.

Pensei no quanto eu era diferente agora. Como eu deveria me comportar. Não importava mais. Hora de ser herói.

— Vou correr e pular nas costas do bicho — respondi.

— É isso aí! — alguém gritou. — Vai com tudo!

Mentzer me mandou rolar alguns dados. E eu rolei.

— Vinte! — eu disse. Um 20 natural; uma jogada perfeita. Como ganhar na loteria.

— Você saltou nas costas do escorpião. Está montado no lombo do bicho! — Mentzer e os outros oito jogadores vibraram.

— É assim que se faz! — alguém me parabenizou.

É assim que se faz.

PESSOAS BONITAS FAZENDO COISAS EXTRAORDINÁRIAS

Embora o D&D fizesse bastante sucesso na miniconvenção, o alicerce imaginativo do jogo parecia estar ameaçado. Vários gamers com quem conversei lamentavam o fato de que "os garotos de hoje" não estavam jogando jogos de mesa que estimulassem o pensamento criativo. E a criançada de hoje não estava fora de suas casas, correndo de um lado para outro, brincando de policial, cavaleiro ou Luke Skywalker. A era do *World of Warcraft* havia chegado. Chenault se preocupava com a possibilidade de que as crianças não soubessem interagir ao redor de uma mesa, cara a cara. Não sabiam ser árbitros ou coordenadores de jogos, nem contar uma história. Para tentar reverter essa situação, ele ensinava à garotada da região de Little Rock as glórias dos jogos de interpretação de personagem como D&D e *Castles & Crusades*. "Eu adoro mestrar jogos, contar histórias", disse Chenault. "É como um bom filme: pessoas bonitas fazendo coisas extraordinárias." Ele esperava conseguir conquistar a turma mais nova com a premissa de que ela seria extraordinária.

No último dia da convenção, conversei com Kerry Bourgoigne, de trinta e cinco anos, designer de games nas horas vagas que veio da cidade de Nova York. Durante todo o fim de semana, Bourgoigne tentava divulgar a sua empresa, a Shadowcircle Press, e seu "jogo de cartas com combates em masmorras", chamado *Adventurer*. Assim como o D&D, o jogo existia parcialmente em cartas de jogar, mas, predominantemente, na imaginação dos jogadores.

"Gary gostava deste jogo", disse Bourgoigne enquanto me ensinava a jogar. Ele esperava que o seu jogo ajudasse a estabelecer uma base para uma nova geração de jogadores interessados em RPGs. "É um jogo que instila a ideia de 'mate o monstro, pegue o tesouro, ganhe mais poderes e mate o vilão'." Conforme a popularidade do *World of Warcraft* continuava a crescer, fiquei feliz ao perceber que jogos que não dependiam de alta tecnologia como *Adventurer* ainda existiam. Embora alguns grognards houvessem se adaptado (Mentzer mestrava jogos de D&D online, via e-mail ou Skype), outros continuavam fiéis aos seus mapas de papelão e miniaturas de plástico. Tão primitivos quanto tesoura, papel e pedra — e espadas.

O principal tributo a Gygax foi aquela convenção — as pessoas que ele afetou. Os jogadores de D&D não eram pessoas desajustadas. Eles se tornaram criativos, bem-sucedidos e aprenderam a lidar com situações sociais. Alguns eram escritores, poetas e cineastas. Tudo normal, pelo que eu imaginava. Agora adultos (como eu) e casados, já com filhos e netos (não como eu), os gamers não tinham mais receio de revelar seu lado geek (como o novo eu?). Grognards assumiam uma postura saudável, descomprometida, como se ligassem o "foda-se" para o que os outros pensam. Jogamos e somos adultos, acostume-se com isso. E daí se alguns estavam um pouco acima do peso ou gostavam de regras labirínticas? O D&D os havia transformado nos solucionadores de problemas e pensadores criativos porque as regras exigiam que eles descobrissem as coisas e pensassem em suas ações conforme jogavam. Que usassem suas mentes para imaginar um mundo diferente. Gary ajudou a fazer isso acontecer. Ele nos ensinou a sermos bardos outra vez, e a nos entretermos mutuamente como fazíamos havia um bom tempo.

Durante um momento menos movimentado, eu andei por entre as mesas de jogo e me sentei para jogar um jogo antigo de conquista mundial criado em 1940, chamado *Empires,* com Frank Mentzer, Tom Wham e Jim Ward. E ganhei de todos eles.

JOGANDO COM OS GAROTOS GRANDES

De volta à mesa de *Chainmail* no domingo, o último dia da convenção, comecei a conversar com Alex Clark, o garoto de doze anos. Um dragão havia se juntado ao combate e não lutava do lado dos exércitos de Alex. Mas a situação parecia boa. Alex estava com um sorriso enorme no rosto.

Eu me senti como um daqueles repórteres que invadem o campo assim que a partida do Super Bowl termina, pronto para enfiar um microfone diante da sua cara:

"E aí, Alex? Como foi o jogo?"

"Matei o dragão com meu herói arqueiro!", disse ele. Ainda empolgado pela batalha final, ele rememorou suas últimas jogadas contra o dragão. "Alguns dizem que o coração fica no pescoço. Outros dizem que fica na barriga. Ele precisou tirar doze pontos em um rolamento de dois dados. E foi o que fez. Encontrou a brecha entre as escamas do dragão, e o monstro desabou no chão."

Com o cabelo loiro cortado bem rente, a cara típica dos garotos americanos, Alex se divertia com jogos "desde que se conhecia por gente". Mas não brincava com outros garotos da sua idade. Sua família tinha se mudado havia pouco tempo e ele não conseguiu fazer amizades na escola. Os amigos do seu pai vinham à sua casa uma vez por semana, e então ele jogava com os mais velhos. Perguntei o que ele achava de jogar *Chainmail* em vez de WoW e outros jogos online, nos quais os monstros e a violência são palpáveis, um banquete visual de ação e gráficos. O mundo de fantasia do *Chainmail* era ilusório: miniaturas de plástico imóveis e obsoletas que substituíam guerreiros e dragões. Imaginei que um garoto como Alex acharia aquilo tedioso. Mas o que ocorria era o contrário: "muito interativo" foram as palavras que ele usou para descrever o jogo de miniaturas. "Você tem que imaginar como seria estar na pele dessa pessoa nesse exato momento", disse ele. "Eu me divirto bastante com *Chainmail*."

Alex pegou o dragão. "A chance era muito pequena", disse ele. "Pensei: 'Uau, acho que estamos em desvantagem.' Mas já vi muitas batalhas, muito sangue." Assim como um veterano de guerra, ele ficou contemplativo. "Sou uma pessoa que gosta de riscos, e geralmente acabo tendo sorte. Minha mãe disse que eu tenho sorte."

Com o sorriso enorme que se abriu no rosto do garoto, não havia motivo para fazer mais perguntas. Alex havia jogado com os garotos grandes — os garotos grandes e seus brinquedinhos. Eu sabia exatamente o que ele sentia: vitória. Alex ainda era criança, com a mesma idade que eu tinha quando me deixei seduzir pelo D&D. Talvez eu estivesse apenas procurando uma espécie de validação — uma chance de me sentir bem em relação às inúmeras horas que passei embrenhado nas florestas e masmorras malignas de Gygax —, mas esse garoto me deu esperança. E ele apoiava o meu desejo de que medir o alcance das flechas de um esquadrão de arqueiros élficos em miniatura pudesse ser pelo menos tão divertido e imersivo quanto jogar *World of Warcraft* acorrentado a um computador.

Eu estava com fome, então caminhei até uma das lanchonetes de *fast-food* que ficavam perto do hotel. Vi Jim Ward sentado na grama, perto da calçada. Ele disse que morava em uma cidade bem perto dali, e que ele e sua esposa haviam ficado com apenas um carro para economizar dinheiro. "Às vezes eu ando de bicicleta, mas não dá pra vir até aqui assim", disse ele. Estava esperando a esposa vir buscá-lo.

Ward me lembrava um adolescente antes de conseguir sua carteira de motorista, esperando depois de alguma atividade extraclasse, sujeito à disponibilidade das agendas, do transporte e das responsabilidades dos adultos. Não parecia estar exatamente entediado, mas algo borbulhava abaixo da superfície. Insatisfação, ou talvez decepção, ou impotência diante de um mundo que não conseguia lhe dar uma sensação de realização. Eu vi nele uma versão mais jovem de mim, preso em uma civilização real e excessivamente séria que claramente precisava de mais monstros, mais robôs e mais aventuras. Mais diversão.

Na noite anterior, no jogo de D&D de Frank Mentzer, meu personagem, Ethora, saltou sobre o escorpião gigante. Ele atacou. Eu rolei outra vez. "Dezessete."

"Acertou!", gritou Mentzer. Eu havia conseguido enfiar uma adaga nas costas do monstro. "O escorpião urra. Foi atingido em um ponto bem sensível."

Os outros personagens o crivaram de flechas. No final, perdemos um dos guerreiros, mas eu cavalguei aquela criatura até os braços da morte. Até que percebemos que eram onze da noite e não tínhamos mais tempo. A mãe acordou seu filho pequeno. Os gamers guardaram suas coisas. Alguns de nós ficaram por ali para conversar com Mentzer.

"Foi bem divertido", ele comentou, fechando a maleta de dados com força.

"Foi mesmo."

Não consegui encontrar Gary Gygax. Não encontrei a absolvição. Mas encontrei algo divertido, e, no decorrer do processo, um pedaço de mim mesmo[19].

[19] Gary Con I, uma convenção de jogos gratuita que recebeu esse nome em homenagem a Gygax e era organizada em parte pela família Gygax, ocorreu no American Legion Hall, em Lake Geneva, em 7 de março de 2009. De acordo com www.garycon.com, mais de cento e cinquenta gamers vieram prestigiar o evento. Dave Arneson, o cocriador do D&D, morreu um mês depois, aos sessenta e um anos.

Mount Dar
RODEN
Lorsorac Woods
Mors River
Lizzard Lake
Eagle River
Krendil
Mondil Lake
Borso Woods
Troll Mts.
Prendor Tower
Withered Hills
Toris
Wilting Woods
Gladen River
Lorserach Plains
Bon
Silver Lake
White Hills
Black Lake
Black Woods
Black River
Dragon's Breath
Silver River
Dragon's Crest
Balear
Green Hills
The Dark Woods
Malg Swamp
Brog Mts.
Arond Pass
Daro Forest
Dafed River
Pawn River
Brand
BANGOR

A Floresta dos Portais é uma fronteira misteriosa que se localiza em algum lugar entre todos os mundos. Seus animais, magia e ambiente são, ao mesmo tempo, familiares e estranhos. É um lugar que carece de exploração e explicação.

Montanhas Sombrias: *Uma terra sem sol governada por Lordes Sombrios que usam magias cruéis para manter os camponeses sob o seu domínio...*

Deserto de Bronze: *Um enorme deserto habitado por mercadores, intelectuais, sábios e os misteriosos Djinn...*

Império da Perfeita Unidade: *Uma rigorosa e burocrática sociedade protegida por uma enorme muralha...*

A Clareira Encantada: *Lar de fadas e duendes brincalhões, cada um tão curioso quanto inocente...*

A Cidade dos Goblins: *Encerrada nas profundezas do subterrâneo, transborda com uma população imensurável de goblins verdes e de orelhas pontudas...*

O Reino dos Castelos: *Uma terra de nobreza, governada por mulheres cuja liderança é apoiada pelos valorosos cavaleiros do Reino...*

O Rochedo das Tempestades: *Um arquipélago duramente castigado, encravado no meio de um mar tempestuoso que nunca descansa nem oferece abrigo...*

Submar: *Um estranho mundo submarino habitado pelos Apsara, uma raça de pessoas capazes de respirar sob as águas...*

— Extraído do página do LARP (Live-Action Role-Playing game) *Forest of Doors* (www.forestofdoors.com)

6

E o Monge foi para a Geórgia

Era uma noite de sábado e eu estava bebendo na taverna, escutando enquanto um viking descrevia como atacara um troll na floresta naquele mesmo dia, um pouco mais cedo. “E então, eu peguei a minha flecha quebrada e a enfiei no olho do troll!”, vociferou o camarada. “Har har har!!”

Ele e outros dois, vestidos com peles de animais e o que pareciam ser togas, se aproximaram da minha mesa a passos trôpegos. Levantei os olhos do meu prato de carne assada com batatas.

— Meu nome é Leif Thorsson — disse aquele que estava contando a história.

— Eu sou Ulrich — disse o cara ao lado dele.

— E eu sou Skylar — disse o terceiro.

— E, juntos, nós somos os Irmãos Thorsson! — gritaram os três em uníssono, batendo suas espadas (*clang, clang, clang!*) no tampo da mesa.

— Uhuu! — Os meus companheiros de taverna explodiram em risos.

Leif me disse que vinha do Rochedo das Tempestades, um reino tempestuoso e marítimo cheio de guerreiros ferozes e acostumados a viver entre o frio e o gelo.

— E quem é você, amigo?

— Eu? — Quem eu era? Estava meio destreinado em relação a essas coisas.

— Amigo?

— Sou Ethor — respondi, em voz baixa. — Um... humilde monge do Reino dos... Castelos.

Expliquei a Leif que eu era letrado e estudioso, um homem dedicado à religião. Evitava a violência; não era um guerreiro como ele. E também estava cansado, sem muita vontade de socializar com esse viking que já estava meio bêbado. Era o mês de março. Eu havia deixado uma gelada e escura Boston para trás, e embarcado num voo para Atlanta naquela manhã, viajado mais um pouco e entrado nessa taverna — *uma taverna que não servia álcool.* A embriaguez de Leif era fingida.

Alguns meses depois de haver iniciado a minha jornada, eu não fiquei tão surpreso. Depois de explorar a Inglaterra, Lake Geneva e o meu próprio passado, eu já havia começado a apreciar a potência da fantasia. Depois de me divertir com o flagelo dos meus anos de obsessão, D&D, e sentir bastante orgulho de "Ethora, o Destruidor de Artrópodes", concluí que já era hora de dar o próximo passo, entrando mais profundamente na masmorra. Mas será que eu estava pronto para o LARP — o Live-Action Role-Playing?[20]

---

[20] Algumas coisas que você precisa saber sobre LARPs:

- ✓ LARP é um substantivo (que representa o jogo em si); algumas expressões típicas envolvendo a palavra são: "Participei de um LARP no fim de semana passado", ou "Vamos jogar um LARP amanhã, quer vir conosco?".
- ✓ Cada grupo de LARP tem sua própria visão em relação a regras, figurinos, combate, interpretação de personagens, participação e ambientação.
- ✓ A ambientação de um LARP pode ser baseada em fantasia, ficção científica, o universo gótico moderno, espionagem ou envolver gêneros híbridos como o *steampunk* (uma mistura da Era Vitoriana com elementos de ficção científica).

Aparentemente, eu não tinha escolha. Como você pode perceber, atravessei um portal mágico e vim parar aqui, na Floresta dos Portais. Assim como aconteceu com Dorothy na Terra de Oz, eu não sabia voltar para casa. Se sobrevivesse a esse final de semana, eu completaria com sucesso aquela parte da minha jornada.

Eu precisava de uma bebida *de verdade*.

DE VEZ EM QUANDO, VOCÊ SENTA A PORRADA NELES

Como eu já era veterano do D&D, não achei o LARP tão estranho. Mas um LARP difere do D&D em um aspecto essencial. Em um RPG jogado sobre a mesa da cozinha como o D&D, o mundo existe predominantemente na imaginação. Você tem mapas e dados consigo, mas as ações são descritas verbalmente. "Vou atacar aquela vaca da sacerdotisa zumbi maligna com a minha espada longa +2." Uma partida de D&D costuma ter mais combates e menos interpretação. Os jogadores podem fazer mímica, indicando que estão batendo a carteira de um transeunte,

---

✓ LARPs podem envolver apenas algumas dezenas de participantes durante uma tarde ou centenas de participantes em um jogo que perdura por vários dias.

✓ LARPs podem ser divididos em duas categorias gerais: LARPs *boffer* (jogos que utilizam combates físicos com armas de espuma ou armas de ar comprimido tipo *airsoft,* que disparam pequenos projéteis de plástico) e aqueles que usam contato simulado ou simbólico (decidido pela rolagem de dados ou por uma disputa de papel-pedra-tesoura etc).

✓ Outra maneira de classificar os LARPS: *boffer* (nos quais o combate é o foco) × teatrais ou sociais (onde o foco é a interação espontânea entre personagens).

✓ Embora as espadas geralmente sejam feitas com espuma, canos de PVC e fita *silver-tape*, ser atingido por uma delas pode doer.

✓ Não, participar de um LARP não é o mesmo que "brincar de faz de conta". Não é uma boa ideia tirar sarro dos jogadores de LARP. Eles frequentemente andam armados.

ou um DM pode se contorcer como um verme púrpura, mas, de maneira geral, como vimos, as pessoas tendem a permanecer sentadas, usando as mesmas roupas que vestem no dia a dia. Os LARPs, por sua vez, são totalmente focados na interpretação imersiva de personagens, o tempo todo. Eles levam a fantasia a um nível mais avançado. Você cria um personagem, inventa uma história pregressa, aplica maquiagem, veste-se com um traje ou uma fantasia e realmente perambula por um lugar real, interagindo com outros jogadores e criando diálogos conforme a ação se desenrola. E, de vez em quando, você senta a porrada neles.

No LARP de que eu participei, se alguém quisesse atacar um "*terrorbeak*" (um ator "coadjuvante" que usava uma máscara de pássaro e roupas negras), bastava desembainhar sua espada *boffer* e atacá-lo sem piedade até que ele caísse com um grito e "morresse". Tanto os personagens quanto os monstros coadjuvantes mantinham um registro de como e onde foram atingidos e sabiam o que era necessário para morrer; esperava-se que todos os participantes agissem de acordo com esse sistema de honra.

Como no D&D, mestres de jogos que trabalham nos bastidores elaboram as aventuras, os enigmas e os algozes do LARP que os jogadores irão encontrar. Eles também agem como diretores e cenógrafos de teatro, acrescentando adereços e objetos de cena e usando figurinos que tornarão as ilusões mais convincentes. Mas esses jogos não têm cenários com a qualidade que se vê em parques da Disney ou efeitos especiais do mesmo nível que aqueles criados pela Industrial Light & Magic. Assim, os LARPs acabam ficando mais inventivos. Um badulaque barato é uma joia mágica. Lonas pretas penduradas entre algumas árvores podem representar uma masmorra. Um monstro é outro jogador, cujo rosto foi manchado com tinta verde. É necessário estar disposto a acreditar no que se vê.

Jogos de interpretação de personagens ao vivo são uma variante do movimento que popularizou o D&D. Alguns afirmam que o primeiro grupo de LARP surgiu em 1977; o primeiro grupo de LARP teatral foi a Sociedade de Literatura Interativa (Society for Interactive Literature – SIL), fundada em 1981 na Universidade de Harvard. Na década de 1980, a New England Role-playing Organization (NERO) se tornou uma franquia bastante disseminada de grupos de LARP *boffer*, ou de combate. Mas, independentemente do gênero do LARP — espionagem, recriações históricas, ficção científica, espada e magia —, o conceito é o mesmo. Os diretores dão início à história, mas não há um roteiro a ser seguido. Quanto melhor você conseguir atuar e improvisar suas falas e interações, mais se divertirá.

Eu esperava que jogar um LARP servisse para resolver um paradoxo que eu imaginava ser prevalente em meio às experiências de fantasia em que eu vinha pensando. Os geeks de fantasia e os gamers estavam preferindo cada vez mais os jogos online e filmes carregados de efeitos especiais. A tecnologia fez com que essas fantasias ultrarrealistas se tornassem verossímeis. Embora não estivessem mais no núcleo da subcultura, as feiras renascentistas, os velhos jogos de D&D com lápis e papel e os LARPs ainda estavam bem vivos e iam bem. Comecei a pensar se os jogos que não necessitavam de tanta tecnologia seriam um movimento de reação dentro do escapismo fantástico para aqueles que já estavam fartos da era digital. E também estava curioso em relação a interpretar um personagem trajado com um figurino específico. Isso se a minha timidez não me matasse primeiro.

Nos LARPs, assim como nos RPGs, os resultados e ações são baseados em um sistema de regras. Mas a área de jogo é muito maior do que uma mesa de jantar. LARPs teatrais podem ficar contidos em uma sala de reuniões de um hotel, mas os LARPs *boffer* precisam de mais espaço. Redes como o Holiday Inn não gostam muito de ver hóspedes fantasiados correndo pelo saguão e pelos corredores gritando "Morra, seu monstro maldito!". Grupos de LARP geralmente alugam áreas de camping em parques estaduais, com alojamentos, chalés com cozinha e milhares de metros quadrados de campos e florestas para usar como campos de batalha.

Agora eu já esperava que os gamers se erguessem para defender seu território. Os jogadores de LARP com quem conversei disseram que não se importavam com o que outras pessoas pensavam sobre o seu hobby. Se as perguntas ficassem insistentes, eles diziam que a atividade com a qual se envolviam durante um ou dois fins de semana por mês não era escapismo. Era um esporte (sem bolas ou raquetes, mas com tantos equipamentos quanto qualquer outro). Era um exercício de teatro improvisado. E, diziam eles, se tivesse coragem e conseguisse esquecer suas inibições, você adoraria.

NINGUÉM QUER COMBATER O MAL DEBAIXO DE CHUVA

Os maiores LARPs, como o Lorien Trust da Inglaterra, atraem quantidades enormes de jogadores, chegando a cerca de quatro mil participantes. Nos Estados Unidos, os maiores atraem mil participantes ou mais, e tendem a enfatizar o combate. Pesquisei na internet para encontrar um LARP que fosse menor e receptivo a iniciantes. Encontrei a Floresta dos Portais (*Forest of Doors*, que é ao mesmo tempo o nome do LARP e do mundo no qual a experiência é ambientada). População: cerca de cinquenta jogadores. Registrei-me para participar do evento que ocorreria naquele fim de semana, comprei uma passagem de avião para Atlanta e imediatamente senti aquela pontada familiar no estômago. Comparado ao D&D, isso era um passo em direção à parte mais profunda da masmorra. *Figurinos? Armas? Ethan, por que você está fazendo isso?*

Assim como vários eventos de interpretação de personagens no estilo live-action, o *Forest of Doors* (FoD) era organizado e administrado na internet; quando o jogo começava, ele acontecia no mundo real, construído com tijolos e cimento. Meu contato era Cristopher Tang, cofundador e diretor do grupo, um advogado de trinta anos especializado em direito imobiliário que vivia nos arredores de Atlanta. O grupo de Tang alugava uma área de camping no Parque Estadual de Indian Springs, em uma cidadezinha chamada Flovilla, a cerca de uma hora a sudeste de Atlanta. Quando conversamos ao telefone, ele concordou em me deixar participar e tomar notas. Mas insistiu também que eu participasse da experiência e que a levasse a sério. "Se você quiser se divertir num LARP", disse Tang na semana que antecedeu a minha viagem, "vai precisar entrar de cabeça. O que fazemos aqui não é como um restaurante com shows ao vivo". Combinei com Tang que ele viria me buscar em Atlanta na tarde de sexta-feira, antes do início do jogo. Iríamos até o local do LARP juntos e teríamos a oportunidade de conversar.

Eu não havia decidido com qual personagem iria jogar, mas imaginei que conseguiria dar um jeito quando chegasse lá. Antes de sair de Boston, Tang me aconselhou a passar em algum brechó para tentar encontrar alguma espécie de figurino medievalesco. "Um segredo sujo dos jogadores de LARP: não se acanhe de olhar na seção de roupas femininas", disse ele. Enquanto olhava os cabideiros, e tentava não deixar minha timidez transparecer, eu encontrei uma bata branca com mangas bufantes, uma calça de ioga preta e uma camisa roxa que talvez a minha mãe resolvesse usar para ir a um show do Fleetwood Mac.

Comparada à região nordeste dos Estados Unidos, Atlanta era quente. Tang, corpulento e com seus cabelos escuros, chegou em uma caminhonete apinhada com objetos cênicos, adereços, figurinos, caixas de mantimentos e uma pilha do que parecia ser lenha. No caminho para Flovilla, entre outras coisas que ele precisava fazer — como pegar um traje em uma lavanderia e colocar no caminhão um enorme poste de sinalização com dizeres como AQUI e LÁ, ele relatou a história dos jogos naquela região. Em Atlanta, cada LARP era "uma subcultura dentro de uma subcultura". Tang conhecia cerca de trezentas pessoas envolvidas em LARPs na região de Atlanta; o FoD, na realidade, era um grupo dissidente de outro grupo. "Cada LARP tem a sua reputação", disse ele. Tang e seus outros amigos que eram mestres de jogo resolveram criar seu próprio LARP porque "queríamos melhorar algumas coisas". Como todos os construtores de mundo, mestres de jogo adoram inventar seus próprios livros de regras. Ele descreveu a ambientação do FoD como mais do que simplesmente o universo de elfos e anões criado por Tolkien, mas um mundo híbrido de fantasia. "Algo como um cruzamento entre *Nárnia* e *Lost*."

Conforme passamos por placas de lugares que anunciavam amendoim cozido, churrascarias no estilo fogo de chão e pêssegos frescos, pedi a Tang que me explicasse o que atraía os jogadores ao LARP. Embora Tang descrevesse a parte mais combativa como "uma briga de travesseiros mais elaborada", ele disse que os jogadores de LARP não se interessavam apenas por combates com armas revestidas com espuma. Eu havia conversado com homens e mulheres que participavam desses jogos — estudantes, garçonetes, vendedores, cientistas — e eles confirmaram as declarações de Tang.

O principal fator de atração se encontrava no heroísmo efêmero, na interação aleatória de uns com os outros e na violência fantástica em um palco imenso e amorfo. "Existe um elemento de interpretação teatral, existe um elemento de combate e luta, algo mais físico", explicou Tang conforme avançávamos pela estrada. "Há também o aspecto das artes e dos trabalhos manuais, pessoas que criam coisas. E também o elemento de acampar, de correr pela floresta."

Assim como ao acampar, a última coisa que você quer encarar é o mau tempo. "Ninguém quer combater o mal debaixo de chuva." Felizmente, a previsão do tempo para o fim de semana era favorável.

O que era notável nos LARPs, eu logo percebi, era que, com exceção de espalhar alguns rumores e periodicamente armar emboscadas com monstros, os mestres do jogo simplesmente se sentavam e reagiam ao desenrolar da ação. A interação entre os personagens era o que ditava o ritmo do jogo. Os jogadores começavam a se ocupar assim que o jogo começava: resolviam enigmas, matavam monstros, conversavam e discutiam, tudo isso temperado por motivações individuais e diferenças mesquinhas entre eles. Mesmo se os jogadores esgotassem o tempo que poderiam passar "dentro do jogo", podiam dizer aos coordenadores o que seus personagens faziam entre um evento e outro, e se comunicavam por e-mail para fazer com que o enredo progredisse. Em vez de administrar todas as minúcias, os mestres do jogo improvisavam conforme a necessidade. Se meu personagem decidisse que queria explorar uma floresta assombrada, os mestres do jogo se esforçavam ao máximo para encontrar alguns fantasmas.

"Não podemos entreter as pessoas", disse Tang. "Elas entretêm umas às outras." Ele comparou o ato de ser um dos mestres do jogo a "oferecer uma festa que dura três dias. Você não pode ser o dono da festa e estar em todos os lugares o tempo inteiro".

Chegamos à área de camping, um aglomerado de chalés castanhos e espaços com a grama aparada nos limites de uma floresta de pinheiros. Tang saiu correndo para preparar a "base dos monstros", um chalé às margens da floresta, a área dos bastidores, onde os coadjuvantes (os personagens não jogadores, do inglês *non-player characters*, conhecidos pela sigla NPCs) se reuniriam, e onde Tang e seus asseclas planejariam o próximo confronto. Ele me deixou sozinho.

Fiquei ali sentindo um certo desconforto, observando os jogadores que vinham se registrar em uma escrivaninha improvisada, ainda vestidos com suas roupas comuns e sem interpretar seus personagens. Esperei por ali, pensando no tipo de personagem com o qual eu iria jogar. Magricelas ou com barrigas salientes, cabelos longos presos em rabos de cavalo ou cortes rentes, com ou sem óculos; exceto pelas asas de fada e camisões de malha de aço, meus companheiros de jogo se pareciam com jogadores de D&D típicos. Embora eu estivesse trazendo uma enorme mochila (e sentindo que a camisa roxa acabaria abrindo um buraco nela), o peso da minha hesitação era ainda mais intenso.

Como aquele primeiro momento na colônia de férias quando meus pais foram embora, uma sensação de "quero ir para casa" tomou conta de mim. Mas eu não podia fazer isso. Minha casa ficava muito longe dali. Eu não tinha mais minha mãe para vir me buscar. Além disso, dali a pouco tempo, eu já não seria *eu* mesmo.

ALGUÉM ME ENTREGOU UMA MAÇA

Larguei a mochila no alojamento e fiquei sentado na cama. Vários minutos se passaram. Eu tinha umas duas horas antes do início do jogo, às nove da noite. Hora de socializar. Reunindo coragem, eu voltei até a área de registro, abordei alguns jogadores e pedi conselhos sobre as regras e sobre como construir um personagem. Ao saberem que eu era novato (e jornalista), os outros jogadores me cercaram. A premissa do *Forest of Doors*, como vim a saber, era que as pessoas e criaturas dos oito Mundos de Origem — locais como as Montanhas Sombrias, o Império da Perfeita Unidade e a Clareira Encantada — haviam atravessado portais mágicos para surgir nesse "local de infinitos segredos" (Eram as portas cenográficas — a "lenha" que Tang trouxera na caminhonete. Ele as posicionou em vários lugares do parque.)

De acordo com o histórico do jogo, as pessoas que passaram pelos portais não sabiam voltar para casa, e, por isso, foram deixadas neste mundo para compreendê-lo, para tentar formar uma espécie de sociedade e estrutura e para descobrir alguma maneira de voltar para casa algum dia. Lembrava um pouco o enredo de *O Senhor das Moscas*, mas com figurinos melhores (e imitações piores de sotaques britânicos).

Kyle Christian, um grandalhão de vinte e três anos que usava roupas pretas e levava uma arma de haste chamada *alabarda* nas mãos, percebeu a maneira como eu recebia todas aquelas informações. Ele entendia o quanto aquilo podia parecer estranho. "Você se fantasia e começa a bater nas pessoas no meio da floresta?", perguntou o rapaz que, na vida real, era estudante universitário, relembrando o ceticismo inicial que sentiu antes de jogar seu primeiro LARP. "Você deve estar passando por um verdadeiro choque de cultura", declarou ele, simpático. Havia um cordão com garras de urso pendurado ao redor do seu pescoço.

Eu precisava escolher um personagem. O manual de regras oficial do FoD, com suas 239 páginas, prometia: "Você pode forjar um novo destino para si mesmo." Daí a atração que o jogo

Aerie (Erin Praeter), uma fada, escuta por trás de um dos "portais" em Forest of Doors. Foto: cortesia de Rachel Jones e Chris Jones.

exercia — a liberdade de ser outra pessoa. Quem eu queria ser? E esse personagem seria homem ou mulher o suficiente para usar roxo? Acabei me decidindo por um monge.

Conforme a tarde avançava, o restante dos jogadores começou a chegar de carro. Mais e mais personagens fantasiados apareceram na "taverna" (o refeitório da área de camping). Suas armas foram verificadas para detectar pontas ou cantos duros demais; arqueiros foram instruídos sobre como deveriam disparar suas flechas com pontas de espuma de maneira segura. Comecei a pensar em como deveria interpretar Ethor, o humilde monge, e comecei a criar o meu personagem. Escolhi minhas principais características e habilidades, tais como "ágil", "perspicaz", "intelectual" e "diplomático". Minha história pregressa dizia que eu vinha do Reino dos Castelos, o meu Mundo de Origem, e que, como monge, fui mandado até aqui para observar, fazer perguntas e trabalhar como escriba, registrando fatos sobre as pessoas e as proezas deste mundo. Um ótimo disfarce para um jornalista/escritor independente.

Ok, Ethor, hora de vestir o figurino. Revirei a mochila e estudei minhas opções. A bata com mangas bufantes, na verdade, era uma camisa para gestantes. Decidi deixar de lado também a blusa roxa, que seria motivo de orgulho para Stevie Nicks.

Vesti a calça de ioga e uma túnica azul misericordiosamente emprestada por Tang. Um monge instantâneo. Não demorou muito até eu estar cercado por cerca de quarenta bárbaros falastrões, goblins com sorrisos tortos, fadinhas risonhas e sábios com ar intelectual.

Enquanto o horário das dez da noite se aproximava, Tang fez um discurso para os personagens que estavam reunidos ali, dizendo que todos nós deveríamos nos manter na pele do personagem pelos próximos dois dias e meio, sem exceção. "Vocês serão atacados enquanto dormem", ele nos advertiu. Em seguida, os novos jogadores foram iniciados nos detalhes do jogo, passando por um "módulo de aventura para novatos" que servia para ensinar os fundamentos e as regras básicas do jogo. A aventura curta na floresta envolvia um chalé escuro, corredores cobertos de plástico preto e bandos de ratos gigantes e salteadores noturnos. Essas criaturas me atacaram quando eu estava à beira da estrada.

Alguém me entregou uma maça. Meu monge Ethor era um pacifista, mas, considerando os monstros que existiam na Floresta dos Portais, eu precisaria de uma arma.

UMA FORMA DE RITUALISMO SECULAR

"Entendemos que essas coisas não são reais. Mas é aí que está o valor de tudo isso. Somos parte desse ritual compartilhado, mas não o trazemos conosco para a vida real", disse Charles Kelley, de vinte e sete anos. Descrevendo a si mesmo como artista, escritor e "um sujeito criativo e desempregado", Kelley era um dos quatro diretores do jogo de *Forest of Doors*. Naquela primeira noite, quando eu me sentia bastante deslocado, Kelly me trouxe para dentro do jogo. Relativamente robusto, tinha longos cabelos castanhos e barba. Usando óculos de aros grossos pretos de design retrô típicos de um hipster, ele parecia mais um Ginsberg--Beatnik do que um geek-nerd. Sorria enquanto explicava as regras. Gostei dele imediatamente.

Alguns jogadores com quem conversei pareciam estar bastante defensivos, quase como se estivessem se desculpando pelo interesse que nutriam pelos LARPs, dizendo que o jogo não era pior do que o escapismo de um livro ou um filme. Kelley era incrivelmente desinibido e franco. Tinha um ótimo senso de humor sobre toda aquela empreitada, que ele admitia que podia parecer ridícula aos olhos de pessoas que não estivessem envolvidas. Ele comparou os LARPs ao "D&D fumando crack".

Perguntei a Kelley como ele conheceu o jogo. Na adolescência ele morou no Texas, onde um amigo o convidou para jogar um "clone bobo do D&D". Ainda assim, o jogo de fantasia atiçou sua imaginação. "Nunca fui viciado em nenhuma droga, mas imagino que a sensação seja igual à que eu sentia naquela época da minha vida", disse Kelley. Ele começou a participar de LARPs por meio de *Vampiro: A Máscara*, um jogo ambientado num mundo punk-gótico. Jogar lhe deu uma desculpa para "ser visto em público com nossas roupas góticas e figurinos elaborados" em uma pequena cidade do Texas. Quando se mudou para Atlanta, tentou voltar a jogar LARPs, mas o jogo teatral com vampiros não o interessava mais. Ele teve a sensação de que "a reciclagem constante dos mesmos enredos" dos livros de fantasia era enfadonha. Outros gamers, cuja visão criativa "se estende para além dos limites do seu *Livro do Mestre* do D&D", também lhe davam a sensação de tédio. Ele desistiu completamente daquele hobby até que um amigo o arrastou para um LARP *boffer*. A experiência, de acordo com ele, "literalmente me transformou".

"Isso era uma forma muito mais primal de interpretação de personagens", disse ele. "Há toda uma realidade física por trás. Quando um monstro salta sobre você, ele literalmente está pressionando seu corpo contra o chão, e em tempo real. Não havia qualquer possibilidade de voltar a resolver disputas utilizando mecânicas como papel/pedra/tesoura." Comparado a um RPG de mesa como o D&D, ele amava os aspectos mais físicos do LARP. O arco descrito no ar por uma espada era real. A energia negra dos feitiços de um mago corrompido era representada por uma coisa material que atinge os jogadores, que caíam no chão e fingiam estar paralisados (até que o feitiço fosse quebrado, pelo menos). Coisas reais aconteciam.

O fato de que o FoD recriava a experiência de um pequeno bando de estranhos em uma floresta desabitada fazia com que fosse muito mais fácil ceder ao seu encanto. Outros jogos dos quais ele participou, "quase todos extremamente medíocres", fracassaram porque os mestres do jogo os ambientavam em "vastos reinos e metrópoles com economias fervilhantes", ilusões muito difíceis de se encenar. E, na realidade, Kelley não gostava tanto de jogar esses jogos, mas sim de coordená-los. "Não consigo admitir a possibilidade de ceder qualquer porção da minha liberdade criativa a outro mestre de jogos", disse ele. "Após provar o fruto proibido da dominância cultural total, não tenho qualquer vontade de voltar atrás." (Nas ocasiões em que jogava, ele geralmente interpretava personagens rebeldes que agiam "contra o sistema").

Embora o FoD fosse um LARP relativamente novo (o primeiro jogo ocorreu em julho de 2006), conflitos de personalidade já haviam surgido. Kelley disse que precisava se esforçar para aceitar e compreender os estilos dos outros três mestres de jogo. Mas, quando o jogo começava, as diferenças caíam por terra. "Quando estou coordenando um jogo, eu me envolvo desde o momento em que o jogo começa até o final. Quando uma pessoa conclui uma ação, o próximo começa a falar e eu lido com eles. É uma arbitragem criativa constante, infinita. É um pouco como uma sensação de puro êxtase." Ele gostava de ver um obstáculo que ele inventava e descrevia — como uma muralha ou um troll, por exemplo — se tornar uma entidade real nas mentes dos jogadores, algo que eles tinham de reconhecer e aceitar como verdade. "Eles vão ter que criar uma maneira de vencer esse desafio", disse ele. Kelley gostava de ver como eles interagiam com o desafio, e o que podia fazer para tornar tal desafio mais plausível na próxima vez.

Jogar era uma parte central da sua vida. Toda semana Kelley mestrava um RPG de mesa (quatro horas). Jogava em um grupo de D&D que se encontrava também semanalmente (quatro horas). Participava de reuniões semanais com outros membros de *Forest of Doors* para "organizar e escrever histórias" (cinco horas). Sua carga horária de jogos poderia ser ampliada pelo seu "hábito de se enfiar no meio do mato para passar um fim de semana inteiro jogando". Em alguns meses ele chegava a passar mais de cento e cinquenta horas envolvido com jogos. E também criava seu próprio romance de fantasia. "Tem mais a ver com o existencialismo e o surrealismo do leste europeu do que com filmes como *O Príncipe Guerreiro* e *Willow: Na Terra da Magia*".

Escrever histórias. Criar histórias. A necessidade essencial do ser humano pelo teatro. Os LARPs davam uma maneira de criar esse tipo de drama. Para mim, quando criança, histórias que eu contava para mim mesmo sobre magos malignos chegavam a ser melhores do que contemplar a penúria da minha família. Kelley comparava os LARPs a uma forma de "ritualismo secular", como culturas indígenas que usam máscaras para incorporar deuses. "É mais ou menos como o cara de máscara. Você vive na cabana do outro lado da rua [defronte à cabana do cara de máscara], mas você diz: 'eu sei que você foi um deus'." Em outras palavras, você mergulhava apenas o quanto quisesse, pelas razões que quisesse. "Forçamos bastante a imaginação, mas há um ponto em que isso fica meio bobo."

"Interpretar personagens estimula algo primal dentro de mim. Não consigo explicar de outra maneira. É uma compulsão profunda que está, ao mesmo tempo, fora do meu controle e completamente sob controle." Ele imaginava que coordenaria eventos de *Forest of Doors* por mais oito anos, pelo menos. "A maioria dos entusiastas sérios de jogos em que interpretam personagens não conseguiria abandonar o hobby mesmo que suas vidas dependessem disso."

VENDER SOFTWARE FISCAL OU CHACINAR BANDIDOS E TRANSAR COM A REALEZA?

Perambule pela Floresta dos Portais e, assim como Ethor, não demorará muito até que você se encontre com Wolf.

Trajando uma armadura, uma capa branca felpuda e um adereço imponente em forma de lobo na cabeça, o guerreiro Wolf era um personagem tosco e falastrão, louco para entrar em combate. Ele tentou convencer outros jogadores a se juntar a ele para eliminar os bandos de saqueadores que assolavam sua cidade. "A lista de coisas que tenho de fazer hoje definitivamente inclui bandidos", exclamou ele. Wolf gostava de dizer coisas ofensivas e provocativas. Respondendo ao comentário feito por uma princesa, ele disse: "A realeza está abaixo de mim — onde toda a realeza deveria estar quando eu estou em cima dela, fazendo o que gosto de fazer."

Wolf era interpretado por Nick Perretta, um vendedor de software fiscal de vinte e nove anos, casado e pai, com uma barba negra e cabelos cacheados que lhe caíam sobre as orelhas. Wolf andava de um lado para o outro. Enquanto isso, o personagem da esposa de Perretta administrava discretamente a taverna, o "lugar dentro do mundo do jogo onde se pode pegar comida e bebida", disse ele, "para que ninguém desmaie por causa da desidratação". Antes de começar a participar de LARPs, Perretta jogava RPGs, mas achava que faltava alguma coisa. "Quando você joga um jogo com lápis e papel é difícil mergulhar na ação de golpear com a espada sem parecer um paciente psiquiátrico", disse Perretta.

Seu jeito de interpretar Wolf era curioso: ele me disse que não interpreta personagens com muita frequência, mas que considera que escreve uma história com um protagonista. "Dessa forma eu começo a adotar os maneirismos dele em relação a como considera as coisas e o seu jeito de agir." A história pregressa de Wolf envolve uma mulher que ele amava (embora Wolf nunca fosse admitir isso). A mulher foi morta. Wolf acredita que podia tê-la salvado. É hora do melodrama temperado pela culpa, pela sensação de perda e pela tendência a agir solitariamente. "Pensei no que aconteceria com uma pessoa que realmente tivesse passado por algo assim. Ela se retrai. Afasta-se até mesmo do ato de se importar com outras pessoas, e cria um muro ao redor de si mesma." Esse foi o ponto partida que Perretta planejou para Wolf. A jornada emocional seria fazer com que Wolf lentamente permitisse que as pessoas se aproximassem, e fazer com que seu personagem lentamente encontrasse uma família outra vez.

Mas uma coisa engraçada aconteceu quando Wolf passou pelo portal mágico. "Percebi que ele estava crescendo, e rápido", disse Perretta. "Logo no primeiro jogo, eu me tornei a voz da razão pela qual nós *não deveríamos* matar todas as outras pessoas, embora elas fossem tão diferentes de nós." O personagem que ele pensava que controlava o surpreendeu. Wolf tinha sua própria mente e seu próprio coração.

Perretta, certa vez, interpretou um personagem que era um verdadeiro malandro, chamado Tassidar. "Apenas uma vez eu queria estar na pele de um vilão", disse ele. "Interpretei esse personagem por mais ou menos um ano e meio, e, honestamente, quando ele morreu, não fiquei triste." Mas Tassidar ajudou Perretta a passar por um período complicado em sua vida. "Eu precisava de um Tassidar para poder expressar coisas negativas e me livrar da negatividade que sentia na época. Mas fiz isso através de um personagem que sorria para as pessoas e que depois trabalhava nos bastidores para esfaqueá-las pelas costas. Isso é muito próximo do que eu passava naquela época." Ele também jogava com personagens que se mesclavam às sombras e passavam despercebidos. Tudo dependia do seu humor. Ele encarava seu personagem atual como alguém que servia a um propósito diferente. "Wolf é uma maneira de dar forma ao mundo ao meu redor ao invés de dar forma a mim mesmo em função do mundo."

Os LARPs podem ser uma terapia catártica, psicanalítica ou acidental. Perretta se preocupava com a possibilidade de que tudo aquilo acabasse soando horrivelmente egomaníaco. "Mas, na verdade, essa é a única maneira pela qual eu expressaria essas coisas. Eu vivo o que espero que seja uma boa vida. Mas, às vezes, simplesmente é divertido mergulhar na ideia de ser o centro do universo. Jogar é uma forma de fazer isso."

Pareceu-me que ele tinha uma relação saudável com seu hábito. Jogar lhe permitia expressar emoções, praticar uma atividade física e ser o que ele nunca conseguiria ser na vida real. E também lhe dava a oportunidade de se socializar. Ele passava meses sem ver seus amigos, e, "quando nos encontramos, é como se tivéssemos nos visto há poucos dias, e você continua a conversar do mesmo ponto onde parou". E daí que ele parecia um tapete de pele de urso polar?

UMA BOLA TRÊMULA DE ENERGIA INARTICULADA

"Joguem!" E o jogo começou. Os jogadores se apresentaram, retomaram o enredo do ponto onde ele foi interrompido no jogo anterior, que aconteceu um mês antes, e começaram a discutir as ameaças à sua cidade. Quando os participantes começaram a jogar — combatendo, conversando, comendo —, a imersão era quase total. Quando um caminhão de lixo passou rugindo pela área de acampamento, os jogadores se adaptaram à situação com bastante naturalidade:

— É um monstro de pedra! — gritou alguém.

— Olhem, um dragão!

— Não. Se fosse um dragão, nós todos já estaríamos mortos agora.

Até mesmo eu contribuí para a cena:

— Mas será que essa criatura é temente a algum deus?

Eles interpretavam não apenas um amálgama de personagens influenciados pelos muitos filmes, livros e jogos de fantasia que traziam heróis, magos e fadas que absorveram por todo o espectro da cultura popular; eles também estavam interpretando a si mesmos. Mas, como os LARPs são uma forma de contar histórias de maneira coletiva, são experiências incrivelmente pujantes, e até mesmo transformadoras, como a boa literatura. Ainda me lembro de cenas de jogos de D&D de que participei há mais de duas décadas; elas me parecem tão memoráveis quanto experiências "reais". Outros gamers me disseram coisas bem parecidas.

Leif Thorsson era o personagem interpretado por Chris Jones, trinta e três anos, que trabalhava com publicidade na internet. Jones tinha estatura mediana e compleição física mediana, com cabelos castanhos e talento para a oratória. E também já foi estudante em um seminário, cursando um diploma duplo em teologia e aconselhamento clínico. Antes disso ele serviu na Força Aérea por sete anos e meio, nas guerras do Afeganistão e do Iraque. Jones disse que foi influenciado pela sua esposa, Rachel, de vinte e sete anos, a participar dos LARPs. "Ela é a razão pela qual eu faço isto", disse ele mais tarde. "Ela queria ser uma fada. Queria usar orelhas pontudas, glitter e uma fantasia. Quanto a mim, eu não me importava muito. Não queria vestir um figurino e sair correndo por aí, fantasiado."

Quando se mudaram para Atlanta, depois de se casarem, eles nunca haviam ouvido falar sobre LARPs do estilo *boffer*. Na Dragon*Con, uma convenção de fãs de fantasia, eles conversaram com Chris Tang, que explicou o conceito de FoD. O argumento decisivo: fadas. "Ela agarrava o meu braço como se fosse uma criança e dizia 'Eles têm fadas, eles têm fadas, elas têm asas!'." Rachel criou um personagem chamado Tyrsia. Chris concordou em experimentar. "Criei um personagem. Levei mais ou menos uma hora. Não foi exatamente o que eu pensei que seria." Mas ele se interessou pela atividade. Passou duas ou três noites fantasiado em casa, criando uma história pregressa para o seu personagem. "Criei toda a história, até o momento em que ele passou pela porta." Aquele personagem era Magnus Tigersblood, não Leif Thorsson. Ele começou a jogar e ficou encantado.

Jones me falou sobre o seu passado gamer. Ele se lembrava de correr pelo bairro onde morava, na Flórida, quando era criança e de batalhar contra outros garotos usando ramos de palmeira como espadas. Ele criava personagens e saía de casa para interpretá-los. "Era como um LARP *boffer*." Ele leu *Nárnia* e os *Anéis*. Ele e seus amigos gostavam de jogos de estratégia, RPGs, paintball, videogames e xadrez; quando ficaram mais velhos, gostavam de acampar e participar de festas. "Éramos garotos que saíam e faziam coisas", disse Jones. "É um pouco constrangedor ter a idade que tenho hoje e pensar em todo o tempo em que venho fazendo essas coisas."

Jones era capaz de contar com detalhes os eventos da sua primeira batalha no FoD, como se estivesse revivendo tudo outra vez. Ele temperava a história com fragmentos de diálogo. As pessoas gritavam "Ataquem!". Ele "golpeava selvagemente, como se estivesse tomado pela fúria dos *berserkers*". Por cerca de quarenta e cinco minutos ele discutiu estratégias de combate comigo: táticas, reconhecimento do terreno e manobras para flanquear. "Meu machado ficou preso nas trepadeiras", disse ele. "Não foi muito heroico. Não é o que você ouve contar nas histórias... eles me espancaram como se eu fosse um filhote de foca." Magnus e seu grupo foram derrotados impiedosamente. "Eu costumo me lembrar das batalhas. As pessoas costumam se lembrar das coisas dramáticas da vida. Ganhando ou perdendo, você se lembra delas."

Os personagens de Jones pareciam fluir a partir de facetas da sua própria personalidade. Outros entusiastas de LARPs eram atraídos por efeitos interessantes e mecânicas de combate. Um estudante universitário com quem conversei depois que o jogo terminou, e que havia acabado de tirar a sua fantasia de goblin, era novato no universo do FoD, mas já estava seduzido. "Gostei de poder conjurar bolas de fogo", disse ele, com os olhos arregalados. As referidas bolas de fogo são pequenos sacos de tecido cheios de alpiste que são lançados em combate, como se fossem balões de água. As bolas de fogo explodiam apenas na sua mente. Tudo continuava bem, desde que ele não começasse a misturar ingredientes para criar coquetéis molotov no dormitório da faculdade. As bolas de fogo provavelmente eram catárticas, como sugeriu Perretta. Eu não me preocupava realmente com a possibilidade de que os LARPs estimulassem comportamentos aberrantes. Pelo contrário: eu suspeitava de que, para jogadores introvertidos, um LARP poderia ensinar discretamente habilidades sociais e de liderança. Já na primeira hora de jogo de *Forest of Doors*, observei um rapaz que parecia provar essa teoria.

Ele era um jogador de primeira viagem, indo de um lado para o outro, uma bola trêmula de energia inarticulada, que passava o tempo inteiro esfregando as mãos. Tinha dificuldade para se aproximar de outras pessoas. Estava bem deslocado. Mesmo assim, quando o jogo começou e ele envergou a sua armadura de malha de metal e colocou o enorme escudo que trazia sobre o ombro, ele floresceu. Tornou-se Sir Talon, um cavaleiro valoroso com um sotaque britânico que não era ruim, estimulado a defender a honra de uma mulher e liderar um grupo de combatentes rumo à floresta para combater uma força desconhecida e ameaçadora.

"Vou ver o que está acontecendo lá", comandou ele, erguendo os óculos que tinha sobre o nariz. "Quem virá comigo?" Em seguida, ele marchou rumo aos campos escuros para chutar alguns traseiros.

MAS QUE DIABOS — EU TAMBÉM ESTAVA EM UMA MISSÃO

Na manhã do segundo dia, eu me levantei da cama e fui para a taverna, resmungando *é melhor que haja café na Floresta dos Portais*.

Eu não havia dormido bem. Com o cérebro acostumado a interpretar personagens exaurido, eu havia ido me deitar cedo, sendo o primeiro a ir para a cama no meu chalé. Imaginei que Sir Talon e seus companheiros fossem aniquilar os bandidos que se escondiam em meio à escuridão. Enquanto eu ia para o dormitório, a meia-lua se ergueu como um navio viking em meio a um mar de nuvens. Eu estava sozinho no chalé. Quando um espírito que vestia uma mortalha negra passou pelo meu beliche em algum momento da noite, empunhando uma espada branca, quase tive uma convulsão. Decidi que aquilo não era real e voltei a dormir.

Mas eu estava a salvo sob a luz do dia. Na varanda da taverna, um jogador que vestia um figurino ao estilo de Robin Hood, com uma pena no gorro, recontava uma das aventuras da noite anterior: "Havia híbridos de ratos e lobos e uma caverna repleta de podridão, e eu odiei aquele lugar." As pessoas compartilhavam histórias de guerra. Começamos a fazer amizade. Mas a verdadeira aventura ainda não havia surgido para mim. Ou melhor, para Ethor. Até que um cavaleiro de armadura se aproximou, com as placas de metal da sua couraça batendo umas contra as outras.

— Procuro pessoas inteligentes! — gritou ele.

— O que procura, meu bom senhor? — eu perguntei enquanto tomava o meu café. Tentei fazer com que o cavaleiro desse mais detalhes. — Qual é o seu nome?

Ele foi evasivo:

— Tenho uma missão — disse ele. — Procuro... a coisa mais bela dentre todas.

Tentei fazer com que o cavaleiro explicasse melhor.

— O que exatamente é... *isso* que você busca? — Parecíamos estar em um dos erros de gravação do filme *Monty Python e o Cálice*

Um combate na floresta do Parque Estadual de Indian Springs, em Flovilla, Geórgia, no LARP Forest of Doors. Foto: cortesia de Tami L. Chappell.

Sagrado. Ele continuou a se repetir. Havia algo estranho nele. Mas... que diabos, eu também estava em uma missão. Uma missão que insistia em escapar pelos meus dedos. Nesse exato momento, parecia que a missão era saber se eu conseguiria entrar de cabeça no jogo.

Deixei a relativa segurança da taverna e me uni a uma comitiva de aventureiros formada às pressas: um guerreiro, um curandeiro e eu. O cavaleiro disse que tínhamos de voltar à floresta. Talvez fosse por causa da cafeína que estimulava a minha cabeça, mas senti uma forte emoção enquanto avançávamos pela trilha. Aventura! Qualquer coisa pode acontecer...

Após alguns minutos de caminhada, chegamos a uma masmorra (na verdade, um chalé) cuja porta estava lacrada por quatro fitas de cores diferentes: vermelha, amarela, preta e branca. Havia um bilhete preso no batente da porta. Nele se lia:

PROCURADO POR AQUELES

ÀS ARTES MALIGNAS DEDICADOS,

ESCONDIDO DENTRO DE
CORAÇÕES POR ÓDIO GUARDADOS

Uma charada. Ou uma armadilha mágica. O cavaleiro de Monty Python sugeriu que a resposta poderia ser uma das quatro cores. Mas basta puxar a fita errada e... bum!

— Não me matem! — pediu Ramavadi, um feiticeiro Apsara de "uma raça de pessoas capazes de respirar sob as águas que vive dentro de um redemoinho infinito". Ele era um místico, um homem estudado — um camarada, não um combatente. Assim como eu. — Eu posso trazer pessoas de volta à vida — disse ele.

Certo. Não matem o curandeiro. Ele pode ser útil.

Imaginamos que a resposta seria "preta" e arrancamos a fita correspondente. Nada de explosões, maldições ou uma nuvem de morte. A porta se abriu e nós entramos na caverna, incólumes. Mais adiante havia uma estátua, imóvel em meio à escuridão. Se não respondêssemos aos enigmas da caverna corretamente, ela provavelmente atacaria. Acertamos as respostas de todas as três charadas, cada uma delas escrita em um pedaço de papel, e trouxemos de volta o butim: algo que era chamado de Ídolo do Conhecimento Proibido.

A essa altura já não parecia estranho fingir que o Ídolo do Conhecimento Proibido — um suvenir cafona comprado em uma loja de artigos chineses — tinha propriedades mágicas verdadeiras, e também não parecia mais tão estranho interpretar a sensação de perigo que nos dominou quando entramos na masmorra. Eu estava começando a entender. Embora nunca tenha descoberto se o Ídolo era "a coisa mais bela dentre todas" ou se serviria como o gancho que nos levaria à próxima missão.

Eu cheguei a ver combates. Durante uma luta entre nós, os vinte defensores, e um exército de criaturas que eram metade humanas e metade plantas chamadas de mandrágoras, vi aquele goblin piromaníaco lançando bolas de fogo. Vi uma fada chamada Sussurro do Crepúsculo usar poções de cura e feitiços para ajudar os combatentes feridos a se recuperar. E perguntei a mim mesmo: o que fez com que aquele rapaz decidisse interpretar tal personagem? Será que tinha de cuidar de um parente doente? Talvez todos os escapistas houvessem sofrido algum tipo de trauma. Será que tinha um complexo de mãe superprotetora também? E quanto a mim, um monge pacifista e passivo-agressivo? Por que eu havia escolhido esse papel? (Deixa pra lá. Não responda a essa pergunta.)

No final, provei o meu valor. O manual de FoD descreve o combate desta maneira:

> *Qualquer ataque que atinja uma área válida retira pontos de Resistência em quantidade igual ao dano causado. Se um personagem for atingido por um ataque que causa mais dano do que a sua Resistência restante, ele recebe um ferimento na área que foi atingida. Um braço ferido está inutilizado, uma perna ferida significa que você só pode se movimentar rastejando, e um ferimento no tronco significa que você está em estado crítico (morrendo).*

Eu não fazia a menor ideia do valor da minha Resistência. Não importava. Quando as mandrágoras atacaram, eu me vi envolvido em um combate corpo a corpo.

— Ataque Poderoso!

Bam!

— Bloqueio!

— Vá para o outro lado! Ataque pelo flanco!

— Mais duas mandrágoras!

Slapppp!

— Ataque Poderoso 2!

— Esquiva!

Fff-bappp-pah-pah-pah!

— Golpe Mortal!

Arrrrrrggghhhh!

Eu golpeava com a minha maça e os monstros caíam. A descarga de adrenalina era real. Quando o fim de semana terminou, até mesmo um homem dedicado à paz poderia justificar a violência quando estava diante da pura maldade.

SENHOR, SUAS PALAVRAS VÊM DO CORAÇÃO

O que decididamente tornou o LARP atraente não foi a violência simulada, mas os diálogos. Na manhã de domingo as pessoas se reuniram na taverna, tomando o café e discutindo sua utopia esfarrapada. Saphrin, que vinha do reino arábico do Deserto de Bronze e se vestia como dançarina do ventre, reclamou das brigas entre o próprio grupo para o irritadiço Magnus Tigersblood, o outro guerreiro de Chris Jones (às vezes era possível jogar com vários personagens durante o fim de semana).

— O que vocês precisam aqui é de dois conselhos — insistiu Saphrin. — Um conselho de guerra e um conselho para questões domésticas.

— Seu mundo não se estende além da ponta da sua espada — retrucou Magnus. O que se seguiu foi uma discussão sobre a melhor maneira de governar aquele vilarejo de fronteira.

Saphrin reclamou que não havia lugar reservado para as mulheres.

Magnus respondeu:

— Se você quer comandar pessoas...

— Não estou aqui para comandar pessoas — interrompeu um personagem chamado Sol, vestido de branco e usando uma máscara dourada, que comia uma banana. — Se elas quiserem me seguir, tudo bem.

As coisas ficaram mais acaloradas. Os jogadores discutiram a questão — sem um roteiro, ou sem sair da pele dos seus personagens... e sem rir. (Embora qualquer jogador que quisesse ficar temporariamente "fora de jogo" fazia um sinal especial com a mão, colocando o punho fechado ou uma arma sobre a cabeça ou usando uma faixa branca ao redor da cabeça. Os outros jogadores ignorariam aquela pessoa, como se ela estivesse invisível.)

Finalmente, Magnus se desculpou.

— Não sou um homem sábio. Tudo o que sei fazer é lutar e desenhar algumas runas.

— Senhor, suas palavras vêm do coração — disse Sir Talon. Uau. O garoto ainda estava animado.

Sol, Magnus, Talon e Saphrin continuaram seu debate. No final, nada foi resolvido. Sua história continuaria a ser contada futuramente em outro fim de semana.

O mestre de jogo Christopher Tang tinha razão: ele não era capaz de controlar o grupo nem o enredo. O LARP tinha seus monstros e suas aventuras, mas as ações mais intensas estavam centradas em como, ou se, as pessoas conseguiriam estabelecer uma boa convivência. Assim como no mundo real. O apelo do

LARP não eram as batalhas, mas a possibilidade de contar histórias em grupo, o senso de camaradagem. Como o próprio Tang disse: "Os momentos tranquilos, onde só há conversa, são o coração daquilo que fazemos".

E, na realidade, eu ia sentir falta daqueles momentos tranquilos. Na minha primeira noite como Ethor, conversei por meia hora com um goblin de pele esverdeada e orelhas pontudas chamado Heinrich Engrenagem de Ferro. Completamente imersos em nossos personagens, nós comparamos as economias políticas de nossos mundos fictícios. O meu, o Reino dos Castelos, uma floresta exuberante pontilhada por fortalezas de alabastro, era quase um paraíso. A Cidade dos Goblins subterrânea de onde ele vinha, com fábricas que vomitavam artefatos de ferro, parecia-se com a Londres dos contos de Dickens. Senti pena dele, ou do seu personagem (era difícil saber de qual). Heinrich parecia estar mais feliz na Floresta dos Portais do que em sua casa — seja lá onde ela ficasse.

Já no caso de Saphrin, no começo daquele fim de semana o seu personagem explicou a mim (bem, na verdade ela explicou a Ethor) como chegara àquele lugar. Disse que encontrou uma porta enquanto explorava ruínas em seu mundo desértico. Ela passou pela porta e não queria voltar. "Eu gosto daqui. As estações mudam, e eu tenho muitos amigos. E eu me sinto livre para ser quem eu quero ser. Se puder escolher, prefiro ficar aqui." Eu — Ethan, não Ethor — soube posteriormente que o marido daquela mulher, na vida real, estava servindo o exército americano no Iraque. "Meu marido não era muito gentil", disse ela. Enquanto ela falava, interpretando o personagem, não consegui evitar pensar se ela se referia ao mundo do LARP ou à sua vida real, se o passado de Saphrin se confundia com a mulher que a interpretava, e qual dose de verdade havia influenciado essa fantasia. Ou se essas coisas tinham importância.

Talvez algum dia isso tenha importância... mas não naquele dia.

Minha mente voltou à viagem de carro de Atlanta a Flovilla, três dias antes. Eu me perguntava se, cercados pela cultura digital, os humanos haviam perdido a capacidade de pensar magicamente, e sugeri a Tang que talvez os LARPs não tivessem condições de competir com os MMOs. Estávamos presos em um congestionamento na rodovia I-75, a caminho do espaço que se tornaria — quando Tang declarasse "joguem!", e quando passássemos pelos portais — o lugar onde quase tudo poderia acontecer, a Floresta dos Portais. Sua resposta exibiu uma posição contrária. "O que fazemos é o que há de mais próximo da realidade virtual", disse ele. "Nós realmente fazemos o que queremos fazer." Um fim de semana na Floresta dos Portais não provou

Personagens do LARP Forest of Doors: *Saphrin, a segunda a partir da esquerda; à direita, Sir Talon.* Foto: cortesia de Tami L. Chappell.

apenas que um LARP não é uma coisa boba. Também era uma experiência tão imersiva quanto o D&D, quanto um jogo de videogame, como a própria vida.

Em relação à separação entre fantasia e realidade com a qual eu estava lutando, Nick Perretta pode ter me ensinado a lidar com essa situação. Ele me disse que não pensava muito na Floresta dos Portais quando voltava para casa após passar um fim de semana com os amigos no meio do mato. "Eu deixo o jogo para trás, quase que completamente", contou ele. Às vezes ele anotava uma ideia para as próximas aventuras de Wolf. "Mas, na maior parte das vezes, eu simplesmente dedico um pouco do meu tempo ao jogo, e a minha esposa e a minha filha acabam ficando com o restante". Na vida real.

Geeks têm uma relação pessoal com a tecnologia

Um geek tem maior probabilidade de saber customizar brinquedos e criar ambientes excitantes nos quais os seus avatares poderão interagir, se comparado a um não geek. E essa experiência se traduz em uma sensibilidade maior ao clima e à intimidade durante o sexo — além de acender uma vela.

Não se surpreenda se o seu amante geek dedicar mais tempo e energia para organizar o closet do que você, ou se objetos caseiros do dia a dia ("perversíveis") logo assumirem uma nova dimensão. Não foi apenas um geek que me disse que shoppings de bricolagem como o Home Depot são a sua loja favorita de brinquedos adultos.

Geeks adoram fantasias consensuais

Amantes geeks combinam uma imaginação erótica bem desenvolvida e frequentemente exercitada com sua técnica física. Não é preciso dar um salto tão grande para passar de "sou um ladrão de nível treze, de alinhamento maligno", para "Sou o carcereiro da cadeia e você é a nova prisioneira". Cientistas e terapeutas dizem que o cérebro é o órgão sexual mais sensível de todos; a familiaridade de um geek com a fantasia excita a sua mente tanto quanto as algemas — ou a mochila com os produtos saqueados — fazem o seu corpo se preparar para a ação.

Geeks interagem

Um tecnófobo geralmente fala com você frente a frente, mas um geek fica feliz ao desfrutar da sua companhia enviando mensagens de texto no celular, flertando com você em uma sala de bate-papo, chamando-a pelo Skype, postando mensagens no Twitter caso você esteja sentada no sofá vibratório... seduzindo-a com mensagens instantâneas...

— extraído de "As 10 Verdadeiras Razões Pelas Quais os Geeks São Amantes Melhores", artigo escrito por Regyna Lynn no site Wired.com (2007)

7

Geeks Apaixonados

Antes de prosseguir, preciso confessar uma coisa: Algo muito importante aconteceu no meio da minha jornada. Um tique nervoso na minha vida pessoal se transformou em um espasmo, que depois se transformou em uma série de oscilações e tremores que sacudiu o meu mundo. Na escala Richter do amor, o evento sísmico alcançou o patamar de 7,8 pontos.

O relacionamento com a minha namorada — aquela que não entendia o meu pendor por citar diálogos escritos por Tolkien em estacionamentos — colidiu com a realidade. Ou, para dizer o mínimo, com um obstáculo enorme em sua mente. Suas dúvidas sobre o meu potencial de me transformar em um bom marido, de ser o tipo de homem viril que consegue sustentar sua família e possivelmente gerar filhos, começou a se desenvolver de maneira pouco saudável. O fato de, no início do nosso namoro, eu tê-la obrigado a assistir aos três filmes de *O Senhor dos Anéis* provavelmente não ajudou a respaldar a minha causa. Nem o fim de semana que passei em Flovilla, na Geórgia, batalhando contra os *terrorbeaks*. Ou meus outros momentos medievais.

Assim como no filme *Quando os Jovens se Tornam Adultos*, no qual Eddie, o personagem de Steve Guttenberg, faz com que sua noiva passe num teste de conhecimentos sobre futebol americano antes de concordar em se casar com ela, eu quis medir a tolerância que a minha namorada teria em relação a mim, na condição de um antigo e provavelmente futuro geek. Não preparei nenhuma prova para ela, mas ela tinha uma para mim. Conforme o nosso primeiro ano juntos se aproximou do fim, eu havia sido reprovado no teste *dela*.

Naturalmente, isso trouxe de volta alguns velhos espectros. Eu sabia que a culpa não era inteiramente do meu passado de D&D, mas uma horda de dúvidas ainda me assombrava. Será que eu estava preso em uma espécie de adolescência perpétua, ou estava encantadoramente/inocentemente em contato com a minha criança interior? Será que essa criança interior precisava de umas boas chineladas? Nós dois discutíamos sobre um potencial futuro. Conversávamos, brigávamos e chorávamos com bastante frequência. Passamos muito tempo brigados, e eu me sentia como se tivesse uma namorada imaginária, e que só podia visitá-la em algum reino imaginário. Eu não queria que a minha vida íntima se transformasse em uma vida de fantasia. Eu já havia tido um relacionamento que durou bastante tempo, mas desde então, com outras mulheres, me deixei cair na armadilha do "falso relacionamento": uma proximidade falsa, ênfase em palavras em vez de ações, e presumir que o amor por e-mail significava um amor verdadeiro. Eu temia que a minha incapacidade de encontrar ou continuar em um relacionamento normal fosse mais um sintoma de um eu que ainda não estava formado, em estado perpetuamente fetal, e que essa condição falha era emblemática das minhas tendências escapistas mais pronunciadas. Desde a época da *Momster*, talvez eu tivesse medo de permitir que uma mulher se aproximasse.

Minha namorada e eu resolvemos dar um tempo. Eu tive que começar tudo de novo, mas não me sentia melhor ou mais sábio por causa disso. Entrei em contato com outras mulheres com quem já havia me relacionado, e algumas delas haviam se casado e já tinham filhos. A maioria dos meus amigos e familiares, a essa altura, já havia encontrado os caminhos que os levavam a uma existência doméstica de puro êxtase, composta por empregos confortáveis em horário comercial, levar os filhos para treinar futebol e reunir-se com amigos para jogar pôquer uma vez por semana. Por que eu não tinha nada disso, e por que eu ainda me recusava a seguir essa trajetória de vida tão conhecida e cujos resultados já haviam sido comprovados pelo tempo? Como os casais conseguiam encontrar e sustentar o amor, a confiança, a intimidade e a compreensão? Como eles negociavam e toleravam os interesses esquisitos e as obsessões de cada cônjuge? Perguntei a mim mesmo se a mulher dos meus sonhos teria de compartilhar das minhas paixões. No mínimo, ela não as julgaria (por exemplo, no caso das miniaturas de *O Senhor dos Anéis*, quando as encontrasse na gaveta onde guardo as minhas cuecas). Haveria espaço nos relacionamentos para que ambos os lados expressassem vidas ricas de fantasia, sendo essas fantasias as mesmas para os dois ou totalmente diferentes? Um geek seria capaz de encontrar o amor?

Encontrei algumas respostas em um lugar surpreendente: Milwaukee.

AQUELE MOMENTO MÁGICO E EFÊMERO

Conheci Elyse Boucher e Mike Scott através de uma rede online de hospitalidade chamada couchsurfing.com. Eu iria viajar a Milwaukee a trabalho e imaginei que uma boa maneira de me encontrar com outros geeks enquanto estivesse por lá seria me infiltrar em um covil ou dois. Vi o perfil online de Elyse: "Interesses: arte, história viva, ficção científica, leitura, arquearia, vestir figurinos históricos, livros livros livros". Ela administrava cinco páginas na internet, incluindo dois blogs nos quais escrevia "dentro do personagem". Seu principal site declarava: "Sou uma geek bem ajustada que gosta de interações sociais imaginativas". Ela não era uma "geek que mora em um porão e sem habilidades sociais que lança mísseis mágicos para combater o mal".[21] Além disso, ela parecia combinar bem com seu parceiro. Eu sabia que havia encontrado uma mina de ouro.

Eles concordaram em me receber por uma noite. Rumei para West Allis, no estado do Wisconsin, que ficava logo a oeste da área central de Milwaukee, numa tarde bastante abafada de verão. Estacionei diante da casa deles e bati na porta.

"Olá... seja bem-vindo, entre", disse Elyse.

Subi os degraus, passei pela varanda e entrei na casa. O lugar era um santuário geek.

Havia um elmo medieval na estante de CDs. Duas espadas pesadas de aço estavam penduradas nas paredes. Em cada estante, em cada canto, em cada superfície plana, alguma coisa: uma representação em cerâmica ou plástico de algum aspecto da cultura geek, uma miniatura de carro ou de espaçonave, um boneco articulado. Em meio a toda aquela profusão de objetos, eu não pude deixar de perceber uma pintura a óleo que mostrava dois dragões engalfinhados, enquanto subia as escadas até o meu quarto, ou o arco e a aljava de flechas deixados em um dos cantos, perto da TV.

---

[21] "Mísseis mágicos" é o nome de um feitiço de primeiro nível do D&D. De acordo com o *Livro do Jogador*, os mísseis "surgem nas pontas dos dedos do conjurador e atingem o alvo escolhido", causando de 2 a 5 pontos de dano.

"Somos considerados geeks e esquisitos, mas, em nossa cultura, temos muita sorte", disse Elyse. "Estamos tentando descobrir o que nos causa a sensação de que estamos completos.

"É divertido ser geek", emendou Mike. "Ser normal? Por quê?"

Pessoas comuns ganham dinheiro, continuou Mike, mas levam uma vida de escravos. Não era o caso de Mike, artista de fantasia e artesão especializado na construção de aparelhos de televisão com design retrô. Nem o caso de Elyse, que era uma das coordenadoras do conselho municipal do idoso de Milwaukee e que já serviu o exército como especialista em armas nucleares, biológicas e químicas. Nada de escravidão, nada de tédio — não nessa casa. E nada de um ficar alfinetando o outro durante festas na casa (esposa ou marido bêbado para os convidados reunidos: "Não acredito que ele/ela passa todo o seu tempo fazendo 'isso' ou 'aquilo'."). Mike e Elyse pareciam se dar muito bem. Pelo que eu percebi, a cultura geek — e a tolerância que tinham em relação às esquisitices de cada um — ajudou cada um a descobrir seu verdadeiro eu, enquanto na minha experiência mais recente o maior obstáculo era a falta de tolerância.

Elyse conheceu "um cara magricela" — quarenta e sete anos de idade, óculos enormes com aros grossos, cavanhaque escuro salpicado com fios brancos e um penteado mullet que quase parecia uma relíquia da Idade Média — em uma feira renascentista em 1992. E os dois começaram a conversar. Ele disse que era artista. Ela não se deixou impressionar. Todos os homens dizem que são artistas, bateristas, atores. "Qual será o lixo que eu vou ter que dizer que é bonito?", ela se lembrava de ter pensado. Mas a filha de Elyse, na época com oito anos, ficou impressionada. As litografias que Mike tinha em seu carro não eram tão ruins: ilustrações que se tornaram capas da revista *Dragon* e artes que ilustraram as edições do jogo *Spelljammer*.

Quando Mike percebeu que Elyse tinha o hábito de citar frases do filme *Monty Python e o Cálice Sagrado,* foi amor à primeira vista. "Eu fui a garota que se deixou conquistar por Monty Python", disse ela com um enorme sorriso. Quando eu os conheci, Elyse tinha quarenta e cinco anos, sua filha Angelique tinha vinte e quatro, e sua neta, a filha de Angelique, tinha seis.

Quando Elyse era criança, sua mãe lhe comprou a caixa de jogos do D&D. Ela devorou o conteúdo e leu todas as obras de fantasia em que conseguiu colocar as mãos. O período de seis anos que passou no exército durante a década de 1980 a tirou da sua pequena cidade no norte do estado de Illinois e lhe deu o primeiro marido. Ela jogava D&D com outros soldados em uma base do exército na Alemanha e escrevia ficção interativa. Durante a faculdade ela descobriu a Sociedade para o Anacronismo Criativo[22]. Seu marido não permitia que ela participasse. Esse casamento não durou muito.

Agora em um relacionamento saudável, Elyse havia começado a explorar algumas subculturas mais a fundo. Mas o D&D, assim como a SCA, não era um assunto a respeito do qual ela gostava de tagarelar quando não estava jogando. "Não me interessa falar sobre personagens, como o meu elfo da floresta de décimo segundo nível, na hora do almoço." Para ela, o aspecto mais interessante da SCA era estar plenamente inserido no momento da interpretação de um personagem. "Se eu estiver sentada em uma tenda real do século dezesseis usando um vestido do século dezesseis, suando num campo ensolarado, não vou querer falar sobre computadores", explicou ela, com sua

[22] A Sociedade para o Anacronismo Criativo (*Society for Creative Anachronism*, ou simplesmente SCA) é uma organização com mais de 30 mil membros "dedicada à pesquisar e recriar as artes e habilidades da Europa que existiam antes do século 17", de acordo com o website da entidade.

Elyse Boucher como a Dama Merouda Pendray, a personagem que ela interpreta na Sociedade para o Anacronismo Criativo. Foto: cortesia de Mike L. Scott

maneira precisa e despojada de falar. "Quero poder falar sobre jardins, família, plantas em vasos, coisas do século dezesseis. Você tem que estar disposto a dar esse salto."

Elise estava bem no meio da sua cozinha bastante comum em Milwaukee. O ar estava úmido e a luz diminuiu conforme as nuvens se agruparam no céu. Ela descreveu o "Mundo Conhecido" da SCA, que consistia em dezenove reinos espalhados pelo mundo, um lugar onde ela era conhecida como a Dama Merouda Pendray. Como Merouda, ela vivia em função daquele "momento mágico" efêmero — ainda que, mesmo por apenas um instante, "você se sinta como se estivesse na história. Você vê a si mesmo no século dezesseis". Os trovões de uma tempestade começaram a rugir do lado de fora. "Não quero realmente voltar para o século dezesseis, porque aquele não era um lugar muito agradável." Viver sem penicilina, por exemplo, seria bem difícil. Ainda assim, ela queria reviver aquela sensação de encantamento enquanto "o século vinte lentamente desaparece".

Nada mais de estacionamentos ou buracos no asfalto, nada mais de batalhas pela guarda de filhos ou pensões alimentícias, nada mais de crise econômica.

AINDA NÃO FIZ NADA QUE FOSSE DIGNO DE UMA SAGA

O dia começando a se desfazer, o céu ficando encoberto e se transformando em outra coisa. Eu sabia que o que Elyse descrevia era uma experiência que muitos buscavam. O escapismo na fantasia, tanto em formas mais brandas quanto nas mais imersivas, tem raízes profundas na história da humanidade. Já enumerei as razões pelas quais o D&D me encantou. Mas eu sou apenas eu — na maior parte do tempo, pelo menos. Apenas um geek em recuperação e ocasionalmente inseguro, mergulhando em seu próprio passado. Havia racionalizações excelentes que explicavam por que todo esse entretenimento baseado em fantasia é capaz de atrair outras pessoas. Como a literatura e as histórias, a fantasia acabou se mostrando um gênero que resistiu ao tempo, com um alicerce sólido e rico debaixo de tantos elfos excêntricos e espadas de espuma. Eu não tinha certeza se compreendia por que a fantasia, mais do que outros gêneros, era capaz de lançar um feitiço tão inebriante de imersão, ou exatamente por que nós, seres humanos, precisamos fingir que somos outra pessoa. Mas, conforme eu avançava na minha jornada, descobri que a fantasia tinha de servir a uma função mais elevada do que puramente um escapismo da realidade do dia a dia. Ou então esse desejo já estava programado em nossos cérebros e psiques, e nós nos tornamos uma cultura fútil e viciada composta por escapistas desde que a primeira história foi contada ao redor da primeira fogueira.

É possível dizer que as pinturas nas cavernas inspiraram as fantasias escapistas originais. Nossos ancestrais provavelmente olhavam para as imagens de animais que desenhavam fingindo ou fantasiando o ato de matar aquele mastodonte ou seja lá o que fosse que eles gostassem de comer. Não tinham livros, mas suas mentes foram estimuladas a imaginar uma espécie de ação de "faz de conta" em um espaço irreal. Vários rituais — como criar chuva, tornar-se fértil, conseguir a garota, aniquilar o demônio — serviam um propósito similar, dando aos primeiros humanos uma razão para viver e a sensação de pertencer a um grupo, a dominação sobre os elementos e a capacidade de escapar do confinamento da própria carne. As danças e os transes eram uma maneira de negar a morte e conceder uma espécie de "período de férias" dos pensamentos do cotidiano. Essa ginástica mental não era exatamente a mesma maneira moderna de encararmos a fantasia, mas eram o início dos esforços da raça humana para criar uma simulação convincente de uma verdadeira experiência sensorial e uma distração da rotina diária, também conhecida como "realidade". Os seus problemas.

Conforme avançamos como sociedade, começamos a entender nossas histórias heroicas ao redor da fogueira como faz de conta, metáforas para a vida real. Seja a mitologia grega, *A Canção de Rolando*, as sagas nórdicas *Edda* e *Volsungo*, o *Kalevala* finlandês ou o *Anel dos Nibelungos* alemão (e, no oriente, o *Mahabharata* e o *Ramayana*), hoje em dia nós não cremos que essas lendas realmente aconteceram[23]. Vistas como reais ou não, essas histórias transmitiam valores e frequentemente tinham outras funções além de simplesmente entreter. Elas modelavam um comporta-

[23] Não me venha com as histórias contadas na Bíblia; Stephen King disse, certa vez, algo parecido com isto: "A Bíblia? Uma coleção de algumas das melhores histórias de horror já escritas".

mento idealizado e incorporavam desejos de coisas que nunca poderíamos fazer ou ser. A *Ilíada* e a *Odisseia*, dois poemas narrativos contados em linguagem erudita, celebram as proezas de heróis que lutam contra inimigos valorosos contra um cenário cheio de deuses e monstros. Para esses protagonistas, matar criaturas é a principal atividade, e eles descobrem fama e orgulho através de atos audaciosos de coragem no campo de batalha. Seu objetivo principal é conseguir glória e honra. Ambição desmedida, lutar de maneira brutal e sem piedade — até mesmo morrer não é uma coisa ruim, desde que os heróis consigam triunfar ou levar vários inimigos consigo quando.

Parece legal, não é? Todos nós queremos uma vida valorosa, cheia de ação e romance. Nos melhores devaneios de fantasia, nós sonhamos com um eu melhor. Essa era a função das obras nórdicas do século 12, tais como a *Saga de Njáll, o Queimado,* e a *Saga de Egil.* Esses contos de bravura ensinavam lições que eram tanto psicológicas quanto morais, e apontavam o caminho que levava à coragem. Nas sagas islandesas, o protagonista diria: "Ainda não fiz nada que fosse digno de uma saga". Essas narrativas heroicas apresentavam personagens imperfeitos que conquistavam coisas grandiosas, apesar das suas dificuldades. Esse tipo de história era criado para imbuir a fantasia no ouvinte e estimulá-lo a se comportar melhor, e serviam como um manual de instruções sobre "como ser um herói".

Mas, conforme progredimos como uma cultura, também ficamos mais desconectados da natureza e confiamos cada vez menos em "duendes" ou explicações mágicas para fenômenos científicos. O saudosismo em relação à maneira como vivíamos se tornou uma força incrível, abrindo um espaço imaginativo para a nostalgia. Há um bom tempo, no final da Idade Média, autores já romantizavam um passado perdido e fantástico. A coleção de contos sobre o Rei Artur, escrita por Sir Thomas Malory, *A Morte de Artur* (1485) e o poema *A Rainha das Fadas* (1590), de Edmund Spenser, reviveram as ideias dos romances e combates de cavalaria exatamente quando aquele modo de vida começava a morrer. Como os irmãos Grimm, Spenser e Malory povoaram suas obras com personagens típicos de fantasia, como gigantes, goblins e feiticeiros, para ajudar a instilar vida naquela era mágica. De maneira bem interessante, *A Rainha das Fadas* foi a primeira grande obra literária que apresentava elfos, e não homens, como os personagens principais.

Muito tempo depois, no século 19, William Morris escreveu *The Wood Beyond the World* (*A Floresta Além do Mundo*) e outras obras que abriram as portas para um novo território literário, sendo os primeiros romances de fantasia ambientados em um mundo imaginário fantástico. O caminho que nos leva a Tolkien nos faz passar por autores como Jonathan Swift, Mary Shelley, Edgar Allan Poe, Julio Verne, George MacDonald (*Phantastes*, *A Princesa e o Goblin*), J. M. Barrie (*Peter Pan*), L. Frank Baum (criador do *Mágico de Oz* e de outros livros ambientados na terra fantástica de Oz) e Robert E. Howard (*Conan*). Os trabalhos combinados desses escritores em vários gêneros, como a fantasia, o gótico, o horror, a ficção especulativa, as histórias de fantasmas e vampiros, mistério e sobrenatural fizeram com que seus descendentes literários desenvolvessem os gêneros e tornassem algumas das características recorrentes da fantasia, como a magia, casas mal-assombradas, castelos, passagens secretas, loucura, maldições e aventura, fossem familiares para uma nova geração de leitores.

Ao mesmo tempo, um caminho paralelo começava a ser trilhado por obras de ficção especulativa, como *A Guerra dos Mundos* e *A Máquina do Tempo*, de H. G. Wells, e filmes como

Metrópolis e *Tempos Modernos*. Obras como essas expressavam a ansiedade pública diante da urbanização e da desumanização. (Jack Lewis, o colega de Tolkien, arriscou-se a escrever ficção científica — sua "trilogia espacial" — enquanto J. R. R. continuou firme na fantasia.) É seguro dizer que, como cultura, conforme entrávamos cada vez com mais força no século 20, afastando-nos cada vez mais do nosso passado agrícola e nos tornando mais industrializados, acabamos ficando mais céticos em relação ao progresso. Podemos ser emocional e intelectualmente sofisticados como espécie, mas passamos por dores cada vez maiores. Ainda estamos no estágio adolescente e desajeitado da nossa evolução no planeta Terra, com um pé que hesita ao testar o futuro e o outro firmemente plantado no passado. Daí o nosso desejo maior ser experimentar uma época pré-tecnológica e essa nostalgia incessante pelos dias de antigamente. Ou talvez o desejo de estar em outro lugar seja simplesmente a resposta humana para o sentimento de ansiedade.

PRESO NA IDADE MÉDIA × O GAROTO DO FUTURO

Eu saí durante parte da noite. Quando voltei, Elyse já estava dormindo, mas Mike, notívago como eu, estava acordado. Dividimos algumas cervejas na sala de estar e assistimos *Futurama* na TV. Eu logo vim a saber que os hobbies geeks e as atividades das quais Mike e Elyse eram fãs consistiam em subculturas diametralmente opostas. Elyse estava no campo da fantasia. Mike gostava de ficção científica. Bebemos mais e Mike me contou sobre o seu passado.

Nativo de Milwaukee, Mike era um pária no ensino médio. Costumava se vestir como os membros da banda KISS e cuspia sangue falso. Aos dezesseis anos ele saiu da casa dos pais e começou a trabalhar na administração de restaurantes e, posteriormente, a prestar serviços para uma empresa de TV a cabo. Mas ele sempre construiu coisas e amava as artes. "Eu queria fazer tudo", lembrou ele. Criava carros personalizados, obras de arte com aerógrafo e pintava cenários de fantasia. Um dos rapazes da empresa de TV a cabo que gostava de D&D o levou a Lake Geneva, o lugar onde a TSR Inc., a empresa de Gygax, estava sediada. *Você devia experimentar isso*, disse o cara. Ele apresentou Mike ao diretor de arte da TSR. No início da década de 1990, Mike foi um dos *free-lancers* que prestavam serviços para a TSR, criando ilustrações para a sua família de RPGs e produtos derivados.

Mike estava sentado em um sofá surrado que havia na sala de estar. Ele me mostrou um vídeo do seu primeiro dia de trabalho na TSR: uma câmera trêmula que andava pelo estúdio e algumas cenas de outros artistas, como o renomado pintor de fantasia Jeff Easley. Ele sentia que era o cara mais sortudo do mundo. "Eu consegui trabalhar, pintar e fazer o que eu gostava", lembrava Mike. "Era muito melhor do que soldar cabos e consertar caixas conversoras." Se a empresa não houvesse sido comprada pela Wizards of the Coast e se mudado para Seattle, ele ainda estaria trabalhando lá.

Há oito anos, com um sócio, Mike começou uma nova carreira, criando reproduções dos televisores Philco da linha "Predicta" dos anos 1950 para o mercado de colecionadores de alto nível. "Nós criamos tudo, até mesmo os botões", disse Mike, com um nível de empolgação que quase chegava a ser infantil. Sua empresa já havia aparecido em matérias publicadas por revistas de alcance nacional. Uma das suas TVs foi utilizada na transmissão do prêmio Emmy. Elton John, Brad Pitt e Alex Ross (outro geek e artista famoso pelo seu trabalho com os quadrinhos da Marvel e da DC) compraram suas Predictas.

Mike se interessava por muitas coisas: trajes históricos e não históricos, objetos relacionados à carreira dos Beatles, brinquedos, modelos e coisas colecionáveis. Intrigado pelo design de ficção científica da década de 1950, ele começou a recriar reproduções altamente detalhadas dos objetos cênicos de seus filmes e programas de TV favoritos. "É um pequeno projeto paralelo que desenvolvo como hobby", disse ele. Não era nenhum "recriador de grande porte que pretendia fazer fortuna". Era uma empresa de um homem só, criando itens a partir do zero para equipar pequenos grupos de pessoas para irem a convenções de fãs e, ocasionalmente, vender esses objetos a colecionadores particulares. Seu trabalho incluía réplicas das máquinas de guerra marcianas parecidas com arraias do filme original *A Guerra dos Mundos*, de 1953, *jetpacks* idênticos aos que foram utilizados no filme *Rocketeer* e os capacetes dos pilotos dos caças Viper usados no remake da série *Battlestar Galactica*. Ele usou fibra de vidro prateada para construir uma fantasia em tamanho real do personagem Bender, o robô boca-suja do desenho *Futurama*. Cansado de esperar até que uma fábrica de brinquedos lançasse um produto específico no mercado, ele criou um modelo superdetalhado em escala de um carro usado no filme *A Corrida do Século*, com Jack Lemmon, Natalie Wood e Tony Curtis. Ele tinha amigos que o ajudavam a fazer réplicas dos trajes dos pilotos de *Battlestar Galactica*. "Algumas pessoas dizem que esses trajes são mais realistas do que os figurinos usados no set de gravação", comentou ele. E isso levava a outra pergunta: O que faz com que um objeto cênico para um cenário imaginário de ficção científica seja mais ou menos "realista" do que outro?

No começo daquela noite, Mike e Elyse me mostraram seus tesouros. Em um quarto nos fundos da casa, debaixo de mostruários de vidro iluminados, ele havia organizado suas coleções: anos e anos de objetos relacionados à ficção científica, incluindo uma pistola de raios utilizada na comédia de ficção científica *Heróis Fora de Órbita* e várias fileiras de bonecos articulados representando personagens da série *Jornada nas Estrelas*. Ele não colecionava objetos relacionados a *Guerra nas Estrelas*. "Tive que estabelecer um limite", comentou ele. Mas, em seu próprio mostruário gigante, que dominava a sala, eu vi o que Mike explicou ser a jaqueta de couro original do "Dr. Frank-N-Furter", coberta de alfinetes e correntes — a peça genuína que foi usada por Tim Curry nas filmagens do *Rocky Horror Picture Show*.

Elyse também usava o quarto para trabalhar em seus projetos para a SCA, tais como a caligrafia. Mike participava dos eventos da SCA; tinha seu próprio traje de época, e seu nome na SCA era Miguel De Montoya, el Artista (nome inevitavelmente seguido pela referência ao filme *A Noiva Princesa*: "Você matou o meu pai. Prepare-se para morrer!"). Ele se divertia em eventos anuais como o Pennsic War, mas a era medieval não atiçava tanto a sua imaginação quanto o futuro. A impressão que eu tive era a de que ele participava dos eventos como uma forma de demonstrar gentileza pelos interesses de Elyse, prezando pelo relacionamento que os dois tinham, de modo que pudessem frequentar os mesmos eventos.

Enquanto eu o observava falar, ficou claro que a maior alegria de Mike era criar objetos usando fibra de vidro, fazer moldes, esculpir e pintar. Ele adoraria poder trabalhar em período integral criando adereços e cenários para filmes, profissionalmente. Esse era o seu sonho. O seu Santo Graal: construir um traje em escala real de Robby, o Robô, um personagem do seu filme favorito: *O Planeta Proibido*, de 1956. Seu projeto atual: uma

Mike Scott com suas coleções de objetos relacionados à ficção científica e adereços que ele mesmo criou. À direita está a fantasia de Bender, que ele confeccionou quase que totalmente sozinho. Foto: cortesia de Mike L. Scott.

reprodução incrivelmente detalhada dos trajes espaciais usados no filme *2001: Uma Odisseia no Espaço*. "Esses trajes nunca foram reproduzidos fielmente. Sou viciado em detalhes." Em uma convenção recente chamada Wonderfest, o ator principal do longa-metragem, Keir Dullea, colocou o capacete na cabeça, dando a Mike "outro momento incrivelmente geek".

"Essa coisa de ser 'viciado em detalhes' é comum a todos os modelistas, às pessoas que participam da SCA, do D&D e jogos em geral", acrescentou Elyse. Para a SCA, ela criou documentos com uma caligrafia extremamente cuidadosa e rebuscada, e também alguns manuscritos com iluminuras. Ela se interessa por heráldica, bordados e arquearia. Cria suas próprias tintas e assa seus próprios pães artesanais. Na SCA, esse tipo de gente costuma fazer parte da Ordem do Louro. Eles criam objetos, tecem, confeccionam armaduras e cozinham. No D&D, disse ela, essas pessoas são chamadas de "advogados de regras". Realmente se interessam pelas minúcias.

Ela também levou o seu interesse em interpretar personagens para a internet. Entre os eventos da SCA, ela tem um blog no qual escreve a partir do ponto de vista da sua persona, Merouda (usando equivalentes modernos para a tipografia arcaica):

17 DE AGOSTO DE 2008

No dia de São Joaquim, meu senhor Miguel et eu estávamos a serviço do senhor Barão et da senhora Baroneza em seu torneio anual, et passamos horas regozijantes em discurso com muitos mancebos e raparigas que pouco vi nestes últimos meses. Et assim também fui ter com minhas velhas comadres, Lady Gabrielle e Lady Genvieve. E mui contente fiz-me, pois havia muitos anos desde que fui ter com elas e falar sobre coisas de que gostamos. Todas prometemos encontrar-

-nos outra vez, após fazer juras umas às outras de trabalhar em documentos e illuminuras conforme nos permitir o tempo. Assim, também passei tempo em companhia de Condessa Júlia, a quem tenho em alta estima, et a Baronesa Alice et outros, mas não competi no torneio de arquearia et isso acabou por deixar-me acabrunhada.

É irônico que a interpretação de personagens para uma mulher que supostamente vivia na Idade Média não foi registrado, digamos, em papel velino e encerrado num livro encadernado em couro, e sim num blog. Mas a SCA, como eu posteriormente soube, era capaz de abraçar todos os tipos de contradições anacrônicas.

Elyse e Mike me levaram até o porão. Mais coisas. Metade do espaço era uma oficina caótica, abarrotada de ferramentas e materiais diversos. A outra metade era um bar em estilo polinésio ao lado de outros mostruários de vidro para o museu de brinquedos do casal.

"Tenho o gene daquelas pessoas que acumulam coisas", disse Mike.

"Alguns desses brinquedos pertencem a Michael, e outros são do cara de dezesseis anos", disse Elyse, impassível. Algumas daquelas coisas pertenciam a ela também. Mas a casa era um espaço limitado. A casa de campo para onde planejavam se mudar algum dia teria mais espaço para mostruários. Possivelmente. Eles dariam um jeito.

Tendo ou não espaço para todas as suas coisas, eles certamente davam espaço para as paixões um do outro, assim como outros casais fariam. Eu já havia ouvido todo tipo de história. Havia aqueles que se casaram em eventos da SCA ou outras ocasiões, como o Ragnarok, do grupo de LARP Dagorhir (imagine a festa de casamento com os convidados vestidos com figurinos que lembram a Idade Média e o bolo em forma de castelo). Outros casais jogavam juntos — D&D, *Warhammer* ou *World of Warcraft* — ou se conheciam pela internet e acabavam se casando na vida real. Alguns construíam suas famílias em torno da cultura gamer; um rapaz fazia com que a sua namorada se encantasse por um jogo online e, quando chegavam em casa após o trabalho, seus avatares passavam a noite inteira interagindo. O êxtase do romantismo. Durante o meu Verão do Amor Implodido, passei algum tempo com uma mulher que conheceu seu marido em uma convenção de entusiastas de jogos. Eles tinham um filho pequeno e ela organizava "encontros de jogos" com outras mães do seu círculo social. As crianças brincavam umas com as outras enquanto as mães jogavam RPGs.

Qual era a lição de amor aqui? Juntar geeks e não geeks, o que Elyse chamava de "casamentos mistos", geralmente não dava certo. "As outras namoradas de Mike não entendiam os interesses dele", explicou ela.

De maneira geral, as mentalidades complementares de cada um raramente entravam em conflito.

"Eu diria que ela está presa na Idade Média", disse ele. "E eu sou um garoto do futuro." A casa dos sonhos daquele casal? Metade dela seria o covil futurista do Dr. Morbius de *O Planeta Proibido*, e a outra metade, um castelo medieval. "Ela pode ir para a sua torre e eu posso ir fazer café com Robby, o Robô."

Pessoas comuns não os entendiam, mas eles não davam a menor importância àquilo. "Tenho uma parceira que ainda amo intensamente", disse Mike. E ele se inclinou sobre o sofá para beijar Elyse.

Em resumo, a situação era a seguinte: Elyse e Mike tinham um ao outro. Um respeitava as esquisitices do outro. Parecia um relacionamento bastante feliz para mim. Senti uma pontada de inveja da união que eles encontraram. Depois de passados turbulentos, eles criaram um lar sobre uma fundação sólida. Um apoiava as peculiaridades do outro. Quando eu encontraria a minha própria namorada gata e nerd? Talvez não houvesse um amor geek reservado para mim.

Recentemente, Elyse me disse que apresentou Mike a bonecos de macaco feitos com meias. Ela escrevia histórias para macacos de meia. Juntos, eles criaram fantasias de macacos de meia. Tiraram fotografias dos seus macacos de meia. *Macacos de meia.*

"Somos adultos que entendem o propósito de brincar", disse Elyse. E, em seguida, ficou séria. Ela apontou para o seu arco de cinquenta e cinco libras de potência que estava no canto da sala. "Mas, se os zumbis vierem... saberemos o que fazer."

Mike riu.

Elyse se corrigiu. "*Quando* eles vierem, nós saberemos o que fazer."

Mount Dar
Lorsora Woods
Lizzard Lake
RODEN
Mors River
Eagle River
KRENDIL
Troll Mts.
MONDIL LAKE
Prendor Tower
Withered Hills
Borso Woods
Wilting Woods
Toris
Gladen River
Lorserach Plains
Bon
Silver Lake
Black Lake
Black Woods
White Hills
Black River
Dragon's Breath
Silver River
Balcar
Dragon's Crest
Green Hills
The Dark Woods
Malg Swamp
Brog Mts.
Arond Pass
Darn Forest
Dafed River
Pawn River
Brand
BANGOR

Especificações Gerais

Alcance

- *Desenhado para lançar projéteis de 110 a 135 quilos.*
- *300–400 metros, com o contrapeso parcialmente carregado com 20 a 45 quilos de abóboras.*
- *O alcance máximo com um contrapeso totalmente carregado ainda precisa ser estabelecido.*

Lançamentos efetuados

- *2004: 424 metros, recorde mundial com uma abóbora de 3,5 a 4 quilos.*
- *2005: 518 metros, recorde mundial com uma abóbora de 3,5 a 4 quilos.*
- *2006: 449 metros, campeão mundial com uma abóbora de 3,5 a 4 quilos.*
- *2007: 505 metros, campeão mundial com uma abóbora de 3,5 a 4 quilos.*

O que o Yankee Siege é capaz de lançar?

- *Trebuchets foram projetados para lançar enormes pedras arredondadas que pesam 110 quilos. O Yankee Siege foi projetado para a mesma coisa. Nós trocamos as pedras por abóboras por questão de segurança.*

— Extraído do website do Yankee Siege, um trebuchet de 17 metros de altura e 23,5 toneladas de peso construído em Greenfield, New Hampshire. Vencedor do Campeonato Mundial de Lançamento de Abóboras "Punkin Chunkin" de 2008, divisão de Trebuchet, com um lançamento de 572 metros (www.yankeesiege.com)

8

Para Trabalhar Aqui, Você Tem que Esquecer

Para algumas pessoas, os jogos não são o suficiente. Miniaturas, mapas e papel quadriculado são meros adereços. Brinquedos. Espadas de madeiras são coisa de gente que só quer se exibir. Até mesmo a imaginação é insuficiente. Eles querem viver em um lugar real, criar um anexo em um mundo de fantasia, mas *neste* mundo. Eles vão além dos praticantes de LARP. Um nível mais alto em termos de dedicação. Fui ver essa fantasia em estado manifesto.

Em uma manhã de segunda-feira, um grupo de trabalhadores, em sua maioria franceses, chegou à clareira de uma floresta em Borgonha, três horas a sudeste de Paris. Estavam se esforçando ao máximo para fazer os relógios pararem. Embora não conseguissem realmente segurar seus ponteiros, eles ficavam felizes em poder arrancar pedaços enormes do calendário, que as vezes chegavam a ser vários meses, e ignorar o século 21 como o conhecemos. Já trajando túnicas manchadas de ocre devido aos primeiros dias de trabalho, eles saíram de seus Renaults surrados. Chegaram à cantina "dos bastidores" para engolir algumas doses de café espresso que vinham em copos de plástico. Em seguida, num ato extraordinário de negação, uma espécie de celebração anacrônica compartilhada (ou uma espécie de alucinação que o *Manual Diagnóstico e Estatístico de Transtornos Mentais* ainda não conseguiu identificar), eles marchavam diretamente rumo à Idade Média.

Eu visitei a área de Guédelon para testemunhar aquela cruzada. Trabalhadores e artesãos recriavam um castelo medieval sem tecnologia moderna. Eles usavam roupas típicas da época e, com suas barbas grisalhas, enormes cabeleiras e barrigas, alguns realmente pareciam ter saído daquela época. Mas eles estavam trabalhando, não fingindo. Nada de fazer de conta aqui. Queriam aprender a construir castelos como seus antepassados; assim, esses geeks da arquitetura resolveram tentar, com uma pedra talhada a mão de cada vez. Não havia nada de faz de conta em quebrar um bloco de pedra com uma marreta. Quando cheguei, eu pensei: que cenário melhor para a minha jornada do que um castelo de verdade?

Infelizmente, nenhum dragão cuspiria fogo em suas torres, e nenhum exército de orcs derrubaria os portões de entrada. Mas fiquei intrigado com a possibilidade de ver em primeira mão como os trabalhadores equilibravam aquela divisão digna de viagem do tempo entre os dias modernos e os dias medievais. O projeto evocava o sonho ao mesmo tempo amargo e encantador de Dom Quixote e a infinita labuta de Sísifo. Vim aqui para saber como eles recuperaram o passado. Imaginei se acabaria visitando o meu, também.

Os trabalhadores claramente não eram reencenadores desenvolvendo seu hobby. Aquele era o seu emprego. Mas a lealdade ao realismo era a regra geral. Em um canteiro de obras do século 13 ninguém veria os seguintes objetos: tênis, camisetas, relógios, calculadoras, caminhões, ferramentas elétricas, aparelhos de som ou motores ou máquinas de qualquer tipo (com exceção de uma ou outra catapulta). E suas ferramentas também não seriam encontradas em Guédelon. As exigências para esse tipo de trabalho eram tão simples agora quanto eram na Idade Média: uma bata de camponês de cor pálida e uma calça (sem cores berrantes, por favor), disposição para trabalhar duro e, bem, duas ou três décadas da sua vida.

“Para trabalhar aqui, você tem que esquecer”, disse o entalhador de pedras Clément Guérard, um dos veteranos do projeto, que trabalhava ali havia sete anos. Com uma pederneira e um estojo de fumo, ele acendeu um cigarro enrolado manualmente em um pedaço de papel — uma das poucas amenidades modernas permitidas no trabalho. Walkie-talkies, botas com biqueira de aço e equipamentos de proteção para os olhos também podiam ser usados. Em seguida, ele voltou a malhar uma pedra arroxeada do tamanho de um forno de micro-ondas com um martelo e um cinzel. Em média, ele conseguia terminar três blocos por dia.

Guédelon é o projeto pessoal de Michel Guyot, ex-instrutor equestre oriundo da província de Berry, na França. Inspirado por um plano similar de construir uma fragata do século 18 em Rochefort, Guyot começou a trabalhar nesse sonho em 1995. Ele encontrou a localização ideal para a sua fortaleza — uma pedreira abandonada de 6,9 hectares que ficava ao lado do vilarejo de Treigny — e contratou especialistas em castelos para desenhar as plantas. Depois de montar um quadro de funcionários administrativos, um capataz, trabalhadores e de levantar os fundos necessários para o início do projeto, ele lançou a pedra fundamental em 1997.

“Quando você ama prédios velhos, catedrais, você se pergunta: como se faz uma coisa dessas?”, disse Guyot, que já contava cinquenta e oito anos quando eu o conheci, e cuja paixão por castelos (ele já era dono de quatro, que havia restaurado

Os trabalhadores examinam uma pedra para se certificar de que ela está nivelada no canteiro de obras de Guédelon. Foto: cortesia de Guédelon, ©Guédelon.

pessoalmente) floresceu durante a adolescência. Ele não estava interessado apenas em reconstruir o castelo, mas em criar um canteiro medieval experimental para redescobrir técnicas de construção antigas, tais como a melhor receita para fazer argamassa durável ou o melhor ângulo, formato e tamanho para as frestas pelas quais os arqueiros disparavam suas flechas quando precisavam defender o castelo.

Quando cheguei para a minha visita, o *chantier médiéval* (canteiro de obras medieval) já estava quase na metade dos vinte e cinco anos previstos no cronograma para a sua conclusão — com uma margem de erro de alguns anos para mais ou para menos. Nunca houve um prazo final rigoroso, e nem deveria haver. Metas modestas para um ano, por exemplo, poderiam ser acrescentar trinta degraus à escadaria em espiral, terminar o teto em arco no porão da torre principal e erguer a parede do *logis* (o grande salão) em mais três metros. No final de 2008, os trabalhadores haviam erguido as vigas do grande salão e já haviam coberto cerca de um terço do telhado. Provavelmente terminarão a obra em 2025. Ou 2026. Ou em... bem, o progresso acontece conforme acontece, guiado pelo preceito de que a maneira medieval é o melhor jeito de fazer as coisas (embora modelos criados em computador ajudem a prever os rumos do projeto à medida que ele se desenvolve).

A maneira medieval era uma coisa relativamente misteriosa. "No começo, nós não conhecíamos os melhores métodos", Guyot me disse. "Mas, após algum tempo, os trabalhadores desenvolvem um olhar clínico em relação à pedra talhada. Com uma olhada, eles percebem se há algo errado." Guédelon não é uma reprodução exata das fortificações medievais, porque há poucos registros históricos que detalham os métodos usados para construir, digamos, estruturas como merlões e matacães. Para conseguir descobrir, Guyot e o supervisor do canteiro, Florian Renucci, fizeram várias viagens de pesquisa até ruínas nas proximidades, onde observaram características do *design*, analisaram materiais de construção e filosofaram sobre quais técnicas seriam as mais adequadas ao seu castelo. Para os talhadores de pedras, pedreiros, marceneiros, carpinteiros, ferreiros, fabricantes de cordas e cesteiros, o treinamento no próprio local de trabalho era indispensável, e a capacidade de improvisar, experimentar e se apoiar na fé era crucial.

Pessoas que vinham de fora também podiam trabalhar no canteiro por uma semana ou mais e ver tudo aquilo com os próprios olhos. Conheci Julien Bultreys, um estudante belga, forjador de espadas amador e, de maneira nada surpreendente, fã de *O Senhor dos Anéis*. Sua experiência de uma semana como talhador de pedra, pedreiro e assistente de ferreiro foi diametralmente oposta às máquinas superprecisas que ele estava acostumado a usar no seu curso de engenharia elétrica. (Também não fiquei surpreso ao saber que ele era um geek de ciências.) "Você é encorajado a trabalhar devagar para evitar acidentes", disse Bultreys. "Não há um prazo final, não é necessário prestar contas. Não importa a velocidade com a qual trabalhamos. Temos apenas de fazer um bom trabalho.

À primeira vista, pode-se pensar que as muralhas e torres construídas até a metade de Guédelon que se erguem de um fosso amplo atulhado de pedras eram ruínas havia muito esquecidas e que agora eram escavadas por arqueólogos. O arenito ferruginoso, coberto de musgo e bolor, parecia estar naquele lugar por vários séculos. Seu design original era baseado em fortificações borgonhesas do período medieval estabelecidas por Felipe Augusto, rei da França, nos séculos 12 e 13. O rei enfatizava a função em vez da forma, desprezando adereços decorativos em favor de estruturas que fossem úteis no caso de uma batalha. Guédelon tinha o formato de um quadrilátero, protegido por *courtines* (muralhas em forma de cortinas, ladeadas por baluartes) e cercado por um fosso. Nos vértices havia quatro torres principais; elas e as duas torretas que sustentavam o portão tinham telhados cônicos.

As pessoas imaginam que o canteiro de construção de um castelo na Idade Média estaria apinhado de servos, mas Guédelon emprega apenas trinta ou trinta e cinco operários; o número de visitantes era muito maior que o de trabalhadores. Na minha imaginação, eu mesmo enchi o cenário com mendigos, fanáticos religiosos e o cara de aparência ameaçadora que chicoteia os camponeses preguiçosos para que voltem ao trabalho. Uma mulher conduzia uma carroça puxada por um cavalo (e eu tive de sufocar o desejo de repetir as falas clássicas de *Monty Python*: "Tragam seus mortos!" "Ainda não estou morto!").

O que contribuía para o senso geral de autenticidade do projeto era a região, que dava aos trabalhadores quase todos os materiais de que precisavam: água, pedras, terra e madeira. Ferramentas e pregos eram criados a marteladas na forja. Não havia guindastes. As pedras eram empurradas sobre toras de rolagem. Se precisassem ser erguidas até o alto da torre principal (que um dia chegará a trinta metros de altura), um enorme pedreiro chamado Philippe Delage entrava em uma imensa roda, ou "roda de esquilo", e começava a caminhar dentro dela, que girava para erguer a carga. Quando Renucci precisava explicar uma ideia em sua cabeça para um dos pedreiros, ele se agachava e traçava um diagrama no chão de terra batida da Borgonha.

CONQUISTANDO O CASTELO DO VIZINHO

Embora Guédelon fosse uma recriação extrema, não era o único projeto do tipo. Crianças que transformam caixas de papelão usadas para embalar geladeiras em clubinhos e restos de lenha em fortalezas em árvores são as raízes na vida real para a construção de mundos de fantasia. Entusiastas adultos de LARPs que se empenhem bastante podem construir fachadas de torres e masmorras em madeira compensada e pintá-las de modo que pareçam ter textura de pedra. Ouvi falar de um projeto de condomínio de luxo em Madison, no Wisconsin (novamente, o coração da terra do D&D), que ficava "à distância de uma tacada" de um campo de golfe e era modelado ao estilo de um vilarejo europeu, com ruas com nomes pitorescos como "Paddington Parkway" e suas 164 unidades com preços que variam entre 278.000 e 700.000 dólares. "Bentley Green é uma prosaica combinação de vilarejos ingleses, realeza e arquitetura histórica em pedra, tudo num só lugar", apregoavam os materiais publicitários. "Essa reprodução única da vida em um tradicional bairro europeu tem todo o carinho e a personalidade que você testemunha quando viaja ao exterior." Nas fotografias, todo aquele projeto não parecia ser mais do que um condomínio cenográfico.

Os tolkienistas ansiosos por viajar e imigrar para uma Terra-média "verdadeira" construíam suas próprias tocas de hobbit para morar. Os projetos eram baseados nos sets de filmagem ou simplesmente inspirados pelo desejo de ter um estilo de vida digno de um hobbit. As casas são arredondadas, terrenas e cobertas por placas de grama. No condado de Chester, perto da Filadélfia, um cliente pediu ao arquiteto Peter Archer que projetasse uma estrutura para abrigar uma coleção dos manuscritos e artefatos de Tolkien. Sua empresa construiu um chalé de pedra em pequena escala com telhas de barro feitas a mão, uma porta redonda de 1,37m de diâmetro, e seu interior era sustentado por vigas de madeira, algo que seria uma ótima morada para um Bolseiro.

No País de Gales, Simon e Jasmine Saville criaram uma casa protegida pela terra, que era ao mesmo tempo ecologicamente correta e barata, feita com materiais livres de toxinas a partir de árvores, fardos de feno, pedra e barro encontrados na região. "A casa parece exercer um tipo de atração intrínseca. Acho que ela toca em algo comum, uma ideia romântica sobre um passado ingênuo ou alternativo", disse Simon em uma entrevista em seu site, simondale.net. Não é necessariamente uma residência hobbit fiel aos livros. Mas a mensagem pró-ambiental de Tolkien tem um apelo claro para os neo-hippies. "Todos dizem que essa é uma casa hobbit; todos amam *O Senhor dos Anéis* no momento. Acho que Tolkien criou os hobbits como uma representação ingênua ou inocente dos seres humanos em um estado completamente natural. As pessoas se identificam instintivamente com isso, especialmente no contexto da modernidade."

O grupo de e-mails do Yahoo! chamado "BagEnd2" é dedicado a um propósito similar: "notícias e troca de ideias relacionadas à arquitetura, planejamento e construção de Tocas de Hobbit". Alguns membros construíram pequenos galpões para guardar ferramentas e casas de boneca para os filhos a partir de tubulações redondas para escoamento de água e instalaram portas redondas nas estruturas. O site www.ourhobbithole.com detalha o progresso de uma fantasia ao estilo de Frodo. O homem por trás do projeto lamenta não poder adotar o estilo de vida típico dos hobbits em relação à comida, bebida e aventuras ocasionais. Mas, acima de tudo, a visão de mundo de Tolkien entra em conflito com o estilo de vida americano. Tecnologia, trabalho e responsabilidade significam que não podemos "nos separar da sociedade" ou viver no meio de lugar nenhum para "encontrar uma maneira mais fácil de viver". O autor do site reclama da evolução lenta no seu projeto.

Alguns sonhos baseados nos hobbits estão vivos, mas por pouco; outros foram iniciados mas morreram logo depois. Em um empreendimento imobiliário chamado de "O Condado", em Bend, no estado do Oregon — com telhados de palha artificial, jardins, riachos e lagoas, e também uma "Corte do Portador do Anel" —, somente duas casas foram construídas no terreno dividido em 31 lotes. Uma delas foi vendida por 650.000 dólares antes que o projeto fosse à falência. "Basicamente, isso destruiu a minha vida financeira, mas esse é o preço de um sonho", disse Ron Meyers, um dos empreiteiros responsáveis pelo projeto durante uma entrevista para o jornal *Bend Bulletin*. A fantasia não é imune a uma crise do setor imobiliário.

Mais obsessivo ainda é o castelo com torreões feito de tijolos (e com um fosso) que um homem na Califórnia, perto do Parque Nacional de Yosemite, está construindo nos fins de semana há cerca de duas décadas. O projeto é baseado em lembranças distantes da cidade medieval na Holanda onde ele passou a infância. Outro camarada no estado de Iowa está construindo uma gigantesca maquete da cidade de Minas Tirith, na Terra-média, com cerca de 420 mil palitos de fósforo, de acordo com a última contagem. Outros, ainda, construíram armas de cerco em escala real. Um grupo do Reino Unido construiu a recriação de uma máquina de guerra romana, uma balista, e posteriormente colocou a geringonça de 180.000 dólares e 12 toneladas à venda no eBay, com uma restrição: "Se você tem a intenção de conquistar o castelo de algum vizinho, a balista não é a arma ideal." E alguns, como o *Yankee Siege Team*, competem contra outras armas de cerco para ver qual delas consegue lançar uma abóbora à maior distância possível em um evento anual de lançamento de abóboras em Delaware chamado de "Punkin Chunkin".

Eu creio que a tangibilidade atemporal desses projetos combate o comercialismo do mundo moderno. A volta à pedra, ao ferro, ao tecido e à madeira ajuda a tirar o peso da modernidade de cima de ombros cansados. Quando pensamos em "fantasias", pensamos em "medieval". Esse elo de simplicidade com a Terra-média e a Idade Média é o que também atrai pessoas a parques temáticos. Mas a tradição de construir estruturas de fantasia, na realidade, remonta à tradição europeia do *folly*, no século 16. Proprietários de terra nostálgicos queriam castelos e torres em suas propriedades. Desejosos em relação às velhas ruínas pitorescas que viram em outros lugares, eles construíam abadias e castelos falsos, sendo um dos mais grandiosos o Castelo de

Gwrych, no norte do País de Gales, uma estrutura imensa com cento e vinte quartos e dezoito torretas.[24]

O Reino Mágico de Disney é o maior exemplo de exploração comercial da arquitetura medieval mutante usada para evocar aquela sensação típica causada por um livro de histórias. Agora, toda grande franquia voltada para crianças deve obrigatoriamente ter seu próprio parque temático. Não se contentando com o segundo lugar, o Mundo Mágico de Harry Porter deve abrir os seus portões nas Ilhas da Aventura da Universal Studios, em Orlando. O parque de vinte acres, que custou 265 milhões de dólares para ser construído, terá passeios, brinquedos e atrações "baseadas em todos os livros e filmes", anunciou a Universal Studios. Espere para ver brinquedos como o "Quadribol Voador", a "Hamburgueria do Hagrid" e um "Milkshake Voldemort".

DIFERENTE DO REINO DO MICKEY, DO PATETA E DA CINDERELA

De volta ao canteiro de Guédelon, diante da floresta com vista para o fosso do castelo, encontrei um vilarejo medieval que ainda estava em construção. Dei uma volta por aquele agrupamento de cabanas de taipa. Porcos dormiam tranquilamente atrás de cercas e gansos caminhavam perto de pilhas de madeira de salgueiro que foram deixadas ali para secar e as cabanas reservadas aos artesãos.

---

[24] Em um caso ainda mais bizarro, o terreno ocupado pelo Belvedere House and Gardens, na Irlanda, inclui uma estrutura de trinta metros de comprimento e quinze de altura chamada de "Muralha do Ciúme", construída em 1760 para impedir que se avistasse a propriedade vizinha. O proprietário acreditava que o vizinho, seu irmão, estava tendo um caso com sua esposa. Ele construiu a muralha de modo que parecesse estar um pouco desmoronada. E, só para garantir, manteve a esposa trancada dentro de casa por trinta anos.

"Eu posso vir aqui e ficar fazendo cestas o dia inteiro", disse-me Bernard Farges. "Isto aqui é o paraíso."

Aqui, Diana Hajdu, uma ex-advogada de Paris, estava ocupada dando forma a centenas de lajotas decorativas de barro para o dia em que, daqui a uma década, os pisos do castelo estariam terminados. Os oito anos que ela havia investido até agora poderiam nunca chegar a gerar os resultados esperados, já que o forno que ela usaria para aperfeiçoar a sua técnica ainda não havia sido construído. Ela não fazia ideia se as suas lajotas conseguiriam suportar o peso de milhares de pés, mas continuava a encher de barro os seus moldes sem desanimar. Quando o piso estivesse terminado, seria necessário criar setenta e oito mil telhas.

Muitos dos operários em período integral do canteiro se comprometeram a dedicar décadas da sua vida ao projeto, mas não entraram no quadro de operários simplesmente porque foram seduzidos pela visão de Guyot: Guédelon também é a companhia que os emprega, e eles recebem salários e benefícios. A diretora administrativa, Maryline Martin, me disse que noventa por cento dos trabalhadores não são operários treinados, e sim "intelectuais". Alguns fugiram das cidades e do trabalho rotineiro nos escritórios para trazer essa fantasia para suas vidas. Guédelon permite que trabalhem em algo que é maior do que eles. O lugar atrai o desejo primal de ter seu próprio mundo diante de si, de viver uma vida simples, trabalhar duro, expor o corpo às melhores e às piores experiências que a Mãe Natureza é capaz de proporcionar, a medir o progresso de alguém em madeira, pedra e suor. Os resultados do trabalho diário são palpáveis.

Enquanto outras atrações focadas em "viver a história", acampamentos de recriação história e parques temáticos são mais próximos de sets de filmagem com atores e objetos de cena convincentes, em Guédelon o que se vê é realmente a construção acontecendo. Os visitantes podem observar a equipe de Guyot aperfeiçoando a sua abordagem das técnicas antigas: derrubam carvalhos e os cortam para fazer vigas, quebram imensos blocos de pedra para transformá-los em pedaços mais fáceis de manusear, desbastam as pedras maiores para diminuir seu tamanho e as empilham em muralhas em forma de cortina com três metros de altura como se fossem quebra-cabeças elaborados. Turistas também iam até a loja de suvenires e a uma cafeteria construída com a temática medieval. Quando eu estive lá, Guédelon havia se tornado a segunda atração mais popular da Borgonha.

"Isso não é um museu", disse o supervisor Renucci. "Você não aperta botões ou assiste a um filme. Aqui existe uma interação direta entre o público e os trabalhadores." Tem seu lado negativo, considerando os aspectos da produção de um castelo: um público totalmente encantado e hordas de crianças francesas em idade escolar interrompem constantemente os trabalhadores com perguntas e olhos arregalados. Toda aquela atenção é uma bênção disfarçada: todos os anos, 245 mil visitantes pagam de sete a nove euros por cabeça para custear o projeto. Mas isso também ocasionou alguns resmungos de puristas que rotularam Guédelon como um parque temático. "Alguns dos críticos dizem que é uma cópia barata da Disney", reclamou Martin, "porque ganhamos dinheiro e abrimos as portas para o público".

Mas, diferente do reino do Mickey, do Pateta e da Cinderela, Guédelon não é uma terra de fantasia fajuta por trás de uma fachada de estuque. Inale a fumaça, misture a argamassa, absorva o silêncio completo do lugar (com exceção do som dos cinzéis retinindo contra as pedras); Guédelon convincentemente evoca outra era. Se ainda estivéssemos na época das batalhas senhoriais por território, uma fortificação sob ataque poderia usar cada passagem em arco, lintel, seteira e buraco para despejar óleo quente, todos em perfeito estado de funcionamento. Na improvável eventualidade de um ataque, um soldado defensor poderia recuar até a escadaria em espiral (projetada para atrapalhar atacantes destros), erguer a ponte levadiça ou sair às escondidas por um portão secundário disfarçado para um ataque sorrateiro de madrugada.

Com isso em mente, a utilidade não é realmente a finalidade do castelo. Nem sua eficiência. Um castelo poderia ser construído mais rapidamente com retroescavadeiras e ferramentas pneumáticas, e as pedras poderiam ser talhadas com mais perfeição, mas isso seria um espelho do que acontece no século 21, não no século 13. O que move esse sonho não é o produto finalizado, mas o processo. "Não vai ser tão interessante quando estiver terminado", lamenta Guyot.

O lar de um homem é o seu castelo, ou pelo menos é isso que diz o ditado. O castelo de Guyot não será a sua residência. Ele e outros trabalhadores provavelmente não verão o castelo concluído em suas vidas. O que importa é a continuidade, ele me disse — o fato de que "o projeto continua, mesmo sem mim". Fiquei fascinado por esse conceito, que remontava aos projetos de construção de catedrais de antigamente e àquela visão obsoleta do trabalho e do tempo, que frequentemente abarcava várias décadas.

Caminhando pelo canteiro de obras e conversando com os trabalhadores no meu francês sofrível, achei que a atmosfera daquele lugar exercia um fascínio incrível. Eu desejava poder viver em um castelo, ou pelo menos estar aqui todos os dias. Essa melancolia por outra era — uma nostalgia deslocada, com certeza, mas palpável — balançou a minha jaula medieval. Deixar-me perder no trabalho físico e encontrar refúgio da minha ginástica emocional constante. Que ex-jogador de D&D não se sentiria encantado por um lugar assim? Guédelon não era uma fortaleza imaginária desenhada em papel quadriculado. Também não era um videogame nebuloso. Guédelon era o lar definitivo, um baluarte de segurança em meio a todas as forças malignas.

Em 2009, Guédelon estava no ano 1240. O lugar é real, apesar da sua falsidade autêntica, do simulacro do passado e da tentativa de enfiar o medievalismo no presente. O monge de outrora se mudaria para cá sem pensar duas vezes. Eu quis saber se algum dos quartos do castelo poderia ser alugado quando ele estivesse concluído.

O Castelo de Guédelon em progresso, no final da temporada de trabalho, em 2008. Foto: cortesia de Guédelon, ©Christian Duchemin.

No último dia da minha visita, quando o sol se pôs por trás das árvores, outro dia de talhar pedras com cinzel, desbastar vigas e modelar lajotas havia terminado. Às seis da tarde — o fim do expediente —, um operário soprou uma trompa. Eles iriam voltar para casa, para as suas vidas do século 21. Amanhã seria igual a hoje, assim como o dia seria o mesmo daqui a um ano ou uma década. Mas ninguém se sentia desestimulado. Quando perguntei sobre o progresso do dia, um dos pedreiros ergueu as mãos, mediu um espaço no ar com cerca de trinta centímetros de altura e bradou com empolgação: “Diga ao mundo que fizemos tudo isto hoje!”.

Aperto L Shift–O para as aspas e o cifrão.

Grite comigo se você conhece a rima dos nerds de plantão.

Nerd-ho! Ligue o microfone. Yo,

vamos aqui falar

desse bando de esquisitices

que cultivam nebulosos fetiches:

FPS, RPG ou MMPOG,

qualquer obsessão sobre as quais falem em seu blog

ou num BBS. Entre e domine. Honre o seu eu geek.

Sua taxa de quadros por segundo e os frags que causou até hoje causam assombro.

E, sim, sua afinidade por um certo site de diversão

(um salão enfeitado e divertido onde você extravasa

os centavos que guardou para participar de dramas interativos)

te dá o nome de "sniper FDP" ou engolidor de foguetes.

(Oh, não!) Eles dizem que você está roubando,

mas, com moedas na mão, você tem mais poder do que Wil Wheaton...

— MC Frontalot, "Penny Arcade Theme"

9

A Arma que Temos é o Amor

Resumo da jornada até aqui:

Se a minha viagem à Inglaterra para conhecer o tolkienista Mark Egginton me fez sentir cinquenta por cento menos culpado sobre escapar para o mundo da imaginação novamente, a construção que era erguida com pedra e argamassa em Guédelon revelou uma viagem de fantasia pela realidade do trabalho manual duro. Em relação a jogadores de RPG e de LARPs, os jogos claramente podiam ser a cola que une as pessoas. Embora duvidasse seriamente que retornaria às minhas noites de jogo regulares de sexta-feira, eu tinha uma ideia melhor sobre as razões pelas quais as pessoas dedicam horas e horas das suas vidas a rolar dados, construir adereços e objetos cênicos e brandir espadas de espuma.

Mas até este ponto da minha odisseia as subculturas de fantasia medieval que encontrei pareciam ordens monásticas enclausuradas — ou que ainda não haviam saído do armário, por assim dizer. Os participantes adoravam o que faziam, mas suas atividades existiam em bolsões, às margens do mundo. O que dizer sobre uma verdadeira atração sobre as massas, ou fama e fortuna — apostar a sua vida numa fantasia? Na Ásia, o mercado de jogos online era gigantesco. Gamers se tornavam celebridades. Na América, um rapaz de vinte e um anos recentemente assinou um contrato de 250.000 dólares com a indústria de refrigerantes Dr. Pepper para jogar Halo 3. Sua imagem foi veiculada em garrafas de refrigerante. Talvez ele tivesse suas próprias tietes e um suprimento infinito de M&Ms verdes, mas sua relevância só era sentida na comunidade gamer. E eu quis saber se uma subcultura geek poderia dar o salto para o estrelato mundial.

Quando eu soube da existência do *wizard rock*, percebi que tinha a minha resposta.

NÃO ME IMPORTO COM O QUE O DESTINO OU A PROFECIA DIGAM

BUM-BUM-SHHHK-BUM. BUM-BUM-SHHHK-BUM.

— Estão prontos para agitar um pouco? Estão prontos para agitar muito?

A multidão delira.

— Isto é muito legal, porque eu sou Harry Potter — diz Harry Potter Ano Quatro ao microfone.

— E eu sou Harry Potter — diz Harry Poter Ano Sete.

— E nós somos Harry e os Potters — diz Ano Quatro. — E viemos até aqui pra detonar!

Com os blusões cinzentos com gola V já descartados, os dois Harry Potters estão usando apenas jeans, camisas de mangas curtas e as gravatas listradas típicas dos estudantes ingleses. Harry Potter Ano Quatro começa a entoar um discurso com a voz rouca, incitando a plateia a se mexer, dançar e destruir todo o mal, e fazer isso com amor no coração, com o poder do amor, uma força que nenhum mago sombrio é capaz de penetrar.

Ele conduz a plateia em uma cadência em que um lado fala e o outro repete.

— Podem dizer "amor"?

Cerca de quatorze mil crianças, adolescentes e adultos apinhados no gramado respondem aos gritos:

— *Amor!*

— Rock!

— *Rock*!

— Amor!

— *Amor*!

— Essas são as armas que temos dentro de nós! — diz Ano Quatro. — É assim que podemos derrotar Voldemort no fim...

Era uma sexta-feira, 21 de julho de 2007. Os Rabos-Córneos Húngaros (dois garotos com idades de seis e nove anos, cuja banda de "dragon rock" vinha da Pensilvânia) e Draco e os Malfoys (uma dupla de Rhode Island que cantava músicas anti-Harry, como "Meu pai é rico e o seu morreu") já haviam subido ao palco. Os irmãos Joe e Paul DeGeorge, dois membros do trio Harry and the Potters, eram a banda que fechava esse show ao ar livre com tributos à Pottermania, também conhecidos como "wizard rock".

O show completou a transformação da Harvard Square na Hogwarts Square. Pedestres abarrotavam as ruas. Centenas de fãs, muitos usando trajes de mago e chapéus pontudos — vi um deles fantasiado de pomo de ouro de quadribol gigante —, se amontoavam diante das portas da Harvard Book Store e davam a volta no quarteirão, todos esperando para conseguir seus exemplares de *Harry Potter e as Relíquias da Morte*, o sétimo e provavelmente derradeiro livro da série escrita por J. K. Rowling. Quando o sino tocou à meia-noite e os livros chegaram às suas mãos, os fãs imediatamente se plantaram em parapeitos e plataformas de metrô e começaram a ler sobre o destino de Harry e seus amigos. Eu caminhei por entre aquele aglomerado de pessoas que se repetia por toda a América — embora em nenhum outro lugar as coisas estivessem acontecendo realmente como aqui.

Ainda antes da meia-noite, de volta à Harvard Yard, atrás das estoicas cercas de ferro da universidade e dos dormitórios de alvenaria construídos no século 18, Harry and the Potters continuava agitando a galera. A banda tocou sua última música, "The Weapon", que começou *a cappella*. Os dois Harry Potters cantavam os versos alternadamente:

HP Ano Sete: Podemos ter perdido Sirius Black
HP Ano Quatro: Mas não vamos voltar agora
Sete: Vamos lutar até vencer
Quatro: E até Voldemort desaparecer
Sete: E vou fazer tudo que tiver de fazer
Quatro: Não me importo com o destino que a profecia quer trazer
Sete: Não, não tenho medo
Quatro: Não, não tenho medo
Sete: Porque existe uma coisa que eu tenho
Quatro: Uma coisa que você também tem
Sete: Uma coisa que todos nós temos
Quatro: E essa coisa é o bastante para nos salvar...

Os dois socaram o ar selvagemente com os punhos fechados, cantando juntos: *A arma que nós temos é o amor.*

Imitaram o movimento popularizado por Pete Townshend, de tocar a guitarra como se fosse um moinho de vento. *A arma que nós temos é o amor.*

Começaram a pular sem parar pelo palco. *A arma que nós temos é o amor!*

Harry Potter Ano Quatro correu para fora do palco para tocar as mãos dos fãs que estavam na primeira fila. Naquilo que podia ser uma cena digna de um show dos Beatles, garotas adolescentes berravam. Adultos balançavam as cabeças ao ritmo da música.

De volta ao palco, os dois Harrys continuaram pulando.

Amor, amor, amor, amor!

Amor, amor, amor, amor!

O baterista começou a rufar seus tambores num crescendo. Ano Quatro saltou para trás do teclado e começou a martelar o instrumento. Ano Sete pegou sua guitarra. *Riffs* elétricos se incendiaram pelos seus dedos como se fossem relâmpagos. A multidão explodiu em ondas extasiadas, aos pulos.

A arma que temos é o amoooooooooor...

Como uma experiência singular de leitura se transforma em uma performance digna de um show num estádio? Como esses geeks de fantasia se transformaram em astros do rock? Quem os ensinou a pular de cima dos amplificadores com as pernas abertas? Esse tipo de coisa nunca aconteceria na minha juventude.

O LABIRINTO DE SER UM ADOLESCENTE

Alguns colecionam bonecos articulados — *Guerra nas Estrelas, O Senhor dos Anéis, Jornada nas Estrelas, Hellboy, Hulk* — para demonstrar sua lealdade à franquia do seu desejo. Outros se vestem como seus personagens favoritos de ficção em convenções: Stormtrooper, mago, elfo. Há também os "*furries*" — pessoas que vestem fantasias felpudas, algo mais próximo do fetichismo do que de uma expressão como fã. Tudo isso não é muito diferente de fãs de beisebol ou basquete que vestem a camisa do seu time do coração com nomes como SHAQ ou SCHILLING estampados nas costas.

Ainda assim, outras pessoas no universo da cultura pop e dos fãs querem participar e estender a experiência daquilo que acreditam ser tão atraente. Querem criar novos cenários, escrever novas histórias e acrescentar novos personagens. Assim, elas criam figuras, escrevem contos, compõem e apresentam canções e produzem filmes. Essas obras são expressões de fé, ou de tédio por conhecer seus mundos tão bem. Reinos fantásticos frequentemente deixam muitas perguntas que começam com "E se...?" sem resposta. Um escritor como Tolkien simplesmente menciona um território inexplorado como Ilmarin ou Noiteterna. A porta aguarda, entreaberta, e os fãs não conseguem evitar imaginar o que, ou quem, aguarda ali — assim, eles mesmos cuidam de pintar aquele canto do mundo. O impulso me fez lembrar dos meus anos de D&D, quando começamos a criar nossas próprias respostas para esclarecer alguma regra ambígua. Sem mencionar minhas tentativas pífias de escrever meus próprios livros no estilo de *O Senhor dos Anéis*.

O entretenimento fantástico, mais do que acontece com outros hobbies (como esportes, culinária ou conhecimentos acadêmicos), atrai este tipo de participação extrema. Sem uma história pregressa ou um mito de criação elaborados, o beisebol e o futebol americano não têm as possibilidades narrativas e imaginativas que Harry Potter tem. O simples enraizamento das linhas de um campo de beisebol no mundo real dificulta imaginar um duelo entre os Yankees e os Red Sox no espaço sideral, ou um tórrido caso de amor entre Derek Jeter e David Ortiz. Mas alguns universos, como aqueles criados por Tolkien e Rowling, oferecem caixas de ferramentas com vários materiais, como raças, locais e linguagens com as quais se pode construir coisas. Ou produzir um filme. O YouTube abriga uma variedade enorme de filmes feitos por fãs, desde adolescentes com orelhas pontudas postiças criando suas próprias missões no mundo dos *Anéis* até ambiciosas animações com peças de Lego que recriam cenas de *Guerra nas Estrelas.*

Enquanto paródias e sequências não autorizadas remontam a *Dom Quixote*, *Rei Artur* e *Alice no País das Maravilhas*, foram os fanzines de *Jornada nas Estrelas* na década de 1960 e o exemplar *O Chato dos Anéis,* publicado pelo jornal satírico *Harvard Lampoon*, em 1969, os responsáveis pela criação das obras derivativas conhecidas como "*fan fiction*". Desde então, textos mais sensuais denominados "*slash fiction*", um subgênero que imaginava relacionamentos românticos ou carnais entre personagens do mesmo sexo, começou a ganhar popularidade. Um texto sobre uma relação entre o Capitão Kirk e o Sr. Spock, ou "K/S", é considerado o primeiro "pareamento" *slash*. Naturalmente, arroubos inventados envolvendo Harry Potter e Ron Weasley vieram a seguir. A internet fez com que a popularidade desse gênero explodisse. "Frodo quer que Sam o ame de outra maneira" é o resumo de um *slash fiction* intitulado "Não Desse Jeito", no popular repositório de contos escritos por fãs fanfiction.net, um site com um arquivo de "*fanfics*" baseados em *O Código Da Vinci, Are You There, God? It's Me, Margaret* e *Piratas do Caribe.* Sem qualquer surpresa, *Harry Potter* e *O Senhor dos Anéis* são as obras que tendem a inspirar a maior quantidade de derivações. Até mesmo Mark Egginton, o anão de karaokê do encontro da Tolkien Society, me disse que está trabalhando em uma paródia dos *Anéis* chamada "O Senhor das Risadas", escrito por U. R. R. Jokin.

Quando o Led Zeppelin compôs músicas como "Over the Hills and Far Away" e "The Battle of Evermore", os fãs não demoraram muito para perceber que a banda estava fazendo referências a Tolkien. A canção "Ramble On", que eles compuseram, propõe uma trama alternativa para os *Anéis* na qual Gollum não está querendo pegar o anel, mas sim uma garota hippie. Os membros do Led Zep não sabiam, mas estavam compondo "*filk*", um gênero musical que abrange músicas que falam sobre livros e personagens, computadores, tecnologia e a própria cultura dos fãs[25].

Enquanto conversava com os irmãos DeGeorge certo dia, eu conheci Uncle Monsterface, uma banda que frequentemente acompanha Harry e os Potters em suas turnês. Comandada por Marty Allen, a banda toca músicas sobre cereal matinal ("Chocula"), super-heróis ("We Wear Capes") e jogos antigos da Nintendo ("I'm Sorry [But Your Princess Is in Another Castle]"). Naturalmente, fiquei muito feliz ao ouvir a música que celebrava o inventor já falecido de um certo RPG inovador de fantasia:

Deep in a basement
With Kool-Aid lips
and store-brand chips,
a brand new world was born.
Orcs, beholders, a dwarven axe,
Dude! Way cool. Hey look at her boobs!
Gygax, Gary Gygax.

Gary Gygax, you brought us geeks together.
Gary Gygax, you made the world better,

[25] "*Filk*" é uma corruptela de "*Folk*". "Filkar" é tocar a música, e isso frequentemente acontece em LARPs e convenções. Variantes incluem o "hip hop Nerdcore" e o "geeksta rap"; artistas como Commodore 64, MC Frontalot e MC Hawking cantam raps sobre robôs, lasers e entropia. Harry and the Potters representam o subgrupo denominado "*wizard rock*" na subcultura *filk*.

Gary Gygax, you brought us geeks together,
Gary Gygax, you made the world a better place for me.
I am an elf, I slayed the dragon,
Berserker DESTROY!
With maximum wisdom
I climb into the labyrinth,
of bein' a teenage boy
(oh boy, oh boy!).

There's no graph paper map
for where you've gone.
Gary Gygax, Gary Gygax.
G-g-g-gary, Gary Gygax,
G-g-g-gary, Gary Gygax.

"The Gary Gygax Song"

Nas profundezas de um porão,
Com os lábios manchados de Kool-Aid
E salgadinhos genéricos,
Um mundo novo nasceu.
Orcs, beholders e um machado dos anões.
Cara! Isso é legal. Ei, olhe só aqueles peitões.
Gygax, Gary Gygax.

Gary Gygax, você nos reuniu, os geeks.
Gary Gygax, você transformou o mundo num lugar melhor.
Gary Gygax, você nos reuniu, os geeks.
Gary Gygax, você transformou o mundo num lugar melhor
para mim.

Sou um elfo, matei o dragão.
Berserker DESTRÓI!
Com a sabedoria em nível máximo,
Eu entro no labirinto
De ser um garoto adolescente
(Oh, garoto! Oh, garoto!).

Não há um mapa em papel quadriculado
Que mostre o lugar para onde você foi.

Gary Gygax, Gary Gygax.
G-g-g-gary, Gary Gygax,
G-g-g-gary, Gary Gygax.

Quando saí do mundo da cultura pop, ele era desdenhado pelo *mainstream*. Quando retornei, o D&D *era* o mainstream.

VOLDEMORT NÃO PODE PARAR O ROCK

Quando eu soube que a minha cidade era o berço do wizard rock, meu coração bateu forte como o de Harry Potter na presença de Cho Chang. Tecnicamente, Paul e Joe DeGeorge moravam em Norwood, a cerca de trinta minutos daqui. Mas ainda assim eu digo que eles vêm do meu próprio quintal — Boston.

A maioria das pessoas considera que a dupla de irmãos foi a primeira banda a compor e apresentar músicas inspiradas pela série literária de Harry Potter, com suas sete partes, sucesso absoluto de vendas. Antes de formarem Harry e os Potters, os dois integraram outras bandas. No verão de 2002, Joe (que na época era um aluno do ensino médio, com quinze anos) e Paul (com vinte e três anos, trabalhando como engenheiro químico no desenvolvimento de vacinas para uma empresa de biotecnologia) foram incumbidos de fazer um show de rock no quintal da casa dos seus pais, nos arredores da cidade. Quando as outras bandas deram o cano, os irmãos DeGeorge correram para compor algumas canções baseadas nos livros de Rowling que eles estavam lendo.

"Perguntamos a nós mesmos: 'quem será o Harry Potter'?", disse Joe. "Nós dois seremos", disse Paul. E assim nasceu Harry and the Potters, cinco anos depois do lançamento do primeiro volume, *Harry Potter e a Pedra Filosofal*, de 1997.

"Harry Potter é sua própria subcultura, mas nós viemos do punk rock, que é outra subcultura", disse Paul. "Queríamos juntar os dois mundos. Um conceito sobre outro conceito". Pense em algo como Harry destruindo tudo sobre um palco. Um garoto feiticeiro irritadiço que sabe tocar e empolgar a plateia.

"Tomamos algumas liberdades com a obra", acrescentou Joe.

Com músicas como "In Which Draco Malfoy Cries Like a Baby" e "This Book Is So Awesome", eles atingiram o *zeitgeist* dos leitores bem no momento em que a Pottermania crescia e começava a transbordar. Quando *Harry Potter e as Relíquias da Morte* foi lançado, em 2007, toda a série já havia vendido cerca de 400 milhões de cópias em 67 idiomas. Foi o *timing* perfeito para o *wizard rock*.

Quando me encontrei novamente com Joe e Paul, em junho de 2008, mais ou menos um ano depois do show em Harvard Yard, eles estavam envolvidos com os preparativos para a sua quinta e mais ambiciosa turnê de verão, chamada de "The Unlimited Enthusiasm Expo '08". Com três CDs e 450 shows em 48 estados, no Canadá e na Europa, em seu currículo (além de 20 mil e-mails que abarrotavam sua caixa postal harryandthepotters@

yahoo.com), eles não estavam mais tocando em locais para crianças como bibliotecas, escolas e livrarias.

"Alguns garotos cresceram junto conosco", disse Paul. Fãs inspirados de Harry Potter começaram a formar suas próprias bandas, e cerca de 500 grupos se uniram à revolução do *wizard rock*. O festival Wrockstock 2008, em Potosi, no Missouri, exibiu 15 bandas com nomes como The Whomping Willows, Ginny and the Heartbreakers e The Butterbeer Experience, tocando durante três dias e arrastando fãs que vieram da Escócia, Quebec e África do Sul.

As seis semanas da turnê Unlimited Enthusiasm com Uncle Monsterface e Math the Band os levaria a auditórios e bares de rock em cerca de quarenta cidades por todo o país. O texto de divulgação descrevia a turnê como "um circo de verão construído no espírito do 'faça você mesmo' com uma turnê maluca de rock... também conhecida como Colônia de Férias com Pulos e Gritos para Meninos, Meninas e Magos".

Paul e Joe já haviam passado da idade de frequentar colônias de férias (com vinte e nove e vinte e um anos, respectivamente), mas não pareciam estar muito distantes da infância. Com cabeleiras grandes e cacheadas, os dois tinham um ar juvenil e inocente. Estavam se divertindo bastante com a popularidade e o furor criados por Harry Potter. Moravam com seus pais. Joe agora estava no segundo ano do curso de Física da Clark University. Paul voltou a morar na casa da família depois que saiu de Nova York. Enquanto sua mãe entrava e saía da cozinha, nós tomávamos café e falávamos sobre suas influências musicais: They Might be Giants, Jonathan Richman e Weird Al Yankovic (yeah!).

Em seguida, como se pretendessem me iniciar em sua sociedade secreta, eles me levaram até o porão da casa. Assim como acontece quando se entra no quarto de Harry, debaixo da escada, eu precisei abaixar a cabeça enquanto eles me mostravam o seu covil. Mas o porão com seu teto baixo não estava atulhado com objetos relacionados ao universo de Harry Potter como eu esperava. Esse lugar era o centro nervoso da banda. Eu vi o "estúdio de gravação" (equipamentos aleatórios de áudio espalhados em cima de uma velha mesa de bilhar) e o "centro de atendimento de pedidos" (torres de caixas de CDs, camisetas e envelopes acolchoados). Eles estimavam que haviam vendido cerca de 10 mil cópias do CD que eles mesmos produziram, em sua maioria através do seu site ou durante os shows. "É muito bom para uma banda que não está associada a um selo, ou que não tem como se promover", disse Paul. Ele falou sobre as outras mercadorias — balas de menta, escovas de dente do Harry Potter, broches — que eles planejavam vender. Queriam que seus fãs completassem 15 mil crachás "Oi, Meu Nome é __________" em seus shows no verão deste ano. Queriam que a turnê transmitisse a sensação de ser uma enorme família feliz.

"Este é o figurino de lula gigante", disse Joe, apontando para uma massa molenga de espuma. "Às vezes ele toca bateria conosco."

Os irmãos DeGeorge cantam músicas sobre as dificuldades de ser um jovem mago. Seu personagem é sempre Harry, e tudo acontece de acordo com o seu ponto de vista — nada que ele não seja capaz de ver, experimentar e entender. À figura arquetípica do adolescente fracote Paul e Joe acrescentaram uma aura divina de *rock star*. Mas Paul e Joe não consideravam que estavam realmente interpretando um personagem.

Uma semana depois, durante um ensaio na cafeteria dos estudantes antes do início da turnê de verão com as outras bandas, Paul disse que "não entendia totalmente os RPGs" (embora houvesse acabado de começar a jogar D&D, convencido a participar do jogo por seu colega de quarto Marty Allen, da banda Uncle Monsterface). "Somos uma banda performática", insistiu ele. Ele também não considerava que seus shows eram tributos (já que não tocavam músicas compostas por outro artista). Estava mais próximo de arte performática. "O que fazemos é uma combinação de apresentação teatral e música. Sim, a gente se inspira na personalidade de Harry e em seus elementos. Vale tudo no palco. É onde mais nos afastamos de Harry."

Joe, o mais introvertido dos irmãos, disse que, quando está no palco, "Eu sou Harry Potter". Mas ele também deixa o Harry tímido e inseguro para trás e "se transforma em um roqueiro". A persona de Harry Potter liberta Joe. Claro, as plateias precisam estar dispostas a aceitar o fato de que dois Harry Potters possam existir, ambos empunhando microfones em vez de varinhas mágicas, e que um saiba tocar teclado enquanto o outro toca guitarra. Não é um conceito tão complexo, explicou Joe. As crianças mais novas entendem. E os adultos também. "Houve casos de pessoas que nunca leram os livros e vieram até nós para dizer que foi um dos melhores shows que elas já viram. Talvez tenham até mesmo se inspirado a ler os livros."

Fui a vários shows deles. Os irmãos ganhavam algum dinheiro — e não milhões — com a mania de Harry Potter. Mas, para mim, parecia que aquela performance era uma nova espécie de interpretação de personagem que desafiava qualquer noção existente para a sua classificação. A banda de heavy metal fictícia (mas real) Spinal Tap foi uma junção bem-humorada dos clichês do rock. O espetáculo que eles construíram ao redor do jovem mago também era uma paródia, e os levou a uma espécie de estrelato, ainda que pequeno, no mundo real. Mas sua sinceridade transcendia a ironia. Os shows persuadiam as plateias a

Joe DeGeorge, Harry Ano Quatro, da banda Harry and the Potters, apresentando-se durante um show. Paul toca guitarra ao fundo. Foto: cortesia de Nathan Backous.

interpretar feiticeiros bem-intencionados. Bares de rock e bibliotecas se transformavam em versões substitutas de Hogwarts durante uma hora. Quando assistia às apresentações deles, eu me sentia incrivelmente energizado, feroz e pronto para combater o mal.

A MAGIA NÃO É MORALMENTE NEUTRA

Três semanas antes de caírem na estrada, a banda, os dois membros de Draco and the Malfoys (um dos quais ocasionalmente toca bateria com os Potters), amigos e namoradas associadas estavam todos sentados na plateia, montada com cadeiras dobráveis. Como centenas de outros, eles ouviam com os rostos tomados por uma expressão de encantamento enquanto J. K. Rowling falava durante o fim de semana que marcava o início das aulas em Harvard.

"Ela é uma gata", disse Paul.

Fazia quase um ano que os Potters haviam se apresentado pela primeira vez ao ar livre. Paul e Joe agora estavam no mesmo lugar, a praça de Harvard Yard, mas, em vez de tocarem rock no palco, estavam de frente para ele e tomavam cerveja em copos de plástico.

"Diferente de qualquer outra criatura neste planeta", disse Rowling, "os humanos podem se colocar nas mentes de outras pessoas, e imaginar que estão no lugar de outras pessoas".

"Ela é uma gata mesmo", concordou Meredith, a namorada de Paul. Paul conheceu Meredith, que era fã de Rowling, quando ela ajudou a agendar um dos shows dos Potters no Kansas, quatro anos antes. Na época, Meredith estava envolvida com os fanfics de Harry Potter e com *Nocturne Alley*, um RPG online baseado em texto que apresentava um relacionamento *slash* entre Harry e Draco. Sobre seu relacionamento com Paul, Meredith disse: "É uma história de amor nerd".

O discurso de Rowling tinha o propósito de fazer com que os alunos, ex-alunos e famílias de Harvard levantassem suas bundas ricas da cadeira para fazer o bem. "Não precisamos de magia para mudar o mundo", ecoou sua voz. "Já temos todo o poder de que precisamos dentro de nós mesmos. Temos o poder de imaginar um mundo melhor".

Aquela era a primeira vez que Harry and the Potters viam Rowling em pessoa. "Achei ótimo", Paul me disse mais tarde. "Ela se esforçou bastante para fazer um discurso que causasse um forte impacto naquela garotada. Mas poderia ter ido por outro lado. Foi um chamado à ação." Mesmo assim, ele parecia estar um pouco decepcionado. "Não sinto toda essa familiaridade em relação a ela."

A mesma sensação de desencanto afetava uma família que veio de Lancaster, na Pensilvânia. A mãe e suas duas filhas, de doze e dezesseis anos, haviam acordado às cinco da manhã e encarado seis horas de estrada para chegar aqui. Eram fãs ferrenhos. A família inteira tinha ido para uma colônia de férias temática, focada em Harry Potter, no ano anterior.

"Quero saber quem matou Fred Weasley", disse a filha mais nova, vestida como uma estudante inglesa, com uma capa, e equilibrando-se nas pontas dos pés.

"Ela quer os segredos", sussurrou a mãe.

Mas eles estavam contidos por um cercado laranja, a cerca de sessenta metros do palanque. "Estamos tristes", confessou a mãe. "Queríamos chegar mais perto."

No meu caso, enquanto observava Rowling discursar, eu percebi que já havia passado trinta anos desde que a minha própria mãe frequentara a faculdade em Harvard. Se houvesse terminado o mestrado, ela teria participado de um final de semana para marcar o início das aulas muito parecido com esse. Mas no mês de outubro de 1978, quando ela cursava o primeiro semestre, o aneurisma cerebral sabotou seu programa acadêmico. A música de Harry and the Potters "Save Ginny Weasley" tocava na minha cabeça:

Are you scared to walk through the hallways?
Are you worried that the spiders run away?
Are you petrified of being petrified?[26]

Não era o meu caso. Imaginar a minha mãe se formando aqui — vê-la com a beca e o capelo — ajudou a fechar essa porta.

E foi então que eu vi um garoto, desacompanhado, provavelmente com dez anos de idade. Ele me disse que era de Hong Kong e que a formatura do seu irmão havia acontecido naquele mesmo dia, algumas horas antes. "Vou pegar o autógrafo dela", disse ele, segurando com força o seu exemplar surrado de Harry Potter. E disse que não deixaria que a cerca laranja o impedisse. "Sou o corredor mais rápido da minha escola."

BILBO BOLSEIRO, LUKE SKYWALKER E JESUS

No principal bar de rock independente de Boston, o Middle East, em Cambridge, a turnê Unlimited Enthusiasm USA teve início com um de seus clássicos. Em seguida vieram duas canções de

[26] "Você tem medo de andar pelos corredores?
Você tem medo de que as aranhas fujam?
Fica petrificada de medo de ser petrificada?" (N. T.)

hip-hop apresentadas por Dumbledore. Imagine uma junção dos membros da Uncle Monsterface, Math the Band e Harry and the Potters usando abrigos esportivos vermelhos, com dois *rappers* usando abrigos amarelos e com os rostos cobertos por barbas brancas, óculos escuros e chapéus de bruxo.

— É assim que Dumbledore agita — cantou um mago impossível de se identificar. Uma das músicas, "U Down w/OOTP?" era mais ou menos assim:

Dumbledore: Order of the Phoenix, let me hear you say
Backup singers: What's that, Dumbledore? What's that, Dumbledore?
Dumbledore: Voldemort's posse is totally lame
Backup singers: Voldemort's posse is totally lame[27]

Os garotos DeGeorge criaram outro gênero filk, o *wizard hop*. Músicas do Monsterface ("Gary Gygax", entre outras) e do Math the Band começaram a tocar, apoiadas por projeções de vídeo e apresentações de fantoches de meia. Bandeiras feitas com lençóis estampados com imagens de *Guerra nas Estrelas* foram agitadas. Animais infláveis pulavam sobre a multidão. Parecia uma reedição em estilo geek dos eventos multimídia e das bandas de *acid rock* de São Francisco no final da década de 1960.

Durante uma pausa entre as canções, em uma tela improvisada, uma montagem feita com cenas de filmes foi exibida — *As Grandes Aventuras de Pee-Wee, Os Caça-Fantasmas, A História sem Fim, Harry Potter* e *as Duas Torres* — enquanto uma locu-

[27] "Dumbledore: Ordem da Fênix, quero ouvir vocês
Outros cantores: O quê, Dumbledore? O quê, Dumbledore?
Dumbledore: Voldemort e sua turma são uns babacas.
Outros cantores: Voldemort e sua turma são uns babacas." (N. T.)

ção do hobbit Samwise Gamgi entoava: "É como nas grandes histórias, Sr. Frodo... as pessoas nessas histórias tiveram muitas chances de dar as costas para tudo, mas não o fizeram... Continuaram em frente. Porque tinham certeza de uma coisa".

"E do que nós temos certeza, Sam?", perguntou Frodo.

"De que o bem existe neste mundo, Sr. Frodo... e que vale a pena lutar por ele."

A multidão irrompeu em aplausos.

Harry and the Potters começaram a tocar seu set list. Quando chegaram a "Voldemort Can't Stop the Rock", o público já estava receptivo à sua lição. Quando tocaram "The Weapon", a plateia se transformou em uma multidão celebrante, saltitante e sorridente. Os irmãos DeGeorge entraram na multidão. Eles se tornaram você. *Você pode ser o Harry Potter. Você pode ser aquele cara no palco, Ano Quatro, tocando um solo em um saxofone vermelho e reluzente. Você pode ser aquele cara, Ano Sete, dedilhando escalas em uma guitarra em formato de vassoura voadora.*

Harry and the Potters transformaram o show em uma cruzada. *Vocês estão numa missão para libertar o mundo. Vocês podem vencer o mal.*

Como se quisessem fazer um contraponto às acusações de frivolidade e agradar a própria Sra. Rowling, a turnê trazia coisas relevantes à situação mundial, colocando-as ao lado da mesa onde os produtos das bandas eram vendidos. No fundo do salão, a Harry Potter Alliance queria "espalhar o amor e lutar contra as Artes das Trevas no mundo real": tortura, AIDS, o genocídio em Darfur e a eleição no Zimbábue que foi fraudada por Mugabe. Os fãs de Harry Potter se uniam ao redor de causas em fóruns online. Eles entravam em ação. A comunidade do Wizard Rock também organizou uma campanha para estimular as pessoas a votar, chamada de "Wizard Rock the Vote".

Joe e Paul DeGeorge estavam na crista da onda do movimento nerd. Assim como na alquimia, os DeGeorge transformaram seus interesses geek em heroísmo musical, no martelo dos deuses ao estilo do Led Zeppelin. Um amontoado de gente jovem pedia que Joe lhes desse um autógrafo depois do show. Enquanto ele assinava seu nome com uma caneta de ponta porosa nas camisetas das pessoas, eu disse: "Joe, você é um *rock star*".

Joe sorriu timidamente, sentindo um certo desconforto com toda aquela atenção. "Mais ou menos."

Eles ainda eram geeks. Mais ou menos.

Era difícil não admirar ou até mesmo sentir inveja daquela metamorfose — os CDFs virando a mesa e conseguindo ir à forra, derrotando os atletas malhados que (segundo a imagem que surge diante dos olhos cruéis da minha mente) alcançaram o pico da sua forma física aos dezessete anos e que agora viviam vidas inchadas e preguiçosas em suas poltronas, assistindo na TV os esportes que eles costumavam praticar, miseráveis nos casamentos previstos e arranjados nos bailes de formatura.

Apesar da animação dessa turnê — que os levou de Cambridge a Nova York, Athens (no estado da Geórgia) e posteriormente Austin, Seattle e Ann Arbor —, após cinco verões de shows, esta provavelmente seria sua última excursão. Joe havia levado quase todas as suas coisas para um apartamento em Worcester. Paul iria se mudar para Lawrence, no Kansas, para morar com a sua namorada. O feitiço iria terminar.

"Faremos nossa última grande turnê neste verão", Paul me disse, ainda em Norwood. Talvez ele e Joe houvessem se cansado de seus alter egos Harry Potter: o conceito estranho, pós-moderno e hipertextual-musical de um personagem fictício que funciona como uma ponte através do contínuo espaço-tempo entre dois corpos reais. Perguntei assim mesmo se o *wizard rock* teria alguma maneira de fazer com que os irmãos DeGeorge ficassem presos em uma adolescência perpétua, embora predominantemente inócua. Será que queriam parar de ser adorados pela base de fãs composta predominantemente por garotas adolescentes e pré-adolescentes? Estavam prontos para seguir em frente? E eu, estava?

Quem é capaz de dizer se qualquer um de nós conseguiu se curar dos anos das nossas infâncias? Eu, certamente, não posso. Mas os Potters me mostraram o que eu devia fazer para abraçar o meu geek interior, proclamando seu amor de maneira irrestrita por um livro de fantasia e um mundo de fantasia. Eles me mostraram como transcender e transformar os anos complicados da adolescência em um relativo sucesso do rock. Como mudar de mentalidade, deixando de ser um fã ardoroso e passando a ter seu próprio público.

Paul e Joe DeGeorge estavam surfando na onda dos fãs de Harry Potter, e, sim, aquela onda mágica começava a se desfazer. Quando as águas finalmente baixassem, Harry Potter estaria totalmente imerso no cânone da cultura popular. Em 2009, ainda havia mais três filmes de Harry Potter em produção (adaptações do livro seis, e também do livro sete, que seria dividido em dois filmes). Havia rumores de que um jogo multiplayer online sobre Harry Potter estava em fase de planejamento. Isso para não mencionar um parque temático na Flórida, que estaria nas pranchetas de alguns empreiteiros. O universo dos fãs de Harry Potter continuaria a existir, florescer e se tornaria algo institucionalizado. Os livros e filmes eram obras grandiosas demais para serem desprezados como fenômeno passageiro. Haviam se tornado tão perenes quanto Tolkien. Em algum dia não muito distante, os irmãos DeGeorge provavelmente guardariam seus uniformes de Hogwarts para sempre, mas o gênero do *wizard rock* continuará se alimentando da imortalidade da franquia. As histórias, personagens e músicas serão passadas à próxima geração, e as referências subculturais irão brilhar no panteão de mitologias criadas à imagem e semelhança dos deuses. Harry Potter ocupará seu lugar ao lado de heróis como Ulisses, Paul Bunyan, Bilbo Bolseiro, Luke Skywalker e Jesus. Nós precisamos dos nossos heróis.

A turnê Unlimited Enthusiasm capturou uma experiência inocente, algo parecido com sentar-se ao redor de uma fogueira para cantar e assar marshmallows. Mas a minha próxima parada era um tipo diferente de colônia de férias — uma experiência focada na reencenação da Idade Média. Em escala enorme. Com hidromel à vontade, guerras para serem vencidas e uma quantidade enorme de donzelas, que possivelmente estavam em perigo.

O argumento de Konrad é sólido. Duas semanas antes disso ele foi até Warcamp e pediu desculpas ao reino por não compreender toda a política envolvida em ser o rei de Pennsic. A reclamação de Konrad é que a batalha de Pennsic devia ser travada e conquistada no campo, mas isso não acontece. A batalha de Pennsic é travada e vencida nos oito meses que a antecedem, conforme torneios reais são vencidos e novos reis são escolhidos e cortejados como aliados. A região de Midrealm criou uma máquina eficiente para cortejar aliados (eu vi os embaixadores que eles enviam para o oeste, alguns no evento de March Crown, para que comecem a cortejá-los no dia em que vencem e se tornam herdeiros). O argumento de Konrad é que a guerra não deveria ser travada por meio de politicagem e adulações. Mas Lutr não quis nem saber. Disseram-me que os reis de Midrealm que são vencidos em Pennsic não conseguem aceitar bem a derrota (eu mesmo cheguei a ver um dos reis de Midrealm chorar depois que voltou ao seu acampamento quando a guerra foi decidida contra ele).

— de uma postagem intitulada "Voltando de Pennsic" em valgards.livejournal.com, de autoria de "Valgards", pseudônimo de Michael Cramer, do Brooklyn, Nova York (9 de agosto de 2008)

10

Na Fila da Cerveja com o Rei

Nas semanas que antecederam a Pennsic War, confeccionei uma túnica. Fiz uma faixa para colocar sobre ela e uma bolsa. Eu iria para a guerra e precisava estar caracterizado. Diferentemente da experiência na Floresta dos Portais, uma camisa de gestante com mangas bufantes de segunda mão comprada em um brechó ou blusa feminina hippie seriam o suficiente.

Na Sociedade para o Anacronismo Criativo (*Society for Creative Anachronism* – SCA) se exige que os membros usem roupas típicas da antiguidade, historicamente corretas e lastreadas na realidade. A SCA não é um jogo, e também não é uma apresentação para o público ou uma espécie de festa a fantasia. É uma sociedade, uma atividade social, e, acima de tudo, é o que se chama de grupo de reencenação. Sua "brincadeira" é baseada na história. Os membros habitam o que chamam de "a Idade Média atual".

Embora eventos locais e regionais sejam realizados durante o ano inteiro, o maior evento anual da SCA, a Pennsic War, é o carro-chefe. Todo ano, em agosto, em uma área de camping a cerca de uma hora de Pittsburgh, cerca de doze mil reencenadores medievais erguem um oceano de tendas historicamente corretas e se reúnem durante dezessete dias para batalhar uns com os outros, estudar e festejar como se estivessem no ano de 1399.

Como eu poderia resistir?

Eu já havia flertado com a SCA antes. No meu primeiro ano de faculdade, depois de decidir que o D&D era brincadeira de criança e de desistir definitivamente do jogo, alguns caras que vestiam armaduras e brandiam espadas chegaram ao campus. Eu imaginei, brevemente, se aquilo seria algo apropriado para mim. Mas não podia arriscar que os meus novos amigos descolados me vissem com um chapéu de tecido e uma capa esvoaçante. Não voltei mais a falar com aqueles guerreiros.

Duas décadas depois, eu estava em um lugar diferente. E Mike Scott e Elyse Boucher, o casal geek de Milwaukee, me disseram que estavam planejando ir à Pennsic 37. Achei que seria divertido me encontrar com eles vestindo um figurino completo, consumir bebidas caseiras ao redor de uma fogueira e entrar de cabeça na cena medieval. Eles poderiam me ajudar a encontrar o que Elyse havia chamado de "Aquele momento mágico e efêmero" em que, num evento da SCA, você sente que se livrou do peso do presente para viajar a outra era na história.

Além disso, as possibilidades educacionais da SCA faziam com que aquele evento parecesse mais legítimo do que outras paradas da minha jornada pela fantasia. Os "SCAdianos" (membros da SCA) provavelmente eram tão normais quanto reencenadores das guerras da Independência ou da Guerra Civil Americana que achavam que uma perspectiva de mundo baseada no rifle e na baioneta era reconfortante. Quando criança, meu amigo Kevin foi arrastado por seu pai para reencenar as batalhas da Guerra da Independência travadas em Vermont como Fort Ticonderoga com um grupo chamado Herrick's Regiment. "Foi a oportunidade de beber muita cerveja e de beijar garotas que já estavam no ensino médio", Kevin me disse. Já adulto, ele ainda participava de um ou outro evento com um figurino mais elaborado, e trazia a esposa e os filhos consigo. "Meu pai está no comando do batalhão agora, então estamos nos esforçando para não sermos excluídos do testamento."

Se eu era capaz de entender o fascínio que aquilo provocava, por que não o "medievalismo recreativo"?

Só havia um problema. Para mim, a equação "magia + Idade Média = escapismo" era incontestável. Como em Guédelon, a SCA não tinha feitiçaria, dragões ou missões heroicas. Elfos e princesas do reino das fadas não eram tolerados. Tudo parecia terrivelmente monótono. Quem gostaria de ir a um evento medieval sem toda aquela atmosfera de "tudo é possível", típica da fantasia? Meu objetivo era simples: comparecer ao evento e ficar lá o quanto fosse possível.

IGUAL AO VESTIDO DA MINHA AVÓ

Entrei em contato com um grupo da SCA de Boston e combinamos os detalhes para que eu pudesse acampar na 37ª edição da Pennsic, evento anual. Eles concordaram em ceder um quadrado de terra para a minha pequena tenda no lote do "feudo" a que tinham direito, e em troca eu os ajudaria com algumas tarefas de manutenção e com a preparação da comida. Bem justo.

Cerca de duas semanas antes da Pennsic, deixei a barba crescer. Comecei até mesmo a dormir fora de casa. Assim como um LARP, a SCA em parte é uma atividade teatral, mas também é um acampamento. Na varanda do meu apartamento, sob uma cúpula escura de estrelas urbanas, comecei a me acostumar com o colchonete fino. Precisava adaptar o meu corpo e fingir que não eram os alarmes dos carros que me acordavam durante a noite, mas sim as trombetas que me convocavam para a guerra.

Por coincidência, pouco antes de partir para a Pennsic, meu velho amigo de infância JP veio me visitar. Sempre mantivemos contatos e periodicamente nos juntávamos em projetos colaborativos por e-mail (nossa empreitada mais recente era um romance pós-apocalíptico sobre coelhos mutantes gigantes com armas automáticas). Fiquei feliz por vê-lo. Naturalmente, ele ficou contente ao saber dos meus planos de ir à Pennsic.

"Lembra quando usávamos aqueles casacos de inverno e lutávamos com cabos de vassoura?", perguntou JP. "Usando tampas de latas de lixo como escudos?" Parecia uma brincadeira idiota para um garoto como JP, que, por causa da sua doença genética, sempre quebrava um osso quando levava um tombo de bicicleta. Mesmo assim, era o que fazíamos.

"Sim, no verão. Eu me lembro de usar tapetes automotivos. Era bem quente", eu disse, ficando nostálgico pelos dias da nossa infância. "Era bem divertido."

"Divertido até que alguém perca um olho."

Isso quase aconteceu com um de nós. Não usávamos proteção para o rosto. A mãe de JP rapidamente deu um fim em nossa pequena sociedade de reencenação medieval.

Mostrei a minha túnica a JP. Um SCAdiano do meu "feudo" local conseguiu duas horas para me ensinar a confeccioná-la. A peça que criamos era mais um protótipo do que um produto definitivo, mas imaginei que funcionaria. Vesti a túnica e a exibi para JP.

"O que acha?"

"Não sei..."

Dei uma olhada para mim mesmo: um pouco justa demais na altura do peito, mangas curtas demais, a barra desfiada e torta.

Eu não era um alfaiate treinado nas artes da costura do século 16. O tecido marrom fazia minha pele coçar. Sabendo que os outros 11.999 participantes do evento estariam vestidos completamente a caráter, usar aquela túnica seria igual a vestir um saco de batatas para ir ao baile de formatura.

Na véspera do evento, peguei um velho lençol e fiz uma segunda túnica. Esta lembrava um velho vestido da minha avó: enorme e com um decote generoso. Tentei tingir a túnica para salvá-la — não sei por quê. A embalagem dizia "cinza acastanhado", mas a cor que surgiu foi um bege claro. Acrescentei azul royal. O resultado: uma blusa manchada em alguns pontos que parecia saída de um sonho em Technicolor. Pois é, lilás. Eu iria ficar lindo.

A SCA NÃO TEM ESCAPISMO

"Se você estiver em um evento, não diga 'cara, não consegui te mandar um e-mail porque o meu computador quebrou'", orientou-me Anna Bradley. "O correto é dizer: 'Não consegui me comunicar com você'."

Antes de ir para aquele acampamento medieval, eu precisava saber mais sobre o mundo no qual eu pretendia mergulhar. Bradley, uma SCAdiana do meu "baronato" local, conhecido como Carolíngia, era a minha fonte. Talvez, com um curso intensivo sobre a SCA, ela fosse capaz de me salvar de qualquer constrangimento evitável.

Nós nos encontramos durante uma noite no lugar mais medievalesco que eu consegui imaginar — um bar irlandês nos arredores de Boston. Aos trinta anos, aquela imigrante russa de Connecticut estava envolvida com a SCA desde 1996. Ela explicou como a sociedade funcionava. Cada membro escolhia um brasão heráldico único e um nome, desde coisas simples, como Harrold, o ferrador de cavalos, até coisas mais extravagantes, como Oin Glock Dubh mac Duwangle. Em seguida, pesquisavam quem aquela pessoa poderia ter sido e quando poderia ter vivido. Na SCA, Bradley respondia por um nome diferente, Constance. "Mas sou eu, Anna, quem reconhece o nome Constance. Não é um papel a ser interpretado, um personagem. Sou eu." O aspecto mais casual da interpretação de personagens não significava que os membros não fossem totalmente empenhados. Alguns se recusavam a comer qualquer coisa que não fosse "historicamente correta", coisas como chocolate, tomates e batatas, que não existiam na Europa entre 600 d.C. e 1600 d.C., os limites do construto histórico da SCA.

Fundada em 1966, em Berkeley, na Califórnia (que surpresa, não?), a SCA conta com cerca de trinta mil membros pagantes e cerca de sessenta mil participantes dos Estados Unidos, Canadá, Europa, Ásia, África do Sul e Austrália. Eles vivem em um "Mundo Conhecido" ao estilo do "País do Espelho", de Alice, composto por reinos, cada um deles governado por um rei e uma rainha. As fronteiras políticas imaginárias têm nomes caprichosos, com suas contrapartes "mundâneas" no mundo real. Por exemplo, existe o Reino de Artemísia (que engloba os estados de Montana, o sul de Idaho, a maior parte de Utah, o noroeste do Colorado e o sudoeste de Wyoming) e o Reino de Drachenwald (um pedaço da Europa). Assim como na Europa feudal, os reinos são divididos em principados, baronatos, condados e cantões. O baronato da Carolíngia, que abrange a região metropolitana de Boston, era a minha terra natal, uma divisão do Reino do Leste, que se estende desde a parte leste da Pensilvânia, passando pelos estados do nordeste dos Estados Unidos e entrando no Canadá.

O mapa da SCA se sobrepõe ao globo real, uma reconstrução imaginativa de terras reais coberta por um toque do irreal.

Bradley explicou que os SCAdianos são muitas coisas — arqueiros, destiladores de bebidas, calígrafos, dançarinos, equestres, esgrimistas. Ela gosta de costurar, fiar, tecer e dançar, e também ajuda a administrar a sociedade. "Eu faço as coisas modernas para que as coisas medievais possam acontecer." Ela descreveu uma semana movimentada típica dos trâmites da SCA: "Participo de uma reunião, monto kits de costura, trabalho em um pergaminho com iluminuras, confecciono um manto para uma princesa local, visito um local para ver se ele tem condições de abrigar um evento, oriento uma amiga, bordo 'favores da rainha', escrevo e-mails como se fosse Constance." De maneira geral, as atividades relacionadas à SCA consomem vinte horas da sua semana. Não é uma forma de fugir das responsabilidades de seu dia a dia; a SCA envolve trabalho duro. "Alguém precisa cuidar disso", disse ela. "A SCA é como areia movediça. Vai sugar todo o seu tempo." Mas ela ama o que faz.

Diferente de um LARP, não há uma trama ou enredo específico conduzindo a ação de um evento da SCA. Em vez disso, quando há um encontro, as pessoas discutem, aprendem um novo ofício, praticam combates ou participam de banquetes; e fazem tudo isso trajando roupas medievais. Nos LARPs de que Bradley participa, seus personagens "são melhores do que eu". Ela às vezes salva o mundo. "É o escapismo padrão — vou sair da minha vida e interpretar outra pessoa." Mas a SCA "não tem escapismo", insiste ela. "Ela tem autoaprimoramento e autorrealização. O LARP é a minha maneira de lidar com coisas sem consequências no mundo real. Na SCA, você faz coisas que existem na vida real. É você quem tem o nome engraçado e as roupas engraçadas", juntamente com a pessoa que você é no mundo moderno, com todo o treinamento, os benefícios e o senso de camaradagem de uma organização fraternal. "É um jogo bem parecido com a maçonaria. Você vai à reunião, usa roupas engraçadas e faz coisas engraçadas. Não é um jogo; é parte da vida." Para muitos, a SCA é uma família. "Algumas pessoas fazem parte da SCA para lutar com pedaços de pau. Outros preferem fazer roupas ou queijos medievais. Eu me envolvi por causa das artes e do artesanato, mas continuei a fazer parte porque esta é a minha comunidade."

Contei a ela que tinha planos de participar de Pennsic, e ela disse que estaria lá também. Antes de eu sair do pub, ela me deu um último conselho: "Não espere um medievalismo exacerbado", ela me advertiu, invocando imagens de bebedeiras, rituais pagãos e rumores sobre orgias. "Há um pouco de tudo. Alguns bebem Budweiser e usam camisetas compridas, e estão lá somente para dar em cima das garotas."

Parecia o tipo de lugar perfeito para mim. Se pelo menos eu tivesse roupas melhores.

ILHAS PARTICULARES COM TEMAS MEDIEVAIS

A primeira coisa que eu percebi foi o cheiro da fumaça de lenha. Em seguida, eu vi: os dois milhões de metros quadrados de área de Coopers Lake Campground, na cidade de Slippery Rock, na Pensilvânia. Era possível ver o lugar quando se passava pela rodovia I-79, com os picos e os vales dos milhares de tendas. Viajei dez horas pela estrada e cheguei à Idade Média.

Saí da rodovia, registrei-me na área de check-in dos "trolls", pendurei meu medalhão de Pennsic ao redor do pescoço ("lembre-se de usar o seu medalhão o tempo todo") e descarreguei o equipamento na minha área do feudo. Vesti a túnica marrom, parei o carro num estacionamento afastado e, com um *bip-bip* do alarme do meu carro, deixei o século 21 para trás.

Na longa caminhada rumo ao campo, observei embasbacado as tendas em estilo medieval de todos os tipos e tamanhos enfiadas entre as árvores e cobrindo os campos abertos. Cada uma estava erguida lado a lado, e seus limites estavam demarcados em relação à tenda seguinte por partições multicoloridas de tecido que me faziam lembrar da escultura *Running Fence*, de Christo Javacheff. Alguns dos feudos eram delimitados por paliçadas de madeira ou paredes de pedra falsa. Placas indicavam cada um dos acampamentos como se fosse um verdadeiro feudo medieval — Norseland, Raven Spittle, Shadowfire, Rogue's Refuge, Bog End. Um elaborado navio pirata podia ser vizinho de uma vila romana completa com seus arcos e colunas, e de uma catedral gótica esculpida em espuma. Como um parque de diversões, cada uma ficava anacronicamente instalada ao lado da outra. Cada uma delas era o abrigo de um grupo de amigos, uma ilha privada com temática medieval.

"Olá, povo do campo!", eu chamei. "Aqui é Ethan... digo, Ethor... ain." Eu estava esgotando as variantes que começavam com "Eth" para os meus alter egos.

Meu feudo, Camp Cook's Cat, era relativamente comum se comparado aos outros. Uma tenda verde do exército servia de área de convívio, cozinha e salão de jantar. Meus camaradas campistas haviam chegado na semana anterior. Eu vim para a Semana da Guerra, quando as batalhas campais realmente acontecem. Mas meus companheiros não eram combatentes. Eles preferiam assistir aulas na "Universidade de Pennsic" e preparar comidas típicas do período medieval. O forno a lenha de tijolos e barro que eles construíam a cada ano era famoso. Minha primeira refeição foi impressionante, composta por frango, cenouras com gengibre, salada, hidromel e pão fresco. Sentamo-nos em mesas cobertas com toalhas de linho e comemos em tigelas de madeira com facas e colheres (nada de garfos, que não existiam naquela época). Meu amigo Ted, que mora em Boston, padeiro nas horas vagas e especializado em pães rústicos, adoraria o forno de tijolos. Queria ter trazido meu próprio grupo.

As conversas no campo eram tranquilas. Essas pessoas não eram brutamontes falastrões ou nobres cavaleiros. A ordem era primordial. Uma planilha e um livro de tarefas seguidos à risca ditavam quem faria cada coisa e quando. Na noite em que eu ajudei na cozinha, um fluxograma determinava como e quando alocar recursos como o fogo e o tempo necessário para preparação. Mas isso é o que acontece quando engenheiros e programadores ficam encarregados da cozinha.

EU HASTEIO A MINHA BANDEIRA DA BIZARRICE AQUI

Depois de ter me acomodado e comido, saí para vaguear pelo Mundo Conhecido. Na superfície, Pennsic parecia medieval, mas poucas pessoas aqui realmente entravam totalmente no espírito da época. Amenidades não medievais incluíam água corrente, lojas de todo tipo e um jornal diário chamado de *The Pennsic Independent*[28]. Cada um dos grupos cobria coisas como caixas térmicas e espreguiçadeiras de camping com disfarces medievais. Os chuveiros quentes estavam identificados com placas com os dizeres SENHORES e SENHORAS. O centro para a verificação de

[28] Exemplo de manchete: mágico é declarado inocente das acusações de bruxaria; exemplo de anúncio publicitário: novo carregamento de bodes peludos!

e-mails e para recarregar baterias de notebooks e celulares era chamado de Correio Místico.

Uma verdadeira lufada de viagem no tempo me atingiu quando eu cheguei até a Estrada das Batalhas e desci pela Alameda dos Saqueadores, um lugar com uma imensa concentração de pessoas onde ficavam os mercadores e a praça de alimentação. Aqui, mercadores em suas tendas brancas vendiam armaduras, livros, mantos, tecidos, jarras, joias e armas. A parafernália típica de fantasia ou de ficção científica era considerada inapropriada, mas o humor não: vi uma loja chamada "Hobbitronics" e outra que tinha o nome "A Esposa Entediada". Alguns objetos à venda pareciam, na realidade, ser apetrechos sadomasoquistas. Quando o sol se pôs, eu me sentei para observar o "populacho". Depois de um dia duro no campo de batalha, soldados com seus escudos pendurados sobre os ombros cansados retornavam com passos trôpegos para os seus feudos. "Divertiu-se bastante no escritório hoje?", perguntou alguém, em tom de piada. Outros passeavam por ali, trajados com veludo, seda e linho de todas as cores. A SCA atraía muitas famílias que vinham com seus filhos. E também havia vários SCAdianos com deficiências físicas (lembranças de minha mãe) que cruzavam o terreno da feira em carrinhos elétricos motorizados.

Eu coçava a pele sob a túnica, que causava uma coceira incômoda no calor de agosto, enquanto as mulheres passavam usando vestidos simples de camponesas ou vestidos longos e rodados com corpetes justos. Homens usavam túnicas espalhafatosas e exibiam espadas, bolsas e canecas presas aos cintos. Abaixo da linha da cintura, calças justas deixavam pouco a cargo da imaginação.

"Sou uma flor delicada!", gritou um cara seminu de um metro e oitenta de altura, vestindo somente uma calça de couro.

"Com licença, decidi ser vaidosa", disse uma mulher com um vestido de brocado ao estilo *houppelande* (uma peça longa com mangas longas e largas ao redor dos punhos), enquanto entrava no único banheiro do acampamento que tinha um vaso sanitário e um espelho.

Milhares de campistas com o mesmo estilo extravagante de se vestir me pareceram meio ridículos à primeira vista, mas fiquei surpreso com a velocidade com que parei de deixar que isso me afetasse quando entrei no espírito da consciência medieval comunal da SCA. Após algum tempo, eu me aproximei de Sir Gareth Nikodemos Somerset, um cavaleiro com um rabo de cavalo grisalho e cavanhaque bem aparado. Ele me disse que, quando não estava combatendo, ajudava como voluntário na Anshelm Arms, um armorial de alto padrão que ficava em uma estrutura feita com toras verdadeiras no centro do mercado. Em troca da ajuda nas vendas, a loja exibia e vendia os jaquetões acolchoados (chamados de *gambesons*) que o próprio Sir Gareth fazia.

Ele estava sentado do lado de fora do armorial enquanto as pessoas examinavam os elmos de aço polido, as couraças, as luvas blindadas com placas de metal, as grevas (protetores da parte inferior da perna), perneiras (armaduras para as coxas) e joelheiras de aço. Eu estava curioso para saber o quanto esses equipamentos custariam, e pedi a ele para fazer um orçamento para um traje de armadura básico. Ele listou as opções mínimas, desde uma "prancha de escudo" de alumínio (75 dólares) até um bastão de ratã (15 dólares, "o suficiente para fazer três espadas, e elas quebram com facilidade") e um elmo (150 dólares). Sir Gareth disse que, no total, uma armadura simples e sem adereços pode ser comprada por cerca de 500 dólares, ou menos, se já houver sido usada.

"Mas você vai parecer um carro popular", avisou ele. É possível gastar tanto quanto se queira, exatamente como na compra de um carro. Sua nova couraça de peito feita sob medida, juntamente com a couraça de proteção das costas, custou 2 mil dólares, e ele tinha um elmo que valia ainda mais. Para armaduras com qualidade de museu, "se você quiser parecer uma Ferrari", há pessoas que gastam até 20 mil dólares.

Meu queixo caiu.

"Ninguém reclama se você gasta milhares de dólares em um jet ski ou se vai praticar esqui nas montanhas", emendou ele, gentilmente. "Você está comprando uma obra de arte, não apenas um conjunto de equipamento esportivo." É preciso ter equipamentos sólidos para combater. Sejam nerds na vida real ou não, os combatentes eram "atletas armados com bastões", e eu tive a impressão que o corpulento Sir Gareth, que não jogou futebol americano quando estava no ensino médio porque o esporte parecia ser perigoso demais, seria capaz de me dar uma boa sova com uma mão amarrada às costas — apesar de haver sofrido um acidente de moto quando tinha vinte e três anos que lhe causara uma fratura na coluna e quase decepou a perna na altura do tornozelo. Os médicos conseguiram salvar a maior parte do seu pé, mas ele não tinha um terço do osso do calcanhar. "Disseram que eu nunca mais voltaria a andar direito." Hoje em dia ele anda muito bem e triunfa no campo de batalha.

Sir Gareth disse que os combates da SCA eram "o esqueleto" sobre o qual "a carne de todas as nossas outras atividades" havia se desenvolvido. "É estranho que os combates tenham um significado tão grande. Ainda assim, há vários membros que nunca lutam, e não há nenhum estigma associado a eles." Sir Gareth era paciente, generoso com seu tempo e incrivelmente agradável. O homem mundano por trás do elmo era David Randrup, tinha quarenta e um anos, a mesma idade que eu. Estava envolvido com a SCA desde a adolescência, uma época em que ele também jogava D&D. Agora ele era professor de História para o sétimo ano em Torrance, na Califórnia. Depois de lecionar por dez anos, ele ainda enxergava os paralelos entre a escola e a SCA. "Aqui todos têm doze anos de idade", ele disse, brincando. "Todos são os protagonistas do seu próprio filme."

Mas a SCA não é uma feira renascentista. Uma feira renascentista tem atores que se apresentam para o público. "O negócio deles é entreter", insistiu ele. "Aqui, nós fazemos tudo para a nossa própria diversão. Nada de efeitos especiais, nenhuma divisão entre os fãs e os astros, nada de entretenimento passivo." O melhor de tudo era não haver camponeses, leprosos ou cátaros perseguidos — todos eram considerados membros da nobreza. E todas aquelas pessoas eram limpas e elegantes. Aquela cena de *Monty Python e o Cálice Sagrado* fazia todo o sentido aqui:

Camponês A: "Quem é aquele ali, então?"

Camponês B: "Não sei. Deve ser um rei."

Camponês A: "Por quê?"

Camponês B: "Ele não está coberto de merda."

A SCA significava ter disposição para encarar as coisas com seriedade e vestir a casaca do grupo. Socializar significava caminhar pela área de camping com o figurino completo, causando uma boa impressão e parecer viril ou fabuloso. "Eu hasteio a minha bandeira da bizarrice quando estou aqui", disse Sir Gareth. "Quando estou em casa, uso jeans e roupas normais." Não era necessário falar com um sotaque britânico fajuto, mas, ao conversar com um estranho, esperava-se que as pessoas utilizassem honoríficos como "Milorde" ou "Milady". Era preciso fazer um certo esforço para se encaixar no show de moda.

Até mesmo algumas pessoas trajadas como piratas e garotas hippies ou ciganas com as barrigas à mostra, também chamadas de *belly bunnies*, eram toleradas, mesmo que não estivessem dentro dos limites históricos estabelecidos pelo grupo. Ambos os tipos estavam em voga graças à franquia de capa e espada estrelada por Johnny Depp. Independentemente do tipo de figurino que alguém desejasse trajar, a SCA abraçava essa versão da Idade Média. Para mim, aquele amontoado de eras e estilos de vestuário era desarmonioso e chocante. Eu queria um mundo de fantasia mais consistente. Mas toda aquela mistura de estilos não incomodava Sir Gareth. "Para mim, é totalmente normal que um viking, um samurai e uma dama elisabetana caminhem juntos pela rua. Os reencenadores técnicos detestam isso."

Sir Gareth e outros com quem conversei — SCAdianos que, na vida real, eram comissários de voo, parteiros e profissionais de TI — falaram sobre a "camaradagem instantânea" que sentiam aqui. A hospitalidade extrema e o bom humor são lendários. "Inimigos anuais, amigos eternos" foi uma expressão que ouvi várias vezes. "Não há nada mais legal do que tomar parte em uma batalha com três mil pessoas, e, depois dela, estender a mão a um adversário, cumprimentá-lo e dizer: 'quer tomar uma cerveja?'", filosofou Sir Gareth. Uma vez ele foi "morto pela avó de alguém", e, mais tarde, estava rindo com essa mesma avó ao redor de uma fogueira.

Sir Gareth me disse que a SCA é uma ótima maneira de conhecer mulheres. Ele conheceu a sua "dama", Madeline de Owl's Nest, na 36ª edição da Pennsic, em 2007, o primeiro evento de que ela participou. Ela voltou para a Geórgia, achou o grupo local da SCA e voltou a entrar em contato com Sir Gareth por e-mail. "Nós rapidamente convertemos em romance a amizade que floresceu, e acabamos nos envolvendo em nosso próprio conto de fadas", disse ele mais tarde, quando me escreveu. (Ele assinava os e-mails que enviava para mim como "David/Gareth".) Eles ainda moram em lados opostos do país, mas esperam poder em breve "residir no mesmo reino e ser felizes para sempre".

Conforme a noite se aproximava, saí na minha própria missão para buscar uma donzela. Seria divertido. Explorei cada canto do meu novo mundo. As pessoas andavam por entre as centenas de lotes com tendas, entrando em festas, conversando e aproveitando a comida e bebida gratuitas. Engolidores de fogo e malabaristas se apresentavam. Nobres e centuriões relaxavam em uma casa de chá turca; em um dos cantos, duas mulheres de um harém estavam sentadas sobre um guerreiro sem camisa, fazendo-lhe uma massagem. Depois que tudo escureceu, lampiões a óleo e braseiros foram acesos. Acampamentos atraíam as pessoas por trás de portões de ferro fundido e passadiços em arco em cercas com trinta metros de extensão. Bardos contavam histórias ao redor de fogueiras crepitantes que lançavam sombras arcaicas sobre os rostos dos lordes e das damas que bebiam e riam em meio à noite.

Ethorain, o novato, deixou que tudo aquilo o envolvesse. Vagou de campo em campo, visitando um baile de máscaras, uma competição de tocadores de gaitas de fole e uma festa dançante viking. Sir Gareth já havia me avisado: "No primeiro ano, você não faz a menor ideia do que está acontecendo. O segundo, terceiro, quarto anos, esses são os melhores."

Nada de TV, nada de rádio. Apenas cerveja, hidromel e carne. Fogueiras, histórias e risos. Ethorain hesitou em usar a palavra "magia" — assim, ele usava três outras: "Certamente é encantador". Mas eu mal falei com alguém naquela noite.

De volta à minha tenda, sozinho, sem uma donzela ao meu lado, eu ouvia os trovões que ressoavam pelo terreno. Em seguida a luz do luar brilhou sobre tudo, transformando os fragmentos de nuvens em uma fumaça azul acinzentada de cigarro. Já meio embriagado com o hidromel e outras bebidas caseiras, fiz uma lista de todas as mulheres com quem já havia dormido. Não era exatamente uma litania. Comecei a ficar irritado. Eu, passando uma semana em Pennsic? O que aconteceria se eu detestasse isso aqui? E se eu começasse a gostar *demais* disso aqui? Quero entrar de cabeça. Não quero entrar de cabeça.

Não faz sentido. Mandei uma mensagem de texto para minha irmã: venha me tirar daqui. Isto é geek demais, até mesmo para mim.

QUERO OS DOIS MORTOS

Além de uma excursão com um companheiro do meu feudo até o supermercado local — ainda trajados a caráter, com nossos medalhões de Pennsic pendurados ao redor do pescoço, nós parecíamos dois fugitivos do hospital psiquiátrico local, mas os funcionários nem pestanejaram —, permaneci em segurança dentro da área do evento. Após alguns dias eu consegui estabelecer uma rotina: sair da barraca, vestir a túnica que me causava coceira, buscar algo para comer, dar uma olhada na lista de tarefas e cumprir minhas obrigações, me empastelar de protetor solar e sair para explorar a miríade de tendas e trajes.

Percebi que me sentia atraído pelos combates. Assim como operários que vão para o metrô, por volta das dez da manhã a população do local começava a marchar. Eles tinham um trabalho a fazer, e o trabalho era a guerra. Naquela particular manhã de quarta-feira, uma procissão que empunhava bandeiras e tocava tambores e trombetas passou por uma caçamba de lixo e rumou para o campo de batalha, cujos limites estavam demarcados por fardos de feno. Eles carregavam escudos e armas com longas hastes. Servos e lacaios puxavam carroças com pilhas de flechas para os arcos e virotes para as bestas. Outros empurravam pequenas balistas e catapultas. Aguadeiros enchiam galões de plástico.

"Cadê o meu balde de cabeça?", perguntou um cara musculoso.

Armas manuais feitas de ratã e armas de haste fabricadas com fibra de vidro estavam dispostas sobre o gramado. Peças de armadura se empilhavam como peças de carro. Combatentes, alguns com barbas e cabelos que lhes caíam por sobre os ombros, se alongavam sob o sol. Outros faziam reparos de última hora nas armas com *silver tape*. Um espadachim experiente explicava a sua técnica para um garoto: "Conhece aquele jogador de beisebol, Paul Molitor? A força está concentrada no giro dos quadris".

As estratégias eram discutidas, como antes de um grande jogo. E esse *era* um grande jogo. As batalhas campais de Pennsic podem envolver sete mil participantes, os maiores conflitos medievais simulados do mundo[29].

"Isso aqui é para quem gosta de matar pessoas", disse outro cara, de dentro do seu elmo enferrujado. Ele usava uma túnica azul com um leão amarelo nas costas. "Há um rei do Reino do Meio e outro do Leste em algum lugar no campo de batalha, e

[29] A primeira Pennsic War, em 1972, foi uma batalha por território entre o Reino do Leste e o Reino do Meio (Ohio, Indiana, Illinois e partes do Kentucky, Michigan, Iowa e Ontário). O perdedor ficaria com o território ao redor de Pittsburgh, que nenhum dos reinos queria para si. (O nome Pennsic é uma junção das palavras *Pennsylvania* + *Punic*). Todos os anos, uma batalha entre o Leste e o Meio era reconstruída para diversão dos outros SCAdianos. Outros reinos e exércitos escolhiam um dos dois reinos para se aliar, em alianças que constantemente mudavam de lado.

eu quero os dois mortos. Vou pegar o primeiro que aparecer na minha frente."

Apesar do meu treinamento como aprendiz com um cabo de vassoura e uma tampa de lata de lixo na infância, e o meu fim de semana como monge passivo-agressivo que empunhou uma maça de combate quando viajou para a Geórgia, eu não tive permissão para lutar. Os combatentes tinham de passar por um treinamento rigoroso na SCA: tipicamente, era preciso receber seis meses de treinamento e instruções de segurança antes que alguém fosse autorizado a combater. Mas conversei com outros guerreiros. Nesse momento eu estava escoltado por Joyce Oswald, a representante-assistente para relações com a mídia, também conhecida como Aoibheil de Dunholen. Ela me acompanhou numa excursão pela área do evento num carrinho de golfe. Subimos até o alto de uma colina que dava uma visão panorâmica de todo o evento enquanto ela relembrava dos seus anos de glória como guerreira antes de assumir o cargo atual. Ela disse que, nos velhos tempos da SCA, a introdução do sexo frágil no campo de batalha foi confuso. "Como é possível agir com cavalheirismo e bater em mulheres?", perguntou ela. Agora, mulheres guerreiras eram algo muito mais comum. Armas e armaduras eram "o grande equalizador".

Nós voltamos para o campo de batalha, que estava apinhado de gente, e com muitas coisas acontecendo. Membros da realeza atual e de anos anteriores tinham o direito de usar "chapéus pontudos" — coroas e diademas. Em lugar das verdadeiras linhagens, a realeza ascendia ao trono vencendo os Torneios da Coroa, que aconteciam duas vezes por ano[30]. Nós conversamos com um

[30] Anna Bradley, minha SCAdiana local em Boston, disse que qualquer membro da realeza "é apenas um cara que tem talento para bater nas coisas", junto com a sua namorada. Mas às vezes as mulheres conquistavam o trono lutando em torneios e vencendo-os.

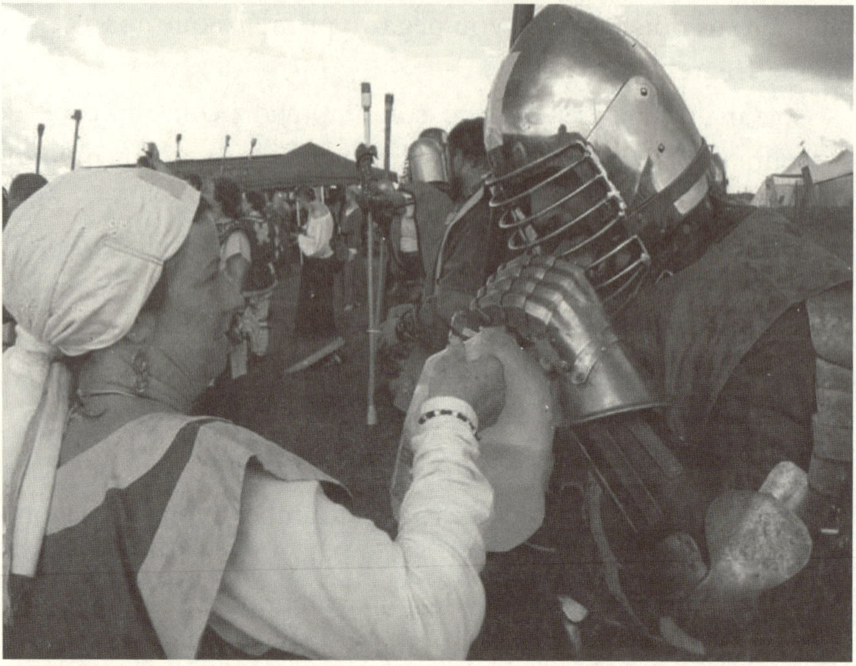

Uma aguadeira ajuda um "atleta armado com um bastão" a se refrescar durante uma pausa nas batalhas de Pennsic. Foto: cortesia do autor.

homem chamado Paul Acks, que usava óculos, tinha barba grisalha e chapéu de palha. Durante trinta anos ele foi conhecido pela maioria das pessoas aqui como Visconde Syr Bear the Wallsbane. Como se houvesse sido colocada em sua cabeça descuidadamente, havia uma coroa sobre o seu chapéu, sinal de que, na vida real, aquele desenhista que vinha de Erie, na Pensilvânia, já foi rei. Agora com cinquenta e seis anos, Acks é apenas um "simples visconde do campo".

Acks fez menção aos "sacrifícios" que havia feito — escolhas de carreira e de relacionamentos — para dedicar seu tempo à SCA. Ele disse que dava dinheiro aos seus camaradas da SCA — mil dólares, sem fazer qualquer pergunta — mesmo se não soubesse quais eram seus nomes verdadeiros. Muitos SCAdianos voltavam a Pennsic, ano após ano. Haviam feito amizades com pessoas que, essencialmente, não existiam no mundo real. Acks acendeu um cigarro. “Construí a minha vida em função da SCA.” Enquanto prendia as luvas da armadura ao redor dos punhos, disse que havia alguns combatentes que continuavam a lutar mesmo depois de passar dos sessenta ou setenta anos.

Ele baixou a viseira do seu elmo. “Agora, com licença”, disse ele, pegando sua lança. “Tenho de ir lutar”. Acks caminhou para se juntar aos seus camaradas, que se reuniam em uma estrutura a cerca de cem metros dali: uma fachada de madeira em 2D, talvez, mas, para ele e todas as pessoas que estavam ali, era um castelo.

O TROVÃO DE ESCUDOS CONTRA ESCUDOS

Diferentemente de um LARP, o combate na SCA ocorre com toda a força, assim como no futebol americano. As armas eram feitas de madeira, mas não eram acolchoadas. Guerreiros eram derrubados, espancados e saíam com hematomas; alguns até sofriam fraturas nas costelas e nos queixos. Assim, ter uma armadura que protegesse o pescoço, o plexo solar, os rins, os cotovelos, os antebraços, a cabeça e as mãos era importante. Nenhuma ponta dos armamentos era mais estreita do que a maior fresta de um protetor de olhos em um elmo. Árbitros observavam o campo por questões de segurança e para controlar a multidão. Se fosse atingido no braço, você não poderia mais usar esse braço; se fosse acertado na perna, você não poderia mais usar aquela perna. Um golpe forte na cabeça ou no tronco significava a morte. Os próprios combatentes julgavam se a força do golpe era suficiente para ferir ou matar.

"Alguém que seja atingido mas que se recuse a reconhecer que recebeu um golpe geralmente acaba conversando com os cavaleiros, e, se tudo der certo, conseguem chegar a um acordo", me disse Sir Gareth.

As batalhas aconteciam em diversos tipos de cenários: em pontes, entre as árvores ou ao redor de castelos. Batalhas em campo aberto eram intensos combates corpo a corpo, e a vitória era declarada quando um dos exércitos era exterminado. Em um cenário de Batalha na Cidade que observei, várias fileiras de fardos de feno demarcavam paredes e ruas imaginárias. Vencia-se a batalha protegendo cinco bandeiras. A posse das bandeiras, anotadas em intervalos de quinze minutos durante os combates, geravam um Ponto de Guerra. Os Pontos de Guerra dessa batalha e outras eram somados durante a semana para determinar se os vencedores da guerra seriam os Tigres do Leste ou os Dragões do Reino do Meio.

Exércitos com nomes como Ironlance, Northshield, Atlantia e Clovenshield defendiam o reino do Leste. Estavam organizados na porção sul do campo de batalha. Os exércitos do Reino do Meio — Ealdormere, Calontir, Trimaris, Tuchux e outros — atacavam a partir do leste. Armados com seus bastões de ratã, os guerreiros beijavam donzelas antes de se juntar aos seus batalhões. "Me dê um gole desse Gatorade!", gritou para uma aguadeira o cara do "quero os dois mortos" antes de marchar para o combate.

O sinal soou e os soldados saíram em disparada uns contra os outros. Gritos de exaltação se ergueram do meio do campo conforme as forças colidiam como ondas que arrebentavam no mar. O trovão de escudo contra escudo, o clangor das armas batendo contra couraças e elmos de metal era parecido com disparos de armas de fogo, o que me assustou um pouco.

"Avancem! Avancem!" "Lanças à frente!" "Escudos! Preciso de escudos aqui!"

Os atacantes usavam armas de haste para derrubar uma linha de soldados que empunhavam escudos. Os defensores mantinham suas posições. O grosso da batalha mudava de um lugar do campo para outro. Fui para um dos cantos, onde os combates eram mais fluidos. "Peguem a bandeira!", gritou o comandante de um batalhão. Eu estava bem perto da ação. Um cavaleiro tropeçou em um fardo de feno e me levou para o chão, caindo sobre mim.

Do meio daquela montoeira de corpos, os soldados mortos se retiraram do campo de batalha. "Eu *sei* que essa é uma batalha de duas horas!", disse um dos guerreiros para um amigo. "Eu queria ter durado mais do que dez minutos".

Parecia que o Leste estava ganhando, mas os contra-ataques do Reino do Meio provocaram uma reviravolta. No final, eles se entrincheiraram ao redor de mais bandeiras. Depois de uma hora e meia, uma vitória de quatro a um foi creditada para o Reino do Meio.

Mas não importava qual lado havia vencido a batalha. Em uma manobra que atordoou todas as pessoas do evento, o Rei do Leste, Sua Majestade Real Konrad, ao ver que a maioria dos exércitos havia declarado aliança ao Reino do Meio, declarou: "Não desejo derramar o sangue das pessoas que tenho em tão alta estima". Ele havia concedido todos os Pontos de Guerra ao Reino do Meio antes mesmo que a semana de guerra começasse. Em protesto, placas improvisadas que proclamavam coisas como "Faça guerra, não faça amor" começaram a pipocar por toda a extensão de Pennsic.

As batalhas eram reais. Mas será que aquela bravura era verdadeira?

Como se fosse algo que pudesse contradizer o meu ceticismo, avistei uma mulher envergando um traje de armadura completo e empunhando uma espada. Quando ela saiu em disparada rumo à batalha, seu irmão de armas a empurrava em uma cadeira de rodas. Para mim, ela parecia uma amazona no lombo de um cavalo.

NA FILA DA CERVEJA COM O REI

"O que vai ser hoje, Majestade? Cerveja ou o suco feliz?"

"O suco feliz", respondeu o Rei Lutr.

No acampamento real do Reino do Meio, tendas enormes abrigavam o rei e a rainha, junto com vários membros da corte. A grama era espessa. O lugar era chique. Eu havia entrado de penetra no banquete do Reino do Meio, afanei algumas asas de frango e M&Ms e me esgueirei furtivamente até o bar. Uhuu! Eu estava na fila da cerveja com o rei.

"Oi...", gaguejei. Dei uma olhada na minha túnica marrom esfarrapada e rapidamente acrescentei: "Milorde."

"Olá. Como vai?"

"Bem... ah, obrigado." E, em seguida, Sua Majestade Real Lutr, rei do vitorioso Reino do Meio, voltou a discutir um assunto mais urgente com um cavaleiro vestido com elegância.

Encarei o fosso onde uma fogueira ardia, com a minha cerveja e os doces na mão, e comecei a filosofar. Claramente, era possível alcançar o heroísmo nas batalhas simuladas de Pennsic. A SCA ajudava a formar o caráter e promovia a camaradagem. Mas eu também suspeitava que os SCAdianos encontravam certa sensação de alívio nessa hierarquia. Embora não fosse tão tristonha, a organização era tão estratificada quanto a verdadeira Idade Média. Ter uma ordem social em funcionamento, com um comandante em chefe geral no topo, é uma coisa. Mas, em algum nível, será que todos nós não preferimos ser comandados por um rei divino? Vamos encarar a questão — em algum nível, nós tememos a escolha, tememos a liberdade e tememos a democracia. Rejeitamos a ficção científica das distopias e o caos de um futuro incerto. O conforto pode ser alcançado numa situação em que cada pessoa sabe o seu lugar — reis, rainhas, condessas e assim por diante, continuando até chegar aos mais miseráveis da terra, cada um fixado no seu lugar na sociedade. Claro, a SCA permitia uma mobilidade social ascendente: escudeiros podem se tornar cavaleiros. Mas, oh! Oxalá o cavalheirismo e a busca do amor puro ousassem comandar cada uma de nossas ações! Se nos concentrássemos naquilo que minha mãe chamava de "Questões Superiores": princípios cavalheirescos como Coragem, Justiça, Piedade, Generosidade, Fé, Nobreza, Esperança e Força. Uma mente medieval poderia nos levar para mais perto de uma época em que essas preocupações consumiam a vida das pessoas. Quando encontros com a alquimia, anjos, demônios e coisas primais eram possíveis.

Guerreiros se preparam para atacar na batalha campal da Pennsic War. Foto: cortesia do autor.

Voltei a pensar na cerimônia de consagração de um cavaleiro que presenciei naquela manhã.

"Suas majestades convocam os companheiros da Ordem de Cavalaria aqui presentes!", anunciou uma mulher a cerca de cem membros da população que se reunira no campo de batalha, uma hora antes que os combates do dia ocorressem.

"Vocês creem que este lorde é valoroso?", perguntou o rei.

Uma mulher gorda deu um passo a frente. "Eu tive a oportunidade de observar este homem em muitos eventos e muitos torneios", declarou ela, com um ar de autoridade. "E eu o vi, mesmo quando cansado pela batalha, executar com graça, com cortesia e com humildade qualquer tarefa que lhe fosse pedida." Outros senhores e damas falaram sobre o bom caráter do aspirante a cavaleiro. Um cinturão branco foi preso à sua cintura, e outro cavaleiro lhe entregou esporas douradas. Uma corrente de ouro foi colocada ao redor do seu pescoço. E, como uma cena que saíra de um livro de Sir Walter Scott, o rei tocou os ombros do cavaleiro. Daquele momento em diante, as pessoas deveriam se dirigir a ele como "Sir".

Tomei minha cerveja. Dei uma olhada na multidão fantasiada. A estrutura social da SCA era tão clara quanto a do ensino médio. Claro, os SCAdianos poderiam conquistar renome não somente pela valentia no campo de batalha, mas também como artesãos e voluntários. A SCA tinha três ordens de pessoas. Há os que lutam, os Cavaleiros; os que se dedicam às artes, os Laureados; e os que servem, os Pelicanos. (Sir Gareth era um caso raro, pois fazia parte dos três grupos.) Supostamente, cozinheiros e calígrafos eram tão celebrados quanto os guerreiros com seus bastões de ratã, mas convenhamos: que dama não desmaiaria de emoção diante de um cavaleiro de armadura? Era como comparar o presidente do clube audiovisual da escola com o capitão do time de futebol americano. Eram os bárbaros, e não os monges, que iriam se divertir com as garotas entre os cobertores de pele de carneiro naquela noite.

DESAPARECENDO POR ENTRE AS BRUMAS

No final, não cheguei a ver Anna Bradley. Esqueci de perguntar em que lugar do labirinto de tendas, trilhas e quiosques eu poderia encontrá-la. Embora houvesse tentado por várias vezes localizar Mike e Elyse, o casal de Milwaukee, nós sempre nos desencontrávamos. Mas acabei tendo um encontro com a Dama Merouda Pendray.

Merouda era o alter ego de Elyse na SCA. Ela tentava se manter dentro do seu personagem durante toda a Pennsic War. Percebi que estava espantado por conversar com ela utilizando uma linguagem arcaica. Havia associado Elyse a uma mulher do século 21 que morava numa área bucólica de Wisconsin, não no século 16, na Inglaterra dos Tudor. Mas entendi que Elyse tentava conjurar aquele momento mágico. Após voltar para casa na América Média, Elyse capturou nosso encontro em seu blog:

> Busquei encontrar o bom senhor Ethan de Gilsdorf, que passou algum tempo em minha morada há várias semanas, e cujo colóquio me proporcionou grande prazer. Et ele compareceu junto de sua trupe e falamos por vários momentos, mas, devido ao avanço da hora, não pude ali continuar, mas percebi que o acampamento era mui asseado e agradável, et decidi instruir-me mais sobre a companhia com quem ele estava.

Ler aquela crônica me fez sentir que eu havia visitado a Idade Média, afinal de contas.

Como muitas pessoas me disseram durante a semana que passei naquele acampamento medieval de verão, a SCA preserva a Idade Média da maneira que deveria ter sido, não do jeito que foi. O ideal, não o real. Esqueçam as decapitações, os impostos injustos, a Peste Negra. As mulheres têm o mesmo status social. Basta manter as partes boas e acrescentar a internet, banheiros químicos e *silver tape*. "Não estaríamos onde estamos hoje sem *silver tape*", disse Sir Gareth.

Na véspera de termos de empacotar tudo para o próximo ano, Sir Gareth/David Randrup parou para refletir sobre a sua jornada anual de duas semanas no evento de Pennsic. "Será que isso é um tipo de escapismo? Talvez seja uma fuga do mundano, do mundo real, do mundo moderno exterior, mas também é seu próprio mundo com sua própria política, suas próprias preocupações, suas próprias dificuldades e desafios. E o impacto de voltar ao mundo moderno é tão grande quanto o de estar neste mundo." Retornar ao século 21 o entristecia. Enquanto conversávamos, a população começava a desmontar as tendas e carregar os trailers. A camada moderna de caminhonetes, furgões e os empregos do mundo real começaram a cercar o Mundo Conhecido outra vez. Randrup comparava Pennsic a Brigadoon, que desaparecia todos os anos no meio das brumas. Pennsic era uma utopia. Acho que havia uma razão pela qual o evento durava apenas duas semanas: se durasse mais, a ilusão começaria a se dissolver. Os problemas da vida real iriam começar a invadir e destruir esse sonho compartilhado que doze mil pessoas mantinham vivo a cada ano.

Randrup foi criado em uma família de ateus. Visitar igrejas depois de adulto o deixava decepcionado. Nada de entoar cânticos, nada de se sentir "maravilhado com aquelas estruturas magistrais", disse ele. "Eu nunca tive essa sensação de estar maravilhado." Nenhuma ideia sobre haver um propósito superior — até que ele encontrou a SCA. "Isto aqui é a minha referência moral. Ideais de cavalaria. Esse é um objetivo que pode ser alcançado."

Sir Gareth, com a armadura, saindo do campo de batalha em Pennsic. Foto: cortesia de D. Randrup.

Perguntei a Randrup sobre a cerimônia na qual ele recebeu o título de cavaleiro, alguns anos atrás. "Gostamos de dizer que não se 'faz' um cavaleiro. Simplesmente o reconhecemos como tal. Eles já são assim, mesmo que não percebam." Ser reconhecido como cavaleiro o deixou orgulhoso. Mas, com o título, veio também o seu preço. "Quando você se torna cavaleiro, é para a vida toda", acrescentou ele. "Eu também senti o peso da responsabilidade de ter que viver da maneira que as outras pessoas imaginam que um cavaleiro deve viver."

Quando se defrontava com um problema mais espinhoso, como um conflito em sua escola, Randrup perguntava a si mesmo como um nobre medieval enfrentaria esta situação. "Embora seja tentador empunhar uma espada e destruir tudo que aparecer pela frente (pois é, essa imagem mental nunca envelhece)", escreveu ele num e-mail, "o ideal é encarar uma situação com coragem, dispensar a justiça enquanto se espera que os outros façam o mesmo, demonstrar piedade como você espera que os outros o façam, ser generoso sem se arrepender, ter fé na humanidade, demonstrar nobreza em meio à adversidade, ter esperança no futuro e ter força para fazer tudo outra vez na próxima oportunidade."

Se a SCA iniciou suas atividades na década de 1960 como um protesto contra o mundo moderno, hoje ela *era* o mundo para muitos de seus participantes. Para as pessoas que continuam fiéis à organização, como Sir Gareth e Syr Bear, a SCA se torna uma parte fundamental das suas vidas. A SCA celebra um código de conduta, uma mentalidade e um jeito de ser que a modernidade perdeu. Anna Bradley disse que a SCA era "uma maneira de preservar uma parte do mundo para que ela continue a existir no futuro". O que começou como atividade educacional — aprender a manejar uma espada ou confeccionar um vestido — acabou por educar os SCAdianos para serem pessoas melhores. Não há nada que não faça sentido nisso, eu concluí.

Eu não conseguia entender o que havia em Randrup que era tão encantador até que finalmente me dei conta: sua autoconfiança. Ele tinha senso de humor, mas que ninguém ousasse ridicularizar sua paixão. A SCA ocupava um espaço importante em sua vida, e ele não tinha receio de admitir. Seu comportamento fazia com que eu me sentisse confiante para abraçar partes de mim mesmo e os meus interesses mais extravagantes — mesmo que não fossem cem por cento aceitáveis aos olhos dos outros (por exemplo, uma certa ex-namorada). Ele era um geek com roupas de atleta. Randrup só desejava poder ter uma causa maior pela qual lutar. "Lamento que não seja nada heroico ou espetacular", disse Randrup. "O dia a dia do seu cavaleiro medieval que faz reencenações tem poucos dragões para matar, e quase nenhuma donzela em perigo."

Não importava. O valor daquele grupo estava no fazer: ser, lutar, beber. "É isso que eu faço", disse ele. Não importava se Sir Gareth Nikodemos Somerset fosse o alter ego de David Randrup, ou vice-versa; ele — ou eles — não podiam simplesmente parar com tudo. "Tenho muitas peças de armadura", disse Sir Gareth/David. E ele planejava ser enterrado com elas.

Na minha última noite, mais uma vez tentando encontrar o feudo de Elyse e Mike, eu fui até perto do lago. Centenas de tendas estavam erguidas diante da água. Ao cair da noite, um grupo de cerca de cem pessoas se reuniu na orla do lago. Todos os anos, um homem chamado Barão Garwig do Reino de Ealdormere construía uma réplica de um metro e oitenta de um barco viking. Ele o trazia para Pennsic, onde as pessoas acrescentavam pequenos escudos pintados com o brasão de armas de um ente querido que havia falecido. O barco era lançado nas águas do lago. Eu observei quando ele foi posto em chamas e lentamente se queimou como as lembranças, talvez, ou um resquício da dor. Uma mulher soluçava discretamente. Vagalumes voavam como fogo-fátuo em meio aos juncos.

Outro "momento mágico" efêmero. Se não fosse pelo barulho dos carros cruzando a I-79 e os Arcos Dourados que se erguiam por sobre uma colina distante (os SCAdianos requisitaram ao McDonald's que desligasse a iluminação do seu totem durante duas semanas do ano, mas sem sucesso), eu quase acreditei.

Seja educado quando vender ou comprar itens. Agradeça a pessoa pela compra ou por haver vendido o item para você. Você também pode acenar e se curvar em saudação. Aconteça o que acontecer, mantenha a calma e seja educado. Mantenha sempre a cortesia ou a polidez em qualquer disputa por itens...

Lance bênçãos em outros jogadores que encontrar pelo caminho. Eles não esperam que alguém faça isso, e é algo que pode ajudá-los nas batalhas. Frequentemente outros jogadores retribuirão o favor, lançando quaisquer bênçãos que tenham em você também!

Se alguém estiver prestes a morrer enquanto luta contra um monstro, salve-o! Você pode curá-lo ou ajudá-lo a acabar com o monstro. Claro, não deixe que outras pessoas se aproveitem de você, lutando incessantemente contra coisas que elas não conseguem derrotar sozinhas...

Doe itens a outros jogadores. Você nem sempre tem de vender os itens que não quer. É possível ajudar outro jogador em vez disso.

Se você perceber que uma pessoa está prestes a atacar um monstro, deixe-a em paz. Encontre outro monstro para atacar em outro lugar.

— extraído de *Como Ser Legal*, o Guia para o MMO *World of Warcraft* (www.worldofwarcraft.com)

11

Vou Somente Até o Nível Dez

Esta é a história de uma mãe, uma filha e um jogo.

A filha se diverte com o jogo. A mãe observa tudo por sobre o ombro da filha. Ela observa, observa, observa. A filha e o marido saem para passar um fim de semana esquiando. A mãe não gosta de esquiar. Assim como uma criança que encontra o armário de bebidas dos pais destrancado, a mãe descobre o computador da filha, sua conta e a senha. O mundo. Ela começa a jogar.

Vou somente até o nível dez. Ok, até o vinte. Depois eu paro. Só até o trinta, e chega...

Dias passam. Semanas passam.

A filha não dá mais conselhos à sua mãe, do tipo: "Mãe, você precisa comprar uma armadura peitoral antes de comprar um cinto." A filha fica irritada quando a mãe chega ao mesmo nível dela. Agora a filha raramente joga. Ela é adolescente. Passou a curtir outras coisas.

Você está neste mundo onde tudo é vida e morte. Descarga de adrenalina. Você mata. Estou muito feliz.

A mãe continua a jogar. A mãe se transforma numa especialista. O marido não gosta de jogar. Acha que é perda de tempo.

O jogo mudou a maneira como eu interajo com as pessoas no mundo real.

A mãe, a esposa, joga durante o dia. Fica acordada depois que o marido vai dormir. Às vezes ela vê o sol raiar com o mouse na mão. Sua família não sabe o quanto ela joga.

Estou menos paciente. Estou mais direta. Digo na cara das pessoas aquilo que penso. Já era hora, porra. É como respirar pela primeira vez.

JÁ ESTAMOS INTERPRETANDO PERSONAGENS

No final de 2008, em um vídeo que parodiava um noticiário circulando no YouTube, perguntava-se a avatares do *World of Warcraft* (WoW) qual candidato à presidência, entre Obama e McCain, eles apoiariam, e o âncora previa quais terras de Azeroth, o mundo digital do WoW, teriam maior tendência a apoiar os candidatos republicanos ou democratas. William Shatner, Ozzy Osbourne, Jean-Claude Van Damme, Verne "Mini-Mim" Troyer e Mr. T apregoavam o jogo em comerciais de TV; um episódio de *South Park*, "Faça Amor, Não Warcraft", o satirizava. Jogos de videogame como *Halo* estavam sendo adaptados para o cinema. A campanha de Obama estava até mesmo publicando anúncios *dentro* da versão do jogo de corrida *Burnout Paradise* para o Xbox 360[31].

---

[31] O D&D também fez aparições ocasionais na corrida presidencial: o blogueiro oficial da campanha de McCain, Michael Goldfarb, comparou os editores e redatores do *New York Times* e do *Daily Kos* com pessoas que moram no porão da casa dos seus pais, "reclamando para o mundo entre suas partidas de Dungeons & Dragons". Depois de atrair a ira da comunidade entusiasta pelo jogo, ele fez uma retratação formal: "Se meus comentários ofenderam ou magoaram os americanos trabalhadores que jogam Dungeons & Dragons, eu peço desculpas. Esta

Dizer que jogos eletrônicos, especialmente jogos online para múltiplos usuários, são populares é como dizer que *Oprah* tem níveis aceitáveis de audiência. De acordo com a empresa Strategy Analytics, em 2008 eles geraram uma renda de 1,5 bilhão de dólares provenientes de taxas mensais para jogar, uma figura que provavelmente vai inchar até pelo menos 2,5 bilhões de dólares até o fim de 2012. Abreviados de várias maneiras, como MMOs, MMOGs e MMPOGs (ou, se forem do gênero do RPG, MMORPGs), esses jogos se tornaram parte essencial da nossa evolução e revolução sociais, alterando a maneira como agimos e interagimos. Mas isso é bom ou ruim? É o que eu queria saber. E como eu poderia comparar a minha ideia dessa atividade de fantasia — a interação do "mundo real" ao estilo do D&D — com todo esse universo?

A sociedade ainda considera que os gamers são tão introvertidos, inarticulados e sem emoções quanto seus avatares cobertos por armaduras. É certo que alguns gamers mais ferrenhos que jogam durante dezenas de horas por semana buscam abrigo em outros mundos. Mas eu suspeitava que seria o contrário. Esses novos games tinham uma cultura mais máscula e agressiva — não um ar geek mais passivo e delicado — ao seu redor. Eu queria testar o WoW em primeira mão porque era o tipo de fantasia menos familiar para mim, e talvez a menos fantástica dentre todas. Que diabos, até mesmo os soldados do exército jogavam *Warcraft*.

Percebi que havia pessoas jogando em todos os lugares, até mesmo na cafeteria da esquina. Estar online com o WoW e outros MMOs passou a ser uma forma aceitável de utilizar espaços públicos. Entretanto, penetrar na subcultura dos

---

campanha está comprometida em aumentar os atributos de força, constituição, destreza, inteligência, sabedoria e carisma de todos os americanos".

MMOs foi mais difícil do que vestir uma camisa roxa para ir a um evento que duraria todo o fim de semana. Jogos online correm em silêncio. Jogos online correm nas profundezas. E acontecem em todo lugar e em lugar nenhum e nos espaços que há entre esses dois extremos. Conforme eu aprendia mais sobre jogos online e conversava com jogadores e desenvolvedores, nada parecia existir em preto e branco. Frequentemente eu lia histórias que ligavam o ato de jogar ao escapismo ou ao heroísmo, ao comportamento antissocial ou senso de comunidade. Sentimentos de receptividade e sinais de alerta surgiam por toda parte.

Eu sabia que identidades eletrônicas alternativas eram parte da vida. Já havia participado de namoros online, MySpace, usava o Facebook e e-mails: em meus perfis online e textos mais flertivos, eu havia construído as melhores e mais sedutoras versões de mim mesmo. Seguro atrás da tela de um computador, fiquei tentado a reescrever minha história pessoal, ou dizer que nutria uma paixão por algum assunto em particular — digamos, acabar com a fome no mundo — apenas para conquistar uma garota. Não seria isso uma espécie de encenação, mesmo que não fosse num reino de fantasia heroica? E a que custo para mim, sem mencionar os milhões de jogadores de MMO cujo interesse em jogos parecia preencher uma lacuna psíquica em nossa cultura?

Havia vários relatos nos noticiários e jornais sobre como os relacionamentos virtuais acabaram com os da vida real. Cônjuges eram ignorados ou traídos. Ou, então, atos ainda mais hediondos haviam ocorrido: agressões virtuais, assédio e incidentes raciais. Em um caso recente na Bélgica, as autoridades estavam tentando decidir se as leis do mundo real se aplicavam a um caso no qual um avatar estuprou outro no Second Life. No início era fácil lançar calúnias (e bolas de fogo) em jogos baseados em combates e tiroteios como *Halo* ou *Grand Theft Auto*. Assim como eu quis acreditar quando estava na mesa de *Chainmail* em Lake Geneva, a fantasia "saudável", como ler os livros de Harry Potter ou desenhar masmorras com lápis e papel, tinha de ser melhor do que uma fantasia "ruim" como WoW. Não que eu culpasse jogos de computador. Pobres coitados, eles não tinham culpa de nada. A indústria dos jogos cuspia no mercado uma grande quantidade de experiências digitais irresistíveis, mas sem qualquer propósito. Esses jogos matavam o tempo. Entorpeciam mentes. E, claramente, não tinham qualquer valor palpável.

Mas eu logo descobri que não compreendia inteiramente esse fenômeno. MMOs e outros jogos de computador oferecem algo muito poderoso. Talvez fosse o bastante para provocar a tentação de retornar àquele outro mundo que eu amei durante os meus dias de D&D: o fliperama. Nas horas de folga depois da escola, quando eu não saía para comprar papel quadriculado ou dados, jogos primitivos como *Galaga*, *Defender* e o meu favorito, *Robotron*, eram os donos dos trocados que eu tinha no bolso. Talvez os jogos online não fossem tão ruins assim. Afinal, é só ver em que tipo de adulto eu me transformei.

QUEM NÃO GOSTARIA DE TER PEITOS PERFEITOS, MATAR UM MONTE DE GENTE E NASCER DE NOVO?

Phyllis Priestly foi a primeira pessoa que comparou o ato de jogar *World of Warcraft* com o ato de respirar. Uma mulher baixa e sorridente, magra, de aparência intelectual e bem-humorada, ela usava óculos com a armação listrada em preto e branco, como se fosse o pelo de uma zebra. Seu cabelo de tom castanho avermelhado tinha mechas azuis. Debruçada sobre a mesa de um café em New Haven, em Connecticut, ela deslizava os dedos pelo seu MacBook branco, guiando seu avatar Euphey, uma elfa noturna caçadora de nível setenta, pelo reino de Aggramar. Enquanto professores e alunos da faculdade comiam pães recheados, tomavam seus cafés lentamente e folheavam despreocupadamente o jornal de domingo, Euphey corria como uma gazela por entre os campos e pelas paisagens geladas, saltando sobre pontes e disparando seu arco contra criaturas sombrias. Flecha após flecha, todas atingiam seus alvos em uma demonstração de graça e perfeição.

"Para onde você quer ir?", ela me perguntou. Priestly vinha jogando WoW várias horas por dia durante os últimos dois anos. Na época, o jogo tinha cinquenta e uma regiões a explorar em três continentes.

"Onde você achar que é divertido", respondi.

Com Euphey (uma abreviação para "Euphonious") como minha guia, meus olhos e minha emissária, eu passeei pelas ruas de Darnassus. Explorei os Jardins do Templo. Observei a paisagem do Terraço do Guerreiro. Entrei na cidade de Ventobravo. Cruzei o caminho de centenas de outros avatares: Cavaleiros da Morte, Druidas, Caçadores, Magos, Paladinos, Sacerdotes, Ladinos, Xamãs, Bruxos e Guerreiros. Euphey mal dizia (ou digitava) qualquer palavra.

"Passei muito tempo aqui", disse ela. "Ventobravo me faz lembrar de Avignon."

Horas, ou eras, mais tarde, nós atravessamos Tanaris e deixamos pegadas nas Areias Abissais. "Quero levar você até o lugar que considero o mais bonito no jogo", disse essa mãe de família de cinquenta e um anos de idade. Ela era PhD em literatura comparativa em mitologia grega e havia fundado uma escola primária, mas, no momento, o WoW era o seu mundo. Levou-me até as profundezas das vastas Cavernas do Tempo. O túnel se estendia numa espiral que formava uma rede de cavernas, algumas preenchidas com areia e outras com uma vegetação exuberante. "Quero morar aqui", disse ela. "Quero um apartamento ali". Nós olhamos para as imensas estátuas que havia no lugar. Meteoros riscavam o céu, e uma neblina cósmica púrpura encobria toda aquela cena. Parecia o cenário de algum filme barato de quinta categoria ambientado no passado longínquo, ou num futuro distante.

Priestly lembrava-se de sentir-se hiperconsciente durante suas primeiras semanas jogando WoW. "No meu primeiro raide (uma batalha em que um grupo combate um inimigo comum) eu disparei o primeiro tiro. Estava nervosa. Conseguia sentir o meu coração bater com força." Ela queria causar uma boa impressão em Azeroth.

No início, quando Priestly ainda se acostumava com os controles, Euphey cambaleava de um lado para o outro, caía na água e não conseguia atacar rápido o bastante. Priestly se preocupava com a possibilidade de que os outros jogadores pudessem ter notado. Agora ela tinha maior autoconfiança, e, após incontáveis horas jogando, Priestly sentia que o jogo a havia transformado em uma pessoa melhor. O WoW também influenciava o seu mundo real. Todas as flechas que ela lançou em alta velocidade contra lobos, quilboars e troggs haviam deixado seus reflexos mais aguçados, aceleraram seu tempo de reação e ampliaram seus sentidos. Ela alegava que jogar a havia transformado em uma motorista melhor: o para-brisa se transformou num monitor retangular com vista para um mundo cheio de obstáculos e inimigos. "Eu sempre espero que alguma coisa pule sobre mim de repente", disse ela. O WoW, também de acordo com ela, havia aperfeiçoado seus dotes de escritora. O WoW era uma experiência literária e textual para Priestly, e ela estava começando a escrever relatos de ficção afetada por suas experiências. Lidar com "babacas assumidos" no jogo "serve para melhorar o meu texto". Existe também o treinamento em assertividade através dos MMOs. "O jogo me deu a liberdade de dizer o que eu quero dizer." Em sua mente, ela havia se tornado mais autoconfiante, mais audaciosa e mais conectada.

O orc com pintura de guerra que jogava um avatar fez com que Priestly questionasse o seu casamento. "Você pode ser anônimo, mas pode ser a pessoa que quiser", disse ela. "Essa diferenciação entre mente e corpo remonta a Platão". Ela chamava isso de "multiplicitude", ter múltiplos avatares, e isso a fez fantasiar sobre sexo, relacionamentos e criar seu próprio parceiro. Ela flertava com outras pessoas quando estava online. Comentou sobre um momento recente, "cinco minutos de Guinevere e Lancelot" entre ela e outro avatar, composto unicamente por "emotes" — uma pantomima de risos, choros, toques, "desejos reprimidos e carência não correspondida". Senti que o seu casamento estava passando por uma situação ruim, ou inexoravelmente fadado ao fracasso. Ela parecia ter fome de aventuras e romance, ou simplesmente desejava ter a atenção irrestrita de uma nova pessoa.

"O jogo recompensa você pelo seu tempo e atenção", admitiu ela. Em retrospecto, ela percebeu que estava "bastante propensa a cair nesse tipo de vício".

Priestly gostava da aparência de Euphey. Admirava a maneira como ela andava. "Quem não gostaria de ter peitos perfeitos, matar um monte de gente e nascer de novo?"

Eu concordava. Observar Euphey era hipnotizante. Priestly também tinha um druida de nível cinquenta e cinco (que era capaz de se transformar em outras criaturas) e um sacerdote de nível trinta e oito (bom para curar os aliados durante as batalhas). Um personagem chamado Bluthia "cuida das compras para os outros avatares".

Embora Priestly jogasse sozinha, ela conversava ou enviava mensagens de texto para amigos que também estavam no jogo. As conversas acabaram se ligando a locais dentro do universo do jogo. "Não consigo realmente saber a diferença, na minha cabeça, entre estar naquele salão de baile em Karazhan e fazer um raide, e estar em uma praia" — uma praia de verdade — "há dois anos". A memória de um evento ocorrido no WoW era perene, enquanto uma memória da vida real acabava se esmaecendo. Quando a experiência passava para a memória, sua origem era irrelevante. Mas Priestly tomava cuidado para não cruzar o limite entre a fantasia e a realidade; ela nunca dava o seu endereço de e-mail para os companheiros de jogo. "Eu preciso desses limites para não me desintegrar completamente", disse ela.

Essa diferença entre atividades "dentro do jogo" e "fora do jogo" me lembrou de como um LARP lida com a mesma questão, ou como a SCA distingue coisas que são "historicamente corretas" daquelas que são "historicamente incorretas". Ainda assim, a realidade invadia a fantasia de maneiras muito perturbadoras. Algumas das pessoas de verdade por trás dos avatares eram assustadoras. Priestly ouviu algumas confissões bastante incômodas. "Preciso de um amigo", escreveu um gamer que ela conhecia há seis meses, no ambiente do jogo. "Acabei de dar uma surra na minha namorada." Havia arrancado os dentes dela. "Ele queria confessar o que fez", disse Priestly. Em seguida, ele desapareceu.

"É possível se perder facilmente por aqui", disse ela sobre outra terra, cidade, porto ou ilha por onde passamos. Em um nível puramente visual, Warcraft tinha infinitos nichos e alcovas a explorar. Ela descrevia como o *Warcraft* às vezes a distraía de tarefas básicas como escovar os dentes, ir ao banheiro e tomar banho. Quando ela finalmente se olhava no espelho após uma longa sessão de jogo, quase esperava ver Euphey em vez de si mesma. "Onde estão minhas orelhas de elfa?", perguntava-se. Em seguida, ela percebia o que aconteceu. "Elas caíram".

"Espere até o jogo começar a afetar os seus sonhos." Ela ergueu os olhos e sorriu para mim. "E aí está. Essa é a minha outra vida."

E aqui estava eu, entrando mais uma vez na masmorra.

DOS FLIPERAMAS PARA O ENTRETENIMENTO DE MASSA

Claramente, as masmorras dos MMOs de fantasia modernos deviam muito ao *Dungeons & Dragons*. Mas a tecnologia dos videogames havia avançado a passos largos desde os meus dias de glória de rei do fliperama. Os novos truques visuais dos gráficos e a complexidade dos jogos assustavam este velho rabugento de quarenta e um anos.

Conforme a base de fãs do D&D se expandiu durante a década de 1970, os primeiros jogos de computador, sem qualquer surpresa, foram "'adventures' de texto" chamados de MUDs (Multi-User Dungeons, ou Masmorras para Múltiplos Usuários) com temática de fantasia como *Adventure* ou *Zork*, que originalmente rodavam apenas em mainframes. Nós queríamos histórias que nos envolvessem, batalhas que parecessem reais e dragões que nos assustassem. A tecnologia começava a fazer com que fosse mais fácil acreditar nesses sonhos. Os anos da década de 1980 trouxeram a primeira onda de jogos em 2D feitos para máquinas de fliperama, computadores domésticos e consoles. Na década de 1990, alguns jogos apareceram com ambientes ainda mais satisfatórios. *Wolfenstein 3D*, *Doom* e *Quake* estrearam nos computadores domésticos ao mesmo tempo que os fliperamas começavam a perder popularidade. Muitos desses jogos tinham uma temática de fantasia medieval ao estilo de Tolkien, ou ambientes típicos dos jogos de tiro (FPS — First-Person Shooters). Os jogadores podiam gastar não apenas cinquenta centavos para se divertir por dez minutos, mas horas em lugares virtuais complexos que podiam ser explorados e conquistados. Os "MUDs gráficos" permitiam aos personagens se comunicar uns com os outros; um dos primeiros RPGs online, chamado *Meridian 59*, foi o pioneiro na perspectiva em 3D, em primeira pessoa (e também apresentou os jogadores ao plano de pagamento mensal). Mas foi o *Ultima Online*, em 1997, que abriu a trilha para outros MMOs; esse jogo estava entre os primeiros a serem jogados simultaneamente por milhares de jogadores em múltiplos servidores, com gráficos que, na época, eram considerados de ponta. *EverQuest* e *Final Fantasy* lançaram os alicerces para *Warcraft*, o atual campeão de vendas e de assinaturas. Desde então, dezenas de MMOs foram lançados, e os mais populares tipicamente tinham ambientações de ficção científica, super-heróis e fantasia. Foi questão de tempo até que os mundos de Gygax e Tolkien produzissem suas próprias crias online: *D&D Online*, lançado em 2006, e *Lord of the Rings Online*, em 2007, ambos produzidos e mantidos pela Turbine Inc., uma empresa de jogos sediada nos arredores de Boston.

Conforme as vendas de computadores e videogames cresceram — triplicou entre 1996 e 2007, totalizando um mercado de 9,5 bilhões de dólares, de acordo com a Entertainment Software Association —, a base de usuários se expandiu de maneira explosiva. Incríveis 65 por cento dos lares americanos e 97 por cento das crianças com idade entre doze e dezessete anos agora jogam algum tipo de jogo eletrônico. À medida que a tecnologia aumentou a velocidade dos processadores, tornou a aparência e sensações mais realistas e expandiu o tamanho e a complexidade dos mundos de jogo, duas variantes surgiram: jogos nos consoles e jogos online. Jogos nos consoles (Xbox, Nintendo, PlayStation) geralmente estão focados em sessões de jogo mais curtas que imitam atividades reais, como corrida de carros, snowboarding e basquete, ou jogos de tiro ambientados em cenários de guerra ou pós-apocalípticos. No campeão de vendas *Halo*, por exemplo, não há uma verdadeira "interpretação de personagem". Ainda assim, o *Halo* tem uma história pregressa fictícia bem elaborada sobre soldados ciborgues híbridos que batalham contra uma aliança de raças alienígenas, e a sua mecânica de jogo permite que os jogadores colaborem para lutar no mesmo time, enviem mensagens de texto ou conversem uns com os outros em tempo real.

Jogos online, especialmente MMORPGs, tendem a focar em narrativas mais longas, missões e relacionamentos que podem durar meses ou anos. Milhares de jogadores habitam um mundo "persistente"; por exemplo, mesmo se Euphey (ou Priestly) estiver tirando uma soneca, o enredo do jogo e os eventos continuam acontecendo para os outros jogadores. Um mundo persistente também significa que o avatar de um jogador é capaz de afetar o resultado da experiência dos outros jogadores. Essa inovação faz com que um jogo como o WoW seja mais "realista". E também induz surtos de ansiedade quando um jogador está offline: para cada momento desperdiçado na vida real, coisas dentro do universo do jogo estão acontecendo sem a sua presença, e esse mundo está deixando você para trás.

Os jogos podem continuar eternamente. Os mundos ainda não descobriram ao certo o que fazer quando os personagens verdadeiros morrem e seus avatares continuam vivendo.

UM MUNDO TÃO BONITO

Eu corro suavemente sobre a neve azul prateada, com a minha barba branca e os cabelos trançados balançando conforme avanço. Sou Ethorian, um anão guerreiro de nível um. Tudo está quieto, exceto a incessante música tema etérea que funciona como a trilha sonora de *O Senhor dos Anéis,* com suas trombetas e tambores. Eu deixo a minha terra natal para trás para encontrar aventuras, caçar monstros e colecionar tesouros para completar missões. Eu corro. Eu salto. Faço coisas heroicas.

Uma criatura que se assemelha a um ogro, com membros e pernas compridos, um trogg, passa por mim a passos trôpegos. Não preciso lutar com ele, a menos que eu queira. Além disso, não sei quais teclas devo apertar. A interface do jogo é dez vezes mais complexa do que a ficha de um personagem de D&D. Não é intuitiva. Fico farto da trilha sonora e a desligo. Outros avatares passam através de mim. Sou um fantasma desajeitado.

Converso com Euphey numa pequena caixa de texto localizada no canto inferior esquerdo da tela.

Ethorian: Como faço para matar monstros?

Euphey: Está vendo a barra na parte de baixo? Clique no iconezinho da espada...

Ela me ensina a sacar meu machado, selecionar um inimigo e começar a empilhar os cadáveres. O personagem que ela usa, uma sacerdotisa chamada Laknar, criou para mim uma bolsa mágica, na qual eu guardo os objetos e tesouros que encontro. Jogamos por uma hora; em seguida, Priestly coloca sua filha do mundo real na cama e vem se juntar a mim para continuarmos com a carnificina.

Euphey: Que divertido!

Ethorian: Yessss... e então, o que faz esse ícone que parece um cálice?

Ela dispara em alta velocidade. Ouço Euphey agindo ao redor da tela — *shhhoofkkff!* —, suas flechas atingindo alvos, gritos, rosnados, armas cortando carne. Meu anão corre atrás dela pela neve. Sinto-me como se fosse um explorador. Correr pelas paisagens (quase) infinitas do WoW é uma experiência encantadora.

Isso tudo aconteceu na época em que comecei a dormir fora de casa para me preparar para a Pennsic War. Eu estava jogando WoW por cerca de duas horas por dia para fazer Ethorian subir de nível (e ele também dormia a céu aberto, no Vale do Penhasco Gelado, uma área montanhosa na terra natal dos anões de Dun Morogh). Eu também estava tendo sonhos carregados de ansiedade com o MMO — o equivalente a aparecer para uma prova na faculdade nu, sem o meu machado de batalha número dois. Eu corria e lutava nesse mundo sombrio e mal-iluminado de pixels, tentando alcançar um painel de controle no céu que nunca era capaz de tocar.

Alguns dias depois, cansado de ser baixinho e deselegante, aposentei Ethorian e reiniciei o jogo como Edenwyn, uma elfa noturna caçadora como Euphey. (E por que eu não posso usar roupas de mulher no mundo digital?) Priestly saiu do jogo e reentrou como Nusala, uma personagem de terceiro nível, mais próxima do meu. Nós começamos a saltitar como duas grandes amigas pelas florestas de contos de fadas de Teldrassil.

Edenwyn: Um mundo tão bonito...

Nusala: Mas também é feio. Você devia ver os cuzões que existem por aí.

Edenwyn: Belos peitos.

Nusala: Você também tem peitos bonitos. É melhor ter um avatar lindo de morrer, porque você vai passar um bom tempo com ele ou ela.

A caminho da "maravilhosa cidade de Darnassus, o novo refúgio dos reclusos Elfos Noturnos", nós fizemos uma parada para matar coisas. Nusala dançava, ria e se curvava em saudação. Ela era linda. Eu esqueci que quem estava atrás daquele teclado era Priestly, a muitos quilômetros ou a anos-luz de distância. Nusala não era realmente uma pessoa: era uma essência, uma forma de vida. As horas passavam. O mundo inteiro se transformou numa tela de treze polegadas. Ethan desapareceu, assim como os seus problemas com as garotas. Um novo eu emergiu. Eu era um só com Edenwyn, vivo e real. Real o bastante.

DENTRO DO JOGO, ELE É O MEU MELHOR AMIGO

A maioria dos MMOs de fantasia como o *World of Warcraft* ainda é baseada na mecânica e na ambientação básicas do D&D: construa um personagem, saia em busca de aventuras, mate os monstros e pegue o tesouro. Como no D&D de Gygax, quanto maior o nível, maior o poder do seu personagem. Mas, diferentemente do D&D, o WoW oferece gratificação visual instantânea. Nada de rolar dados, nada de papelada, nada de desenhos toscos a lápis do seu avatar. Assim como nas compras online, você clica na tela para visualizar as opções de raças (humano, anão, elfo noturno etc.), classes (mago, ladino, guerreiro etc.), cor da pele, tipo corporal e penteado. Você cria o seu próprio nome único. E escolhe um lado para o qual vai lutar — a Aliança (os mocinhos) ou a Horda (os bandidos). E você seleciona um servidor para jogar com seus amigos. Com tantos milhões de pessoas jogando, o universo do WoW precisa ser dividido em mundos concorrentes, ou "reinos", cada um deles em um servidor separado — caso contrário, as tavernas e mercados acabariam ficando abarrotados com avatares. Para melhor controlar as multidões, a maioria dos MMOs utiliza "instâncias", ou múltiplas cópias de certos conteúdos. Imagine múltiplos Frodos tentando destruir múltiplos anéis, uma premissa multidimensional/multitemporal para garantir que haja monstros e tesouros em quantidade suficiente para todos.

No D&D, o jogo é colaborativo. Você e os seus companheiros trabalham juntos para enfrentar qualquer coisa que o Mestre de Jogo tenha criado. Ninguém nunca apunhala os outros personagens do grupo pelas costas, a menos que você não queira ser convidado para jogar da próxima vez. Em alguns MMORPGs, o combate entre jogadores (Player vs. Player, ou PvP) é aceitável. Mas nem todo mundo gosta de matar seus companheiros de jogo. Em um jogo ou reino onde os jogadores lutam contra a ambientação (Player vs. Environment, ou PvE), você ataca inimigos gerados pelo computador. Assim como num evento da SCA, o WoW também tem alternativas divertidas para os pacifistas. Há habilidades a aprender, profissões a seguir e avatares com quem conversar na taverna. O WoW também tem a sua subcultura criada por fãs, pessoas que postam vídeos de tributo ao jogo no YouTube e gente que se fantasia como seus avatares em convenções.

Conversei com jogadores que não gostavam de raides nem de jogar em grupo. Eles viajam cada vez mais intensamente rumo às profundezas dos mundos virtuais, explorando e lutando sozinhos, enquanto outros jogadores passam por eles, cada um em suas jornadas separadas. Para mim, isso parecia uma forma solitária de jogar, ainda mais do que quando um cônjuge não gamer (frequentemente uma mulher) tenta atrair o seu amado para uma noitada na cidade. A frase "viúva do *World of Warcraft*" existe por um motivo. Tipicamente, é a esposa que não consegue entender por que o seu marido gosta de passar tanto tempo em um mundo *que não existe*. "O [seu marido] descreve Republicanos e Democratas como a Horda e a Aliança?", lamentou uma mulher em um artigo no site ehow.com. "Você já o ouviu dizendo que iria 'comprar ouro' e imaginou que ele estava se preparando para a aposentadoria? Se a resposta para alguma dessas perguntas for 'sim', seja bem-vinda ao WoWoW — Viúvas do World of Warcraft! (Widows of *World of Warcraft*)." Um jogo pode ser um lugar para onde alguém consegue escapar de uma vida enfadonha em casa, ou de um relacionamento no qual já não existe intimidade e atração mútuas. Assim como no caso de Phyllis Priestly.

Na minha jornada em meio à competição feroz entre o *Warcraft* e outros MMOs, encontrei pessoas legais e pessoas nem tão legais. Jogadores legais faziam coisas legais, lançando bênçãos, que são feitiços e efeitos que dão certos poderes a outros personagens. Jogadores não tão legais — os piores entre eles são chamados de "trolls" — atrapalham o jogo e enganam os novatos. Jogadores esforçados dedicam horas e horas para galgar os níveis mais baixos e completar missões monótonas para ganhar poder. Trapaceiros em países ricos pagam jogadores asiáticos para fazer seus personagens subirem de nível e conquistarem itens poderosos. Assim como na vida real, eu percebi que você pode seguir as regras ou encontrar uma maneira mais fácil de trapacear o sistema.

A maior parte dos comportamentos inaceitáveis pode ser categorizada como "trollagem", o termo genérico para qualquer comportamento desagradável como roubar tesouros online e senhas de outros jogadores, e atacar intencionalmente outros personagens (explorar combates desequilibrados por diversão é conhecido como "gankar os novatos"). Em 2006, um incidente atraiu bastante atenção sobre as trollagens. No WoW, uma guilda de jogadores promoveu um funeral digital para honrar a morte na vida real de um de seus membros. A localização foi em um território ferrenhamente disputado por uma guilda rival chamada de Serenity Now. No meio da cerimônia, a Serenity Now atacou o grupo que realizava o funeral. A blogosfera foi inundada por manifestações, que iam desde reações escandalizadas ("Sim, é muito fácil ser um cuzão por trás de um teclado e continuar impune") até comentários esfuziantes ("Foi a coisa mais legal que eu já vi").

Mas, para cada casamento arruinado ou sociopata sobre o qual eu lia, também ficava sabendo de histórias felizes sobre jogadores que haviam integrado o jogo a vidas que já eram bastante satisfatórias. Foi o caso de Jerry Lustig, ex-engenheiro metalúrgico e atual proprietário de uma concessionária de veículos em Parsippany, New Jersey. Ele lia ficção científica quando era criança, jogou *Pong* na década de 1970 e chegou até mesmo a mestrar sessões de D&D para os amigos do seu filho. Ele me disse que sempre teve "predileção pela fantasia e por sonhar acordado". Agora que já era um adulto mais velho, Lustig às vezes se entretinha jogando no Xbox, mas jogava WoW e *Ultima Online* com mais frequência. Não era um "jogador hardcore" — jogava cerca de dez horas por semana. Um pouco mais no inverno e um pouco menos no verão. Isso acontecia porque, nos meses mais quentes, ele participava de corridas (era dono de três carros de competição e fazia parte de uma equipe semiprofissional). Apesar do seu tempo reduzido para jogar, reduzido ainda mais depois que ele desenvolveu um linfoma e passou um ano inteiro sem participar de atividades online, Lustig estava indo muito bem. Jogava com dois personagens, um xamã de nível sessenta e nove chamado Dran e um ladino de nível setenta chamado Rismo, que recebeu esse nome devido ao jogo de corridas *Gran Turismo*. Nada mal para um homem de setenta anos.

Lustig achava o PvP "meio que interessante". Considerava-se uma pessoa bastante competitiva (ele jogou futebol americano e treinava arremesso de dardos em seus tempos de escola). Mas, de maneira geral, jogava WoW para relaxar. "Se eu precisar de ansiedade e frustração, posso simplesmente ir ao trabalho." Se quisesse uma atividade de PvP real, corpo a corpo, ele ia até a academia de artes marciais para lutar um pouco. Para sentir a experiência extrema da competitividade, ele tinha suas corridas, um mundo de ruídos, fumaça e calor. "As consequências das falhas no acerto do carro são muito maiores, e o nível de intensidade é muito alto." Ele levava aquilo a sério. Uma corrida ruim, de acordo com ele, "me transforma em uma pessoa com a qual você não quer conversar por um dia ou dois". Ele não dependia dos jogos para conseguir as emoções que buscava. "Eu gosto da fantasia e de resolver problemas. Engenheiros costumam gostar de resolver problemas, e eu quero que a minha experiência com o jogo me distraia e me relaxe."

Não havia muitas pessoas na casa dos setenta anos jogando jogos de computador em sua cidade. Assim, em prol da camaradagem no universo do jogo, Lustig se juntou à The Syndicate, uma guilda internacional para jogadores de WoW e *Ultima Online*, uma das centenas de guildas de jogadores espalhadas pelo mundo que apoiam a socialização dentro e fora do jogo. Guildas podem ser criadas ao redor de jogos em comum, objetivos no jogo ou, surpreendentemente, em função de crenças religiosas. (Por exemplo, a Tribo de Judá é uma das muitas guildas cristãs; outras têm nomes menos sérios, como "Velhinhas Indefesas" e "Quando os Meninos Gordos Atacam.") Com 620 membros, a The Syndicate, fundada em 1996, é a maior guilda no mundo dos jogos online. Membros da The Syndicate podem se reunir "em algum porão, se divertir com jogos, beber cerveja e comer pizza por um dia ou mais", disse Sean "Dragons" Stalzer, o pai e marido que administra a guilda e joga com um xamã Tauren de nível oitenta, que é também um Mestre de Guilda. Os membros dão consultoria sobre design de jogos, produzem guias e livros de estratégia e apoiam programas para manter os jovens na escola. "A The Syndicate começou como uma guilda, mas evoluiu para se transformar em uma comunidade virtual", disse "Dragons". "Hoje em dia, jogar não é algo focado no jogo em si. O jogo é somente uma ferramenta usada por um grande grupo de amigos para se divertirem juntos." O *Warcraft* poderia ser um esporte coletivo. Assim como acontece numa quadra de basquete, os gamers conheciam a linguagem corporal uns dos outros, seus movimentos e sua comunicação não verbal. "Aqui!", "Você o pegou!", "Matem todos!". O lema da The Syndicate era: "Na Amizade, Nós Conquistamos"[32].

Os MMOs permitem esconder o corpo; ninguém é o último a ser escolhido para o grupo que vai fazer um raide baseado em aspectos superficiais como a aparência. Jogar online é a expe-

[32] A atriz e gamer Felicia Day, famosa por atuar no seriado *Buffy: A Caça-Vampiros*, produziu uma websérie de sucesso chamada *The Guild*. Embora não fosse explicitamente sobre o WoW, a série é obviamente inspirada pelo jogo e seus personagens.

riência mais igualitária que existe. É possível encontrar heroísmo, graça, agilidade e vitórias. Na região do Pacífico asiático, lar de cerca de três quartos da população mundial de jogadores de MMORPG, estimada em trinta milhões de pessoas, as competições eram um esporte incrivelmente popular, e entusiastas de jogos de estratégia como *StarCraft* e *WarCraft III* eram tão reconhecíveis quanto atletas profissionais. O estrelato das competições entre gamers já chegou a fazer algumas incursões pelos Estados Unidos. "Torneios de arena" anuais colocavam trios de personagens para se enfrentar, com narração ao vivo e entrevistas com os jogadores após os combates. (Para entrar no jogo, até mesmo Curt Schilling, o arremessador do time de beisebol do Boston Red Sox, lançou uma empresa, a 38 Studios, assim como fez Vin Diesel com a Tigon Studios.) Eu vi os campeonatos de arena norte-americanos do *World of Warcraft* que ocorreram em Boston e foram vencidos por um time que incluía uma jovem de dezessete anos chamada Rumay Wang, dos arredores de Boston, a única mulher em toda a competição. Quando seu time, "Fnatic", venceu, rapazes jovens e tímidos se aproximaram para cumprimentá-la. Ela conseguia sobressair mesmo no universo predominantemente masculino do *World of Warcraft*; talvez não fosse realmente uma heroína, mas uma celebridade menor, e bastante desejada pelos garotos (um estudo recente sugeria que, embora a razão entre a população masculina e a feminina de gamers seja cerca de 60/40, os jogadores mais dedicados e ferrenhos dos MMOs são mulheres). No campeonato mundial, a Fnatic terminou em segundo lugar.

Guildas como a The Syndicate, pelo que eu soube, chegaram até mesmo a reunir famílias. "Temos membros que jogam e que fizeram com que seus maridos ou esposas começassem a jogar, e agora elas desenvolveram o interesse", disse "Dragons". Mamãe, papai, irmão e irmã logavam no jogo, cada um em seu computador em um dos quatro cantos do mundo. Jogar socialmente havia evoluído bastante desde o tempo de *Banco Imobiliário* ou *Ludo*. "Dragons" foi gentil o bastante para me colocar em contato com os membros Darkfeather e Trainwreck da The Syndicate, uma dupla de mãe e filho composta por Lisa Champion, de quarenta e quatro anos, e William, de vinte e oito, que moravam em Okeechobee, na Flórida. Eles jogavam *Ultima Online* juntos e eram Líderes de Esquadrão na The Syndicate. Trainwreck estava na Divisão de Infantaria do Corpo de Fuzileiros. Quando conversei com ele e sua mãe, William estava prestes a ser enviado ao Iraque pela terceira vez.

"Para mim, criar itens e poções é de enlouquecer, mas ela acha divertido", Trainwreck me escreveu. "Eu gosto de lutar e explorar, então [é] sempre legal quando ela me pergunta onde fica alguma coisa dentro de uma masmorra etc. e eu posso ajudar." A socialização online e suas obrigações na The Syndicate os ajudavam a manter contato. "Na verdade, tudo se resume a podermos nos divertir juntos, jogar juntos [e] ajudar um ao outro."

"Sinto saudades dele e me preocupo muito", escreveu Darkfeather. "É como se uma parte enorme do seu coração fosse arrancada. Você chora e reza muito. Enquanto ele está fora eu continuo a jogar UO (que serve para me manter ocupada, assim como na vida real)." Para manter seu filho informado, ela envia um boletim semanal sobre o *Ultima Online*, que ele e outros fuzileiros apreciavam. "Especialmente, o boletim trata do que está acontecendo no mundo do jogo, histórias e piadas, nunca sobre a vida real. Como eu quero apenas fazê-lo sorrir, é a maneira mais segura que eu tenho de fazer com que ele saiba como nós estamos aqui em casa (nos Estados Unidos) sem ficar saudoso, se é que isso faz algum sentido." O boletim fazia com que ele sentisse que não era esquecido. Trainwreck e Darkfeather não conseguiam jogar muito enquanto ele estava no Iraque; às vezes ela aproveitava para fazer o personagem do filho subir de nível em sua ausência. Antes que Trainwreck saísse para uma de suas campanhas com o exército, ela disse: "Meu dever é fazer com que todas as perícias estejam em nível grão-mestre antes que ele volte."

Darkfeather achava que os jogos os aproximaram. E também mudou o relacionamento entre mãe e filho. Darkfeather ainda é a mãe, insistia ela, mas, "dentro do jogo, ele é o meu melhor amigo". Na última vez que conversei com Darkfeather, nas semanas que antecederam a viagem seguinte de Trainwreck, ela me disse que ele havia acabado de se casar. Além disso, havia outra notícia: "Vou ganhar um neto no final de junho".

NÓS BATALHAMOS E PERDEMOS. E PERDEMOS. E PERDEMOS DE NOVO

Eu conheci um cara que tinha uma carreira promissora no basquete. Estava a caminho da faculdade, onde receberia uma bolsa de estudos, mas estourou o joelho e saiu da escola. Fim da carreira no esporte e início do interesse por videogames baseados em *O Senhor dos Anéis*. Será que ele substituiu o heroísmo das enterradas pelo combate com espadas na Terra-média? Será que aquilo seria uma medida para encontrar alívio ou uma maneira de extravasar a frustração? Eu não havia conversado com muitos gamers que afirmavam que o WoW os transformou em pessoas melhores, mas me perguntava se os MMOs faziam os jogadores se sentirem mais heroicos. Será que invadir uma masmorra, destruir uma cidade e matar um troll nos davam aquele gosto do perigo pelo qual as nossas psiques anseiam desde que a sociedade começou a nos proteger da morte pela espada?

Sean "Dragons" Stalzer estava convicto de que a maioria dos membros da The Syndicate não se dedicava aos jogos por causa de algum desejo mal resolvido de assumir riscos imaginários ou pelo heroísmo de faz de conta. Ele concordava com o fato de que alguns dos jogadores mais novos poderiam se deixar envolver pela sensação de poder. "Você consegue ser uma entidade extremamente poderosa que é capaz de fazer coisas muito além da sua capacidade humana", disse ele, "e que pode conquistar o que normalmente seriam objetivos impossíveis". Porém, jogadores mais velhos não pareciam ser "'enganados' por essa falsa sensação de heroísmo". Para eles, jogar era algo social, mais centrado na diversão e em uma "fuga das suas vidas normais".

"Não estamos tentando ser heróis", disse Jim Sanborn, de trinta e nove anos, outro membro da The Syndicate da região das Cidades Gêmeas de Minnesota. Ele trabalhava como consultor de integração de dados, fazia parte do conselho diretor da sua escola e tinha um personagem xamã denominado Chamois no *Warcraft*. Em um e-mail particularmente longo, assinado como "Chamois, o verboso", ele descreveu para mim a maneira como as pessoas costumavam redigir cartas, que demoravam semanas para chegar ao seu destinatário. A cultura havia mudado exponencialmente desde a criação do telégrafo e do telefone, seguida pelos telefones celulares, e-mail, mensagens de texto e YouTube. Assim ocorreu com a cultura dos videogames: nós simplesmente adaptamos nossos hábitos de jogo. As pessoas sempre estiveram ligadas a aspectos de "competição e recreação" em seu tempo livre, e sempre gostaram de jogar em grupo, seja golfe, boliche ou pôquer. "Hoje, em vez de ter que encontrar e reunir vinte e duas pessoas para jogar futebol americano, você pode sentar sozinho diante da sua TV com o seu Xbox e jogar *Madden '09*, e nunca será escolhido por último para compor o time, nunca vai torcer o tornozelo, e passarão a bola para você sempre que quiser", disse Sanborn. Ele pode jogar com centenas de amigos e familiares espalhados pelo planeta em tempo real. E, embora não possa ganhar do seu chefe no jogo de golfe, pode "chutar o traseiro dele no *Half-Life*". Tome isso, seu gerente desgraçado. "O fato de o nosso campo de golfe ter dragões ou espaçonaves não o torna menos competitivo, válido, social [ou] real."

Desde os meus dias de D&D eu entendia essa necessidade de se juntar a outras pessoas em guildas, criar uma espécie de irmandade, de maneira muito parecida com o que acontece com os militares, que criam laços devido a uma causa em comum e à necessidade de matar, mesmo que as matanças sejam virtuais. O desejo de vibrar de empolgação junto com os outros após uma batalha encarniçada, de compartilhar a vitória e os espólios, era provavelmente genético, mesmo que hoje esses gritos de guerra e de júbilo — Yeeeeeehaawww!!! — sejam transmitidos por fones de ouvido para jogadores desincorporados, separados por milhares de quilômetros.

Combatendo um troll: Imagem do jogo Lord of the Rings Online. © 2009 Saul Zaentz Co. Todos os direitos reservados. Saul Zaentz Co., sob licença de Turbine, Inc.

"Não precisamos de jogos eletrônicos para simular batalhas ou sermos heroicos; na verdade, precisamos do oposto", disse Sanborn. "Muitas vezes em nossos empregos e na vida familiar nós batalhamos e perdemos. E perdemos. E perdemos de novo. Os jogos eletrônicos são algo no qual podemos lutar e vencer."

O JOGO ME FEZ MAIS "EU"

Conversei com Phyllis Priestly pela primeira vez em maio. Em novembro ela foi forçada a fechar a escola que havia fundado seis anos antes, depois de vários meses de declínio. Sua família havia se mudado para uma nova casa, e ela estava atolada até o pescoço com as reformas. Sua filha de treze anos, que a ensinou a jogar, planejava deixar a sua conta no *Warcraft* expirar. A mecha azul no seu cabelo havia desaparecido (mas ela pensava em adotar o roxo). Com todas essas mudanças, eu me perguntava se o WoW ainda era importante na vida de Priestly.

Eu a apanhei num momento de reflexão. Ela me disse que estava desanimada após o fracasso da escola. "O *Warcraft* me servia de consolo", disse ela, tomando um *mocha latte* na mesma cafeteria em que nos conhecemos. "Eu precisava sair um pouco e cuidar das minhas feridas." Agora ela tinha sentimentos conflitantes em relação ao jogo. Mas, após quase dois anos, Priestly estava também se sentindo mais ousada e autoconfiante em relação a mudar seu mundo. Se podia completar uma missão, talvez ela pudesse conversar com o seu marido. Continuava a jogar WoW, mas não tanto quanto antes. Ainda assim, Priestly sabia que seu marido preferia que ela não jogasse. Agora que as crises haviam passado, ela esperava que seu interesse pelo jogo diminuísse. Ela disse que esperava pelo momento em que se desconectaria. Aquele momento em que, como na minha experiência com o D&D, ela não precisaria mais do WoW. "Quando eu sentir vontade de sair para o mundo outra vez."

Fiquei feliz por não ser o único que, ao chegar à meia-idade, passou pela experiência de se sentir como um cervo ofuscado pelos faróis de um carro, em pânico, sem saber para onde correr.

Um mago usa um feitiço de bola de gelo nesta imagem de World of Warcraft. Cortesia de Blizzard Entertainment, Inc. *World of Warcraft* e Blizzard Entertainment são marcas registradas da Blizzard Entertainment, Inc. nos Estados Unidos e/ou em outros países.

No momento, o WoW continuava a ter certa influência em sua vida. O *Warcraft* era uma espécie de família para ela. No decorrer de dois anos, ela passou a "conhecer" os jogadores: onde moravam, o que comiam no jantar, quando colocavam seus filhos na cama. "Existe uma necessidade básica de ser amado, de conversar e de que prestem atenção no que você diz. É isso que esses jogos nos dão." Ela parabenizava a Blizzard Entertainment, criadora do jogo, por fazer um ótimo trabalho. "É algo poderoso". O jogo não recebe o apelido de *World of Warcrack* à toa.

Na semana seguinte após a minha conversa com Priestly, a Blizzard lançou o pacote de expansão seguinte, a esperada infusão de conteúdo novo chamada *Wrath of the Lich King*. Milhões de fãs formaram filas à meia-noite de 12 de novembro de 2008 para comprar, carregar e entrar. Em suas primeiras vinte e quatro horas, a expansão quebrou todos os recordes, vendendo 2,8 milhões de cópias. *EverQuest II* (apelidado de *Never-rest* e *Ever-crack*) lançou uma atualização, e *Lord of the Rings Online* lançou sua expansão com as Minas de Moria na semana seguinte: "uma imensa rede de túneis, câmaras, minas e imensos salões no interior das Montanhas Sombrias... um dos maiores e mais perigosos ambientes subterrâneos online já criados". Cada jogo era um labirinto, um espelho que refletia um espelho, encerrado dentro ou por trás de uma tela de computador.

"É muito mais atraente do que o meu mundo real", disse Priestly, sorrindo. "Não pode ser bom, não é mesmo?" Ela sentia que a atração do *World of Warcraft* e outros jogos era quase primal. "Estamos programados para a batalha. Aquela parte reptiliana do cérebro. O tigre-dentes-de-sabre da savana que salta sobre nós." Priestly parou por um momento e pareceu se entristecer. Ela não queria voltar a ser a pessoa que era antes de jogar. "Sempre vou valorizar o jogo. Ele fez muito por mim." De acordo com ela, "o jogo me fez mais eu".

Moont Dar
Lorsora Woods
Lizzard Lake
RODEN
Mors River
Eagle River
KRENDIL
MONDIL LAKE
Borso
Wood
Troll Mts.
Prendor Tower
Withered Hills
Toris
Wilting Woods
Gladen River
Lorserach Plains
Bon
Silver Lake
White Hills
Black Lake
Black Woods
Belear
Black River
Dragon's Breath
Silver River
Dragon's Crest
Green Hills
The Dark Woods
MALG Swamp
Brog Mts.
Arond Pass
Darn Forest
Oafed River
Pawn River
Brand
BANGOR

Prestamos 12 tipos de serviços do tipo "power leveling", focados em fazer personagens subirem de nível em MMORPGs, incluindo World of Warcraft, Final Fantasy XI, Guild Wards, Maple Story, EverQuest, EverQuest 2, Dungeons & Dragons Online *etc., para os nossos clientes fiéis. Você receberá serviços de primeira classe de "power leveling" por um preço baixo. Temos muitos pacotes em promoções especiais no momento. Power Leveling WOW – Nível de 1 a 60 custa somente $ 159,99. Dê uma olhada nos nossos pacotes especiais e receba o melhor e mais barato serviço de "power leveling" que oferecemos. Há 13 pacotes especiais para você. Escolha um e economize. Podemos prestar o serviço barato de "power leveling" na primeira vez quando ele saiu. Assim que a expansão* Burning Crusade *sair, ofereceremos serviços de power leveling de qualquer nível, até o nível 70, pelo preço mais baixo. O preço para o serviço de power leveling para as duas novas raças (Elfo Noturno e Draenei) é o mesmo das raças originais. É muito mais barato que em qualquer outro site. Esperamos servi-lo bem e ajudá-lo a ter uma vida maravilhosa nos MMORPGs.*

— texto extraído de um anúncio publicitário em um site que oferecia serviços de power-leveling (www.wowpls.com)

12

Uma Janela para Almas que Não Conseguem Descansar

"Eu acredito que jogos online podem destruir as pessoas", disse-me Rajeev.

Rajeev era um rapaz de trinta e um anos, inteligente, bem barbeado e bem apessoado que cursava administração de empresas e tinha a ambição de se tornar escritor. Alguns minutos depois de nos encontrarmos, ele começou a despejar sua história. Americano descendente de indianos, sofreu pressão familiar para frequentar a escola de medicina. Fez os testes e conseguiu ser aprovado em uma universidade de prestígio, apenas para se dar conta de que uma carreira médica não era o que ele precisava. Permaneceu na escola de medicina, mas por pouco tempo. Em vez de confrontar seus pais, ele ficou obcecado por jogos de computador: *Baldur's Gate* (ambientado num mundo de alta fantasia), *Icewind Dale* (baseado em D&D), *Civilization* (sobre a construção de impérios) e *Birth of the Federation* (*Jornada nas Estrelas*). "Eles se transformaram em uma distração", disse ele. "Eu diria que eram um vício."

Vício? Conforme eu conversava com um número cada vez maior de jogadores, ficava claro que esses mundos de fantasia não são completamente inocentes. Nem as pessoas cujas mãos vivem a clicar incessantemente nos teclados são isentas de culpa ou intocadas. Como Phyllis Priestly demonstrou, os jogadores podem desenvolver conexões quase psíquicas com seus avatares e com o que seus avatares fazem. Ouvi histórias sobre homens chineses que morreram de exaustão diante dos seus computadores após maratonas de dois ou três dias de jogos, e garotos coreanos que foram levados para campos de reeducação com atividades ao ar livre para curar-se da dependência da internet. Uma japonesa ficou tão transtornada pelo divórcio na vida real que decidiu se vingar matando o alter ego digital do seu ex-marido em um jogo chamado *Maple Story*; ela foi presa, na vida real, por hackear computadores.

Percebi que os humanos ainda não conseguem acompanhar — de maneira emocional, psicológica ou comportamental — os seus avatares. Os fantoches podem fazer coisas, algumas bem misantrópicas, que seus manipuladores não podem ou não fariam realmente. Quem controla o mouse: o usuário ou o avatar? Priestly admitiu que o WoW era poderoso. Eu acreditei nela. Queria ouvir mais histórias radicais como a de Rajeev, sobre como o ato de se deixar envolver demais pela fantasia online tem potencial para melhorar ou implodir vidas.

Na parte mais crítica do seu problema, Rajeev acordava pela manhã, ia para o computador e jogava o dia inteiro, às vezes em sessões de doze horas, tomando shakes nutricionais. Perdeu muito peso. Também frequentava bares de striptease. Fazia o mínimo dos trabalhos escolares para não perder o ano. Sua namorada na época lhe disse que ele não tinha nenhum amigo de verdade. “Tudo que você faz é jogar esses jogos”, ela disse.

“Durante os primeiros dois anos eu consegui administrar a situação, mas não no terceiro”, disse Rajeev. Ele parecia aliviado, quase ansioso por poder confessar isso para mim. “Eu não percebia naquela época, mas cursar a faculdade de medicina me deixava muito infeliz." Ele estava sabotando a própria carreira. Em dado momento, tentou se livrar do hábito. "Eu me lembro de enviar os jogos para a minha irmã, pelo correio, e dizer a ela: 'Por favor, nunca mais me devolva isso'." Após algum tempo ele se livrou do vício que o consumira durante quatro anos. Para tanto, precisou chegar ao fundo do poço. Desistiu do curso de medicina e voltou a morar com os pais. Levou algum tempo, mas eles o perdoaram. Ele reconstruiu lentamente a sua vida e fez os testes para entrar em uma faculdade de administração. Como se diz no jargão da autoajuda, Rajeev se considerava um viciado que se recuperou.

Talvez Rajeev já fosse uma pessoa predisposta à fantasia. Ele jogou D&D nos últimos anos do ensino fundamental e se lembrava de construir personagens e civilizações bem elaborados, que eram "perfeitos de todas as maneiras". Já adulto, os jogos de computador se transformaram em um meio de escapismo lógico e permissível. "Venho de uma família na qual eu nunca poderia me tornar um viciado em drogas, ou mesmo em álcool. [Jogar] era um vício socialmente aceitável. Minha família podia dizer: 'Isso é ruim'. Mas nunca seria motivo para deserdar Rajeev."

Não está claro como, exatamente, a pessoa decide que o hábito de dedicar-se a jogos eletrônicos de "paixão" passou a ser um "problema". O grupo de apoio baseado em um programa de doze passos conhecido como *On-Line Gamers Anonymous* (OLGA) existe desde 2002 para "ajudar uns aos outros a se recuperar e se curar dos problemas causados por jogar excessivamente". O OLGA afirma que todos os jogos eletrônicos podem ser viciantes, mas diz que os MMORPGs são potencialmente os mais perigosos, porque "o sucesso nesses jogos depende muito da quantidade de tempo que você investe neles", "as pessoas podem se apegar demais aos novos amigos online", que "nunca acabam". Em uma entrevista ao *Boston Globe*, o psiquiatra Jerald Block discutiu o tratamento de pessoas viciadas em jogos. Ele descobriu que os gamers têm uma vergonha considerável em relação aos seus hábitos, ainda mais do que os viciados em pornografia. Isso ocorre porque as pessoas compreendem uma obsessão por pornografia; viciados em jogos eletrônicos têm mais dificuldade para explicar seu problema aos familiares, amigos ou terapeutas. Ele acreditava que o "vício em internet" (embora prefira usar o termo "uso patológico do computador") deveria se tornar um novo termo para diagnósticos.

Ocasionalmente, Rajeev ainda jogava. Será que havia o perigo de uma recaída? Ele dizia que não. "Acho que eles são entediantes. Não acredito que os joguei. A razão é que estou feliz onde estou agora. Quando o seu mundo real é bom, você não se sente atraído para esses mundos." Ele percebia, em retrospecto, que um jogo de computador é somente um mundo imaginário. E que não existia. "Ao jogar no computador, eu não estou me ajudando a me tornar uma pessoa útil", disse ele. "Hoje em dia eu tento fazer com que meu apartamento seja o mais agradável possível."

Mas aqui está o segredo: Rajeev passou a ouvir fitas de autoajuda. Programas motivacionais ao estilo de Anthony Robbins, discursos de David DeAngelo sobre "como conhecer mulheres". "Eu escuto essas coisas o tempo todo. Quando estou no meu carro, em vez de ouvir rádio, eu ouço fitas de autoajuda. Você consegue conhecer muita coisa sobre si mesmo. Você consegue viver normalmente e ouvir um audiolivro." Ele fez uma pausa. "Talvez eu esteja obcecado por isso agora."

UM SÍMBOLO DE TUDO QUE HÁ DE BOM NO MUNDO

Como o WoW não é o D&D ou um LARP, onde o jogo acontece cara a cara, os avatares fazem com que seja fácil para que as pessoas socialmente retraídas possam ser mais ousadas. O anonimato do jogo dá aos jogadores a coragem de superar medos e entrar em ação. Muitos dos que participam de jogos online nunca hasteariam sua bandeira da bizarrice em pessoa, conforme descreveu Sir Gareth. "Conheço pouquíssimas pessoas que tirariam as roupas e dançariam nuas diante da agência de correio", disse Jim "Chamois" Sanborn. "Mas você vê isso acontecer o tempo todo em Azeroth." Sanborn acreditava que essa mudança de comportamento era uma via de mão dupla. "As pessoas que ajudam senhoras idosas a atravessar a rua em Pittsburgh poderiam simplesmente ficar por perto e não fazer nada enquanto você é devorado por um dinossauro gigante no jogo." Com o foco na batalha dos MMOs, eu esperava que o bullying típico dos pátios escolares e o darwinismo social exacerbado fossem a norma.

Isso foi antes de eu ouvir falar de Levi Hunt, um membro do Pelotão Médico da Infantaria da Guarda Nacional da Carolina do Norte — também conhecido como Geistprophet, uma voz para as vítimas de abusos, uma janela para as almas que não conseguem descansar e um símbolo de tudo que há de bom neste mundo.

Quando conversei com Hunt, de vinte e seis anos, ele morava em Wilmington e estava ansioso. Faltavam poucos meses para que ele fosse enviado na sua primeira missão internacional, onde serviria como o oficial não comissionado de suprimentos médicos da sua unidade. "Não é preciso dizer que estou um pouco assustado", disse Hunt. "Mas estou animado." Seria doloroso deixar a sua esposa, Courtney, e seu filho para trás por tanto tempo. Mas ele estava confiante de que os laços familiares eram fortes. Ele e Courtney já haviam passado por muitas coisas juntos. Além disso, foi Courtney quem trouxe Hunt para a The Syndicate.

Foi chocante ver quantas pessoas nas forças armadas jogam RPGs — tanto o D&D quanto online. Imaginei se essas pessoas se sentiam atraídas para jogos como WoW especificamente porque eles ofereciam uma ambientação de tons pretos e brancos, de bem versus mal, Horda versus Aliança. Os soldados que lutaram na guerra do Iraque certamente desempenhavam proezas heroicas. Mas talvez estivessem lutando sem o senso irrefutável de estar fazendo a coisa certa, como foi o caso dos veteranos da Segunda Guerra Mundial, confiantes que a sua missão (e as mortes que necessariamente causaria) era por uma causa justa. A questão no Iraque é mais turva. Talvez isso explique por que Hunt era um gamer que levava sua paixão a sério.

Por outro lado, talvez jogar estivesse no seu sangue. Os irmãos de Hunt foram criados com D&D e Tolkien. "Sempre estive cercado pelo 'universo geek', desde que nasci", ele me disse, enquanto interrompia a arrumação dos seus equipamentos e objetos pessoais que seriam enviados para o Iraque. Ele jogou os primeiros jogos baseados em *O Senhor dos Anéis*, Nintendo/ Super Nintendo, Mega Drive, *Ultima Online* (UO) e agora o WoW. Quando se interessou pelos MMOs pela primeira vez, ele se entocava no quarto, acessava sua rede local com os amigos e jogava UO por horas e horas. Ele dizia que esse período da sua vida envolvia "beber, celebrar e simplesmente curtir a vida com as pessoas de todo o mundo. Era uma época muito boa, e isso provavelmente impediu que ele fizesse muitas coisas idiotas". Quando conheceu Courtney, ele mostrou a ela como os jogos funcionavam e ela começou a jogar UO avidamente. Courtney viu um anúncio para se associar à The Syndicate, entrou em contato com a guilda e, "por ser a garota maravilhosa que é", foi aceita. Seu avatar se chamava Geistmaiden. Em seguida, Hunt se juntou a ela. A guilda era fundada em ideias que tanto ele quanto a esposa compartilhavam: "Uma comunidade online de pessoas que querem lutar pelo que é certo e se divertir bastante enquanto faz isso." O lamento típico dos homens gamers em relação a suas parceiras não gamers — "Querida, não posso ir ao shopping com você. Estou ocupado salvando o mundo, tudo bem?" — nunca se aplicaria ao lar da família Hunt.

As razões de Hunt para se divertir com jogos eletrônicos com elementos de RPG, como WoW ou UO, iam muito além da cerveja, pizza, entretenimento e escapismo de costume. Ele e muitos outros se deixaram encantar pela narrativa familiar de alta fantasia que muitos MMOs criam. Para se ter uma ideia, aqui vai um trecho da história pregressa de *Warhammer Online: Age of Reckoning*:

> *Nas terras do norte longínquo, onde as tribos de bárbaros selvagens adoram os abjetos deuses do Caos, um novo campeão surgiu. Seu nome se ouve no sopro dos ventos gelados e gritos estridentes dos corvos. É proclamado nos estrondos do trovão e sussurrado nos pesadelos dos homens. Ele é Tchar'zanek, o Escolhido de Tzeentch, e irá abalar até mesmo as fundações do Velho Mundo...*

Lendas como essa circulando em sua mente, as trombetas de batalha ecoando por reinos virtuais e um belo "game trailer" com qualidade cinematográfica tomam conta do ambiente antes de você entrar no jogo — como alguém é capaz de *não* responder ao chamado do dever? Jogadores dedicados como Hunt bebiam da mesma fonte de onde se originam soldados, samurais e cavaleiros. A guilda era como uma tribo que incorporava as melhores qualidades dos nerds (a aptidão para lidar com estatísticas e estratégias) e dos brutamontes (um corpo pujante e a coragem de enfrentar a morte). Jogar era entrar no mito atemporal do guerreiro, atualizado para as nossas psiques modernas famintas por missões heroicas.

"Conheci várias pessoas em outras guildas que adoram lutar por causa do senso de comunidade que se constrói em relação à honra e ao valor", disse ele. "Não, nós não assumimos esses riscos na vida real sem as desvantagens que existem na vida real, como a dor e a morte, por exemplo. Ao jogar, as pessoas se sentem mais livres para entrar em contato com um lado mais velho da nossa história, que remonta aos primeiros dias da humanidade." O combate online, assim como o combate real, era uma maneira de compreender a si mesmo através da vitória e da derrota. "Ficarei muito feliz em cumprimentar um inimigo caído ou um que foi melhor do que eu. Isso é puramente uma demonstração de respeito, algo tão difícil de encontrar hoje em dia que às vezes nós temos de lutar para conseguir encontrar. Se derroto alguém, eu sempre demonstro o meu respeito antes de celebrar a minha vitória." O comportamento dentro do jogo era uma janela para a alma dos personagens que ele encontrava. Hunt sentia que os jogadores que se curvavam humildemente ou que se ajudavam a se levantar, essas pessoas, no fundo, tinham motivações boas e genuínas na vida real. Maus perdedores que choramingavam e reclamavam... bem, isso dizia "um mundo de coisas sobre aquela pessoa em um curto espaço de tempo". A partir dessas experiências dentro do jogo ele sabia com quem valia a pena se associar e de quem ele devia manter distância.

Na vida real ele não tinha esse tipo de prazer. No Iraque, se tivesse de empunhar armas contra alguém, seu oponente continuaria a ser uma pessoa sem nome. "Provavelmente nunca vou ver essas pessoas frente a frente, e tudo vai acabar rápido demais para que eu possa pensar na situação quando tiver de pedir perdão a quaisquer outros poderes divinos que possam existir posteriormente." Na vida real, a justiça raramente acontecia. Assassinos saíam livres com alegações de insanidade. Crianças morriam nas guerras. Terroristas desapareciam na multidão. "É deprimente", disse ele.

Jogar MMOs permitia que Hunt restabelecesse o equilíbrio no cosmos. Na comunidade virtual, Hunt se tornou Geistprophet, capaz de vingar uma perda, punir um criminoso e exercer a retribuição. Seu avatar era baseado nesses princípios. "Se alguém quer machucar meus amigos, estranhos ou a mim mesmo, tenho todos os poderes naquele mundo ao meu dispor para impedir que isso aconteça." A palavra *avatar*, antes de ser usada para representar um ícone animado que representa um ser virtual no ciberespaço, era usada para se referir à manifestação de uma divindade ou alma liberta em forma corpórea na terra. Um avatar era um professor divino encarnado na terra, ou a manifestação física de uma ideia.

Na série de jogos *Ultima*, explicou Hunt, você assumia o papel de um herói conhecido como "O Avatar, a própria essência das virtudes que compõem uma boa alma: Humildade, Honra, Compaixão, Valor, Justiça, Espiritualidade, Sacrifício e Honestidade". Isso me fazia lembrar do código dos cavaleiros que Sir Gareth seguia. Mesmo quando era criança, Hunt desejava ter o poder de consertar a maldade do mundo. "Para mim, causava uma sensação boa poder voltar para casa após passar algumas horas difíceis em um sistema educacional falido, onde eu era o coitadinho que a maioria das crianças usava como bode expiatório, e me tornar um símbolo de tudo que há de bom no mundo e lutar contra o mal que assola a humanidade. Eu não me preocupava com a morte. Podia ressuscitar se precisasse". No decorrer dos anos ele levou esse alter ego, o Geistprophet, de um jogo para outro, e mais recentemente para o WoW, onde ele agora residia "com a minha família na The Syndicate".

Treinado para ser paramédico, Hunt serviu o exército com unidades móveis de atendimento e tratou soldados e refugiados, mas entendia que, noventa e nove por cento das vezes, as pessoas não recebiam crédito por serem boas samaritanas. Ele ajudava os outros apenas pela sensação que isso lhe dava — o que chamava de "inebriação do sacrifício". "Quando você pode exibir suas próprias asas de anjo, cercar seu paciente com elas e conjurar uma espécie de magia da vida real sobre ele para melhorar sua qualidade de vida... não há sensação melhor." Ele acreditava que os soldados eram alguns dos últimos verdadeiros heróis. Se Hunt houvesse vivido há mil anos, ele poderia ter sido um cavaleiro de origem nobre. Ou um santo. Quando não podia fazer o bem na vida real, ele levava esse sentimento para o WoW ou o UO, ajudando jogadores com um raide, ou, ao ver um estranho com problemas durante uma missão, oferecendo uma mão ou uma espada amiga. "Se eu vir um camarada qualquer sendo destroçado por um monstro, eu posso intervir. Não preciso nem mesmo de um 'obrigado'. Já passei por isso e outros fizeram o mesmo por mim, e eu sei que a sensação de gratidão que eu sentia por eles agora está direcionada para mim. Se eu tiver sorte, o cara que eu ajudei vai fazer o mesmo mais tarde".

Hunt levava seus jogos a sério, mas nenhum aspecto dessa conduta sóbria nublava sua compreensão da vida real. "No mundo do jogo, se eu fizer algo errado, noventa e nove por

Imagem criada sob encomenda para a guilda The Syndicate, *que atua em* World of Warcraft *e* Ultima Online. *Seu slogan, "Na amizade, nós conquistamos", celebra o hábito de jogar com empenho.* Cortesia de Sean Stalzer e The Syndicate (www.llts.org).

cento das vezes nós podemos nos levantar, sacudir a poeira, entender o que fizemos de errado e continuar em frente, sem muita coisa para nos deter." Suas atitudes como paramédico podiam afetar o resto da vida de um soldado. Cometer um erro, disse ele, seria imperdoável. Ele não conseguia aceitar nada além de dar o melhor de si; isso não era um jogo. "Os perigos são reais no mundo em que vivemos."

Hunt não se tornou um astro do futebol americano ou um galã de Hollywood, mas, nos jogos, ele percebeu que estava em pé de igualdade com outras pessoas, em uma ambientação onde as únicas vantagens verdadeiras são personalidades e cérebros. Qualquer um é capaz de alcançar um status de grandeza, alegava Levi Hunt. Não era preciso nem mesmo ser um soldado. Além disso, se os jogos ajudavam as pessoas a afastar suas mentes do mundo e da perspectiva sombria que é constantemente esfregada em suas caras, melhor.

EU ME ABAIXO E PEGO COISAS QUE ESTÃO NO CHÃO DO MUNDO DO JOGO TÃO BEM QUANTO VOCÊ

Quando conversei com Lissa Ludwig, ela estava envolvida em uma luta ferrenha contra a ignorância que existia no mundo não gamer.

"Acho que a sociedade está predeterminada a pensar que jogar é uma atividade ruim", disse ela. "Essa é a visão social — que somos todos loucos e que vamos matar uns aos outros e a nós mesmos. Eu certamente não vou fazer isso. Sou a diretora musical da minha igreja." Qualquer oportunidade de mudar a percepção de que os gamers não eram todos um bando de "assassinos adoradores do diabo" era bem-vinda. Em seguida ela confessou: "Conheci meu marido em um clube de adoradores do diabo. Pergunte a ele."

De fato, Ludwig conheceu seu marido, um desenvolvedor de jogos de computador, em um LARP. E seu pai era um desenvolvedor de jogos também. Ela não se lembrava de uma época em que não houvesse um computador em casa. "Eu ia para a sede da IBM com o meu pai e jogava *Zork* no mainframe, aos quatro anos." Ludwig já havia jogado jogos no estilo MUD como *Dungeon*, *Zork* e D&D quando estava no ensino médio. Nesse ínterim, havia jogado todos os principais MMORPGs: aquele baseado em super-heróis e supervilões, *City of Heroes* e *City of Villains*; *Ultima Online*: *Lord of the Rings Online*, *EverQuest* e *EverQuest II*; WoW e *Star Wars Galaxies*. Sua personagem principal, Kaysalara, viajava de um jogo para outro. Seus amigos viajavam com ela de jogo em jogo também. Muitos vinham da época de *Dragon Realms*, um jogo baseado em descrições textuais que ela começou a jogar na década de 1990. "Minha personagem naquele jogo é casada e tem uma família. Meu marido e eu consideramos que aquele foi o meu primeiro casamento. Nós convidamos o meu marido do mundo de jogo para a nossa cerimônia de casamento", disse ela. "Meu marido [real] me chama de Kayla quase tanto quanto me chama de Nissa."

Ludwig, de trinta e nove anos, vivia em Seattle e estava desempregada. Por trás dos óculos e de uma cabeleira longa e ruiva, ela rememorava sua longa relação com os jogos. Não era arrogante, mas falava com bastante confiança sobre como dominava alguns jogos e da impaciência que sentia em relação a outros. A matança dentro dos jogos não a atraía; em vez disso, ela era uma criadora, uma agente, uma mercadora. "Meu interesse não é ir lá fora e surrar outras criaturas. Na minha mente, matar outro jogador é algo muito contraditório. Não sou o tipo de pessoa que gosta de PvP; sou uma artífice, uma mercadora. Sou uma pessoa muito mais cooperativa."

Com isto posto, em épocas de guerra, exércitos precisam de armas e equipamentos, e Ludwig ficava muito feliz em poder fornecer. "Se há guerra, eles querem as minhas armas", disse ela. No *Star Wars Galaxies*, o MMORPG que permite que os jogadores se tornem jedis, caçadores de recompensas e mercadores, disse ela, eu era "a mais famosa construtora de armas no meu servidor".

Surpreendentemente, o lado mais pacífico de Ludwig estava gostando bastante do seu jogo mais recente: *Warhammer Online: Age of Reckoning*, um MMO com foco relativamente forte em combate que jogava facções umas contra outras. "Eu costumava jogar o jogo de tabuleiro do Warhammer, às vezes. Não fiquei muito impressionada com o mundo nem com a mitologia do jogo. Mas estou adorando o jogo online." Ela achava que o foco do jogo no combate entre grupos era energizante. "Eles incluíram uma coisa que ninguém fez até o momento: combate com armas de cerco. Eu posso disparar um canhão enorme e destruir um monte de jogadores. Posso me sentar atrás de um lançador de petardos e causar novecentos pontos de dano"[33].

Para Ludwig, a pacifista, comandar um trabuco a empolgava. Comecei a imaginar se essa mudança estaria conectada à sua saúde, que se deteriorava. Um problema muscular não diagnosticado faz com que Ludwig tenha de ficar em casa quase todos os dias, em uma cadeira de rodas ou usando muletas. "Os músculos do meu corpo estão apodrecendo lentamente", disse ela, de uma maneira até bem casual. Ela e seu marido moravam em uma pequena casa de tijolos ("como aquelas que aparecem nos livros para crianças sobre o lugar onde você cresceu"). Havia um computador em quase todos os cômodos, e o marido dela tinha um

[33] Para desestimular a prática do "ganking", o *Warhammer* tem um castigo muito divertido para qualquer jogador de nível alto que ataque um principiante: o jogo transforma o avatar do jogador valentão, temporariamente, em uma galinha.

escritório, a sua "caverna", no porão. Ludwig também se movimentava de um lugar para outro em uma motoneta movida a bateria equipada com pneus para todo tipo de terreno, o que a ajudava a participar em jogos como LARPs. Geralmente ela não se dava muito bem em jogos de computador que exigiam que o seu cérebro e os músculos trabalhassem juntos, com rapidez. "Mas eu digito muito bem, e sou musicista." Ela regularmente tocava contrabaixo online no jogo *Rock Band*; sua banda, PyroTechniqueMusic, incluía um cantor em Peoria, um baterista de Cincinnati e um guitarrista em Fort Worth. Eles faziam covers de bandas como Avenged Sevenfold, Bon Jovi e Deep Purple. "Eles são os meus melhores amigos, junto com o meu marido. Não passa um dia sem que eu não toque ou receba uma mensagem de texto dos três. É verdade, não é um ambiente de fantasia. Não há dragões envolvidos. Não é o formato do Dungeons & Dragons, mas não é menos real." Ser um herói do rock n' roll era outro tipo de estrelato nos campos de batalha.

Ludwig disse que muitas pessoas com necessidades especiais jogavam jogos de computador. "Às vezes eu estou jogando e estou tendo problemas em uma batalha, e digo: 'Desculpe, minhas mãos não funcionam desse jeito'. É incrível a quantidade de outras pessoas que diz: 'As minhas também não'."

Uma organização chamada Able Gamers defende o acesso universal aos jogos. Seu site anuncia que veteranos de guerra e outras pessoas sem um dos membros são capazes de tocar *Guitar Hero* com apenas uma mão utilizando um pedal construído especialmente para o jogo, ou o fato de que pesquisadores estão desenvolvendo um sistema de jogo para pessoas paraplégicas que é comandado pela língua. O Grupo de Interesses Especiais sobre Acessibilidade da International Game Developers Association estima que cerca de nove por cento de todos os gamers aleguem ter alguma deficiência, seja na visão, audição ou coordenação motora. A comunidade das pessoas com deficiência tem, ou poderia ter, uma influência significativa no design de jogos ("Duas cabeças pensam melhor que uma", postou um gamer em um fórum de mensagens. "Mas um braço é mais do que suficiente para chutar o traseiro de alguém.")

Embora o anonimato online às vezes possa causar comportamentos antissociais, no caso de Ludwig isso se transformou em uma janela para a libertação. Da mesma maneira que, no WoW, é possível interpretar um personagem tauren com chifres e cascos, dois metros e meio de altura e quase trezentos quilos sem que ninguém suspeite que você é um garoto de doze anos diante do teclado, ninguém sabia da deficiência de Ludwig a menos que ela a revelasse. Ninguém julgava ninguém. "Meu cérebro funciona muito bem, obrigada", disse ela com um pouco de frustração. "O simples fato de o meu corpo não funcionar direito não significa que isso também aconteça com o meu cérebro." Os jogo online criavam um mundo alternativo onde ninguém via suas muletas ou a cadeira de rodas. E, em suas palavras, isso era "uma coisa maravilhosa".

Enquanto eu conversava com Ludwig, ela explicou a sua ligação com os jogos e eu percebi um paradoxo estranho. Apenas em um jogo como *Warhammer Online*, onde Ludwig pode assumir um personagem de qualquer uma das seis raças — Anões, Humanos, Altos Elfos, Greenskins, Elfos Negros e Humanos Corrompidos —, ela se sentia "tão normal quanto qualquer outra pessoa". Os tipos corporais com feições relativamente grotescas da elite guerreira — orelhas pontudas, dentes afiados e amarelentos, possessões demoníacas ou outros tipos de mutação — a tornavam uma parte mediana e indistinguível da ralé.

Jogar também a ajudava a escapar dos problemas do corpo. "Eu sou um ímã para a dor e vivo entupida de narcóticos. Sinto

Arte de conceito para Lord of the Rings Online*: um orc de Moria com armadura.* Imagem do jogo *Lord of The Rings Online* ©2009 Saul Zaentz Co. Todos os direitos reservados. Saul Zaentz Co., sob licença de Turbine, Inc.

dor o tempo todo. Há momentos em que você pode sair do corpo. Nos jogos, há um certo componente Zen. No calor de um combate em massa, eu não sinto dor. Estou pensando, 'Puta que pariu! Ele está disparando contra mim! Ele tem uma espada enorme, e isso é ruim!' Portanto, há uma espécie de fuga aí também. É algo inacreditavelmente poderoso." Ludwig, como Kaylasara, indo de um universo para outro, transcendia os limites do seu corpo fragilizado. Não somente os jogos a distraíam da sua dor, mas também lhe permitiam — através do seu avatar — fazer coisas que ela não seria capaz de fazer na vida real. E ela não se referia a proezas ultra-heroicas. "Não posso mais correr descalça sobre a grama. Isso é algo que eu não posso fazer. Mas meu avatar pode."

Tenho uma lembrança muito clara de uma ocasião em que ensinava minha mãe a jogar um jogo, por volta de 1984, no nosso console Intellivision. Ela não se saiu muito bem. A "Antiga Sara", pré-aneurisma, era ágil, atlética e tinha raciocínio rápido. Ela mergulharia de cabeça sem medo. "Claro, garoto, eu vou jogar. Me mostre como essa coisa funciona." Provavelmente ganharia de todas as crianças do bairro. Mas o jogo era confuso demais para a mãe pós-aneurisma, com as suas deficiências, incluindo uma mão paralisada, um corpo fragilizado e a visão e o cérebro desordenados. Os gráficos passavam pela tela num borrão caleidoscópico. Qualquer um desses MMOs modernos também seria incompreensível para ela. Era uma pena, porque Ludwig me ajudou a ver como a minha mãe poderia ter gostado dos MMORPGs se não houvesse sido tão afetada. Imaginar minha mãe jogando novamente era uma fantasia intrigante. Minha mãe se reconstruindo. Escolhendo um novo corpo. Tornando-se alguém plenamente capaz outra vez. Minha mãe correndo outra vez... Uau.

Enquanto conversávamos, foi difícil não me emocionar com a história de Nissa Ludwig. "Às vezes, o simples ato de me abaixar e pegar alguma coisa que está no chão...", começou ela, e fez uma pausa. "Eu me abaixo e pego coisas que estão no chão do mundo do jogo tão bem quanto você." Os jogos dão uma nova vida social às pessoas com deficiência, novas habilidades sociais, uma nova casa e uma nova maneira de interagir. "Eu acho que os designers de jogos nem sabem o que estão fazendo. Você não fica simplesmente olhando para a parede, assistindo TV ou comendo e engordando até morrer." Ao passar o dia inteiro sentado em casa, ela me disse, você começa a querer ter um projeto; se não consegue sair, o lugar "começa a parecer uma jaula". Quando ela me disse "estou sentada aqui, quase chorando, porque eles me devolveram tudo isso. Ter algo tirado de mim e depois conseguir de volta...", ela não era a única que estava prestes a chorar[34].

Em seguida, para terminar a nossa conversa, Ludwig me disse algo muito estranho. "Ficar doente foi uma das melhores coisas que me aconteceram. Quando o sol surge, é uma celebração. Minhas pernas não funcionam, mas meus braços, sim. E vamos em frente. Não preciso de uma máquina para poder respirar. Você aprende a ser grato por coisas que nem mesmo consegue ver."

No início da minha jornada, eu considerava que as pessoas que se interessam por jogos online estavam em um patamar diferente dos geeks do RPG. Inicialmente, ao conversar com jogadores de D&D e de LARPs, eu me preocupava com o quanto eles eram nerds, e perguntava se ainda podia fazer parte daquela tribo. Com os jogadores do WoW, eu me perguntava se eles eram malucos e viciados, e tive dificuldade para entender a atração que aquele jogo causava. Mas as duas perspectivas estavam incompletas. E havia aspectos ocultos dos MMOs — benefícios que iam além do mero entretenimento — que eu estava começando a perceber.

Embora a minha incursão pelos MMOs tenha sido edificante, eu estava começando a me cansar de monitores de computador e jogos que eu só conseguia ver. Eu queria tocar. Um 3D de verdade. Estava ansioso para visitar o mundo real da fantasia outra vez. E estava pronto para ver mais algumas bandeiras da bizarrice hasteadas em um evento chamado Dragon*Con.

---

[34] Quando conversei novamente com Ludwig, alguns meses depois, sua saúde estava ainda mais deteriorada. "Estou tendo dificuldade para usar o teclado", disse ela. "A doença é progressiva e degenerativa. Está ficando pior, e isso é uma parte do que acontece. Tenho dias bons e dias ruins." Recentemente, ela teve cerca de "mais ou menos sessenta desses [dias ruins] seguidos".

Regras e políticas

Reservamo-nos o direito de convidá-lo a se retirar da convenção e de nos recusarmos a ressarcir o dinheiro do ingresso caso se comporte — em termos técnicos — como um babaca.

NADA DE ACAMPAR NOS SALÕES OU NO SAGUÃO! Se você for encontrado dormindo nas áreas públicas, pediremos que volte ao seu quarto de hotel. Se não tiver um quarto, a segurança do hotel ou do evento será forçada a pedir que você se retire. Verifique os fóruns de mensagens para encontrar pessoas que procuram por outras para dividir quartos e custos.

Por favor, não abuse das nossas instalações nos hotéis ou no local da convenção. Isso inclui colocar placas ou anúncios nas paredes. Há locais públicos especificamente reservados para isso. Cartazes sobre festas nos quartos e outros anúncios também podem ser entregues no nosso balcão de informações para serem incluídos no Dragão Diário. *Não destrua as instalações: nós gostaríamos muito de realizar esta convenção novamente, e debaixo de um teto...*

Pessoas fantasiadas, lembrem-se de que não estar trajado NÃO É um figurino aceitável, e que há leis sobre a nudez em público no estado da Geórgia. Por favor, usem roupas apropriadas (ou pelo menos em quantidade suficiente) nas áreas comuns.

— extraído do programa da Dragon*Con (2008)

13

Você Tem que se Transformar na Convenção

Minha Jornada a Atlântida: Uma Descrição das Raças Nativas, Abrangendo Comentários sobre Suas Peculiaridades, e Outras Observações Pessoais, por Ethor-An3

DIA 1, 16h00: Eu já havia ouvido falar sobre essas criaturas — algumas delas humanoides, outras não — que se reuniam todos os anos no final do verão para tomar de assalto uma certa cidade perdida, Atlântida. Assim era o seu hábito havia vinte e dois anos, uma reunião na Dragon*Con. Eles se misturam livremente com os habitantes permanentes e se agrupam em quatro territórios (Hyatt, Hilton, Marriott e Sheraton). Descarregam seus equipamentos de combate: asas de dragão, perucas, rabos felpudos; aparelhos chamados de "caixas térmicas" e laptops; rifles mastodônticos e conjuntos de armadura reluzentes. Alguns usam capacetes ou botas de combate, ou camisetas comuns decoradas com slogans das suas terras natais: JÁ ABRAÇOU UM HOBBIT HOJE? e EQUIPE DE INSPEÇÃO DE KILTS. Os milhares de seres que comparecem ao local parecem estar ligados por laços sociais, religiosos ou de sangue, cada tribo com sua própria cultura, dialeto e maneira de se vestir.

Com a ajuda de uma amiga amazona chamada Mulher Maravilha, registrei os nomes dos clãs: Darth Vaders, Gandalfs, Supermulheres, Klingons, Hellboys, Indianas Joneses, Wookies, Homens-Aranha, Piratas, Caça-Fantasmas, Cylons, Ewoks, Transformers, Jogadores de Jogos de Tabuleiro, Gueixas, Céticos, Capitães Kirks, X-Men, Harry Potters e Ex-Astros. Encontro um panfleto grosso intitulado PROGRAMA DE BOLSO — DRAGON*CON 2008, que contém conselhos e recomendações administrativas muito úteis. Fico reconfortado ao ler as seguintes regras:

> Por favor, respeite nossos regulamentos sobre armas. Todas as armas devem ser não funcionais e estar lacradas. Armas de projétil incluem pistolas de água, sprays de serpentina e pistolas que disparam bolas de pingue-pongue. Armas com lâmina devem ficar guardadas em mostruários ou embainhadas a todo momento. Nada de andar por aí fazendo coisas sem noção ou ficar se exibindo nas áreas comuns. Qualquer arma usada de maneira ofensiva será confiscada, e não será devolvida nem mesmo sob fiança.

Eu não tinha certeza do significado de "lacrar" uma arma. Evitei os tribais que carregavam as armas mais pesadas e aqueles com as maiores pochetes.

DIA 2, 11h00: Não acho que essas forças estejam aqui para conquistar Atlântida. Acho que eles vieram para absorver alguns dos ensinamentos mais elevados transmitidos pelos mais velhos e mais sábios de seus respectivos clãs. Eu também passo várias horas absorvendo todo conhecimento que posso. Em "painéis" e "seminários", humanoides vestidos com roupas comuns ficam sentados em um palanque ou outro lugar de honra. Seguidores, frequentemente vestidos de maneira igual como "gamers", "marines" ou "elfos", ouvem com atenção um discurso animado sobre uma grande variedade de tópicos: "Como Sobreviver a um Apocalipse Zumbi"; "Uma Hora com Lex Luthor"; "Do Que É Feito um Herói"; "Liberdade de Expressão e Questões Relativas à Privacidade para Blogueiros e Podcasters Focados na Sexualidade Positiva"; "Escola de Etiqueta para os MMOs"; "Forja Japonesa de Espadas"; "Reflexões Sobre uma Década de Exploração Paranormal"; "Aiya E'rendil Elenion Ancalima!: Aprenda a Falar e Ler em Élfico". Os Dragon*Conianos se agrupam para os shows de música, festas, oficinas, cantorias, sessões de perguntas e respostas, exibições de vídeos e filmes, batalhas entre robôs e desfiles. Uma das competições parece ser bem divertida: O Concurso de Beleza Miss Império Klingon de 2008. Em seguida, os clãs voltam a se dispersar em um caos generalizado. Alguns congregam e compram bebidas. Outros retornam aos seus domicílios para dormir. Ou para vomitar.

DIA 3, 19h00: À noite, os tribais mais extravagantes e ousadamente adornados — homens sem camisa, mulheres com corpetes justos — deixam a segurança de seus domicílios para se misturar com a população local. Eles examinam uns aos outros e registram suas imagens com aparelhos chamados "câmeras digitais". Isso pode ser um ritual de acasalamento ou um meio de extravasar tendências exibicionistas. Ouço uma das criaturas, que está vestida com trajes sumários, dizendo: "Algumas pessoas simplesmente gostam de andar por aí usando apenas a roupa de baixo".

DIA 3, 2h30: Embora eu seja um desconhecido aqui, após consumir algumas bebidas embriagantes, a tribo agora me aceita. Não importa como alguém se veste, ou qual religião ou filosofia

— Starship Enterprise, Yoda, Speed Racer — essa pessoa abraça. Sim, sim, sim... todas as crenças são bem-vindas. Todos são iguais! Eu agora penso que os Dragon*Conianos habitam as essências dos seus líderes tribais. Como algumas culturas em outras terras que observei — aquelas que usam máscaras e peles de animais —, eles imitam seus gurus espirituais, e, ao fazê-lo, ganham mais poder e respeito. Acabam se tornando deuses e monstros. Ou, aqui, o que chamam de "super-heróis" e "astros".

Bebo um elixir chamado de "Jack and Coke" e começo a filosofar. Será que uma gata gótica, uma amazona ou uma enfermeira zumbi me aceitariam? Seriam atraídas pelos meus encantos masculinos? Infelizmente, meu alojamento não está numa localização muito central. E está cheio de invasores de outro tipo, outras tribos, os chamados "empresários", as "dondocas" e "fãs de futebol americano".

É UM RELACIONAMENTO INTERESPÉCIE

Foi divertido fingir que eu não era eu mesmo durante a visita à Dragon*Con, e sim que eu era Ethor-An3, um visitante de outra época ou outro mundo. Estar na Dragon*Con era ser de um universo diferente, e aquela festa de Halloween de quatro dias abraçava todas as subculturas conhecidas. O evento parecia uma mistura entre uma convenção de jogos, um LARP, um evento para campistas e um desfile de moda. A Dragon*Con também tinha ares de conferência acadêmica: ir às palestras durante o dia e às festas quando chegasse a noite. Exceto pelo fato de que ninguém aqui estava vestido como T. S. Elliot ou Virginia Woolf (que eu tenha visto, pelo menos). Mas praticamente todo tipo de universo de fantasia e ficção científica estava representado aqui. Provavelmente metade dos trinta mil participantes veio fantasiada. Ethor-An3, Ethor e Ethorian seriam todos bem-vindos. Era possível disputar jogos durante quatro dias, ir a festas durante quatro dias ou vestir trajes e fantasias durante quatro dias. Esse era um lugar para encontrar seus pares. A minha ideia sobre o universo geek acabou virando de cabeça para baixo outra vez.

Na Dragon*Con, o simples ato de poder observar as pessoas justifica o preço de noventa dólares pelo ingresso. A multidão distorcia o contínuo espaço-tempo e os universos ficcionais. Forças opostas coexistiam. Batman, Robin e a Mulher-Gato conversavam com a Medusa, Obi-Wan Kenobi e a boneca de pano Raggedy Ann. Um Alien andava lado a lado com um Predador. Pessoas vestidas com trajes típicos de *Guerra nas Estrelas* toleravam seus rivais de *Jornada nas Estrelas*. Até mesmo os super-heróis dos quadrinhos da DC conversavam com seus equivalentes da Marvel. Vi uma criatura peluda azul e familiar carregando um rifle AK-47. "O Monstro do Biscoito na versão 'bad boy'", disse alguém. "Isso não é certo", disse uma mãe, protegendo seu filho pequeno daquela criatura.

Mais adiante no hotel Marriott Marquis, a área onde os táxis estacionam servia como o cenário perfeito para quem quisesse chegar causando impacto. Um clã de caçadores de vampiros, uma trupe de Coringas, um Shrek perdido e vários mortos-vivos desgarrados paravam e posavam. Do lado de dentro a exibição continuava. O interior do hotel era um salão vasto e branco de cento e cinquenta metros de altura cortado por pontes e mezaninos, como uma versão de cinquenta andares da caixa torácica de uma espaçonave projetada por H. R. Giger. Duas mulheres gêmeas de um metro e oitenta de altura, que eram de fato Amazonas, marcharam por ali usando saltos que faziam com que os meros mortais tremessem. E posaram sucessivamente com um Klingon, um Zumbi e um Super-Homem. Vi um Tusken Raider olhando para uma câmera com duas *mamacitas* gostosas que usavam shorts de látex vermelho-bombeiro e lambiam pirulitos gigantes. Elas vieram exibir seus corpos, e muitos tinham um físico esguio e músculos aparentes. Outros mostravam tatuagens, piercings e figurinos de couro. Imaginei os relacionamentos não convencionais e as experiências sexuais. Esses geeks não eram pessoas de quem se pudesse zombar. A única coisa que faltava eram os ruídos onomatopaicos das histórias em quadrinhos — Whaaa? Ka-pow! Owwwch! — flutuando em pleno ar. Na verdade, eu até mesmo vi alguns desses, que os personagens penduravam em alguns postes de sinalização.

Na Calçada da Fama, um enorme salão de baile onde a ralé pode conhecer seus astros favoritos, eu conversei com um casal que veio do Texas. Ela estava vestida como Aayla Secura, uma Jedi Twi'lek Rutiana de pele azul do universo de *Guerra nas Estrelas*. Seu companheiro era um "marine de *Battlestar Galactica*, tático". Perguntei a eles se era comum que os habitantes de reinos diferentes fossem tão amigáveis entre si. Eles disseram que não tiveram nenhuma desarmonia cognitiva, emocional, física ou reprodutiva ao combinarem "universos ficcionais diferentes".

"Não existe o caos, apenas harmonia", disse Aayla. "É o código Jedi."

"É um relacionamento interespécie", completou o marine.

Eu estava interessado em um pouco de ação interespécie. Com o meu próprio boneco articulado. A Dragon*Con rapidamente respondeu uma das perguntas mais insistentes da minha jornada: Geeks podem ser fisicamente atraentes? Pode apostar o seu sabre de luz que sim. Essa empreitada já não parecia ser a mesma. Quando eu era adolescente, as garotas me aterrorizavam. Agora era a hora da redenção. Na verdade, eu vim até aqui para levar a minha Lady Geek para a cama.

Uma pena que eu não tivesse uma fantasia. Imediatamente me arrependi de estar vestindo roupas comuns. Aceitaria até mesmo entrar em uma cabine telefônica e sair dela como o Homem da Camisa Roxa: O Dominador de Mulheres. Role o dado para calcular o dano.

APÓS ALGUM TEMPO VOCÊ ENCONTRA O SEU POVO

Na minha primeira noite na Dragon*Con, orientando-me na zona dos paparazzi do Hyatt, fui abordado por um robô. Parecia um cone de ouro com rebites e uma metralhadora giratória.

"É um Dalek", disse uma mulher que estava ao meu lado quando ele se virou para nós, e depois para alguns caras em trajes militares futuristas. "É um *crossover* entre *Stargate: Atlantis* e *Dr. Who*." O comentário da mulher me salvou do constrangimento de não saber identificar os respectivos universos. Seu nome era Loretta Painter, da Filadélfia, e ela rapidamente me falou sobre toda aquela cena de fãs que se tornam astros. "Estou fazendo isso há muito tempo", disse ela. "Eu cubro a Calçada da Fama." Painter estava vestida de maneira simples: óculos, jeans e camiseta. Não se interessava tanto pelos trajes e fantasias. Estava ali para ver shows como *Stargate*. "Gosto de conversar com os astros. Sou fã de atores. Gasto meu dinheiro suado com autógrafos."

Painter trouxe seus bonecos articulados de *Stargate* consigo, também, e os fotografava em vários locais da Dragon*Con. "É dessa maneira que expressamos nossa reverência como fãs", disse ela. A convenção é uma maneira pública de mostrar a afeição que alguém tem por certos filmes ou seriados. E ajuda

*Uma competidora do 11º Concurso Anual de Sósias de Dawn da Dragon*Con.* Cortesia de Dave Nelson ©2008 (www.davenelson.com) e ©2008 DragonCon/ACE, Inc. Todos os direitos reservados.

as pessoas a fazerem amizade. Os figurinos são uma maneira fácil de identificar subculturas com a mesma mentalidade. "Algumas pessoas vêm aqui vestidas de Indiana Jones, e encontram alguém carregando a arca." (Ou seja, a Arca da Aliança do primeiro filme da franquia, *Os Caçadores da Arca Perdida*). Identificados como membros da mesma tribo de fãs, eles passam o resto do fim de semana juntos. "Após algum tempo você encontra o seu povo. Você não está sozinho."

Painter explicou que, diferentemente de muitas outras convenções, a Dragon*Con é organizada por fãs. Há fãs suficientes para sustentar cada "trilha". Uma "trilha" se refere à maneira como a Dragon*Con foi organizada. As trilhas significam, por exemplo, que fãs de Tolkien, *World of Warcraft* ou *Arquivo X* sejam direcionados para eventos que os interessem. "Todos nós estamos aqui por algum motivo. Respeitamos o que os outros gostam. Sou apaixonada por aquilo do qual sou fã, e outra pessoa é apaixonada por algo do qual é fã." E ela prosseguiu, revelando que a Dragon*Con fez com que ela e outras pessoas se sentissem mais próximas dos astros. Certa vez ela conversou com George

"Sulu" Takei, de *Jornada nas Estrelas*. Mais tarde, Takei a reconheceu em outro evento. Os fãs querem sentir que têm um relacionamento especial com os atores que incorporaram seus heróis (ou anti-heróis). Nas sessões de Perguntas & Respostas, vi vários fãs chegarem até o microfone e começarem dizendo: "É um prazer conhecer você". Na verdade, o fã não "conhecia" o astro, de maneira geral. Ficavam separados por trinta metros no salão de baile. Mas não importava.

Os fãs também queriam informações privilegiadas — sentir que sabiam algo sobre um de seus filmes ou seriados favoritos que ninguém mais sabia. A cultura nerd enfatiza bastante o conhecimento especializado, e a Dragon*Con transbordava com isso: notícias sobre quando um certo jogo/filme/episódio/ilustração seriam lançados. Quando estava a caminho de um painel sobre o aguardado filme *O Hobbit*, apresentado pela página de fãs de *O Senhor dos Anéis*, TheOneRing.net, ouvi uma mulher se gabar para uma amiga: "Mal posso esperar. Vou saber coisas que Steve não sabe". E também havia coisas para comprar. A área de vendas era um shopping center geek: réplicas dos trajes de *Guerra nas Estrelas*, presas de vampiro feitas sob medida, dados, orelhas de látex (de ogro, alto elfo ou orc) e espadas de LARP, todos à venda. Você podia até mesmo encomendar o seu próprio retrato em versão zumbi. Se havia fãs que criaram aquilo, você podia comprar.

Mas Painter não estava totalmente feliz com o seu paraíso de ficção científica. *Stargate: Atlantis* havia acabado de ser cancelado. "Fiquei irritada. Estou irritada", disse ela. "Assim como em qualquer coisa que tenha fãs — futebol americano, beisebol —, você quer ter a sua dose semanal. Você pode ter um elenco de personagens em sua casa por vinte semanas." A luz da vida real se apagava quando um seriado favorito passava à imortalidade e às reprises.

Painter era legal, mas nós não tivemos uma química tão boa. Primeiro *strike* na missão secundária em busca da Lady Geek.

AS CRIANÇAS SÃO CAPAZES DE FAZER COISAS PIORES

"Você não pode simplesmente observar a convenção", disse-me uma mulher que chamarei de Jill. "Você tem que *se transformar* na convenção."

Jill e eu nos conhecemos durante algum momento naquele final de semana. Passamos um tempo falando sobre essas convenções e por que as pessoas saem de lugares distantes — Boston, Califórnia, Inglaterra — para estar aqui. Jill era jovem, com idade universitária, empolgada e eloquente, e parecia ter um passado com seus altos e baixos. Era cerca de vinte anos mais nova do que eu, mas gostava de me chamar de "Querido". Interessava-se por LARPs e outros jogos, e era estagiária em uma pequena empresa de efeitos especiais que atua no ramo das maquiagens e próteses. Jill parecia não ter uma casa, e, quando eu perguntei onde ela estava passando a noite, tive a impressão de que, quando não dormia no sofá de algum amigo, ela dormia no seu carro. Ela me contou que tinha namorado, mas ele não viria à Dragon*Con. Disse que sua mãe foi (ou ainda era) viciada em drogas. E não entrou em detalhes.

Em uma HQ chamada *Monty*, o personagem-título, um inventor que é o típico nerd, se veste como super-herói. Ele enfrenta questionamentos da mídia, que deseja saber se ele sofreu algum trauma de infância que o levou a se transformar em combatente do crime. Essa é a história comum a inúmeros super-heróis, como Batman, Homem-Aranha e Super-Homem. Eles superam um passado horrível e canalizam sua amargura e pessimismo, criando uma missão sagrada. Ganham poderes sobre-humanos, mas pagam por eles levando uma vida dupla. Ganham geringonças legais e assistentes incríveis, mas sofrem de um isolamento acachapante. Não podem revelar suas verdadeiras identidades à maioria das pessoas à sua volta. Não é de espantar que os super-heróis tenham tendência a se aproximar de outros super-heróis. Eles são capazes de entender a dor um do outro.

Nos quadrinhos, Monty diz: "Eu tive uma infância perfeitamente normal e feliz. Totalmente normal. Muito, muito normal". Há uma pausa e um quadrinho sem balões. "Ok", prossegue Monty, com os lábios trêmulos. "Bem, talvez a minha mãe tenha exagerado um pouco quando o assunto era me ensinar a usar o v-v-vaso sanitário."

Era uma piada, mas aquela tirinha tocava em um assunto importante. O desejo de ser herói pode advir de uma crise de infância mal resolvida. Brincar com alter egos permite que os super-heróis escapem de si mesmos para fazer o bem. Jill, como eu, procurava apoio na fantasia e na interpretação de personagens quando as coisas ficavam difíceis no campo emocional. Nem todo jogador de RPG tinha um passado complicado, mas muitos deles tinham, e o fato de que Jill e eu compartilharmos desse fato fez com que eu me perguntasse quem mais no enxame que povoava a Dragon*Con havia escapado dos seus traumas, ou se ainda tentava fazê-lo.

Quando Jill e eu nos encontramos novamente, várias horas depois, contei a ela sobre um casal que se vestia de maneira mais conservadora que eu vi tomando coquetéis no saguão do Hilton. Eles saíram de uma cidade rural na Geórgia, vieram a Atlanta assistir à exibição de um filme cristão e decidiram passar um fim de semana tranquilo. Reservaram um quarto no hotel sem saber que a Dragon*Con havia invadido o lugar. Não imaginavam que "esse tipo de coisa" existisse "em escala tão grande".

Recuperando-se do choque inicial, eles estavam sentados em poltronas diante de um salão de karaokê onde uma mulher que usava um biquíni de malha de aço cantava "Carry On Wayward Son". Perguntei o que tinham achado da Dragon*Con até ali. Percebi que eles procuravam ver o lado positivo.

Ele: Alguns estão aqui apenas para expressar o exibicionismo. Está sendo interessante. É bem diferente.

Ela: Todos foram muito gentis.

Ele: A maioria das pessoas percebeu que não fazemos parte deste grupo.

Ela: É meio bizarro.

Ele: Eu assisti algumas reprises de *Jornada nas Estrelas*, mas nunca cheguei a me tornar um fã mais ardoroso. Crescemos com *Guerra nas Estrelas*, mas nunca nos interessamos tanto assim. Eu lia histórias em quadrinhos, mas nunca mergulhei demais no assunto.

Ela: E essas pessoas já têm seus quarenta e tantos anos e ainda se fantasiam. Há alguns trajes muito bonitos. Dá para ver que algumas pessoas gastaram um bom dinheiro.

Ele: Para mim, chega a assustar um pouco. O que atrai alguém a criar essa outra vida? É de partir o coração quando ouço as histórias desses garotos, as coisas pelas quais eles passam. Se você puder fazer isso e não perder o senso de identidade, pode ser divertido. As crianças são capazes de fazer coisas piores... houve uma vez em que eu usei fantasia tenebrosa do time do Alabama no Halloween.

Será que eu queria "me transformar na convenção"? Que crimes eu e Jill queríamos combater? Talvez um traje espalhafatoso me ajudasse a focar na injustiça que eu queria vingar. Jill se ofereceu para criar um figurino. Queria vir ao meu quarto no hotel para aplicar sua maquiagem. Mais tarde, naquele mesmo final de semana, acabamos nos desencontrando. Ela não respondeu as minhas mensagens de texto. Mas, de qualquer maneira, ela não era solteira.

Nunca mais ouvi falar dela. *Strike* dois. E nada de roupa de super-herói para mim.

AS HISTÓRIAS DEIXAM PARA TRÁS O *STURM UND DRANG* DA VIDA

Se eu não conseguisse encontrar a minha Super-Heroína Gata, iria tentar encontrar algo que fosse quase tão elusivo quanto. Eu estava determinado a conseguir uma conversa cara a cara com alguma estrela do mundo geek. Uma das maiores.

Fiquei surpreso com o quanto eu gostei da Calçada da Fama, que percorri pelo menos meia dúzia de vezes. Gostei de perambular por aquele enorme salão de baile. Astros de filmes e séries de ficção científica, fantasia e horror *cult* ficavam sentados pacientemente atrás de mesas enquanto fãs se enfileiravam para prestar suas homenagens — e pagar trinta dólares por uma foto autografada de pessoas como Linda (*O Exorcista*) Blair ou Peter (*Guerra nas Estrelas*) Mayhew. Naquele ano, as maiores filas se formaram diante das mesas de Avery (*Jornada nas Estrelas: Deep Space Nine*) Brooks, Nathan (*Firefly*) Fillion e Robert (*A Hora do Pesadelo*) Englund. Como um cubo gelatinoso que patrulhava uma masmorra, eu sugava o pó das estrelas.

Observei as expressões nos rostos dos fãs encantados quando finalmente conseguiam encontrar os objetos de sua afeição. Procurei por momentos de humanidade naquelas estrelas. Quando eles baixariam a guarda ou pareceriam estar tristes ou arredios?

Será que eu veria Walter "Chekhov" Koenig perder a paciência com algum Trekkie irritante? Não havia muitas pessoas formando fila para falar com Mickey "The Monkees" Dolenz, e eu me perguntei se ele estaria bravo. A mesa de Lou (*O Incrível Hulk*) Ferrigno parecia uma cidade-fantasma. No domingo ele já havia ido embora após destruir sua cabine, pelo que imaginei, num acesso de fúria.

Mas a verdadeira razão pela qual eu ficava por ali era poder entrevistar Sean Astin, mais conhecido (e provavelmente assim seria eternamente conhecido) por seu papel como Samwise Gamgi, ou "Sam", o fiel companheiro de Frodo em *O Senhor dos Anéis*.

Comparado a, digamos, Jake Lloyd, o Anakin Skywalker do péssimo *A Ameaça Fantasma*, Astin era um superastro. Três sessões de perguntas e respostas foram agendadas com Samwise durante a Dragon*Con, com várias centenas de fãs na plateia a cada vez. Uma fila começava a se formar na sua mesa sempre que ele se sentava em seu trono na Calçada da Fama. Mas durante todo aquele final de semana os seus assistentes me frustraram. Quanto mais eu tentava conseguir uma entrevista, mais sentia que estava sucumbindo aos meus impulsos latentes de tiete. Tive vontade de furar a fila e marchar até a mesa de Astin para falar diretamente com ele, mas decidi que não era uma boa ideia. Tentei falar com o assistente de Astin mais uma vez pelo celular e deixei uma mensagem.

Se foi impossível conseguir qualquer coisa com Sam, a coisa fluiu bem mais facilmente com Beau Bridges. Ele estava sentado diante de pilhas de fotos dos personagens que interpretou em seus filmes mais conhecidos, como *Susie e os Baker Boys* e *Norma Rae*. O status de Bridge na comunidade geek estava consolidado desde que ele interpretou o General Hank Landry nas várias permutações de *Stargate*. Eu consegui bater papo com Bridges entre os apertos de mão e os autógrafos que ele assinava para os fãs. Observei quando um fã vestido como um cozinheiro todo ensanguentado se aproximou. "Está procurando um hospital?", disse Bridges, com a expressão séria.

Bridges me disse que já havia participado de outras convenções, como a ComicCon, mas aquela era a sua primeira Dragon*Con. "Isso é um fenômeno totalmente novo para mim, essas convenções", prosseguiu ele. "Os fãs de ficção científica são muito dedicados e apaixonados. Os atores não são nada sem o seu público." Perguntei a ele sobre a atração que *Stargate* causava. "As histórias deixam o *Sturm und Drang* da vida para trás. Há uma espécie de diversão nisso tudo." Houve algum encontro particularmente memorável com fãs? "Uma vez um cara me pediu para assinar as plantas arquitetônicas da sua casa. Ele mandou construir a casa com a forma do Centro de Comando Stargate." Ainda assim, Bridges não parecia estar particularmente empolgado. Ou já tinha visto de tudo, ou estava entediado. Ou estava com inveja das filas enormes diante da mesa do universo de *Jornada nas Estrelas*.

Tentei mais uma vez falar com o assistente de Astin pelo celular. Sem resposta.

Para matar o tempo, conversei com um policial sobre os detalhes relativos à segurança do evento. Todas aquelas armas que os marines espaciais e os super-heróis carregavam não eram motivo de preocupação? E se algum Stormtrooper tivesse uma arma de verdade (ou uma pistola laser) e resolvesse abrir fogo? O policial não se abalou. Essa era a sua primeira Dragon*Con, ele disse, mas a exibição de armas fajutas não o incomodava. Acho que ele imaginava que os geeks eram inofensivos.

Voltei para perto da mesa de Astin. Conversei com pessoas que chegavam segurando fichários com folhas plásticas para guardar fotos recém-autografadas. Um pai e um filho passaram por ali carregando lancheiras de *Guerra nas Estrelas*. Perguntei a mim mesmo quanto os atores ganhavam durante uma convenção de longa duração como essa. A equação parecia ser lucrativa: trinta dólares por foto autografada vezes centenas de fãs no decorrer de quatro dias. Uma mulher disse: "Estou aqui só para olhar." Não queria pagar os trinta dólares, mas veio se banhar naquela aura. Um rapaz vestido de Darth Vader estava em uma missão pessoal tentando encontrar todos os atores que interpretaram Vader e pedir que autografassem o interior da réplica do capacete que ele tinha.

Ouvi um casal conversando.

"Está feliz agora?", resmungou a mulher para o homem, que havia acabado de receber um autógrafo de Lance (*Alien*) Henriksen. Ela parecia estar infeliz.

"Estou feliz", disse ele, não tão encabulado.

De volta à mesa de Astin, o tempo já se esgotava. Eu havia passado por ali tantas vezes que eu parecia um fã obsessivo que não conseguia sair de perto dele. Inexplicavelmente, constrangedoramente, eu me senti compelido a ir falar com ele.

— *Sr. Astin... digo... Posso chamá-lo de Sean?* — *Eu ensaiei.* — *Gostaria de saber se...*

Eu assisti a cada uma das palestras de Astin e aos debates de que ele participou. Ouvi seus relatos sobre a experiência de estar no set de filmagem de Peter Jackson. Sabia que ele ganhou e perdeu para diversos papéis. Ri com as centenas de outros fãs quando ele descreveu as guerras com pistolas de água entre Dom (Dominic "Merry" Monaghan) e Vig (Viggo "Aragorn" Mortensen), ou a personalidade casca-grossa de John "Gimli"

Rhys-Davies, ou a admiração que sentia por Ian "Gandalf" McKellen. Como ele chorou quando lhe ofereceram o papel de Samwise. Essas histórias talvez já estivessem sendo contadas há cinco anos, mas ainda assim eu as devorei como se fosse um tiete faminto. Certamente Astin já estava farto disso tudo, não é? Em seguida eu imaginei Takei e Koenig tendo de relembrar histórias da época das gravações de *Jornada nas Estrelas,* que ocorreram quarenta anos antes.

De maneira geral, eu estava curioso para saber como Astin se sentia por haver interpretado um personagem tão querido como Sam. Por causa dos filmes, Astin é Sam para muitos e muitos milhões de pessoas. Ser a encarnação em carne e osso de um dos amados personagens de Tolkien deve ser um fardo imenso para ele. Ou uma honra. Eu queria saber.

Verifiquei meu celular. Nenhuma mensagem.

No final, não consegui meu *tête-à-tête* com Sean Astin. Em vez disso, acabei sucumbindo ao crasso e superficial canto da sereia do mundo dos fãs. Se não conseguisse uma entrevista com Sam, pensei, eu pelo menos ficaria na fila com o resto dos aspirantes a hobbits, elfos e civis. Eu pagaria os meus trinta mangos, trocaria algumas palavras com ele e sairia com minha foto autografada. Não era para mim, claro. Não, não, não. Para a minha irmã, que eu havia convertido em fanática pelos *Anéis*. Ela era a esquisita da família.

E daí que eu era um bobalhão? Eu só queria levar para casa alguma coisa que provasse que eu tive meu momento com Sam. Eu sabia de uma coisa: as minhas obsessões de fã eram suaves se comparadas às dos outros.

Conheci Kyle Presley enquanto esperava na fila de Sean Astin. Ele vinha de uma cidade pequena da Geórgia que ficava a cerca de duas horas de Atlanta apenas para conhecer Astin, e trazia um presente impressionante. "A razão pela qual eu vim até aqui foi pedir a ele que autografasse isto", disse Presley, mostrando-me a fotografia de um desenho que retratava Sam segurando Frodo nos braços no momento decisivo da sua jornada até a Montanha da Perdição. Ele mesmo havia feito o desenho, e provavelmente levou horas para terminar. "Vou dar o original para ele e pedir que autografe a cópia."

"Você vai dar o original para ele?", perguntei. "Tem certeza de que não quer ficar com ele e dar a cópia de presente?" Por que ele faria uma coisa dessas?

"Ele me deu muitos anos de entretenimento. Os filmes. Os DVDs. E eu quero dar alguma coisa em troca." A testa de Presley ficou encharcada de suor enquanto ele esperava ao meu lado. Eu observei quando ele foi até Astin, mas não consegui ouvir o que eles conversaram. Astin pareceu ficar feliz com o presente. Em seguida, Presley voltou para o meio da multidão e desapareceu.

Aproximei-me da ponta da fila. Subitamente, desejei ter levado um presente. Uma bolsa de macramê para guardar lembas ou algo do tipo. Minha vez chegou, entreguei meu dinheiro, recebi a minha foto e me aproximei de Astin.

"Oi... Sam. Digo, Sean."

"É ótimo conversar com você", disse Astin. Certo. Provavelmente eu era o 700º fã a falar com ele naquele dia.

Decidi contar sobre a minha jornada. Balbuciei alguma coisa sobre D&D, Tolkien, Peter Jackson e sobre eu ser um geek regenerado, e sobre a minha mãe, e sobre lembas élficos.

Ele simplesmente sorriu e respondeu: "Cara, que legal". E terminou. Apertei a mão dele e não consegui evitar sentir aquele arrepio na espinha quando a sua aura de ídolo percorreu meu corpo.

"Obrigado." E, sim, eu cheguei até mesmo a dizer: "Sou um grande fã seu."

NORMALMENTE NÃO ME INTERESSO POR FANTASIA

Depois de dois ou três dias perambulando pela Dragon*Con, você não consegue deixar de notar alguns rostos familiares no meio da multidão. Havia o Homem do Corpo Pintado de Prata, o Homem Cavaleiro de Dragão e a Mulher Maravilha de Peitos Grandes (ok, havia mais do que uma). E, é claro, Frodo.

Como vim a saber, eu já havia visto Daniel Gauthier antes. Em uma foto do notório desfile do sábado de manhã da Dragon*Con do ano anterior, Gauthier, como Frodo, foi retratado marchando caracterizado como o personagem à frente do contingente da Terra-média. Nesse ano, eu observei em pessoa conforme centenas de fãs oriundos de todos os universos conhecidos marcharam pelo centro de Atlanta. Grupos de fãs passaram uns após os outros: uma legião de cerca de cem Stormtroopers e um baleiro PEZ com o formato de Darth Vader, que empunhava uma placa dizendo VOTE EM VADER, O CANDIDATO PEZIDENCIAL DAS FORÇAS DAS TREVAS. X-Men gritando palavras de ordem sobre os direitos dos mutantes. Atrás de uma faixa com os dizeres LITERATURA PARA JOVENS ADULTOS, bibliotecárias fazendo sinais com os dedos e gritando "Devolvam os livros que pegaram das bibliotecas!". Klingons em motocicletas. Cientistas malucos carregando placas que exibiam suas risadas malignas, MWAHAHAHAH!. Os Supergêmeos, um grupo de pessoas vestidas como o Lanterna Verde, Batgirl, Ace Ventura, personagens de videogames presentes em jogos como *Halo*, *Warcraft* e *Super Mario*, a Inquisição Espanhola, Espartanos, o Homem Muffin (do filme *Shrek*), os Beatles (a versão do álbum *Sgt. Pepper's*) e o grande destaque do desfile, Adam West, estrela do seriado *Batman* dos anos 1960, conduzido de carona em um Batmóvel. Dá para ter uma ideia. Gauthier havia desfilado nos quatro anos anteriores, e esse não foi exceção. Eu o vi novamente como Frodo, caminhando ao lado de elfos e hobbits de vários tamanhos (já que não estavam na escala definida pelos livros). E também vi Gauthier na noite anterior na festa da Vila de Bri, uma reunião anual de fãs da Terra-média e de outras obras de Tolkien[35].

Foi somente depois de ver Gauthier em uma sessão com Sean Astin no dia seguinte que eu finalmente o abordei. A fantasia que ele vestia era impecável. Ele mesmo havia costurado o seu colete. Com a ajuda de uma oficina de efeitos especiais de Montreal, onde morava, ele fez suas próprias próteses peludas de hobbits a partir de um molde de seus próprios pés. Ele comprou alguns itens, como um manto feito com o mesmo tecido utilizado nos mantos élficos dos filmes, e o anel de ouro em uma corrente que usava ao redor do pescoço. Investiu um bom dinheiro no seu figurino, mas, além disso, o que ajudou a completar a caracterização era o fato de que, fisicamente, ele lembrava um hobbit: baixa estatura, relativamente corpulento e uma cabeleira bem ao estilo de um hobbit.

Perguntei a um franco-canadense de quarenta e sete anos como ele começou a gostar de Tolkien, e ele me surpreendeu ao responder que, até poucos anos antes, nem mesmo gostava de Tolkien. "Eu praticamente fui arrastado para o cinema", disse ele, lembrando-se de quando assistiu ao primeiro filme. "Nor-

---

[35] Durante a festa, eu conversei rapidamente com Gandalf, que se autointitulava "O Abraham Lincoln do mundo da fantasia", e outros personagens, incluindo um cara chamado Chuck, mecânico de caminhões, que usava sobre os ombros uma reprodução feita a mão, com 1,2m de altura, da torre de Barad-Dûr, a fortaleza de Saruman.

malmente eu não me interesso por fantasia." Tudo isso mudou em uma noite. "Eu me apaixonei por Frodo e por tudo o que ele representa", disse ele, com a voz suave.

Quanto mais eu falava com Gauthier, mais ele se abria. Gostava de contar sua história. Antigamente ele se identificava mais com ficção científica e tecnologia, o que casava com a sua filosofia pessimista de que os humanos não eram capazes de viver juntos, de que estávamos destruindo o planeta. Desiludido com a política, o progresso e a civilização durante a maior parte da sua vida adulta, Gauthier sentia-se solitário, introvertido e excluído. "Minha perspectiva sobre a vida era que somente vinte por cento da raça humana era digna de qualquer redenção". Imaginei que Gauthier havia passado por maus bocados.

Foi então que ele assistiu aos filmes da trilogia dos *Anéis* (quatorze vezes desde 2003), e leu os livros. Transformou-se. "A obra mudou a minha vida", afirmou o ex-programador de computadores. "Meu principal interesse se deslocou da tecnologia para as pessoas." E não foi somente isso, mas a sua opinião sobre a raça humana deu um giro de cento e oitenta graus. "Tudo por causa do universo dos fãs. Foi isso que causou uma reviravolta na minha visão de mundo." Através da Dragon*Con, Gauthier desenvolveu o sentimento de que poderia pertencer a uma comunidade. "Alguém que vem de um ambiente sem amigos e chega até aqui..." Ele deixou a frase morrer no ar. "Agora eu tenho amigos." Para Gauthier, esses laços de amizade eram tão fortes quanto os que havia entre Sam e Frodo. Após sua primeira convenção, ele teve muita dificuldade para voltar à vida real. "Chorei por duas horas enquanto dirigia de volta a Montreal. Era a despedida. Eu não sabia se poderia voltar. Pensei: 'Esse é o ponto alto da minha vida. Daqui para a frente, tudo vai acontecer somo se fosse uma corrida ladeira abaixo'. É como abandonar a sua

*Daniel Gauthier como Frodo, caminhando com o contingente da Terra--média no desfile da Dragon*Con.* Cortesia de Dave Nelson ©2008 (www.davenelson.com) e ©2008 DragonCon/ACE, Inc. Todos os direitos reservados.

família." Mas ele realmente voltou, e agora deixa a sua casa em Montreal fechada durante dois meses por ano e vai para o sul a fim de estar com seus amigos e participar de convenções.

Na Dragon*Con, Gauthier também encontrou uma causa na qual acreditar. Uma mulher envolvida na comunidade dos fãs de Tolkien havia sido diagnosticada com esclerose lateral amiotrófica (ELA), também conhecida como doença de Lou Gehrig. Ela estava morrendo — "lentamente perdendo a mobilidade e tendo cada vez mais dificuldade para falar" —, mas a comunidade dos fãs de Tolkien decidiu ajudar. "Ela está aguentando firme até o fim. Está mais forte do que antes", disse Gauthier, com os olhos cheios de lágrimas. Eu a vi na Dragon*Con, em uma cadeira de rodas, também vestida como Frodo Bolseiro. Algum tempo depois do meu primeiro encontro com Gauthier, no mês de novembro, fãs envergavam seus trajes inspirados em Tolkien e Harry Potter mais uma vez para marchar em um evento diferente — a Marcha da Associação da ELA da Geórgia para Vencer a ELA.

Gauthier revelou que a experiência de encontrar uma nova comunidade através dos grupos de fãs de Tolkien, e a penúria da sua amiga, lhe deram a autoconfiança necessária para se transformar em líder. Ele trabalhava como voluntário para a Cruz Vermelha. E também ajudou a organizar "Uma Festa Muito Esperada", uma recriação da celebração de aniversário que dá início ao livro *A Sociedade do Anel*, realizada em um vilarejo de uma comunidade Shaker no estado do Kentucky em setembro daquele ano. "Nosso alvo é conseguir 144 pessoas. Esse era o número de hobbits na festa de Bilbo." Durante quatro dias o festival incluiria comida, bebidas, pessoas contariam histórias, haveria palestrantes convidados, apresentações musicais, fogueiras e passeios pelas montanhas e pela floresta. "Estamos tentando remover o máximo de coisas modernas que conseguirmos." Posteriormente ele escreveu sobre a festa: "Foi um evento maravilhoso, e para alguns chegou até mesmo a ser uma experiência transformadora." Um retiro espiritual para hobbits — seres simples que representavam "aquilo que deveríamos ser".

Eu tive de admitir que aquela era uma das razões que me atraíram para algo que muitos diziam ser uma história de fantasia boba e sem sentido: os hobbits. Eles nos representavam, mostrando o que poderíamos fazer em um mundo idílico — viver em harmonia com a natureza e uns com os outros, tomar cerveja, compartilhar comida, rir, dançar e tocar música.

O que foi exatamente que Gauthier encontrou em Tolkien? Acredito que tenha sido uma mente irmã. Gauthier compartilhava a ideia de Tolkien de que a sociedade industrial e tecnológica era a vinda de Mordor. Assim como Mark Egginton, ele acreditava que os políticos e a mídia falavam com a voz de Saruman. O anel que Gauthier levava preso ao pescoço se tornou "um símbolo de tudo que eu desprezo no mundo". Tive a sensação de que ele queria jogá-lo nas chamas da Montanha da Perdição. Mas, estudando os temas do livro — amizade, sacrifício, perseverança —, Gauthier não se sentia mais tão pessimista. Em seu escapismo, ele se inspirou não apenas a perseverar, mas a ir adiante, a ser corajoso e a se destacar. "Uma das responsabilidades do ser humano é tomar suas próprias decisões. Levei quarenta anos para aprender essa lição. É difícil fazer a coisa certa; sempre foi assim. Você precisa desenvolver a força. E não estou falando da força física." Creio que ele estivesse se referindo à força para dar uma virada em sua vida, envolver-se com o mundo e encontrar a esperança outra vez.

Como a rainha élfica Galadriel diz a Frodo, "Até mesmo a menor das pessoas é capaz de mudar o rumo do futuro".

ATRAVESSANDO AQUELAS PORTAS OUTRA VEZ

Convenções de fãs não eram simplesmente locais para procurar parceiros românticos; eram também um lugar para encontrar velhos colegas de trabalho e amigos. Como a Dragon*Con era realizada em Atlanta, eu fiquei empolgado com a possibilidade de rever alguns dos jogadores de *Forest of Doors*. Mais de um ano havia se passado fora do ambiente do jogo e todos haviam retornado às suas vidas, assim como eu havia voltado a cuidar da minha em Boston. Fiquei curioso para saber o que havia acontecido nesse meio-tempo.

Fui até a área reservada para os grupos de LARP, onde um banner do *Forest of Doors* estava pendurado sobre uma mesa.

Reconheci Sir Talon imediatamente. Charles Kelley estava lá, junto com outro mestre de jogos de FoD. Eles se divertiam com uma variante do jogo da velha, observando a multidão em busca de indivíduos que atendiam a certos critérios descritos em cada um dos quadrados do jogo: "Personagem inorgânico comendo (por exemplo, um robô)"; "Qualquer criatura macacoide"; "Grupo de quatro homens com cavanhaque"; "Darth Vader falando no celular"; "Avalanche de corpetes +3". Teriam um longo dia de trabalho pela frente.

"Estou muito feliz por você ter vindo à Dragon*Con", disse Kelley. Estava usando uma camiseta que o identificava como Gênio do Mal. "Este é o epicentro da cultura nerd. Você pode ser o Boneco da Michelin se quiser."

Além da cabeça e do rosto raspados, sua vida mantinha mais ou menos o mesmo *status quo*. Ainda escrevia material para empresas de jogos, e, como tinha "dupla cidadania na cultura nerd e na cultura hipster", também se encontrava com seus amigos fãs de punk rock. "Tenho uma vida dupla", disse ele. "As questões referentes a Apsara e os refugiados das Montanhas Sombrias não pesam tanto na minha mente quando estou em um show da banda Mogwai ou tomando uma cerveja Pabst Blue Ribbon com amigos que usam cintos com fivelas com o formato dos controles do Nintendo. Duas fantasias diferentes, eu suponho." Mordaz como sempre.

Mas muito havia mudado para outros habitantes da Floresta dos Portais. Christopher Tang não pôde ir à Dragon*Con; sua esposa teria o primeiro filho naquele fim de semana. Perguntei a mim mesmo em que medida a sua vida mudaria em relação aos jogos. Conforme as pressões familiares e da paternidade se acumulassem, a resposta seria um aumento ou uma diminuição das doses de fantasia? Os geeks estavam crescendo, mas não se desapegavam dos seus jogos. "Ser pai me afastou mais disso tudo do que eu esperava", Tang me disse mais tarde. "Mas continuo empenhado com o *Forest of Doors*. É algo que eu ajudei a criar e é o único espaço no qual eu não sou um funcionário ou um pai de família."

No caso de Chris Jones, que interpretava Leif Thorsson e Magnus Tigersblood, ele e sua esposa Rachel agora tinham uma filha. Eles a chamaram de Katriel Arwen (fãs, verifiquem suas enciclopédias sobre a obra de Tolkien). A menina dificultava um pouco o estilo de jogo do casal, e eles tiveram de passar alguns meses longe do LARP. "Amo minha filha, mas não vou condená-la a viver eternamente entre geeks, nerds e as coisas de que eles gostam", ele me disse enquanto trocava a fralda da criança. "Vamos fazer coisas. Vamos viajar, acampar, caçar, ensiná-la a praticar esgrima e fazer ginástica. Não apenas ficar sentados jogando ao redor de uma mesa." Ainda assim, Chris e Rachel trouxeram Katriel Arwen para a convenção.

Desde a última vez que vi Jones, ele havia começado a jogar com um terceiro personagem em *Forest of Doors*: Jack of the Spear, com uma personalidade menos violenta, um trovador-caçador do povo das fadas que compunha canções sobre outros personagens. Ele e outros jogadores ensaiavam música regularmente. "O meu objetivo é ter, digamos, vinte canções compostas para cada reino, e pelo menos vinte que sejam únicas para a Floresta, e que sejam apresentadas regularmente." As canções abrangiam vários gêneros: folk, blues, bluegrass, country e rock. E pesquisava também estilos musicais indianos e orientais. Ele queria escrever duas óperas, sendo uma delas uma "ópera goblin — imagine 'Bohemian Rhapsody' do Queen, uma ópera rock nesse estilo". O homem tinha sonhos.

Em dado momento, Rachel se afastou e Jones e eu tivemos tempo para conversar mais sobre a fascinação que ele tinha pela fantasia. Enquanto empurrava o carrinho de Katriel, Jones relembrou os dias em que jogava *World of Warcraft* e *Diablo*, outro MMO, com seu pai e seu irmão. "Era uma coisa que fortalecia os laços entre nós"[36]. Jones disse que não jogava mais *Warcraft*, mas outro MMO o encantou: a contraparte maligna de *City of Heroes*, um jogo chamado *City of Villains*. "Com inteligência e poderes diabólicos, os jogadores criam novos vilões com superpoderes", proclama o site oficial do jogo, "em uma tentativa de dominar o mundo". Só malvadezas.

Começamos a admirar as pessoas fantasiadas que passavam diante de nós. Sua opinião sobre a Dragon*Con? O evento permite às pessoas "mostrar um eu idealizado, ou algo que a pessoa nunca conseguirá ser". Lembrei-me de que Jones era um veterano de guerra e recitei o velho slogan do exército americano: "Seja tudo que você pode ser". Diante da quantidade imensa de pessoas na convenção que estavam vestidas com figurinos pseudomilitares, eu me perguntei quantas delas imaginavam o exército como uma experiência de interpretação de personagens com um orçamento gigantesco.

Eu estava bastante curioso sobre as experiências de Jones no Iraque e no Afeganistão. Ele viu muita ação; será que o seu passado gamer afetou a sua perspectiva sobre a guerra? "Sim, duas ou três vezes", disse ele. Jones era o chefe da tripulação de um cargueiro C-17, responsável por carregar a aeronave e garantir que ela decolasse. "Em uma zona quente", explicou ele. O combate "normalmente acontecia por causa de um hospital móvel sendo atacado." Os inimigos abriam fogo contra as barracas, as pessoas

---

[36] Houve um momento em que o pai de Jones se envolveu profundamente com o WoW. Ele conheceu uma mulher online e, após algum tempo, envolveu-se romanticamente com ela. Ela lhe pediu dinheiro emprestado. Jones teve de impedir o pai de fugir para o Texas com a mulher.

em seu interior eram feridas, mas o seu C-17 não saía do chão até estar cheio. Ele disse que a violência ao seu redor "transformou-se em 'ruído', na maior parte, se é que isso faz algum sentido. Eu era capaz de ouvir os tiros e sabia o que estava acontecendo, mas afastava aquilo da minha mente". Vários dos seus amigos morreram. "E ainda estão [morrendo], para falar a verdade."

Sua experiência com a guerra tornava difícil levar a sério a violência e os combates simulados em um RPG ou um LARP. "Eu sei que, quando as pessoas fazem sacrifícios ou suicídios 'heroicos' ou qualquer coisa do tipo no universo do jogo, elas não têm uma ideia muito apurada do que estão fazendo." Os jogos podem se dar ao luxo de chamar um "hold" — um comando que faz com que todos os participantes interrompam o que estão fazendo —, que não é nada parecido com a coisa real. "Se você está perguntando se o combate de verdade me tornou um guerreiro melhor dentro do jogo, a resposta é não. As duas coisas são totalmente diferentes. Posso ter um conceito melhor sobre logística, ou até mesmo uma ideia melhor sobre as táticas das outras pessoas, mas são duas coisas separadas na minha cabeça." Jones não gostava de falar sobre a guerra e ficava emocionado quando refletia sobre as suas perdas. Mas ali ele era um cara comum, um pai, um marido. Não um astro de filmes de ação com o cabelo perfeitamente cuidado. Um verdadeiro combatente, um herói de guerra. E um sobrevivente. Assim como eu, meus irmãos e minha mãe.

Tive vontade de saber se sua escolha de jogar com Jack em vez de com Magnus não estava relacionada a ser pai, ou a ter alcançado alguma espécie de paz interior em relação ao serviço militar. "Teve mais a ver com a postura e os objetivos do personagem — respondeu ele. Magnus era um brutamontes, um cabeça-dura. Jack era mais brincalhão e positivo". Mas ele insistia que Jack não era um pacifista. "Ele é um caçador."

Rachel voltou a se juntar a nós. Eles empurraram o carrinho por entre a multidão que abarrotava os corredores da Dragon*Con. Esperamos na fila de um dos eventos e um homem indicou Katriel com um gesto, dizendo: "Isso mesmo! Tem que começar cedo!".

Jones amava a sua filha. Mas não esperava que bebês fossem uma coisa tão divertida, ou tão real. "Ela é uma fantasia que se tornou real. É uma magia que eu posso até mesmo tocar." Ele fez uma pausa. Parecia estar encantado. Em seguida, acrescentou: "Não vamos deixar que ela se envolva com jogos até ter pelo menos dezesseis anos".

UMA INFINIDADE DE PERSONAGENS

Geeks que tinham filhos. Será que alguém tentava me enviar um sinal? O mundo real começou a se mesclar com a fantasia. Mais tarde, no bar elegante do Marriott Marquis, junto com soldados de *Battlestar Galactica*, outra Mulher Maravilha e um guarda de segurança de verdade, assisti Barack Obama fazer o seu pronunciamento inaugural na Convenção Democrática Nacional. Então isso poderia ser a nova América.

Foi então que eu vi um senhor idoso sozinho, tomando uma bebida em um mezanino e olhando para baixo. Alto e usando uma camisa social, já devia ter seus setenta e poucos anos. Não exibia um crachá da Dragon*Con. Eu quis saber o que ele estava fazendo ali e o que pensava da infinidade de personagens que passavam abaixo dele. Depois do meu fim de semana em busca de ilusões, ali estava um cara comum. Roupas normais do dia a dia. O antigeek.

"Aquele ali é impressionante", disse ele, com um sotaque britânico, apontando para uma pessoa fantasiada como um dos avatares de *Warcraft*.

Eu percebi que sabia quem era o homem, mas não quis atrair a atenção para ele. Assim, desejei-lhe boa-noite e me misturei ao burburinho. Alguns minutos depois, eu me arrependi. Reuni coragem para lhe fazer algumas perguntas e voltei a atravessar a multidão. Mas, quando retornei ao mezanino, ele já havia ido embora. Eu havia falado com David Prowse, o homem que interpretou o *verdadeiro* Darth Vader (não vamos confundi-lo com James Earl Jones, que emprestou sua voz a Vader). No rastro de Prowse restavam apenas imitações de Darth Vader, Jedis e Stormtroopers, todos socializando com bebidas nas mãos. Pessoas que interpretavam personagens. Não eram a coisa real.

Não encontrei minha Lady Geek. O fã dos *Anéis* que existia dentro de mim estava apenas parcialmente saciado. Terminar com o Lorde Sombrio dos Sith parecia ser uma boa dose de justiça poética. Mas, como Ethor-An3 poderia dizer, observando a cena em um estado parcial de embriaguez, eu era tão bem-vindo ali quanto em qualquer outro lugar. As enormes asas de morcego da Dragon*Con abraçavam todos os tipos. Essa era a lição da convenção. Mesmo que, pessoalmente, eu não houvesse abraçado ninguém.

Voltei a passos lentos para o meu hotel, passando pelo verdadeiro Planeta Terra, pela zona inclemente de Hooters, Hard Rock Cafés e fãs de futebol americano em pé de guerra que haviam viajado até Atlanta, ou Atlantis, ou seja lá onde eu estivesse. Havia pessoas se congregando em festas armadas no porta-malas dos carros nos estacionamentos, cada um dos lados vestido com uniformes iguais: um dos lados (Clemson) com camisetas, camisas polo e bonés laranjas e o outro (os fãs do time do Alabama) em vermelho. Eles cambaleavam de um lado para outro, quebravam garrafas, tentavam encontrar seus hotéis, apegavam-se aos seus deuses e heróis, nem mais nem menos bizarros do que o restante de nós.

Minha jornada pelos reinos da fantasia estava chegando ao fim. Após a expedição até aqui, e também a Pennsic, Lake Geneva, Guédelon, Oxford, Forest of Doors, Azeroth e ao subsolo da loja de jogos do meu bairro, minha identidade de gamer-geek havia sido transformada, testada e aterrorizada. Restava um último lugar na minha lista: Terra-média. Ou a coisa mais próxima da Terra-média que eu pudesse encontrar.

Charlie Rosie: *Como você definiria a sua fascinação pela noção de escapismo?*

Peter Jackson: *Bem, eu acredito — fortemente — em quebrar a barreira quando você vai assistir a um filme. E o que eu quero dizer com isso é que, obviamente, o processo de ir assistir a um filme envolve entrar em uma sala escura, sentar em uma cadeira, e ter, dez metros à sua frente, uma tela. E você olha para a tela. Quando eu era criança, como todos nós fomos — tenho certeza de que era igual para todos vocês —, toda vez que eu ia ao cinema aos doze anos, eu saía da minha poltrona. Não estava mais na minha poltrona. Eu simplesmente entrava na tela. E eu ficava ali. E acabava simplesmente me perdendo no filme. Como adulto, isso não acontece mais com tanta frequência. Não sei se é porque estou ficando mais velho ou se os filmes não fazem mais isso. Mas tentei ao máximo fazer com que* O Senhor dos Anéis *recriasse o tipo de filme no qual o público pode simplesmente se perder, simplesmente entrar no filme e se tornar parte dele.*

— extraído do *The Charlie Rose Show* (22 de fevereiro de 2002)

14

LÁ, OU EM LUGAR NENHUM, E DE VOLTA OUTRA VEZ

A trinta mil e poucos pés de altura, voando sobre o Pacífico, alguns dos meus companheiros no avião da NZ7 rumavam para a Nova Zelândia. Eu rumava para a Terra-média.

Antes de partir, eu comprei o *Guia de Locações dos Filmes da Série "O Senhor dos Anéis"*, que associava cuidadosamente as cenas com os locais onde foram filmadas. Tracei um plano segundo o qual eu pousaria em Wellington, na extremidade sul da Ilha Norte; alugaria um carro e dirigiria para o norte, rumo a Auckland; tomaria um avião e voaria para Queenstown, na Ilha Sul, e depois voaria outra vez para Wellington. Mandei e-mails para empresas de turismo que organizavam viagens para ver as locações usadas nos filmes dos *Anéis*. Eu planejava ver o máximo dos cem locais de filmagem que fosse possível em duas semanas. Queria conversar com pessoas que tinham a mesma obsessão que eu, aquelas que haviam feito a viagem para saciar suas jornadas secretas, e saber o que elas buscavam (ou o que lhes causava tiques nervosos). E, mesmo que a probabilidade de isso acontecer fosse mínima, tentei conseguir uma entrevista com Peter Jackson, o diretor da minha amada trilogia. *Essa* era a minha fantasia.

Qual seria a sensação — emocionante? tola? aterrorizante? — de viajar por um país para testemunhar meras sombras de cenários utilizados em um filme (e em um livro) cuja influência sobre mim eu ainda tentava processar? A única maneira de encarar essa pergunta era embarcar na minha própria peregrinação. Eu queria uma experiência geek de alta fantasia, mas será que conseguiria seguir os passos dos hobbits e dos elfos com uma expressão digna no rosto? Eu esperava que a Nova Zelândia/Terra-média fosse o que eu havia imaginado nos livros e nos filmes, praticamente tudo na minha própria cabeça. Mais do que querer ver aquele lugar, eu *precisava* ver aquele lugar.

Lembrei das palavras de Bilbo Bolseiro pouco antes de sair do Condado para ficar com os elfos. (Sempre suspeitei de que Bilbo — viajante, sonhador e escritor — era o personagem mais próximo do próprio J. R. R. Tolkien, aquele que ele gostaria de interpretar.) Bilbo não sabia exatamente o que encontraria em suas viagens, mas esperava encontrar algo que lhe trouxesse a sensação de completude. "Preciso encontrar um lugar onde possa terminar meu livro", disse Bilbo a Gandalf. "Pensei num bom final para ele: *e ele viveu feliz para sempre, até o final dos seus dias*." Eu esperava encontrar o mesmo, também.

Eu não sabia onde ou como a minha jornada por todos esses mundos de fantasia terminaria — ou mesmo se as minhas próprias andanças chegariam a um fim. Já na estrada, talvez eu sempre acabasse sendo atraído pelo "vasto jogo" que o próprio Tolkien achava ser "fatalmente atraente". Mas comprei a minha passagem de avião assim mesmo. Enchi uma mochila azul com roupas, cadernos, uma câmera de vídeo, meu laptop, meus três CDs com a trilha sonora de *O Senhor dos Anéis* e meus doze DVDs com a Edição Especial Estendida da trilogia e fui rumo ao desconhecido outra vez. Talvez, pelo menos, eu conseguisse encontrar um final para o meu livro.

PROFISSÃO: DUBLÊ DE HOBBIT

“Há um grau de distanciamento entre qualquer pessoa que more na Nova Zelândia e as pessoas que trabalharam em um filme de Peter Jackson”, disse-me Paul Donovan.

Enquanto estava na fila do check-in da Air New Zealand, comecei a conversar com Paul e sua companheira, Kelly Bargh, que viajavam de volta para Wellington após passar três semanas de férias. Kelly era botânica no museu nacional da Nova Zelândia, Te Papa. Paul trabalhava no setor bancário como programador de computadores. Eles jogavam videogame, adoravam filmes e participavam de competições de conhecimentos gerais sobre música que aconteciam em pubs. Em outras palavras, geeks assumidos. Eu lhes contei sobre o meu projeto e, em poucos momentos, já estávamos conversando animadamente sobre a trilogia.

Descobri que o melhor amigo de Paul era primo de Fran Walsh, a esposa de Peter Jackson e sua coprodutora; o próprio Paul, certa vez, usou uma máscara e foi figurante em um dos primeiros filmes de Jackson, chamado *Feebles, os Terríveis*, Kelly conhecia pessoas que construíam os modelos em miniatura na Weta Workshop, a empresa, que ficava em Wellington, vencedora do Oscar de efeitos especiais. Seu amigo foi “dublê de hobbit” em uma cena que retratava uma viagem de canoa filmada no Rio Hutt, não muito longe da cidade.

“Eu também tentei conseguir um emprego como dublê de hobbit”, disse Kelly. “Eu passeava de caiaque naquele rio o tempo todo. E eu era quase do mesmo tamanho que um hobbit. Naquela época eu era menor, também!" Mas seu sonho acabou quando ele descobriu que não conseguiria tirar folga do emprego que tinha na época para ser dublê.

Kelly, Paul e eu não parávamos de tagarelar sobre as coisas das quais éramos fãs em nosso pequeno grupo. Dividimos um táxi do aeroporto internacional de Wellington até o centro da cidade (que eles insistiram em pagar). E se ofereceram para me encontrar para bebermos algo ainda naquela semana. A verdadeira hospitalidade dos hobbits. Seria ótimo conhecer alguém na Terra-média.

Conversando com Paul e Kelly, eu compreendi por que os Kiwis[37] se orgulhavam tanto do seu garoto-prodígio, Peter Jackson. A filmagem de *O Senhor dos Anéis*, que levou dezoito meses, abrangeu três filmes, custou 280 milhões de dólares e foi feita toda em uma só tacada, foi a maior de todas as produções cinematográficas de todos os tempos, em qualquer lugar. Incrivelmente, Jackson, um obscuro diretor Kiwi mais conhecido por suas produções de terror, conseguiu executar o projeto, filmando os *Anéis* em um país que não tinha nenhuma experiência em criar sucessos de bilheteria. A Nova Zelândia não tinha nem mesmo um estúdio com isolamento acústico adequado. Para produzir a trilogia, aparentemente todos acabaram contribuindo de alguma forma. A teoria de "um grau de separação" de Paul era plausível; em uma nação com quatro milhões de habitantes, vinte e duas mil pessoas foram empregadas pela produção.

Quando os filmes dos *Anéis* chegaram aos cinemas e começaram a quebrar recordes de bilheteria, a Nova Zelândia começou a lucrar. No ápice do turismo estimulado pelos filmes, uma cam-

[37] Apelido atribuído aos neozelandeses, que os identifica ao redor do mundo. (N. T.)

panha nacional de relações públicas mostrava a nação como "o Lar da Terra-média". A Air New Zealand usou o slogan "A companhia aérea que vai até a Terra-média" e decorou uma frota de 747s com imagens dos astros do filme. Sim, outros filmes, como *Sideways — Entre Umas e Outras*, *O Campo dos Sonhos* e *Napoleon Dynamite,* haviam provocado uma onda de peregrinações até os locais onde as filmagens foram feitas. Mas, considerando o fluxo constante de turistas, nenhum causou um impacto tão grande na consciência do mundo ou transformou seus próprios cidadãos como a série dos *Anéis*. De 2002 (o ano do lançamento da primeira parte, *A Sociedade do Anel*) até 2006, o número de pessoas que embarcavam rumo à Terra-média subiu de 1,7 para 2,4 milhões, um aumento de quarenta por cento. Cerca de vinte empresas de turismo haviam se especializado nas locações dos *Anéis*.

A trilogia foi uma "oportunidade fantástica de divulgação", disse Jane Dent, gerente-geral de relações públicas internacionais da Tourism New Zealand enquanto conversávamos no meu primeiro dia em Wellington, em um dos andares mais altos de um arranha-céu comercial com vista para a cidade. As indústrias relacionadas ao turismo ainda sentiam a reverberação causada pelo filme. Estrangeiros ainda iam em bandos para lá porque os filmes os haviam inspirado. "Produzimos três comerciais de três horas para serem exibidos globalmente durante três anos", ressaltou Dent. Mesmo que os turistas mais ferrenhos não estivessem mais viajando para a Nova Zelândia unicamente para visitar as locações dos *Anéis*, a trilogia havia colocado o país no mapa do turismo. Em uma nação minúscula, um filme de fantasia havia criado uma realidade lucrativa.

QUEM QUER SER ELFO?

Meu geek exterior — aquele que eu geralmente apresentava ao mundo — estava circunspecto. Mas, desde que vi a trilogia, meu geek interior estava desesperado para conhecer Peter Jackson. Quando me matriculei na faculdade de Cinema, eu queria ser o próximo Steven Spielberg. Essa fantasia altamente irreal não deu muito certo. Ainda assim, continuei a ser fã de cinema e idolatrava Jackson, apenas cinco anos mais velho do que eu e vivenciando os sonhos que eu havia abandonado. E eu também estava bem animado com a possibilidade de me encontrar com Richard Taylor, o principal mago dos efeitos especiais da Weta, que supervisionou a confecção das próteses dos orcs da trilogia, as espadas de aço mola e Gollums digitais.

Antes da minha viagem, aqueles devaneios nos quais Ethan era um figurante nos sets de filmagem dos *Anéis* voltaram a ocupar a minha mente. Antes de sair dos Estados Unidos, enviei e-mails aos assistentes de Jackson e Taylor. Diga-se de passagem, "Peter" e "Richard" haviam se tornado astros por seus próprios méritos. Todos os Oscars e DVDs de "making of" transformaram até mesmo os técnicos subordinados da produção, como os engenheiros de som e construtores de maquetes, em divindades, dignas de estar no panteão de qualquer geek cinéfilo. Mas todos disseram que estariam "ocupados". As respostas que recebi dos assistentes foram bastante educadas, mas sempre no estilo "devido à natureza movimentada deste estágio de produção, [a pessoa com quem você esperava poder conversar] não está concedendo entrevistas nesta época". Ter acesso a qualquer pessoa, com exceção dos recepcionistas, mostrou-se tão difícil quanto entrar pelos Portões Negros de Mordor.

Em vez de conseguir vislumbres dos bastidores ou uma visita ao centro de produção tendo o próprio Peter como guia, eu acabei me contentando com uma turnê de um dia inteiro pelos sets de *O Senhor dos Anéis* com a empresa Wellington Rover. Isso explica por que eu estava diante do que é, ou do que era, a Casa de Elrond, o lar dos elfos. Valfenda.

"Se voltarmos ao plano original aqui, podemos ver que havia um riacho e que ele corria para uma pequena represa", disse Rendall Jack, apontando para o mapa plastificado com os locais de filmagem que trazia na mão, e depois para a área arborizada ao seu redor no Parque Regional de Kaitoke. "E esses dois pontos eram estas duas árvores atrás de mim. Assim, o riacho descia por esta colina aqui" — ele agitou as mãos —, "passava por entre estas árvores e ia até a represa, que ficava nesta outra área, mais abaixo."

Rendall Jack era o nosso guia. Ele dirigia a van da Wellington Rover que levava a mim e mais sete pessoas — dois britânicos, uma australiana, um sueco, um americano e dois finlandeses — sob a garoa de Wellington para o norte, rumo a Hutt Valley (também conhecido como o Rio Anduin, onde Kelly quase alcançou o estrelato hobbit), Harcourt Park (os Jardins de Isengard) e depois de volta à cidade e à Península Miramar, o lar de "Wellywood", os modestos estúdios de cinema de Wellington. Rendall nos levava de um lugar para outro, contando-nos histórias suculentas da época da filmagem e narrando cenas do filme. Como bons fãs que éramos, nós obedientemente tiramos fotografias e gravamos vídeos com nossos celulares, passando diante da casa de Peter Jackson, por uma cafeteria chamada The Chocolate Fish, onde os membros do elenco tomavam chá, e pela praia em Lyall Bay onde os astros aprenderam a surfar. Vislumbramos os Stone Street Studios, onde muitas das cenas interiores e exteriores em lugares cercados foram filmadas. Quando passamos diante da Weta Workshop, Rendall gritou: "Olhem! Lá está

Richard Taylor, lá em cima, na janela! O cara de óculos!" Meu coração saltou. Tão perto, e mesmo assim tão distante. Imaginei-me mergulhando na caçamba de lixo em busca de alguns restos da magia da Weta — um desenho descartado, uma máscara de látex rejeitada ou até mesmo a lâmina gasta de um estilete.

Passamos boa parte da manhã em Kaitoke, o bucólico refúgio élfico, a cerca de quarenta e cinco minutos ao norte de Wellington. As placas do parque nos indicaram o caminho até "Valfenda". Incrivelmente silencioso, exuberante e intocado, era fácil perceber por que aquele local foi escolhido. Claro, as estruturas élficas, que foram construídas em meio à floresta que cobria as colinas, já haviam sido desmanteladas muito tempo antes. Não havia nenhuma legião de figurantes, trailers ou cenários elaborados. Eu sabia disso. Como já havia estudado produção cinematográfica na faculdade e era um estudante dedicado dos documentários de "making of" dos *Anéis*, eu tinha uma vaga ideia do que veria e do que não veria. Ainda assim, fiquei um pouco desanimado. Por exemplo: mais tarde, quando paramos na locação utilizada para abrigar a fortaleza do Abismo de Helm, o local do cerco épico mostrado em *As Duas Torres*, tudo o que havia era uma pedreira vazia, com pilhas de cascalho cinzento e equipamento para fabricar cimento. Não fazia sentido, mas eu subitamente me arrependi por não ter invadido os cenários durante as filmagens alguns anos antes. Eu queria ver Viggo (Aragorn) Mortensen brandindo sua espada e as hordas de Uruk-hai atacando as paredes de isopor. Não era culpa da Wellington Rover, mas eu cometi a tolice de esperar mais do que aquilo. Não aquele... arremedo da Terra-média. Tive de me contentar com o real.

De volta a Kaitoke, perto de onde as tendas de fabricação de adereços e figurinos do elenco e da equipe foram erguidas há alguns anos, nós paramos para tomar chá — ou, como Rendall disse, voltando a usar a língua dos hobbits, o "segundo café da manhã. Na verdade, estamos chegando perto das onze horas". Ele contou que uma das fãs que participaram da excursão foi para trás de uma árvore aqui em Valfenda e voltou usando um vestido azul cintilante, um adereço para a cabeça, um pingente e orelhas pontudas. O casal finlandês conversava em voz baixa, e eu observei que a linguagem em que eles conversavam lembrava o élfico.

"E então, quem quer ser um elfo?", perguntou Rendall, abruptamente. Ele exibiu orelhas élficas de látex e uma espada élfica, uma réplica da espada de Bilbo, Ferroada, para ser mais exato, e uma pequena capa de couro. Queria que nós posássemos para fotos com os adereços.

Eu sabia que Ferroada havia sido dada a Bilbo pelos elfos. Bilbo, por sua vez, a deu a Frodo. *Assim*, eu pensei, *não faria sentido um elfo tê-la nas mãos agora.* Mas fiquei quieto e acompanhei os outros na sessão de fotos. Um por um, na locação onde o galã Orlando Bloom certa vez posou para as fotos de divulgação, o grupo colocou as orelhas e a capa e sacou a espada, fingindo que eram Legolas em uma caçada. Tentei não pensar em quantos fãs mal-lavados haviam usado aquelas orelhas desde a última vez que foram esterilizadas. E fui o único elfo barbudo a caminhar pelos meandros da Terra-média.

Rendall contou histórias e piadas o dia inteiro. Não havia nada em seu gestual ou discurso que sugerisse que ele havia feito isso centenas de vezes antes. Seu entusiasmo era impressionante. Mais tarde ele me disse: "É importante fazer com que as pessoas se divirtam". E o nosso grupo parecia estar se divertindo bastante.

Em particular, Howard e Georgette Sugars, o casal britânico. Eles haviam viajado à Nova Zelândia por causa dos filmes. Ou, pelo menos, esse era o caso de Howard. "É por isso que estou

O autor com orelhas élficas, sacando uma réplica da espada de Bilbo, Ferroada, no Parque Regional de Kaitoke, perto de Wellington, Nova Zelândia. Foto: cortesia do autor.

aqui", disse ele. "Sou um grande fã." Ele havia assistido aos filmes mais de dez vezes, e jogava os jogos eletrônicos baseados em *O Senhor dos Anéis* (e também *Grand Theft Auto*). Quando comprou a caixa com os DVDs de *As Duas Torres*, ele escolheu o kit que vinha com uma estatueta de Gollum. "Ainda não a tirei da caixa", ele me confidenciou. "Vai valer um bom dinheiro algum dia." Já em relação a Georgette, eu não sabia ao certo em que ponto do espectro entre o principiante e o fanático ela se encontrava. Ela mal conversou durante o dia inteiro. Mas parecia contente por estar na Terra-média com Howard. Afinal de contas, aquela era a sua lua de mel.

"Para mim, é simplesmente um escapismo puro", disse Howard. "Eu adoraria poder viver na Terra-média. Seria perfeito para mim."

Terminamos o dia em Mount Victoria (o lugar que serviu de cenário para as filmagens da parte exterior do Condado), um parque florestal com várias colinas no coração de Wellington. Rendall levou o nosso grupo até a trilha onde Frodo advertiu seus companheiros hobbits, dizendo "Saiam da estrada! Rápido!", antes de encontrarem os Espectros do Anel e correrem pela floresta até a Balsa de Buqueburgo. Rendall nos fez posar outra vez. Fiquei junto de Howard e Georgette; nós três nos postamos no topo de uma das colinas e fizemos a mesma pose de um dos Cavaleiros Negros a galope, exatamente no mesmo lugar em que Jackson filmou a cena, em outubro de 1999. Com nossas silhuetas contra o céu, acho que parecemos relativamente malignos naquela foto[38].

---

[38] Na foto, nós três ficamos enfileirados: Georgette fez as vezes da cabeça do cavalo e Howard foi o cavaleiro. Curvado para a frente no fim da fila, eu fiquei responsável por interpretar a bunda do cavalo.

"Tive um dia fantástico", comemorou a jovem australiana quando voltávamos para a van. Ela soltou um suspiro. "Como é possível voltar à realidade depois de tudo isso? Eu gosto de sonhar."

EU ESTRAGUEI A SURPRESA, NÉ?

"Eu sou Ethan Gilsdorf, falando ao vivo da Terra-média", anunciei para a câmera. "Estamos partindo em busca dos elfos! Onde estão esses malditos elfos?"

Dois dias já haviam se passado. Eu havia começado a viajar sozinho, em um Hyundai vermelho alugado. Eu dirigia feito um louco, nervosamente (já que, na Nova Zelândia, os carros têm o volante do lado direito e se dirige no lado esquerdo da estrada). Avançamos o filme rapidamente. Armado com o meu guia das locações, entrei por estradas secundárias. Parei em mirantes cênicos, acionei minha câmera de vídeo e encenei pequenos lances dramáticos sobre a minha jornada, estrelando eu mesmo, dirigido por mim, minha missão heroica. Eu, eu mesmo e Ethan.

Eu havia prometido devolver o carro, incólume, ao aeroporto de Auckland em quatro dias. Meu itinerário não teria um roteiro pré-programado. Eu não tinha nenhum plano feito de antemão ou reservas em hotéis. De Hutt Valley a Kaitoke, dirigi por várias horas rumo ao norte, subindo montanhas, atravessando pastos, contornando gargantas e continuando noite adentro, me perdendo pelo caminho e quase ficando sem gasolina. Em Ohakune, me hospedei em um hotel de beira de estrada chamado "O Hobbit". No dia seguinte, explorei o Monte Ruapehu e o Campo de Esqui de Turoa, onde partes de Ithilien e Mordor foram filmadas. Peguei as minhas miniaturas de *O Senhor dos Anéis* do Kinder Ovo — que eu havia comprado em Paris e que trouxera

As miniaturas de Kinder Ovo do autor: Sam e Frodo na área de "Mordor" da Nova Zelândia, perto do Monte Ruapehu. Foto: cortesia do autor.

para Boston — e imitei cenas do filme, ajudando Sam e Frodo, feitos de plástico e sem expressão nos rostos, a escalar uma pequena Montanha da Perdição. Foi algo completamente ridículo, mas ajudou a me manter entretido enquanto eu atravessava a Ilha Norte.

Em certo momento eu encontrei outro grupo de turistas. Ouvi a conversa deles enquanto o guia explicava como uma sequência em particular havia sido filmada. "Bem, eu estraguei a surpresa, né?", disse ele. "Ha ha ha". Ele viu que eu estava fazendo anotações em meu caderno. "Quer dizer que você é um fã?"

"Ah, bem... sou sim". Eu sorri. Acho que ele não percebeu o punhado de miniaturas que eu tentava esconder no bolso.

"Bem... ok... então." E ele levou o seu grupo para longe de mim.

No terceiro dia, corri pelas áreas desertas do Parque Nacional de Tongariro (Mordor novamente), com a trilha sonora dos

Anéis tocando alto no som do carro. Trompetes e tambores celebravam a minha chegada triunfal. Dum... duh-duh-dum... duh-da-da! Da Rota 1 para a 49, da 4 para a 47, eu observei a paisagem se transformar. Campos e florestas deram lugar a musgos e samambaias; grandes folhas e tufos de grama se misturavam com seixos arroxeados. Magnólias floresciam no pé de um vulcão coberto de neve. As espécies eram familiares e estranhas ao mesmo tempo. Tudo isso ficava justaposto de maneira incongruente, como se um Havaí alienígena houvesse se combinado com uma Suíça que evoluiu de maneira bizarra, abrangendo uma área pouco maior que a do Reino Unido, mas com uma população quinze vezes menor. A Nova Zelândia era um lugar maravilhoso e selvagem que podia se transformar num mundo paralelo. Bastava ignorar as ovelhas.

Cheguei ao Campo de Esqui de Whakapapa quando o sol já se punha. Esquiadores cansados deixavam as encostas nevadas para trás. A névoa penetrava no lugar por entre as fendas nas rochas. Eu tinha aquele cenário misterioso só para mim. Foi ali que Frodo e Sam encontraram Gollum, e ele os levou por entre as ravinas escarpadas de Emyn Muil até os Portões Negros. O cascalho vulcânico, iluminado por trás por um brilho amarelado, causava uma sensação sobrenatural. Andei a passos trôpegos sobre a neve, com os tênis molhados, os pés ignorando o frio, recitando frases ao vento. "Meu precioso... meu preciosssooo..." "Um labirinto impossível de atravessar, com rochas afiadas como espadas!" "Divida o fardo... o fardo." Eu parei. Sentei-me sobre a neve. Precisava recobrar o fôlego. Talvez fosse a altitude elevada, mas meu coração estava acelerado. Bobo, homem bobo.

Passei aquela noite no Chateau Tongariro, um hotel de luxo construído à sombra do Monte Ngauruhoe (um vulcão ativo que fez as vezes de Montanha da Perdição). Durante a maior parte da noite, fiquei jogado no saguão do hotel, tomando cerveja e filosofando sobre o turismo estimulado pelo cinema. Por toda parte os grupos de excursão dos *Anéis* paravam a fim de "reviver a magia", encontrar a locação exata de uma cena do filme e posar para fotos. Mas a paisagem não era somente um simulacro da Terra-média. Ela havia se tornado um lugar onde os visitantes podiam se sentir um pouco mais próximos do que a equipe de filmagem de Jackson havia conquistado. Algumas das pessoas que estavam na peregrinação nunca chegaram a ver os *Anéis* nem sabiam qualquer coisa sobre a sua narrativa heroica. Ainda assim, estranhamente, eles se sentiam atraídos pelo esforço hercúleo da filmagem em si. Outros eram caçadores de celebridades, esperando poder dormir no mesmo quarto que Orlando Bloom havia ocupado. O impulso de fazer parte de uma história maior — independentemente de ser a missão de Frodo ou de Peter Jackson — me pareceu ser a mesma razão pela qual os gamers jogam D&D, um LARP ou um MMORPG. Apenas a narrativa heroica era diferente. Os turistas que seguiam os passos da sua celebridade favorita pareciam tão obcecados quanto os gamers que ficavam acordados até a meia-noite para comprar pacotes de expansão para seus jogos favoritos. Talvez mais.

"Não seria fantástico se os Pilares dos Reis ainda estivessem aqui?", perguntou um guia, referindo-se às enormes estátuas Argonath que foram acrescentadas digitalmente à paisagem. Pedia-se aos turistas que desenhassem, em sua imaginação, as estruturas, os exércitos e as cidades. Depois da minha segunda cerveja, ocorreu-me que talvez Tolkien pudesse ter gostado de ver a Nova Zelândia daquela maneira, sem os cenários élficos, atores bonitos e Balrogs gerados por computador. A experiência era como ler os livros. Sem imagens. A Terra-média, em parte, era uma linguagem, mas, de maneira geral, também um desejo.

Após a minha terceira cerveja, recebi uma informação fantástica: o barman que estava me atendendo cresceu em Billerica, uma cidade que fica nos arredores de Boston.

NADA DE RUIM JAMAIS ACONTECEU AQUI

No quarto dia eu cheguei a Hobbiton.

"Bem-vindo à Terra-média", disse Lesley Hurst enquanto o ônibus de excursão subia a colina. Hobbiton — ou, mais exatamente, "Hobbiton Movie Set and Farm Tours" — era uma fazenda particular em Matamata, uma cidade cerca de duas horas a sudeste de Auckland. Era a única locação dos *Anéis* onde as verdadeiras relíquias das filmagens podiam ser vistas. Quando estávamos dentro do complexo (protegido por cercas, porque os fãs gostavam de invadir o local altas horas da madrugada), eu senti que havia entrado no Condado. Colinas bonitas e pontilhadas por ovelhas se estendiam ao infinito. A chuva encharcava a grama verde, vívida e bem cuidada. "Cuidado com os cocôs de hobbit!", advertiu Hurst, apontando para montes de cocô de ovelha que estavam por toda parte.

Nosso grupo desembarcou. Guia veterana havia cinco anos, Hurst conduzia um grupo de cerca de vinte e cinco turistas por entre os quarenta mil metros quadrados do "cenário verde", o maior já utilizado para fazer um filme. Ele havia decorado e recitava longas passagens de diálogos dos filmes, indicando os locais exatos onde os personagens os disseram. Caminhamos até a "Árvore da Festa", onde Bilbo anunciou: "Sinto informá-los de que o Fim chegou. Despeço-me de vocês com carinho", antes de colocar o anel mágico no

O Hobbiton Movie Set and Farm Tours, em Matamata, na Nova Zelândia, com as fachadas das antigas tocas dos hobbits. Bolsão fica no topo da colina. Foto: cortesia do autor.

dedo e desaparecer. Lesley nos mostrou um pedaço de pedra falsa antes de avisar: "Vou destruir todos os seus sonhos."

Construídas nas encostas estavam as atrações principais — as fachadas brancas que marcavam dezessete das trinta e sete tocas de hobbit originais do filme. Nós subimos a colina. No topo estava Bolsão, onde Bilbo e Frodo viviam. Entrei. Infelizmente, era uma sala quadrada e sem nada de especial, não uma toca de hobbit redonda e com o teto abobadado. Nada de escrivaninhas cobertas de mapas. Nenhuma caneca de cerveja ou pratos de queijo. Nenhuma bengala ao lado da porta. Não havia ninguém em casa.

"Eu só quero ser um hobbit", disse um americano chamado Will Hershey enquanto caminhávamos de volta ao ônibus. "Isto aqui é um lugarzinho bem agradável. O Condado tem uma ótima atmosfera. Nada de ruim jamais aconteceu aqui. De certa maneira, é uma volta à vida rural, da maneira que as coisas eram." Por cinquenta e oito dólares neozelandeses (cerca de trinta e três dólares americanos), era possível ter um gostinho de como as coisas eram. Ou como elas nunca seriam. Pensei em Daniel Gauthier, o Frodo que conheci na Dragon*Con, e imaginei que ele gostaria muito disso. Hobbiton era uma comunidade agrária paradisíaca — uma utopia anacrônica — onde nada acontecia, exceto quando magos apareciam com promessas de ouro e aventuras nas quais alguém poderia matar um dragão. Claro, Hobbiton não era somente um retorno à inocência pré-industrial. Vinte e cinco mil visitantes anuais vindos (de acordo com a última contagem) de oitenta e um países com altas expectativas. Uma parada em Matamata foi acrescentada a pacotes de excursão, muitos deles partindo da Ásia, onde os fãs tinha conexões particularmente emocionais com *O Senhor dos Anéis*. Como um operador de turismo me disse, esses fãs descreviam eventos e personagens com lágrimas nos olhos.

"Temos a responsabilidade de fornecer a ambientação, a ilusão aos nossos visitantes", disse Henry Horne, o gerente de marketing de Hobbiton. Ele ficava no The Shire's Rest, uma combinação de cafeteria e loja de souvenires que vendia café expresso, canecas e cartões postais de Hobbiton e joias oficialmente licenciadas da trilogia dos *Anéis*, como a réplica do Um Anel que Horne exibia pendurada no pescoço. Como um estudante obediente do primeiro semestre do curso de marketing, suas falas eram recheadas de palavras de impacto: "produto diferenciado", "alto retorno do investimento", "provedor de serviços". "Para nós o importante é a autenticidade", acrescentou Horne. O que era algo bem curioso de se dizer, considerando que Hobbiton não existia na realidade. Embora existisse.

Depois de visitar Hobbiton, fui para Matamata e encontrei um hotel. Conversei com a proprietária, que afirmou que gostaria que outro filme fosse produzido em sua cidade em breve. Seria bom poder ver mais movimento e ter mais hóspedes. Falei com várias pessoas durante a minha viagem: taxistas, figurantes dos filmes, diretores de turismo, especialistas em locações cinematográficas, donos e guias de empresas de turismo, jornalistas-espiões, balconistas de lojas de souvenires, equipes estrangeiras de TV e turistas comuns cujo sonho era poder ver a Terra-média. Ninguém conseguia ver qualquer desvantagem no fenômeno.

De todas as pessoas com que conversei e que eram ligadas ao turismo dos *Anéis*, Vic James oferecia a mais intensa de todas as experiências para os fãs. Sua empresa, a Red Carpet Tours, fazia excursões de doze dias, todos os meses, para as principais locações, do topo da Nova Zelândia até o fundo. "As pessoas que vêm até nós são fãs de verdade", disse o angelical James. "Elas não assistem aos filmes apenas uma vez. Elas os assistem quatorze vezes." Seus pacotes incluíam acomodações de luxo, transporte em ônibus próprio e bate-papos com profissionais envolvidos na trilogia, como o dublê de Gimli, o anão, e Daniel Reeve, o artista e calígrafo que desenhou os mapas e outros elementos decorativos. James estimava que mil pessoas já haviam comprado seu pacote de viagem desde 2002; cinquenta delas fizeram o trajeto duas vezes. O preço? Cinco mil e quinhentos dólares neozelandeses (aproximadamente três mil dólares norte-americanos). Não consegui pensar em nenhuma série de filmes, nem mesmo *Guerra nas Estrelas*, que pudesse ter respaldado esse nível de devoção dos fãs. Perguntei a James sobre o anel em seu dedo — um certo anel de ouro, bastante familiar, com inscrições em élfico. "Pois é", disse ele, com uma risada. "Sou casado com o meu trabalho."

James era bastante inteligente quando o assunto era marketing. "A Jornada está para começar", anunciava o seu livreto com o prospecto da viagem, todo colorido e com cento e vinte páginas. "Você é capaz de sentir na terra. No ar." Ele colocava seus clientes em situações parecidas com as de uma jornada épica. Na trilha acidentada que leva ao Monte Sunday, a locação usada para filmar Edoras, eles tinham de atravessar três riachos de água gelada. "A Sociedade do Anel realmente se firma aqui", ele me disse. Vic e sua esposa Raewyn dizem que são os pais da Terra-média para muita gente. Muitos deixaram a Nova Zelândia com uma perspectiva renovada, ruminando citações importantes do filme, como as palavras de Gandalf: "Tudo o que temos de decidir é o que fazer com o tempo que nos é dado."

"As pessoas reavaliam suas vidas nessas viagens", disse James. "'Talvez eu devesse sair deste mundo cão', elas pensam." As pessoas sonham em emigrar para a Nova Zelândia. Algumas delas chegam a levar a ideia adiante.

UMA FANTASIA DESVAIRADA

Queenstown, na Ilha Sul, é circundada por montanhas conhecidas como os Alpes do Sul. Eles incluem uma cordilheira conhecida como "The Remarkables"[39], salpicada de neve, o que a deixa com a aparência de estar coberta de açúcar de confeiteiro, com algumas partes escondidas pela névoa. Os aviões precisam manobrar com bastante cuidado para pousar ali, e as pontas das suas asas praticamente raspam as paredes desse vale estreito. O ataque cardíaco da descida vale a pena.

---

[39] "Os Notáveis."(N. T.)

Conhecida como a capital mundial da aventura, essa cidade de dez mil habitantes atrai um milhão de turistas por ano. No lago azul glacial de Wakatipu e nos afluentes circunvizinhos, passando por estradas secundárias que contornam os rebordos das montanhas, desviando de torres e pontes construídas pelo homem, almas aventureiras embarcam em lanchas e enfrentam as corredeiras, alugam jipes e mountain bikes, praticam parapente, esquiam pelas encostas e saltam de alturas absurdas amarrados a cordas de bungee jumping. A maior parte das atividades era radical demais para este hobbit, mas eu subi a trilha até o alto da enorme colina que se erguia sobre a cidade, Bob's Peak, que oferecia uma vista panorâmica e quintessencial sobre Queenstown, o lago e os picos mais além.

Agendei uma viagem-relâmpago de três dias pela Ilha Sul, mas, naquele momento, o turismo baseado em *O Senhor dos Anéis* já havia me deixado exausto. A busca pelas locações dos filmes deu foco à minha viagem, mas eu sentia que estava perseguindo uma fantasia desvairada. Eu queria ver a "verdadeira" Terra-média, mas, quanto mais eu dirigia e seguia trilhas por aqui, mais o mundo se dissipava, como a névoa das montanhas que circundavam o aeroporto. Quanto mais eu refletia sobre por que a paisagem da Nova Zelândia havia se transformado em um fetiche para mim, mais isso me parecia ser algo falso. Se algum dia viesse morar aqui — uma fantasia antiga —, eu ficaria entediado, comentei comigo mesmo. A Terra-média seria uma coisa comum. Eu iria desejar poder escapar. Com essa reclamação clara em mente, comecei a sentir um puxão mais contraditório. Eu estava me apaixonando pela verdadeira Nova Zelândia, e sentindo o conteúdo emocional da paisagem separada da sua associação com a trilogia. Especialmente em Queenstown, sonhos de grandeza poética eram difíceis de suprimir. Eu tinha de me esforçar para resistir ao impulso de colocar uma mochila nas costas e rumar para os ermos[40].

Mas eu me ative ao programa. Agendei uma excursão com a Nomad Safaris, uma das primeiras empresas a oferecer excursões em Land Rovers até o interior da ilha. A Nomad Safaris era comandada por um britânico, David Gatward-Ferguson. Um grande fã de Tolkien, ele considerava a missão de Frodo "incrivelmente atraente" desde a sua juventude, quando era um estudante pobre de inglês. Conversamos enquanto tomávamos chá e ele explicou que a Nova Zelândia sempre pareceu ser o lugar que ele imaginava como a Terra-média. Quando ouviu falar que a trilogia dos filmes estava em produção, David fez de tudo para conseguir uma vaga na figuração. Interpretou um dos homens selvagens e um Uruk-hai num calor de trinta graus, e recebeu cem dólares por dia de trabalho, que ia das quatro da manhã às dez da noite. "Eu faria mesmo de graça", disse ele.

Em 2005, no ápice do interesse provocado pelos *Anéis*, a empresa de Gatward-Ferguson havia crescido quinhentos por cento. Ele construiu sua empresa para se transformar em uma frota de vinte e quatro veículos quatro por quatro, uma equipe com trinta funcionários e uma loja de suvenires que vendia badulaques dos *Anéis*, miniaturas e espadas de mil e duzentos dólares. Suas excursões eram mais impressionantes que as outras que se podia encontrar na área, e ele imaginava poder continuar a oferecê-las por mais algum tempo. Perguntei a ele sobre outras empresas de turismo. Ele mencionou uma "excursão para geeks assumidos" de um concorrente, que permitia

[40] Para confundir ainda mais a divisão entre a fantasia e a realidade, a empresa que administrava um parque para trailers e motorhomes na Ilha Sul requereu ao Departamento de Geografia da Nova Zelândia que batizasse um trecho não identificado do Rio Waiau como "Anduin", o rio que a Sociedade singrou com a correnteza em seus barcos élficos. Infelizmente, o pedido foi recusado.

aos turistas vestir e brincar com cerca de quinze mil dólares (neozelandeses) em armas, trajes e objetos "supersecretos" utilizados nos filmes. Eles passavam por trinta e cinco locações, incluindo locais que eram acessíveis somente de helicóptero. Infelizmente, descobri essa excursão tarde demais. Além disso, o preço diário de mil e quinhentos dólares a colocava além das minhas possibilidades.

A excursão da Nomad Safaris era mais razoável. Apesar da minha sensação crescente de que a Terra-média não era nada além de uma colcha de retalhos enquadrada com cuidado de modo a não mostrar casas, carros, linhas de transmissão de energia elétrica ou qualquer evidência do mundo moderno, a expedição no Land Rover me rejuvenesceu. Um jovem guia chamado Brent Clements me levou, junto com um australiano e um casal de brasileiros, até os locais das cenas mais majestosas da trilogia — áreas remotas perto de Glenorchy e mais além, como Vale Dart (Isengard) e as florestas de faias do Parque Nacional de Mount Aspiring (Lothlórien e a floresta onde Boromir é trespassado por flechas). A placa do nosso Land Rover exibia os caracteres P1PP1N.

"As pessoas economizam dinheiro durante alguns anos para vir até aqui", disse Brent enquanto sacolejávamos pelas estradas de cascalho e cruzávamos riachos, molhando o veículo com respingos dos rios e acrescentando uma dose de empolgação à viagem. "Isso acaba me pressionando um pouco, porque as pessoas têm esse anseio há muito tempo. É o sonho delas." Ele fez um ótimo trabalho ao inspirar o senso de aventura em nosso pequeno grupo, animando até mesmo o meu espírito já cansado. Em vez de dizer "Agora vamos para o Vale Dart — vocês sabem, onde filmaram Isengard!", ele simplesmente anunciava: "Próxima parada, Isengard!" Ele nos contou que *Wakatipu* significa "o buraco do gigante", e começou a falar sobre um dos mitos de criação dos Maoris sobre o gigante que entalhou as montanhas e os rios. Tolkien havia criado um folclore ainda mais universal. "Alguns passageiros não entendem muito bem o inglês", Brent me disse. "Mas eles entendem *O Senhor dos Anéis*."

INSTANTÂNEA E INEVITAVELMENTE CHEIO DE INVEJA

No dia seguinte eu fui até Arrowtown para verificar a locação de uma das minhas cenas favoritas do primeiro filme. Ali, nas águas rasas do passadiço de Bruinen (no Rio Arrow, na vida real), a donzela élfica Arwen invocou uma enchente mágica com a forma de cavalos que levou os Espectros do Anel para longe. Geeks em alerta. Quem não adoraria ser salvo por Liv Tyler? Soltei um suspiro.

Eu também queria visitar Ian Brodie. Aquartelado em uma pequena cidade turística chamada Wanaka, a cerca de uma hora de Queenstown, passando pela estrada sinuosa de Crown Range, Brodie era o autor do *Guia de Locações de O Senhor dos Anéis*. Eu já havia praticamente destruído o meu exemplar àquela altura, de tanto que o folheei. O guia chegou a vender quatrocentas mil cópias, transformando-o no maior best-seller de não ficção da Nova Zelândia. Ele ainda administrava o Museu dos Pilotos de Caça da Nova Zelândia, que ajudou a fundar, e foi lá que eu o encontrei em uma tarde.

Sobre a mesa de Brodie, miniaturas dos jatos da Air New Zealand dividiam espaço com uma estátua de Gandalf montado num cavalo empinado sobre as patas traseiras. O homem de cinquenta e dois anos, já com os cabelos brancos, era um grande fã de Tolkien havia muito tempo, e disse que possuiu algumas das primeiras edições da trilogia e uma camiseta com os dizeres FRODO

VIVE! da década de 1970. Ele prestava consultoria em programas de simulação de voo e jogava games como *Duke Nukem*, *Half-Life* e *Unreal*. Quando os turistas que usavam o seu guia de locações reclamavam que, com exceção de Hobbiton, não restava mais nada para ver, Brodie respondia: "Antes de os filmes serem produzidos, nós usávamos a imaginação. Vocês ainda podem usar a imaginação." E havia algo que ele parecia não dizer: É melhor deixar algumas coisas a cargo da nossa própria fantasia escapista. Nossas próprias imagens. Nossa própria "realidade", não aquela criada por um cineasta.

Brodie também conseguiu passar seis semanas como figurante no estúdio de Wellywood para as filmagens de *O Retorno do Rei*. Ele e seu filho Travis apareceram em várias cenas: ele como um mercador de Gondor, seu filho como um orc. Conseguiram conversar com pessoas do calibre de Aragorn e conheceram todos os cantos do Stone Street Studios. "Como fã, você às vezes precisa se beliscar", contou Brodie, com uma risada rouca. De algum modo ele havia conseguido afanar um pedaço da espuma usada para construir o cenário das Minas de Moria, que ele me mostrou, e um pedaço do batente redondo da porta de Bolsão. Fiquei instantânea e inevitalmente cheio de inveja.

Ainda assim, havia uma desvantagem naquela história digna de um conto de Cinderela. Enquanto escrevia o guia de locações, Brodie foi forçado a assistir aos filmes dezenas de vezes. "Agora eu imagino os filmes quando leio os livros", disse ele. Embora concordasse "noventa por cento" com a maneira de os filmes terem sido visualizados, ele admitia: "Agora nós estamos presos à versão da Terra-média elaborada por Peter Jackson". O efeito final: Brodie não conseguia mais se entreter tanto com os livros. Já havia lido os *Anéis* de trinta e cinco a quarenta vezes, disse ele, mas não abria os exemplares desde o lançamento do último filme, em 2003.

Brodie me levou para conhecer o museu dos aviões de caça perto do horário de fechamento. Um Hawker Hurricane Mk IIA, um de Havilland DH-82A Tiger Moth e outros aviões se erguiam na escuridão. Em meio àquelas relíquias da Segunda Guerra Mundial — o conflito mais próximo de uma luta entre o bem e o mal que podia resultar na destruição do mundo que a humanidade já testemunhou —, Brodie ainda achava que a sua terra natal era um lugar fantástico. "A Nova Zelândia está encapsulada na Terra-média. Ou a Terra-média está encapsulada na Nova Zelândia." Ele não era capaz de decidir. "Mas sou um geek tecnológico também. Nunca conseguiria sobreviver na Terra-média."

AQUELE KIWI DESGRAÇADO ROUBOU A MINHA VIDA

Na minha antepenúltima noite na Terra-média, saí para tomar alguns drinques e jantar com Kelly e Paul. "Como vai o seu projeto?", eles perguntaram.

Na verdade, não ia tão bem. Minha jornada parecia estar bagunçada, desnorteada, sem sentido. Eu havia celebrado o meu quadragésimo segundo aniversário em Wanaka. Embora houvesse passado o quadragésimo vomitando após algumas doses de tequila, o quadragésimo segundo transcorreu em uma banheira quente, sob as estrelas, com uma garrafa de *pinot noir* barato, sozinho. Às duas da manhã, fiz um telefonema embalado pelo vinho para a supracitada "namorada no limbo" (e, além dela, para outra ex). Eu estava ansioso para voltar a Wellington, mas desde que chegara, na noite anterior, eu me sentia perdido. Foi para isso que fui à Nova Zelândia? Eu estava feliz por estar ali, escalando a minha versão psíquica da Montanha da Perdição. Mas não sabia o porquê. Havia perdido a minha jornada de vista. Estava constrangido demais para admitir a Paul e Kelly que eu tinha ido até o Green Parrot, um restaurante discreto onde Viggo-Aragorn uma vez se empanturrou de filé e fritas, apenas para respirar o ar do ranço das celebridades. E eu não ia contar aos meus novos amigos que havia mandado um último e desesperado fax à "equipe" de Peter Jackson implorando por quinze minutos do seu tempo. Havia chegado a uma conclusão: eu aceitava o fato de Peter Jackson ter se transformado no cineasta que eu sempre quis ser. *Aquele kiwi desgraçado roubou a minha vida*. Enfim, que seja. Eu jurei que pararia de vagar pelas ruas de Miramar esperando "trombar" com ele. ("Você nunca vai encontrar uma celebridade saindo dali", avisou-me um adolescente de cara emburrada, apontando para um estúdio de som. "Isso nunca acontece." Obrigado, garoto.) Minha obsessão doentia por PJ chegava oficialmente ao fim[41]. Bem, eu ainda fui mais uma vez até a Weta. Fiquei espionando alguns carpinteiros enquanto saíam para fumar, mas juro que não mergulhei em nenhuma caçamba de lixo. Em vez disso, fui até a Weta Cave, a loja de presentes que vendia souvenires caros dos filmes, e conversei com Dan, o gerente da loja. Assisti ao vídeo sobre os bastidores da magia da Weta, perguntei a Dan sobre as espadas, os mantos élficos e as esculturas em exposição e comprei uma revista *Cinefex* autografada por Richard Taylor. Chega.

Como estava indo o meu projeto?

"Até que não está mal, eu acho", menti para Paul e Kelly.

Quando cheguei a Wellington pela primeira vez, eu havia conversado com Judith McCann, CEO da Film New Zealand, a

---

[41] O próximo filme de Jackson, *Um Olhar do Paraíso*, estava em pós-produção enquanto eu caminhava pelas ruas de Miramar. O assunto? O estupro e posterior assassinato de uma garota, contado do ponto de vista da vítima. Possivelmente PJ havia deixado a fantasia e o horror convencionais para trás.

agência que divulgava o país como locação cinematográfica. Ela ficou frustrada por eu sempre insistir no tópico de *O Senhor dos Anéis*. McCann listou outros filmes de sucesso produzidos na Nova Zelândia: *O Piano*, *A Encantadora de Baleias*, *O Último Samurai*. "Já estamos muito além de *O Senhor dos Anéis* hoje em dia", suspirou ela. "Nós seguimos em frente." Eu estava pronto para seguir em frente também, aceitar o que realmente havia ali. Ainda assim, senti um comichão nas orelhas quando McCann mencionou a próxima produção baseada em uma obra de Tolkien que estava agendada. "Sim, temos dois *Hobbits* vindo por aí", disse ela, relutantemente.

Os filmes, produzidos por Peter Jackson e dirigidos por Guillermo Del Toro[42] (*O Labirinto do Fauno*), começariam a ser filmados em 2010. O primeiro provavelmente seria lançado em 2011 — uma década depois que *A Sociedade do Anel* chegou aos cinemas[43]. Como um bando de Uruk-hai atacando o Abismo de Helm, a próxima onda da mania pelos *Anéis* logo estaria se reunindo para bater suas lanças contra os portões da Terra-média. Imaginei se eu estaria lá com o meu aríete, também gritando e tentando conseguir entrar. Ou se tentaria conseguir uma ponta como um jornalista/orc chamado Ethoriac.

---

[42] Guilhermo del Toro acabou abandonando a direção de *The Hobbit: An Unexpected Journey*. (N.E.)

[43] O primeiro filme da trilogia foi lançado em 2012: *The Hobbit: An Unexpected Journey* (*O Hobbit: Uma Jornada Inesperada*); o segundo foi lançado em 2013: *The Hobbit: The Desolation of Smaug* (*O Hobbit: A Desolação de Smaug*); e o terceiro, em 2014: *The Hobbit: Battle of the Five Armies* (*O Hobbit: A Batalha dos Cinco Exércitos*). (N.E.)

A fantasia é capaz, claro, de ser levada a extremos. Pode ser feita de maneira doentia. Pode ser utilizada para fins malignos. Mas de que tipo de coisa no mundo dos humanos não se pode dizer o mesmo? Os homens conceberam não somente os elfos, mas imaginaram deuses e os adoraram, e adoraram até mesmo os mais deformados pela própria crueldade dos seus imaginadores. Mas eles criaram deuses falsos a partir de outros materiais: suas noções, suas bandeiras, suas riquezas. Até mesmo suas ciências e suas teorias econômicas e sociais exigiram sacrifícios humanos. Abusus non tollit usum[44]. *A fantasia continua a ser um direito humano: nós a criamos da maneira que queremos e a nosso próprio modo derivativo, porque somos feitos: e não somente feitos, mas feitos à imagem e semelhança de um Criador.*

J. R. R. Tolkien, *Sobre Histórias de Fadas* (1964)

[44] Em latim: "O abuso não impede o uso".

15

Saia da Estrada

Por sorte, durante os meus últimos dois dias na Terra-média, alguns encontros produtivos finalmente ocorreram.

Um deles foi com o já mencionado calígrafo Daniel Reeve, que veio me ver em uma cafeteria no centro de Wellington em uma manhã ensolarada. Ele me deixou folhear o seu portfólio de mapas e livros encadernados da Terra-média, cheios de frases e palavras em élfico que ele produziu para os filmes (assim como algumas páginas do "treino de caligrafia" de Bilbo e Frodo, escrito pelas mãos dos atores Ian Holm e Elijah Wood). Pensei nos meus dias de D&D, desenhando masmorras e mapas, e fiquei impressionado (para não dizer com uma ponta de inveja) por saber que Reeve descobriu uma maneira de ganhar a vida assim. Além disso, consegui uma audiência com Gino Acevedo, chefe do departamento de próteses e maquiagem da Weta Workshop, que me deu um breve vislumbre dos bastidores quando passamos pelos cubículos dos artistas rumo ao seu covil. Conforme ele me mostrava um modelo de Gollum em sua estante, um dos sete narizes de borracha usados por Gandalf e as peças de látex que transformaram Holm no "Bilbo velho", tentei não urinar na calça. Falamos sobre nossos filmes de fantasia favoritos. Dei uma olhada na caixa que estava embaixo da sua escrivaninha, com uma etiqueta onde se lia "Cabelo de Frodo". Eu havia chegado ao santuário.

Também conversei com Peter Lyon, o criador de espadas da Weta, que forjava as espadas verdadeiras e as lâminas que os dublês usavam nas cenas de batalha dos *Anéis*. Não fiquei surpreso quando ele disse que costumava jogar D&D, que era instrutor de combate em um grupo parecido com a SCA chamado Guilda Medieval de Wellington e que participava de justas com uma trupe chamada Ordem do Javali. As justas, em particular, haviam aumentado sua autoconfiança, ajudaram-no a encarar seus medos e moldaram o seu caráter.

Meu bate-papo com Lyon me fez parar para pensar. Perguntei a mim mesmo quantas vezes o meu caráter foi colocado à prova no decorrer dos anos. Talvez eu houvesse crescido rápido... rápido demais. Ajudar a cuidar de um pai ou uma mãe doente aos doze anos de idade faz isso com você. Mas a experiência reforçou a minha autoconfiança. Eu havia encarado meus medos. Tinha um alicerce forte. Não era tão infantil, afinal de contas. E era capaz de me perdoar por, algumas vezes, precisar agir de maneira mais infantil, mesmo depois de adulto. Se isso significava me divertir com jogos, que fosse. Eu merecia alguns períodos de descanso. Durma com essa, namorada!

Antes da minha conversa com Lyon, após admirar cuidadosamente um armário de vidro cheio de Oscars, eu estava esperando no saguão. E foi então que o vi: Richard Taylor, saindo das entranhas da Weta.

"Oi", eu falei, meio sem graça.

"Olá", disse Richard, com um sorriso. Parecia estar bastante preocupado.

Consegui dizer "tchau!" enquanto ele passava diante do orc de mais de dois metros de altura que ficava no canto do saguão e saía da empresa após um longo dia de trabalho.

Na minha última manhã, tomei café com Erica Challis, uma das redatoras do site TheOneRing.net com quem eu havia conversado quando escrevi a história que incluía Mark Egginton e Oxford. Challis havia conseguido algumas notícias e rumores incríveis durante as filmagens da trilogia. Seu envolvimento na tempestade de atividades de fãs era algo que lhe dava a sensação de "estar no ponto pivotante de um fenômeno mundial", ela me revelou. Challis fazia parte de algo maior do que ela — um sentimento que ouvi ser mencionado várias e várias vezes por pessoas que estiveram envolvidas na produção dos filmes. Através do TheOneRing.net ela também encontrou seu marido, um californiano. Quando conversei com Challis em Wellington, ela já estava esperando um filho. O amor geek atacava novamente[45].

Challis e eu conversamos sobre a necessidade da fantasia. Talvez a falta de um ritual que marcasse a maioridade explicasse a atração que a fantasia causava. "Precisamos de uma carteira de habilitação para dirigir e de uma idade mínima para beber álcool", ela enfatizou. Mas não há muito mais. O gênero de fantasia preenchia esse vazio, moldando a jornada do herói em termos de certo e errado, bem e mal, um conjunto de diretrizes para o comportamento. "É uma visão atraente do mundo, da maneira que instintivamente desejamos que ele seja", disse Challis.

Talvez, para conseguir a carteira de motorista, alguém tivesse de lutar contra um orc. Talvez, para trazer um bebê a este mundo, uma pessoa tivesse de escalar a Montanha da Perdição (apenas para afastar os pais menos corajosos). Talvez, antes de morrer,

[45] Perguntei a Challis se ela e o marido já sabiam o sexo do bebê e se já haviam escolhido o nome. "É um menino", ela respondeu. "E não vai se chamar Aragorn."

todos nós devêssemos escrever, em livros encadernados em couro, com pena, em uma caligrafia rebuscada, as histórias das nossas vidas, para transmitir o que sabemos àqueles que viverão depois de nós. Ter alguma estrutura parecia melhor do que tatear às cegas, como acontecia comigo.

REUNINDO FORÇAS PARA ENFRENTAR O MUNDO REAL

Normalmente eu não tenho problemas em cuidar dos meus objetos pessoais. Mas, por toda a Nova Zelândia, deixei para trás uma trilha de coisas perdidas. Deixei minha mochila (com o meu computador e o passaporte) na loja de conveniência de um posto de gasolina e gastei três horas voltando pela rota por onde viera para resgatá-lo. Perto do vulcão de Ruapehu (também conhecido como Mordor), enquanto andava pelo meio do mato para tentar encontrar uma locação obscura, meu caderno caiu do bolso de trás da calça. Voltei e o encontrei preso no galho de uma árvore.

Na terceira vez em que deixei algo para trás, não foi exatamente por descuido.

Algumas horas antes do meu voo de volta para os Estados Unidos, retornei ao Monte Victoria. Queria reencenar a cena com os hobbits em que Frodo diz: "Saiam da estrada". Eu estava sozinho naquela trilha no meio da floresta. Os ciprestes-da-califórnia se erguiam como gigantes ao meu redor. Liguei o computador, encontrei o vídeo da cena e o assisti.

"Acho que precisamos sair da estrada!", gritou Frodo para Pippin, Merry e Sam. "Saiam da estrada! Rápido!" Eles saltaram para um espaço debaixo de um tronco de árvore enquanto o Cavaleiro Negro farejava e bufava com toda a sua maldade, logo acima.

Abri o saco com as miniaturas do Kinder Ovo, peguei os quatro hobbits e os coloquei entre as folhas dos pinheiros. Peguei a câmera e comecei a gravar, indo e voltando entre o filme que passava no meu MacBook e os hobbits de plástico, imóveis. Olhei para o mundo real. Havia uma curva no galho de uma árvore, exatamente o mesmo que era visível no vídeo. Muito legal... mas...

Baixei a câmera.

Eu havia realizado muito do que me propus fazer na Nova Zelândia. A verdade era que eu não queria fazer os meus filminhos. Não queria usar o cabelo de Frodo, as orelhas de elfo ou empunhar uma espada cenográfica. Eu queria *ser* um hobbit, *ser* um elfo, e *ser* parte de uma história heroica. Não me vestir como eles, mas *ser* como eles, vinte e quatro horas por dia, sete dias por semana. Imersão total. Foi por isso que, em Pennsic, estranhei tanto o fato de que os menestréis que usavam camisas bufantes comiam frango frito e bebiam Pepsi. Eu queria viver em uma *verdadeira* cidade medieval, ou em Valfenda, onde eu seria um personagem central e poderia realizar grandes façanhas. Nada disso iria acontecer na Nova Zelândia ou na Terra-média. Era tudo tolice.

Brincar com as miniaturas era legal, até que começou a parecer patético. O que eu estava fazendo? Um homem de quarenta e dois anos, solteiro e sem filhos, viajando sozinho, dormindo em albergues da juventude e se divertindo com brinquedos? Toda essa busca infrutífera para tentar estar mais perto da "magia do cinema" era deprimente. Cada vez que eu assistia à trilogia — o que fiz nos quartos de hotel, tarde da noite, deitado na cama — o seu poder diminuía. Ver as locações usadas no filme e os segredos dos efeitos especiais por trás das câmeras fez o efeito se dissipar ainda mais.

Pensei no que Erica Challis havia dito. Ela ouviu histórias sobre pessoas em sociedades opressivas que liam Tolkien. Os livros lhes davam esperança em tempos de desespero. "A fantasia é um gênero que as pessoas podem ler e onde podem se refugiar, reunir forças para encarar o mundo real", disse ela. Refugiar-se da opressão, pessoal ou política, era algo que pertencia ao mundo das fadas e à possibilidade da imaginação. A fantasia mantinha o espírito vivo e alerta.

Reuni forças. Era hora de deixar para trás o Monte Victoria e a Terra-média. Guardei minhas coisas e voltei pela trilha. Foi então que ouvi uma voz.

É isso que você vai fazer, Ethan. Você vai deixá-los aqui.

O quê?

Sim, você mesmo. Dê meia-volta, Ethan. Volte pelo caminho por onde veio. Siga a trilha. Cave.

Eu girei sobre os calcanhares, encontrei um graveto e comecei a cavar um buraco no chão. Escolhi o lugar por onde imaginei que os atores (Elijah Wood, Sean Astin, Billy Boyd e Dominic Monaghan) haviam passado, interpretando personagens fictícios (Frodo, Sam, Pippin e Merry) de seres inventados (hobbits), para a adaptação cinematográfica (a versão de Peter Jackson) de um livro de fantasia (os *Anéis*), filmadas em um país real (a Nova Zelândia) que o autor (Tolkien) nunca visitou, e que agora representava aquele mundo imaginário (a Terra-média). *Você está cavando um buraco em uma colina na Nova Zelândia*, a voz prosseguiu. Era difícil fazê-la se calar. *Você está fazendo algo simbólico. Essa é a sensação de ter uma epifania.* Eu interpretava o papel de uma pessoa que tinha epifanias como essa. Sentia-me como se fosse um avatar de mim mesmo em *World of Warcraft*, passando por uma das maiores experiências da sua vida. Eu e não eu.

Coloquei as miniaturas no buraco. *Você está enterrando essas miniaturas*. Eu as cobri com terra, firmei o solo sobre elas e espalhei folhas de pinheiro para encobrir meus rastros. Em seguida, peguei a mochila e marchei rapidamente para longe da colina.

A minha viagem desmistificou o poder da Terra-média. Alguma força em mim sentiu um impulso de deixar as coisas mais infantis para trás e viajar para algum ponto mais próximo da idade adulta, seja lá o que isso significasse. Além disso, eu tinha um final para o meu livro. Se alguém quisesse exumar a Sociedade que veio nos chocolates Kinder Ovo da coleção *Le Seigneur des Anneaux*, tudo o que tinha de fazer era trazer uma pá até o Monte Victoria, encontrar a trilha, adivinhar onde era o lugar certo e começar a cavar.

Incrivelmente populares, os mundos virtuais são o playground dos profissionais de marketing

Misturando aspectos dos jogos eletrônicos, redes sociais e comunicação, os mundos virtuais são atraentes para ambos os gêneros e são uma oportunidade intrigante para quem quer fazer marketing de produtos para crianças e adolescentes, de acordo com o relatório mais recente da eMarketer intitulado "Crianças e Adolescentes Online: Mundos Virtuais Abrem um Novo Universo".

O que torna os mundos virtuais tão atraentes para as pessoas jovens? Mundos virtuais são focados em criar laços e comunicar-se — os dois temas mais recorrentes para a juventude online. Mundos virtuais também permitem que as crianças ativem sua criatividade, saciem o desejo de expressar-se e exercitem sua tendência à exploração.

A boa notícia para os profissionais de marketing é que a maioria dos mundos virtuais é capaz de oferecer informações detalhadas sobre como seus usuários interagem com marcas e a publicidade.

"A má notícia", diz Debra Aho Williamson, analista-sênior e autora do relatório, "é que é difícil saber o que toda essa interação virtual realmente representa. Que valor existe em saber que o avatar de uma pessoa está tomando uma Pepsi? Ou usando uma camiseta comprada em uma loja virtual? E se as atividades virtuais de uma pessoa não tiverem influência em suas atividades do mundo real?"

— extraído de um comunicado à imprensa da eMarketer (2007)

16

Ser Herói Não É Mais Como Era Antes

De volta. Eu estava em casa. Missão completada.

O que eu aprendi, além do óbvio — que ser um entusiasta de jogos online ou aficionado por D&D não era uma sina horrível? Em primeiro lugar, o entretenimento escapista da fantasia tinha um propósito: distração, diversão e uma desculpa para se fantasiar, escrever um enredo ou passar bons momentos com os amigos. Para alguns, a fantasia ajudava a moldar o caráter ou ensinava bons comportamentos. Para Sir Gareth ou Levi Hunt, os personagens que eles interpretavam formavam o alicerce de um sistema de crenças, uma filosofia. Para outros, como Mark Egginton, era apenas uma espécie de fuga. Embora os jogos aproximassem as pessoas, viciados como Rajeev os usavam para se afastar, se desligar e fracassar na vida. No caso de Phyllis Priestly, o WoW preenchia um vazio em tempos difíceis, enquanto também lhe abria os olhos para uma nova versão de si mesma. Alguns habitantes de reinos imaginários eram traumatizados. No caso de Nissa Ludwig, a fantasia salvou a sua vida. Eu não sabia que até mesmo aqueles que alegavam "escapismo puro" sabiam o que os jogos, livros e filmes faziam por eles. Mas fiquei feliz por ver os meus preconceitos contra os fãs de fantasia e os gamers — e até mesmo o meu geek interior — serem feitos em pedaços.

A maior parte da lista que eu elaborei na cama durante a visita a Oxford e a caçada aos rastros de Tolkien ainda era verdadeira. Talvez nós realmente tivéssemos muito tempo livre, se comparado aos dias da antiguidade ou da Idade Média; muitas escolhas, muitas tentações. Um amor ou uma identidade online estavam além do alcance da maioria das pessoas há vinte anos. Nós realmente queremos sentir que fazemos parte de uma narrativa maior, o que é equivalente a dizer que tememos a morte e queremos ser lembrados. Nós desejamos a imortalidade. Claro, poucos de nós somos capazes de matar dragões de verdade, ou mesmo derrubar os capitães da indústria de jogos em nossa escalada até o topo. E não é socialmente aceitável duelar com aquele gerente de cara amarrada que segura um rebitador industrial a vinte passos de distância. A abordagem de resolução de problemas focada em "colocar a mão na massa" que as histórias de fantasia exaltam nos causariam muitos problemas na vida real. Por mais que quiséssemos fazer isso às vezes, com exceção de criminosos e sociopatas, não podemos resolver nossas disputas com jogo de combate até a morte.

Você pode treinar por vários dias praticando com jogos violentos ou batendo em inimigos com pedaços de pau, mas nenhum deles é um indicador preciso do que acontece após a batalha. Não creio que o escapismo de fantasia reflita uma crise no heroísmo. Nossa cultura tem muitas maneiras de alguém ser heroico. Mas ser heroico — deter o bandido — é mais fácil em um LARP ou no D&D do que na vida real. Por essas razões, não é difícil compreender a explosão dos jogos eletrônicos. Eles podem atrair as pessoas prejudicadas ou oprimidas — mais do que simplesmente garotos adolescentes tomados pela amargura ou frustrados pelo fato de a vida ser um enigma. O *Civilization* e outros jogos de estratégia dão aos jogadores um poder quase divino de construir mundos. Porém, até o jogo de tiro mais neandertal, com suas armas e tiroteios, é capaz de proporcionar os prazeres mais vis do heroísmo: eles fazem com que os fracos se sintam poderosos. Perdido em uma terra árida de shopping centers, o protagonista do *Grand Theft Auto* talvez não seja nenhum Ulisses em uma jornada heroica, mas, para um cara qualquer que more nos subúrbios de uma cidade e não faça nada além de se divertir com jogos e assistir TV, ser um pequeno "eu" pixelizado[46] que rouba carros e estraçalha viciados em crack ou que constrói um feudo medieval é bem melhor do que assistir mais uma noite de reprises de *Uma Família da Pesada*. Além disso, o mundo real, em grande parte, é conhecido e assustador. É difícil para viajantes do mundo real desbravar novas trilhas através de terras que não foram mapeadas. Jogos de fantasia nos permitem descobrir mistérios e encontrar novos reinos.

O sociólogo Norbert Elias, autor de *O Processo Civilizador*, sugere que, em nossa sociedade cada vez mais estruturada, devemos exercer um controle adequado sobre nossas emoções. No "processo civilizador" descrito por Elias as pessoas não exercitam os seus músculos emocionais primordiais. Assim, criamos arenas aceitáveis para extravasar frustrações e raivas primais e experimentar a adrenalina e o perigo — mesmo que a morte verdadeira tenha sido removida. Elias chamava isso de "descontrole controlado" das emoções. É aceitável entoar gritos de guerra em jogos de futebol ou berrar durante shows de rock, ou encher a cara e aprontar loucuras durante o carnaval. Dentro do grupo

[46] Sinal dos tempos: o termo "pixilated", do inglês do século 19, significava "levado por pixies", uma espécie de fada do folclore inglês. O termo deu lugar a "pixelated", ou "pixelizado", que significa ser representado em pixels.

certo de amigos, também é aceitável gritar após matar um troll das cavernas.

As minúcias das nossas questões modernas e mundanas — política, raças, empregos, comunicação, relacionamentos, família — já são suficientemente difíceis de enfrentar. O mundo tem seus problemas. Insatisfeitos com caixas eletrônicos e limites de velocidade, experiências mediadas e o tédio de viver nos subúrbios americanos, quem não preferiria tentar a sorte com uma espada enorme contra uma horda de orcs em vez de pagar a conta do cartão de crédito ou procurar um lugar para estacionar? Os problemas ainda maiores — como a questão do bem contra o mal — parecem que só poderão ser resolvidos em nossas imaginações. Se, fora do cinema, os verdadeiros terroristas escapam por entre os nossos dedos, pelo menos na imaginação nós podemos nos vingar.

Claro, eliminar os "vilões" seria uma fantasia realizada se o inimigo que você escolheu — um pai abusivo, defensores do direito do aborto, Rush Limbaugh — tivesse voz rouca e arrastada, olhos vermelhos e brilhantes e um elmo manchado de sangue. A realidade não oferece divisões tão claras. Mas pensar nestes mundos onde tudo se divide em tons marcantes de preto e branco pode fazer com que nossos próprios conflitos, pessoais ou políticos, pareçam mais palatáveis. É possível chamar isso de regressão à infância, mas as histórias infinitas que aparecem em jogos, livros, filmes e até mesmo nas brincadeiras das crianças no pátio da escola envolvem malfeitores, personagens valentes e monstros por uma boa razão: nos dar condições de encarar e superar nossos medos em um mundo dividido claramente entre mocinhos e bandidos. Cenários de fantasia apocalípticos, representando o fim da civilização, por sua vez, fazem os nossos problemas parecerem mais simples do que são. Decepções amorosas parecem não ter muita importância quando comparadas à possibilidade de salvar o mundo — se bem que é mais fácil vencer uma guerra imaginária ou invadir um castelo digital do que superar uma verdadeira decepção amorosa.

A atração por essas experiências heroicas e mundos imaginários é, em última análise, um gesto de esperança: que possamos viver de outra maneira, seguindo um código de honra, engendrando ações ousadas e matando nossos demônios em combates corpo a corpo, não no espaço mental que existe acima das cabeças dos nossos terapeutas. O fato de não ganharmos nada de "real" com nossos triunfos virtuais não vem ao caso. Gostamos de reclamar que é difícil ser moderno, viver em meio à miríade de distrações e exigências de uma civilização pluralista e centrada nos computadores. Tolkien e outros autores encontraram uma fonte de inspiração na exaustão do pós-guerra e no medo da industrialização. Portanto, talvez seja um alívio poder controlar o destino de um personagem imaginário em vez de tomar decisões sobre as nossas vidas frágeis e insignificantes. Deveríamos ser perdoados pela necessidade pessoal de nos afastarmos das nossas mentes e entrarmos em algum outro lugar imaginário. Além disso, eu creio que é preferível fingir ser um herói em um jogo a idolatrar um herói na vida real.

A TERRA-MÉDIA NÃO TINHA AQUECIMENTO GLOBAL

Para parafrasear o escritor e futurista David Brin, muitos poderiam preferir que tivéssemos reis e rainhas, usássemos cavalos como meio de transporte e encontrássemos a magia e as chamadas "maravilhas". Que a alquimia e o mistério, e não a lógica, a política ou a mídia, governassem as terras. Que a natureza fosse intocada. É por isso que a fantasia acontece em um reino imaginário, não no mundo da ficção científica quinhentos anos no futuro. Na fantasia, a ciência moderna e a democracia ainda não foram inventadas — e nem serão. A Terra-média não tinha aquecimento global; suas névoas malignas não haviam sido criadas por nós. Naquele mundo, o sofrimento e a aniquilação podem ser atribuídos ao mal em sua forma mais pura. E também não fomos nós que ajudamos a criar esse mal através de uma política internacional equivocada ou por negligenciarmos nossas responsabilidades no exterior. Nostálgico e aparentemente retrógrado, o reino do entretenimento escapista da fantasia permanece estático e previsível. Felizmente, o chamado "progresso" não acontece ali. Os *Anéis* e *Warcraft* oferecem esse mundo novamente. Assim como outros jogos, filmes e livros.

Está claro que *Dungeons & Dragons* não foi a primeira manifestação de fantasia imersiva. Tolkien não foi o primeiro contador de histórias heroicas. As telas brilhantes dos computadores induzem estados mentais similares a um transe que remontam à época das fogueiras acesas e à arte perpetuada nas paredes das cavernas. Conforme marchamos pelo século 21, colados às nossas telas de LCD, os americanos parecem ser mais nostálgicos do que nunca em relação a essa era pré-industrial perdida, rica em histórias e maravilhas de contos de fadas e possibilidades — falsamente nostálgicos, pelo que se pode perceber. Afinal, nunca tivemos nada disso.

Mas hoje em dia ser um herói não é mais como era antes. Entramos em uma época mais complexa. Perdemos o senso de autossacrifício e a fé que o poema épico do sistema de valores éticos representava. A abordagem de problemas baseada na força bruta nem sempre foi algo positivo para a humanidade. A guerra do Vietnã eliminou dos campos de batalha quaisquer vestígios de "lutar pelo que é certo". De acordo com Gerard Jones, autor de *Brincando de Matar Monstros: Por Que as Crianças Precisam de Fantasia, Videogames e Violência de Faz de Conta*, as brincadeiras de polícia e ladrão, caubóis e índios de décadas anteriores simplesmente não se encaixam em nosso mundo cada vez mais multiétnico, culturalmente relativístico, jornalística e midiaticamente examinado. A política, a raça e a empatia com o inimigo acabam atrapalhando.

Em relação à pecha do "escapismo", não creio que seja algo justificável o tempo inteiro. Observando grupos de jogo reunidos ao redor de mesas, ficou claro para mim que toda essa empreitada não é apenas uma guerra entre malas cheias de exércitos em miniatura cuidadosamente pintados e dispostos sobre cenários de espuma e papelão. Sim, alguns gamers gostam muito de pintar as miniaturas, e há os que passam horas e horas jogando, em detrimento de outras facetas de suas vidas. Mas há outras coisas acontecendo aqui, assim como os tópicos mais importantes levantados durante os jogos, tais como política, história, arte, amor, traição, lealdade e perseverança. Um reino de "espada e magia" ou de ambientação futurista tem conflitos, e, quando há um conflito sendo representado, assim como em toda literatura de qualidade, nós aprendemos coisas úteis sobre a condição humana. Basta não matar ninguém, certo? Nós precisamos manter essa divisão entre fantasia e realidade bem clara em nossas cabeças.

Também não há nada particularmente escapista em um romance de fantasia como o de Tolkien se definirmos o escapismo como uma fuga do mundo ou de nossas responsabilidades. Ao desdobrar os destinos entremeados das raças imaginárias diante da iminência da dominação maligna, a saga dos *Anéis* é imbuída de um tom incrivelmente grave e sombrio. A prosa de Tolkien pode ser absurdamente anacrônica, mas seus heróis têm tarefas hercúleas a cumprir e estão cansados de suas vidas, assim como você e eu. Sacrificam-se de maneira impressionante para conseguir fazer o que é certo (ou seja, impedir o apocalipse). São assolados por dilemas morais sobre o livre-arbítrio, renúncia e o bem comum. É uma história que nasceu das tristezas do século 20.

OUTRAS TENTAÇÕES

Qual é o futuro desses jogos, mundos, aventuras, explorações e devaneios de fantasia? Será que algum de nós será capaz de reconhecer o que os designers de jogos, os magos dos efeitos especiais, programadores e inventores criarão daqui a cinco anos? Daqui a vinte e cinco anos? Será que há algum perigo?

Já avançamos bastante — o suficiente, pela impressão que tive durante os momentos mais rabugentos e céticos da minha jornada. O que começou como um punhado de sonhos inocentes de catedráticos esquisitões de Oxford contando histórias, e depois com universitários maconheiros dançando ao som das músicas do Led Zeppelin, evocando algum lugar "além das colinas e muito distante"[47], já se transformou desde aquela época. Nem tudo é simplesmente negro como o sangue dos goblins ou branco e reluzente como a aura de um mago. O comércio envenena as pessoas; o poder corrompe. A economia desregrada e explosiva dos jogos online, como WoW e *Second Life* — nada de polícia, nada de sistemas jurídicos, nada de impostos —, criou problemas. O espírito de uma terra sem lei cria fraudadores, gera casos de assédio e outros crimes. Talvez os mundos de fantasia mere-

---

[47] Referência à canção "Over the Hills and Far Away", do álbum *Houses of Holly* (1973), da banda britânica Led Zeppelin. (N. E.)

çam ser complicados eticamente; o comportamento pouco transparente que eles estimulam serve apenas para provar que a natureza humana é a natureza humana, não importa qual seja o cenário fantástico.

Enquanto lutamos contra as consequências, articulistas e especialistas se perfilam para a batalha dos dois lados da questão, alegando que essas fantasias são muito úteis, ou, então, que estão fadadas ao fracasso. Alguns postulam que a *junk food* da cultura pop de hoje é mais nutritiva, em termos cognitivos, do que as porcarias de outrora. Jogos eletrônicos de RPG, ambientes virtuais na internet e até mesmo *Os Simpsons* exigem maior capacidade mental e maior domínio da narrativa do que *O Homem de Seis Milhões de Dólares*, *A Ilha dos Birutas* e outras obras com as quais fui criado. O fato de o chamado "entretenimento interativo" aumentar o nosso conhecimento é indubitavelmente verdadeiro. Mas será que estamos mais inteligentes? Será que somos mais capazes de nos envolvermos com os problemas do mundo real e resolvê-los? Será que temos mais esperança?

Enquanto homens americanos de trinta e cinco anos continuarem a passar oito horas por dia jogando *Warcraft*, ou crianças sul-coreanas estiverem sendo enviadas sem qualquer aviso para colônias distantes das cidades com atividades ao ar livre para serem forçadas a largar o vício em jogos eletrônicos, haverá motivo para preocupação. Como aconteceu com os rumores, na década de 1980, de que o D&D seria "a obra do demônio!", é fácil ter uma reação desmedida. Sim, cônjuges e pais têm motivos para se preocupar com o efeito de um fenômeno de massa sobre seus entes queridos. Um adolescente ou um idoso podem ficar dependentes de *Warcraft* ou *EverQuest*. O jogo pode fazer alguém se afastar dos amigos, da família e do emprego. Mas outras tentações podem causar o mesmo efeito — drogas, álcool, a internet, religião, pornografia ou sorvete de chocolate com brownie e cobertura. Personagens propensas ao vício são vulneráveis a todo tipo de atividade autossupressiva.

Alguns entretenimentos baseados na fantasia parecem mais suscetíveis ao excesso. E pode-se alegar (embora eu relute em afirmar com certeza) que, digamos, a experiência de pessoas batendo umas nas outras com espadas de espuma, ou de participar de feiras renascentistas, ou de tecer tapeçarias, ou de criar masmorras e complexos subterrâneos em papel quadriculado, *deve* ser melhor do que ficar sentado por horas e horas diante de diversões conduzidas digitalmente. Pelo menos com o Nintendo Wii você precisa se levantar e se movimentar, e geralmente joga com os amigos. Eu poderia dizer que ler ajuda a exercitar a imaginação: a criação das imagens ocorre na mente, não na tela. Conforme os primeiros jogos de computador ficaram mais sofisticados, os contornos quadriculados em 2D das espaçonaves e personagens foram substituídos por objetos incrivelmente detalhados em 3D. Quanto mais "real" é a imagem, menor é o trabalho que a imaginação precisa desempenhar. Paradoxalmente, nós abraçamos a tecnologia dos filmes e dos jogos para nos trazer esses mundos de textura rica que frequentemente são criados digitalmente. À medida que os designers de efeitos especiais e desenvolvedores de jogos eletrônicos aplicam seus talentos para fazer com que tudo seja modelado da maneira mais realista possível, nossa tolerância a efeitos especiais menos sofisticados diminui. Agora nós desejamos ter experiências artificiais cada vez mais críveis. Quando os filmes baseados em *O Hobbit* chegarem ao cinema, por exemplo, os fãs de fantasia saberão que aquele paraíso para os olhos avançou a passos largos, mais uma vez, para novos patamares da verossimilhança imersiva. (A sofisticação de produtos relacionados ao filme terá evoluído de maneira similar, também.)

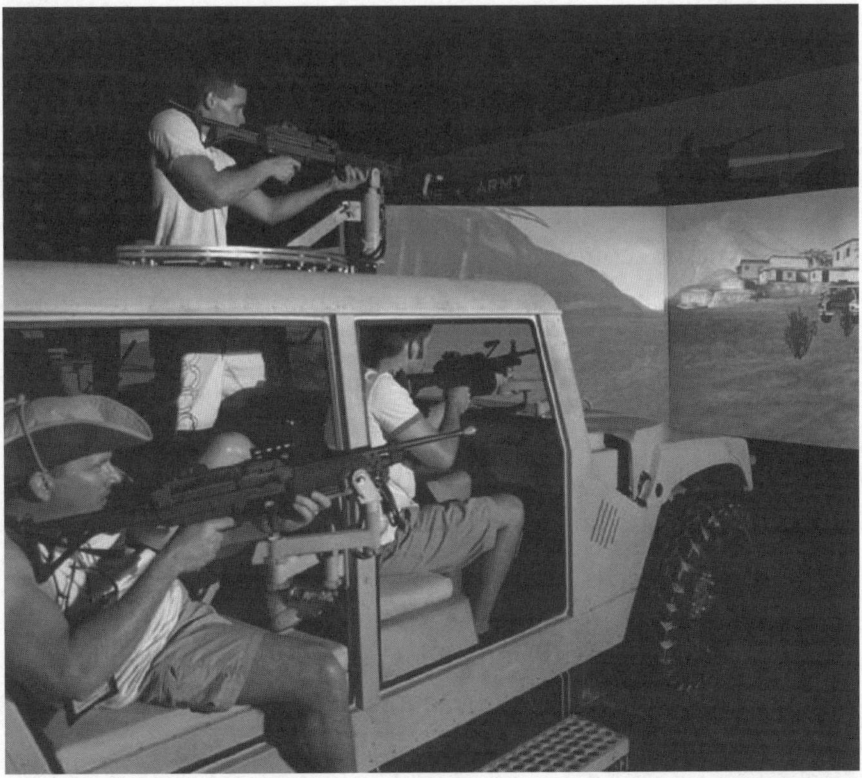

Heróis do futuro? Visitantes da Experiência Virtual do Exército dos Estados Unidos vivenciam, gratuitamente, a matança virtual. Foto: cortesia do Exército dos Estados Unidos.

Na mesma trilha digital, talvez as nossas imaginações acabem perdendo espaço. Como Gary Gygax disse em uma entrevista em 2006: "A analogia que eu faço é que os jogos de RPG que usam caneta e papel são como o teatro, e os jogos de computador são como a televisão". Gygax era um velho grognard, e seus preconceitos eram claros. Mas eu não sei o que se passa nas mentes dos gamers e dos geeks — e hesito em colocar o leitor dos *Anéis* em um patamar mais alto ou mais baixo do que alguém que se veste como Frodo ou alguém que mata trolls da neve e de pedra jogando *Lord of the Rings Online*. Sei de uma coisa: a mente social do jogador online, agora, está sendo treinada de maneiras diferentes, fascinantes e não necessariamente danosas, e a formação das guildas, amizades e comunidades na internet é algo que nem Tolkien nem Gygax poderiam prever.

Pelo lado negativo, não me sinto inteiramente confortável com a maneira como os "jogos" estão sendo utilizados. Por exemplo, uma ferramenta de recrutamento para o exército chamada de Experiência Virtual do Exército, uma espécie de simulador no qual os jogadores viajam em veículos militares verdadeiros e atiram com armas realistas na direção de telas imensas, matando pessoas, faz a guerra parecer algo muito divertido. Especialmente quando crianças de treze anos têm permissão para jogar e o exército aproveita para registrar suas informações pessoais no decorrer do processo. Da mesma forma, gráficos similares a jogos são adicionados a noticiários na televisão, ajudando a mesclar a divisão, que já é tênue, entre a informação e o entretenimento[48].

O que me preocupa é a forma como a cultura online está borrando os contornos da divisão que existe entre a fantasia e a realidade. Enquanto pesquisava para escrever este livro, eu soube de centenas de exemplos de casamentos que foram arruinados por casos extraconjugais e sexo virtual no *Second Life*. Eu soube também que algumas menininhas vestiam suas bonecas e projetavam as casas dos seus sonhos não em seus quartos com a Barbie, mas no site www.barbiegirls.com. Será que a próxima

[48] Durante a cobertura das eleições presidenciais dos Estados Unidos de 2008, "hologramas" da CNN projetavam versões digitais de entrevistados que estavam em lugares muito, muito distantes do estúdio, uma página retirada diretamente da cena de *Guerra nas Estrelas* no qual a Princesa Leia recupera a mensagem de Obi-Wan de R2-D2. "Ajude-me, Obama Kenobi. Você é a minha única esperança..." (N. T.: Na verdade, na cena citada, a Princesa Leia grava uma mensagem para Obi-Wan em R2-D2).

geração acharia que os shoppings e a vida noturna do *Second Life* são tão satisfatórios quanto a vida real, e não sairiam mais de casa? (Talvez os pais ficassem aliviados por não ter mais de levar seus filhos ao shopping.) A sensação de "aqui e agora" continua a erodir. O que é um "lugar"? O que é uma "coisa" física? A empresa de pesquisas eMarketer estimou que, em 2011, cerca de vinte milhões de crianças e adolescentes (53%) teriam contato com mundos virtuais, comparados com oitenta e dois milhões em 2007. Gerações inteiras serão criadas e educadas com esses jogos. Saberão elas diferenciar o que é "real" na tela do que é uma árvore real, um rio real, uma montanha real, um beijo real, sexo real, um relacionamento real? Existe potencial para um analfabetismo social disseminado sobre pessoas "reais" de carne e osso que, surpreendentemente, não são "personagens" em um jogo? Sem mencionar os pequenos avatares correndo por vários e vários hectares de playgrounds virtuais; eu me pergunto se, algum dia, iremos nos esquecer de como usar os pés para caminhar e das sensações quando o nosso corpo reage ao vento, à chuva e à gravidade.

Mas já chega do Sr. Desamparo e Tristeza. Para cada pessoa que argumentava que a fantasia nos transforma em covardes, que nos infantiliza ou nos impede de assumir riscos verdadeiros, eu encontrava outras duas que diziam o oposto. Os LARPs treinam seus jogadores para entrar em ação. O WoW é catártico, envolvendo os jogadores com a vida. A SCA estimula o bom comportamento. Sempre que os gamers ou as comunidades de fantasia se reúnem no mundo real em prol de alguma causa, como a Harry Potter Alliance, coisas boas acontecem.

Alguns jogos de computador têm benefícios terapêuticos claros. Eles ajudam pessoas com necessidades especiais a estabelecer elos e a se comunicar. Os MMORPGs e mundos virtuais ajudam

Nissa Ludwig, e outras pessoas, como vítimas de queimaduras, a lidar com a dor. Simuladores terapêuticos como o Iraque Virtual ajudam os veteranos de guerra a combater a síndrome do estresse pós-traumático. Soldados usam óculos especiais e percorrem um ambiente digital que recria os elementos do episódio que os afetou. Adereços, cheiros, sons e vibrações — um chamado à oração em árabe, fumaça de óleo diesel, o odor corporal de outro soldado —, tudo isso ajuda a aumentar a verossimilhança à medida que o soldado que sofre do estresse pós-traumático relembra o que aconteceu. Repetindo o procedimento com o passar do tempo, o indivíduo acaba por se sentir menos imobilizado pelo terror. (Outras aplicações incluem o Avião Virtual, Alturas Virtuais e o Vietnã Virtual.) O exército utiliza uma vila cenográfica construída nos moldes das cidades do Iraque, chamada de Medina Wasi, para simulações com interpretação de personagens, algo bem parecido com um local preparado para receber um LARP.

Em uma área ainda indefinida estão vários novos desenvolvimentos na tecnologia de games. A mais recente é a criação de jogos como o *EndWar*, de Tom Clancy, um jogo de estratégia em tempo real cuja maior inovação é um sistema de reconhecimento de voz que permite aos personagens comandar suas unidades através do microfone; o game entende os comandos e os traduz em ações. Legal ou assustador? O mesmo aconteceu com uma empresa que visitei, chamada Vivox, que fornece tecnologia de bate-papo via voz para jogos online, mundos virtuais e outras comunidades como a EveOnline. A tecnologia de áudio foi projetada não somente para fazer as vozes dos outros avatares ficarem mais altas ou baixas dependendo da distância entre eles, e outros truques podem modificar a voz de um jogador. Se você joga com um anão musculoso, sua voz pode soar como a de um anão musculoso. Um garoto de doze anos pode jogar com um orc e falar como se fosse um orc. Mas, e se o garoto decidir falar com a voz de um homem ou uma mulher de trinta e cinco anos e interagir com pessoas que nunca viu na vida real? E se um homem de trinta e cinco anos decidir falar com a voz de um menino? Ou de uma menina? Isso parece abrir as portas para problemas mais espinhosos de identidade e comportamento.

Uma coisa é clara: cada vez mais experiências estão sendo adaptadas a jogos imersivos com narrativas participativas. Ligas "fictícias" de esportes profissionais estão fazendo outras fantasias serem mais aceitáveis. Desenvolvedores de jogos estão explorando cenários e enredos de todos os gêneros e modos de lazer. O público (ou públicos em potencial) deseja histórias elaboradas que ofereçam mais do que a chance de matar monstros. É aqui que a definição de "fantasia heroica" irá se transformar. Novos jogos usando narrativas típicas de programas esportivos e de entretenimento significam que os heróis não serão apenas aqueles que empunham espadas. Em *Football Superstars*, seu avatar joga futebol e precisa sair das ligas de várzea para chegar ao superestrelato profissional. Você interage com outros jogadores por todo o mundo, e, entre uma partida e outra, caminha por uma cidade virtual e se diverte em restaurantes e bares. Um jogo como *Rock Band* provavelmente não terá anões tocando baixo em bandas de heavy metal, mas se transformará em uma ferramenta poderosa com elementos de rede social. E eu não ficaria surpreso se o jogo acrescentasse mais aspectos narrativos — tendo você como vocalista, a sua banda dispara nas paradas de sucesso e assina um contrato; você demite o baterista; você se afunda em drogas e começa a fazer um programa de reabilitação; depois, reúne a sua velha banda e começa o retorno triunfal. Não é exatamente como as sagas islandesas, mas é uma narrativa heroica com a qual a garotada pode se identificar.

EU GOSTO DOS LUGARES AONDE A MINHA CABEÇA VAI

Parece que, como cultura, temos duas opções: podemos ficar aterrorizados com os jogos, livros e filmes de fantasia e continuar a marginalizá-los. Ou podemos entendê-los, e constatar que a fantasia, em todas as suas muitas divisões, tem seu lugar junto a outras opções de entretenimento. Enquanto isso, quando o *Warcraft* alcançar uma base de jogadores entre quinze e vinte milhões, o que provavelmente acontecerá, prevejo que isso causará repercussões no mundo real. As pessoas anseiam pelo contato cara a cara. Jogos em estilo antigo, regados a Coca Diet e Doritos, sempre terão seu público. As pessoas precisam sujar as mãos e se movimentar, criando trajes e figurinos, aplicando maquiagem, brandindo espadas, tudo isso no mundo real. Mundos digitais só irão satisfazer alguns dos gamers por algum tempo. Eventos como Dragon*Con, Pennsic e Forest of Doors podem se tornar ainda mais populares, sem mencionar outros jogos presenciais híbridos que ninguém ainda conseguiu conceber. Como o designer de jogos Tom Wham me disse em Lake Geneva, “os jogos de tabuleiro estão aqui para ficar, porque as pessoas gostam de se reunir ao redor de uma mesa e agir socialmente”.

Fiquei animado quando conheci uma mulher na região de Boston chamada Megan Gardner, que começou a ensinar “combate esportivo com espadas” no estilo medieval com armas de espuma em sua academia de artes marciais, *Guard Up!*. Ela também se interessava por LARPs. Em 2008, Megan promoveu o primeiro LARP de fantasia medieval durante um programa de

Megan Gardner, diretora da colônia de férias Guard Up! e do programa Wizards and Warriors LARP *para crianças, com sua fantasia de unicórnio.* Foto: cortesia do autor.

colônia de férias pra crianças chamado *Wizards & Warriors Residential Summer Camp*. Os participantes passavam a semana inteira usando seus figurinos, resolviam enigmas, saíam em missões e aprendiam sobre honra, coragem e compaixão. Gardner doutrinava uma geração inteira de novos geeks de jogos — com a diferença que esses geeks estavam correndo ao ar livre, e estavam aprendendo a chutar os traseiros dos monstros com espadas. Outra força positiva: um gamer ferrenho chamado Bill Walton criou um website, Theescapist.com, para desmistificar as concepções errôneas sobre os RPGs. Sua organização, chamada Young Person's Adventure League, tenta convencer a garotada a manter viva a tradição dos RPGs nas próximas gerações.

Não se pode desprezar o poder da palavra escrita. A interpretação de personagens através de textos e por métodos improvisacionais sempre oferecerá algo que um jogo de computador ou um filme não podem fazer — a possibilidade de criar, participar e somar elementos ou experiências à história. Lembrei-me do que Nissa Ludwig me contou ao descrever a lenta conversão de jogos baseados em texto como Dragon Realms — experiências literárias — para os jogos gráficos. “Eu sempre lutei contra os jogos gráficos. Se você me desse textos, minha imaginação era melhor do que qualquer coisa que pudesse ser programada. Eu cresci em um mundo de textos. Me sinto mais confortável lá. Sempre fui parte de uma família de leitores e contadores de histórias. A mente é uma ferramenta impressionante, capaz de pegar um livro e transformá-lo em muito mais. A minha imaginação é melhor que os gráficos. Vai demorar muito para que os gráficos consigam chegar ao nível da minha imaginação. Eles estão chegando lá, mas ainda não chegaram. Os dragões da minha mente são melhores do que qualquer um que você possa colocar em um jogo. Tanta leitura representa um esforço para as pessoas. Eu leio porque gosto dos lugares para onde a minha cabeça vai.

Acho que do que eu mais sentia falta em relação à minha fase de D&D eram os lugares para onde a minha cabeça ia — aquele espaço imaginário onde tudo pode acontecer. Segundo Frank Mentzer, o Mestre de Jogo da Convenção de Jogos de Lake Geneva, me explicou, o propósito do D&D não se resume a “vencer”. O próprio jogo já era um fim em si mesmo. Ele cresceu nas terras do meio-oeste de Vince Lombardi, que costumava dizer: “Vencer não é tudo. É a única opção.” “O que o D&D mostrou às pessoas”, continuou Mentzer, “é que a felicidade é a jornada, não o destino. Não é quem vence o jogo, é o que você faz durante a partida. E o jogo todo se transforma ‘naquilo que você faz durante a partida’.”

Por isso, meus amigos gamers e geeks, se temos de escapar, vamos escapar por um bom motivo — não somente para nos entretermos com um jogo vasto, mas por causa do lugar aonde nossas cabeças vão. Vamos escapar para fazer algo no decorrer do jogo. Talvez para encontrar uma verdade. Michel Guyot queria saber como as pessoas construíam castelos no século 13; por isso, construiu Guédelon. Quando chegar lá, naquele lugar imaginário no futuro — que a sua equipe deixa mais real a cada dia, pedra por pedra —, este mundo principal não terá "gráficos de última geração". Assim como o meu não tem. Mas suas imperfeições o farão ser real.

[A Jogada de proteção] representa a chance que o alvo tem de evitar (ou, pelo menos, de evitar parcialmente) os resultados cruéis do destino... por meio de habilidade, sorte, proteções mágicas, peculiaridades do destino e a ajuda de poderes sobrenaturais, o personagem que consegue sucesso na sua jogada de proteção não recebe nenhuma dano, ou somente parte dos resultados indicados... Assim, um personagem pode conseguir evitar os efeitos da explosão de uma bola de fogo, *ou desviar o olhar do basilisco ou da medusa, ou o ferrão peçonhento do escorpião gigante erra o golpe ou, de algum modo, não consegue injetar o veneno. Seja lá qual for a explicação, o personagem está salvo e pode continuar. Claro, algumas jogadas de proteção resultam na morte do personagem mesmo assim, já que um dano parcial ainda pode fazer com que ele se encontre com a morte. Mas, pelo menos, o personagem teve um pouco de esperança, e lutou até o fim. Histórias sobre o fato serão contadas na taverna, e canções sobre a batalha serão entoadas quando os guerreiros se reunirem ao redor da fogueira.*

— do *Guia do Mestre de Advanced Dungeons & Dragons* (1979)

POSFÁCIO

JOGADAS DE PROTEÇÃO

Certo, eu menti. Minha jornada ainda dava a sensação de estar incompleta.

Como a caixa térmica azul, havia um último lugar que ainda me atraía. Uma última peregrinação até o "texto de origem" da minha vida de fantasia. Eu tinha o desejo de ver os manuscritos originais, seminais, de Tolkien. Fiquei surpreso por saber que não estavam preservados em algum arquivo embolorado de Oxford, nem nos cofres de algum escritório de advocacia em Londres. Estavam arquivados na biblioteca de uma pequena universidade católica em... que rufem os tambores!... Milwaukee, entre todos os lugares. O último lugar em que eu esperava encontrá-los.

Pois é. Marquette University, em Wisconsin, no coração da terra dos jogos, onde o *Dungeons & Dragons* foi inventado. Matt Blessing, diretor do Departamento de Coleções Especiais e Arquivos Universitários, foi bastante gentil por concordar em me receber. O site do seu departamento explicava que a coleção da

Marquette sobre J. R. R. Tolkien incluía "reproduções holográficas (textos escritos a mão pelo próprio autor), vários conjuntos de textos datilografados com marcas de correção feitas por Tolkien e provas tipográficas, também com marcas de correção feitas pelo próprio autor" de suas principais obras, *O Hobbit* e *O Senhor dos Anéis*, juntamente com duas obras de menor calibre. Os arquivos contêm dezenas de desenhos e gravuras originais de Tolkien, notas sobre linguística e filologia e tabelas sobre as linhas do tempo sobre as histórias e locais onde os personagens estariam[49].

A coleção de Marquette também abriga centenas de outros objetos relacionados à obra de Tolkien produzidos pela comunidade acadêmica e por fãs — recortes de jornal, artigos, dissertações, estudos sobre línguas élficas, poemas e canções, calendários, jogos, quebra-cabeças, materiais pedagógicos e textos de fantasia. Blessing me disse que, na década de 1950, o diretor da biblioteca de Marquette tinha um plano ambicioso para ampliar os arquivos da universidade. Um negociante de livros raros foi contratado para entrar em contato com Tolkien. Eles fecharam negócio. Em 1957, os documentos começaram a chegar à Marquette: 1.586 páginas de manuscritos de *O Hobbit*, 9.250 páginas dos manuscritos dos *Anéis*.

Comecei a salivar.

"Para um leitor aficionado por Tolkien, é quase uma peregrinação para ver os manuscritos", comentou Blessing. Durante a popularidade dos filmes dos *Anéis* de 2001 a 2004, ele recebia até setenta e cinco pedidos por semana de pessoas interessadas

---

[49] A saga dos *Anéis* tem um enredo particularmente complexo, que vai e volta de maneira bastante cinematográfica entre múltiplos personagens e diversos locais diferentes. Algo bem pós-moderno, na realidade.

em ver a coleção. Mas ela só estava disponível para pesquisadores legítimos.

"Será que eu poderia ver algumas páginas... você sabe... dos...?", perguntei, nervosamente.

"Dos manuscritos? É claro."

Calçamos luvas brancas enquanto Susan, a assistente de Blessing, foi até outra sala para buscar algumas pastas. Blessing as dispôs em uma mesa de madeira longa e vazia. Ele lentamente folheou uma espécie de pasta com "os maiores sucessos". Tentei não babar neles.

Tolkien escrevia com caneta tinteiro. Fazia correções e anotações a lápis. Alguns capítulos chegavam a ter dezoito versões de rascunho. Sua caligrafia era maravilhosa, assim como eram os seus desenhos, tais como uma página do antigo Livro de Mazarbul (o livro que a Sociedade encontra nas masmorras de Moria), desenhado de modo a parecer estar queimado e rasgado. Para Tolkien, os desenhos deviam ser muito parecidos com os adereços e objetos cênicos de um LARP, ou equivalentes à preparação do cenário para melhor interpretar as suas fantasias conforme ele compunha as várias cenas.

Blessing me mostrou mais algumas páginas, e, em seguida, disse que precisava ir para uma reunião. O tempo havia terminado. Senti o coração afundar no peito.

"Escute, vá conversar com Susan. Preencha um requerimento. Ela vai lhe dar o que você quiser."

"O que... eu quiser?"

"Qualquer coisa." Em seguida, ele foi embora.

Senti-me como uma criança que havia conseguido entrar na Fantástica Fábrica de Chocolates de Willy Wonka.

"Considere-se uma pessoa de sorte", disse Susan, enquanto ia buscar mais pastas para mim. "Eles não deixam as pessoas verem os originais com tanta frequência." Em geral, ela mandava a maioria dos estudiosos para as máquinas de microfilme.

Eu estava sozinho com o Professor. Durante duas horas, pedi pasta após pasta. Virei página por página. Vi a folha onde Tolkien riscou uma das primeiras ideias para o título, *O Anel Mágico*, e escreveu acima dela: *O Senhor dos Anéis*. Examinei a antiga caligrafia élfica, a linguagem de Mordor, entalhada no seu desenho do Um Anel. Reparei que Tolkien costumava usar qualquer pedaço de papel que estivesse à mão — um diário de classe de Oxford, um cardápio do clube dos professores, o relatório de um oficial responsável pelos alarmes que eram acionados em caso de ataque aéreo. Eu podia visualizar o velho professor corrigindo uma prova, decepcionando-se com a análise de algum aluno sobre *Beowulf*, que ele provavelmente havia lido centenas de vezes, e deixando sua mente devanear mais uma vez na Terra-média para imaginar o que se passava ali. *Escrever, escrever*. Vi, com a letra do próprio Tolkien, aquela cena na Ponte de Khazad-Dûm, onde Gandalf confronta o Balrog e grita para a Sociedade: "Fujam, seus tolos!". E, finalmente, a página que eu esperava encontrar: a imagem elegante feita por Tolkien do portão decorado, os Portões de Durin, com os dizeres em élfico: "Fale, amigo, e entre". Uma espécie de convite, novamente, para entrar nesses mundos.

Voltei no tempo até o meu primeiro ano do ensino médio, e à competição com meu amigo Mike para ver quem seria o primeiro a terminar de ler os *Anéis*. Ao meu trabalho do último ano de Literatura Britânica, que, para horror da professora, a Sra. Whaley, comparava a voz literária de Tolkien em *O Hobbit* e nos *Anéis*. Às masmorras e aos mapas de D&D que eu adorava fazer. À camaradagem das noites de jogo, às sextas-feiras.

Percebi, naquele momento, que eu não estava necessariamente procurando uma maneira de escapar. Assim como Tolkien, eu

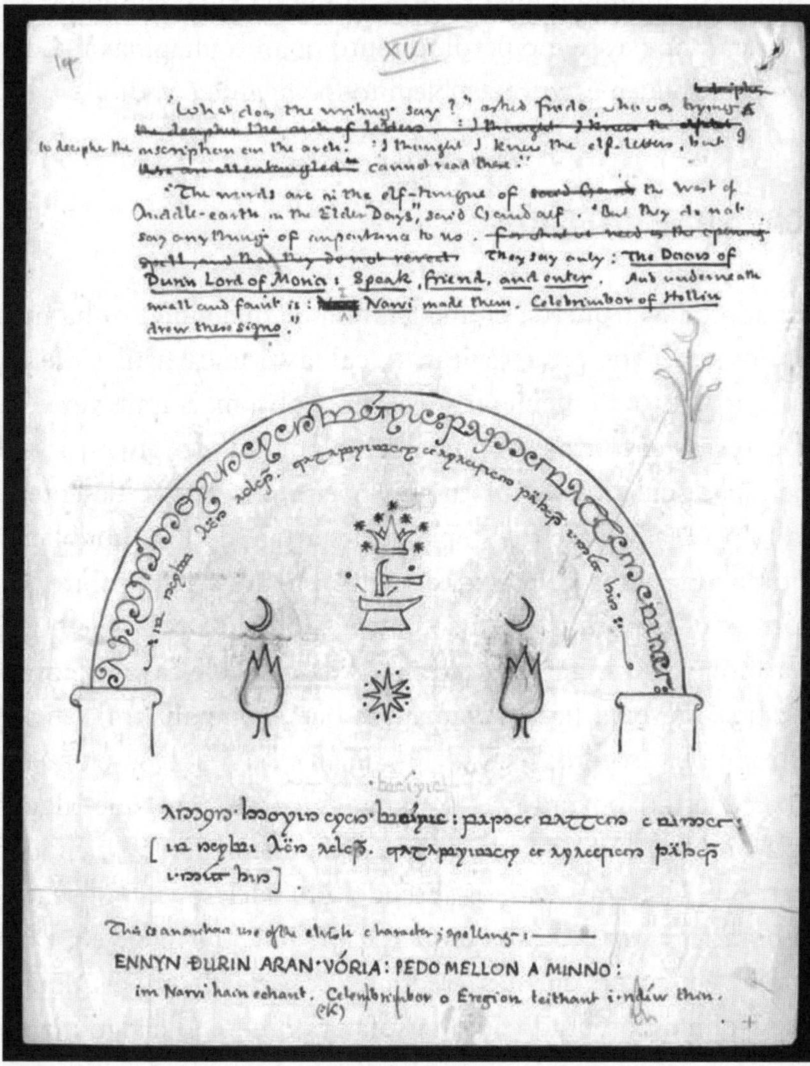

Página do manuscrito de O Senhor dos Anéis, *mostrando um dos primeiros esboços dos Portões de Durin, que levavam às minas de Moria. As palavras em élfico acima do portão significam: "Fale, amigo, e entre".* Cortesia da HarperCollins Publishers Ltd. e da Biblioteca da Marquette University, Coleção de J. R. R. Tolkien, 03/03/2010 ©J. R. R. Tolkien.

estava criando — fazendo desenhos, criando filmes, contando histórias — durante a maior parte da minha vida, suponho. Talvez eu não houvesse me perdido tanto quanto imaginava. Como o próprio Tolkien escreveu: "Nem todo vagante é vadio".

JOGADA DE PROTEÇÃO

Voltando de Marquette, eu me lembrei de que ainda tinha meus próprios arquivos para revirar. A caixa térmica azul Coleman estava no canto do meu escritório. Eu a abri mais uma vez.

Depois de cavoucar profundamente por entre o purgatório de papel quadriculado e o inferno da poeira das traças, desenterrei uma fotocópia de uma fotocópia de um artigo de 1982, publicado no jornal da minha velha cidade natal, em New Hampshire. Um repórter do *The Transcript* ficou intrigado pelo D&D. Ele queria saber o que alguns garotos estranhos da cidade estavam fazendo nas noites de sexta-feira. As imagens que acompanham o artigo, intitulado DUNGEONS & DRAGONS TOMA DE ASSALTO A CASA DA FAMÍLIA KAUFMAN, estão borradas e desbotadas como algo que alguém deseja lembrar, mas não consegue. Ainda assim, não é difícil identificar Bill K. atrás do seu Escudo do Mestre e, no sentido anti-horário a partir da sua esquerda, JP, Bill S., Mike e eu, todos sentados em torno da mesa redonda coberta de papéis, lápis e dados. John está sentado em um sofá, ao fundo. O artigo diz que o meu personagem se chama Yigi-Sci, o Frio, de quem eu não guardo qualquer lembrança. Desapareceu, assim como tantos episódios da minha adolescência. Mas as roupas de todas as pessoas do meu segundo ano do ensino médio, por incrível que pareça, são exatamente como eu me lembro: a camisa de flanela de Bill K., o blusão branco de lã de JP e o colarinho da minha camisa social branca que aparecia pela gola do meu suéter. Consigo identificar o meu rosto e a cabeleira que eu tinha na época, e que penteava cuidadosamente. Meus olhos estão apontados dissimuladamente para a direita, desconfortavelmente, como se eu estivesse de olho na minha rota de fuga. O repórter não é muito metódico para atribuir as declarações a cada um dos entrevistados, mas um de nós, discutindo a atração que o D&D causa, é mencionado no artigo dizendo que "o jogo tira as pessoas do mundo real". Fico me perguntando se fui eu quem disse aquilo.

Não é uma reportagem horrível, mas o repórter nem chega perto de capturar o que estávamos tentando verdadeiramente fazer — o que o meu amigo JP chamava de "castelos de cristal" que criávamos uns para os outros enquanto ouvíamos as músicas da Electric Light Orchestra, Bob Seger e Paul McCartney and Wings, com os olhos vermelhos, empanturrados de refrigerante e salgadinhos de queijo — castelos que ninguém além de nós compreendia. "Se ninguém escrever os livros que nós queremos ler, teremos de escrevê-los nós mesmos", disse Tolkien em uma carta ao seu amigo C. S. Lewis. Em seus contos anacrônicos, ambientados em lugares que eles mesmos criaram, ambos se perderam e também se encontraram, saciando seus ids insatisfeitos e seus egos despedaçados. Assim como Tolkien e Lewis, JP, eu e o restante da turma elaborávamos charadas no escuro — pessoalmente, toda sexta-feira à noite, na sala de estar de alguém. Nada de se esconder atrás de nomes de personagens ou telas de computador em quartos escuros, a portas fechadas. Jogando D&D nós nos tornávamos bardos, contadores de histórias e artistas. Interpretávamos papéis — guerreiro, clérigo, mago, ladrão — e brincávamos cara a cara, criando um lugar melhor para nós. Ajudamos uns aos outros a atravessar, como foi cantado em "The Gary Gygax Song", o "labirinto de ser um garoto adolescente".

Diferentemente de Tolkien e Lewis, não houve uma Grande Guerra que definiu a minha vida — pelo menos nenhuma guerra convencional. Mas a infância testou a minha força emocional e a minha esperteza. Meu eu de doze anos teve de enfrentar obstáculos que um garoto dessa idade não deveria ter de enfrentar. Era preciso coragem para vestir minha mãe, para ouvir seus comentários estranhos e amarrar seus sapatos. Ninguém reconhecia os meus atos heroicos, nem os da minha mãe. Eu não digo isso apenas por autopiedade. Como adulto, é muito bom finalmente compreender que todos somos assolados por infortúnios, e que frequentemente não podemos escolher qual é o infortúnio que vai recair sobre nós. Assim é a vida.

O D&D tem uma regra chamada "jogada de proteção". Pouco antes que o veneno de uma flecha ou a picada paralisante de um escorpião gigante causem seus efeitos, você rola o dado, em uma "jogada de proteção". O DM consulta uma tabela para verificar se o seu personagem é capaz de resistir à toxina. Será que a minha mãe teve sucesso em sua jogada de proteção? Em parte. Talvez sua sabedoria, inteligência, carisma e destreza tenham sido reduzidos. Mas, no meu livro de regras, sua força e constituição tinham o valor de 18. O fato de ela sobreviver ao aneurisma, por si só, já foi algo mágico. Claro, nenhuma tabela seria capaz de prever o destino da minha mãe em 1978. Aqueles dados parecidos com pedras preciosas — d20, d12, d6 — giravam como pequenas bolas de cristal em um fluido azul turvo, mas não previam o nosso futuro. Simplesmente calculavam os danos. Monstro e donzela, dragão e inocente, minha mãe viveu por quase duas décadas após o aneurisma, mas não escapou da sua narrativa trágica. Nos anos derradeiros da vida da minha mãe, rendendo-se à falência pulmonar, ela tossia e arfava como um dragão cujas escamas houvessem sido perfuradas por uma flecha. Ela morreu antes que eu aprendesse o feitiço de cura correto, fosse "Curar Ferimentos Sérios" ou "Remover Paralisia", para conseguir restaurá-la à pessoa de antigamente. Também nunca encontrei um Cetro de Ressurreição para fazer com que ela voltasse à vida depois de morrer, como se dar vida extra a ela fosse tão fácil quanto colocar mais uma ficha na máquina de fliperama. Minha espada longa +2 nunca funcionou no mundo real.

Não consegui salvar a minha mãe. E, se eu não pudesse matar o Dragão da Cozinha e a *Momster*, então, ao fazer de conta num mundo mais seguro do D&D, eu seria capaz de derrotar criaturas como essas, ou criaturas ainda mais malvadas, e explorar as forças do mal que amaldiçoaram a vida de Sara Gilsdorf. Mas descobri que eu nunca tive de derrotar a minha mãe — somente o medo de amar alguém que não podia me amar do jeito que eu queria, ou do jeito que eu precisava. Quando eu era adolescente, nunca me permiti me aproximar de outras pessoas. Depois de adulto, passei a me aproximar um pouco mais. Ainda acho difícil aceitar a ideia de que ela pudesse me amar. Sinto-me culpado por não ter — ou por não haver conseguido — me esforçar mais. Demorei uma década inteira após a sua morte para finalmente encontrar a paz em mim mesmo. (Isso aconteceu com outra jornada: uma peregrinação a pé de cento e vinte quilômetros durante o inverno, de Boston a New Hampshire, para visitar a sua sepultura.) Desde aqueles dias mais tristonhos, encontrei um conjunto de regras melhor pelo qual eu podia amá-la, pelo menos na terra de fantasia da vida após a morte[50].

---

[50] JP me ajudou a perceber isso. Ele se lembrava da Sara pós-aneurisma como uma pessoa "inteligente e rápida", com "muitos amigos que... eram leais a ela e a amavam". Ela era diferente, "uma adulta que não era realmente adulta", imprevisível e até mesmo divertida. Não era como os outros pais e mães. "Eu gostava dela", ele disse.

AS EXPLORAÇÕES DAQUELE ETHAN PARALELO

Curiosamente, senti-me atraído para duas faixas etárias bem específicas durante a minha jornada: pessoas de doze anos e pessoas de quarenta anos. Alguma força inconsciente parecia estar agindo. Sempre pensei: quando essa geração mais jovem de fãs de D&D, *Warcraft* e Harry Potter crescer, será que estará permanentemente presas em uma infância eterna? Duvido. Em relação ao meu maior medo — meu próprio fracasso em enfrentar a idade adulta, já com mais de quarenta e dois anos —, eu não mais acreditava que ainda estava preso ao meu cérebro de doze anos. Eu havia crescido, e bem rápido, com a diferença que não foi da maneira que esperava. Eu posso ser a mesma mistura de assustado e imprudente, imaturo e sensível, focado na vida real e sempre sonhando com a próxima coisa fabulosa que está por vir. Mas estou em paz com isso. Eu sou assim porque tinha de ser — para poder viver em dois mundos.

Talvez por causa da calamidade que o mundo me mostrou — seja o Iraque, o aquecimento global ou meu histórico pessoal — eu me sinta compelido a acreditar num mundo escondido, seja a Terra-média, a Terra-alta ou a Terra-baixa. Mas sei de uma coisa: não quero regredir à infância ou brincar de polícia e ladrão outra vez. Não quero retornar a um falso estado de inocência, e nem à minha adolescência. Sei que não quero jogar *Dungeons & Dragons* regularmente outra vez. Também não quero me tornar um viciado em *World of Warcraft*. Não posso dizer com certeza que nunca mais vou ler *O Senhor dos Anéis* ou que não voltarei a assistir aos filmes. Provavelmente farei isso. Também não tenho certeza de que nunca voltarei àquele lugar no Monte Victoria para buscar as miniaturas que enterrei ali. A Terra-média sempre estará comigo, assim como as paisagens da Nova Zelândia — os picos vulcânicos de Mordor, as florestas escuras de Valfenda, os campos de colinas baixas e ondulantes cheios de ovelhas e hobbits do Condado. Ainda assim, eu sei que algo mudou dentro de mim, como um portal mágico que se fecha.

No início da minha jornada, quando voltei a jogar alguns jogos, eu me sentia constrangido demais para me abrir àqueles reinos de infinitas possibilidades. Eu resisti. Dizia a mim mesmo que estava regredindo, ou retrocedendo, a um eu anterior. Que havia fechado a caixa térmica azul definitivamente. Mas eu sou quem sou. Não posso dar as costas a mim mesmo. Sou a soma de todos os meus muitos "eu" — eu aos doze anos, aos dezesseis, aos vinte e quatro, aos quarenta e dois. Todos os atributos, rolagens de dados e aventuras que me fizeram ser quem sou: um geek. Decidi adotar o credo da Dragon*Con e abraçar todas as minhas partes. Ao percorrer as etapas dessa jornada, o meu relacionamento com o universo geek deixou de ser distante e cético, transformando-se em aceitação e celebração. Eu era um garoto assustado que se escondia num porão para rolar dados; agora eu vestiria aquela camisa roxa com orgulho em um desfile de pessoas fantasiadas pela Main Street (mas não tome isso de maneira literal). Reuni forças para continuar a encarar o mundo real. Como um velho grognard me disse, "A vida não passa de um jogo. Se conhecer as regras, você pode passar por ela sem problemas".

Sempre terei dificuldades em relação a alguma insatisfação com a realidade. Atividades simples — dobrar e guardar a roupa recém-lavada, cortar a grama, assistir *American Idol* — podem ser incrivelmente tediosas se comparadas às aventuras daquele Ethan paralelo em uma terra distante. Mas isto é a vida real. Eu sempre serei um fã de fantasia, mesmo que nem sempre me deixe perder nela. Eu conhecia as razões pelas quais recorria à fantasia como escapismo. Agora eu entendo que não *precisava* escapar novamente. Mas isso não significa que eu não deva fazê-lo de vez em quando. Como Steve Chenault me disse em Lake Geneva, "Talvez seja mais importante parar um pouco e se divertir quando você é adulto do que quando você é criança. Como era mesmo aquele comercial? 'A vida passa rápido por você'. E as coisas acontecem".

Mas, para a maioria de nós, o que procuramos não é um escapismo capaz de entorpecer a mente. É uma segunda chance. Durante a maior parte da minha vida adulta eu quis ter o direito de ter uma infância diferente. Agora eu sei que esse tipo de coisa não existe. Tudo que eu podia fazer era marchar adiante, rumo ao desconhecido, viver a vida como uma jornada ou uma aventura, esperando subir de nível, ganhar experiência e me tornar uma pessoa melhor. Talvez eu pudesse criar esse reino melhor contando histórias. Talvez um mundo possa ser criado — na minha mente, pelo menos — onde minha mãe consiga ter sucesso em sua jogada de proteção e viva outra vez, plena e completa. Uma nova história para compensar sofrimentos passados. Um novo reino onde todos nós possamos ter uma segunda chance. Não é essa a dádiva da imaginação?

CAÇANDO MULHERES E ELFOS

Em relação à situação entre a minha namorada e eu, nosso relacionamento habitou um mundo que era metade real e metade fantástico durante quase dois anos. Eu marcava, ela se esquivava. Eu revidava, ela defendia. Cada um de nós usava um anel invisível, ou o Anel do Poder, quando sentia que era adequado. Certa vez eu avancei pelo gramado da casa dela montado em meu cavalo, com uma armadura reluzente — figurativamente falando —, acreditando que aquela era a pessoa que eu queria ser, ou quem ela queria que eu fosse. Às vezes ela interpretava o papel da donzela em perigo. Mas eu não queria mais viver em um relacionamento de fantasia.

Em uma tarde de outono quintessencial da região da Nova Inglaterra, ela e eu saímos para fazer uma caminhada por uma velha trilha de charretes que terminava no meio de um bosque. Folhas de plátano alaranjadas e vermelhas cobriam o chão da floresta até onde a vista alcançava. Nesgas de céu azul brilhavam por entre os galhos. Ficamos entre as árvores e nos entreolhamos.

Entre as muitas coisas que disse naquela tarde, ela mencionou sempre ter apreciado o fato de, na minha essência, eu ainda ser uma criança. "Suas qualidades de Peter Pan. É por isso que eu amo você."

Muito doce. Mas não era a minha suposta hesitação em crescer, ou a percepção que ela tinha em relação a minha incapacidade de crescer, o ponto original dos nossos problemas? Talvez ela quisesse dizer: *Agora eu entendo*. Ou talvez, às vezes, ela também fosse capaz de agir como uma garotinha.

Continuamos a caminhar, com o meu braço ao redor dela. Éramos amantes? Não exatamente. Voltaríamos a ser amantes? Não sabíamos. Tínhamos nossos próprios Balrogs rugindo dentro de nós. Nada dava a impressão de estar resolvido. Nós dois continuamos caminhando.

Eu não sabia aonde a estrada me levaria, mas tinha esperança. Sei agora que não há nenhuma vergonha em se divertir com jogos, em interpretar personagens num RPG ou na fantasia. Penso nos meus jovens sobrinhos, Jack e Henry, e algum dia eu talvez os ensine a jogar *Dungeons & Dragons* (presumindo que seus pais não fiquem horrorizados com as atitudes de um certo tio geek). Posso inspirá-los a descobrir a magia, coisas maravilhosas e o heroísmo por si

O autor atacando um castelo perto da sua casa em Somerville, Massachusetts.
Foto: cortesia de Ted Weesner.

mesmos. Ou talvez a coisa aconteça de maneira inversa: eu seria o aluno e as crianças me ensinariam.

Seja lá com quem eu me relacione, ela não precisa ser fanática por *O Senhor dos Anéis*. Mas isso ajudaria. Com certeza, uma mulher como essa deve ser mais fácil de encontrar do que um elfo nos arredores de Bos...

Espere! O que é isso que estou ouvindo? Acho que vejo alguma coisa. Um elfo? Um orc? Ou alguma solução para as minhas decepções amorosas do mundo real, escondida atrás de uma árvore.

"Não tema", eu digo, prendendo a minha espada longa +2 ao redor da cintura. Jogo a capa por cima do ombro. "Voltarei logo." Entro na floresta e continuo correndo, além da próxima curva do rio que se retorce por entre grupos de faias e plátanos, rumando para algum lugar que está longe das minhas vistas.

Agradecimentos

Dezenas de pessoas em vários estados, países e mundos paralelos ajudaram a dar forma a este livro. Sem a ajuda das pessoas listadas aqui, ele seria muito menos abrangente. Espere... ele seria impossível. Peço desculpas antecipadas por qualquer omissão mais gritante.

Em primeiro lugar, gostaria de agradecer a Sorche Fairbank, minha agente. Ela reconheceu a semente da história, cuidou dela quando brotou, e, através do seu feedback intenso e inteligente, ajudou este bebê a crescer e se transformar num monstro. Em seguida, ela ajudou a domar o monstro. Foi a campeã mais dedicada, desafiadora e inteligente que eu poderia ter. Obrigado. (P.S.: Suas ideias às duas da manhã são sempre bem-vindas.)

Keith Wallman, meu editor, assumiu riscos enormes com um jornalista procrastinador, cheio de dúvidas e autodidata, com tendência a se distrair interminavelmente com detalhes insignificantes. Sou grato por seus conselhos sábios, cutucadas gentis, edições e revisões meticulosas, paciência infinita e entusiasmo constante. Todos os escritores deveriam ter a sorte de poder trabalhar com ele. Também da Globe Pequot Press, eu gostaria de agradecer a Jennifer Taber pela atenção que deu a cada detalhe e ao departamento de arte e design gráfico, especialmente Bret Kerr e Sheryl Kober, por seu excelente trabalho. A redatora Melissa Hayes poliu as arestas da minha prosa e lhe deu um brilho incrível.

Minha família me deu muitos estímulos e orientação. Meu pai, Bill Gilsdorf, e minha madrasta, Susan Joiner, sempre estiveram muito abertos a este projeto, ou, melhor dizendo, a todos os projetos insanos da minha vida. Obrigado pelo seu amor e apoio. (O dinheiro que eu devo a vocês já está no correio. Eu juro.)

Agradeço à minha irmã, Jessica Gilsdorf, aspirante a geek, por apoiar minhas fantasias e por sempre estar ao meu lado. Adam Gilsdorf e Joan Glutting ajudaram bastante (e temeram pelo meu bem-estar), de muitas maneiras. Jess e Adam, obrigado por me permitirem contar a história que é a ponta do iceberg das nossas vidas (e já deixo avisado: tem mais por vir). Também estendo minha gratidão a Alice MacKinnon.

Os companheiros escribas Kevin Kennedy e Ted Weesner passaram muitas horas debulhando as primeiras versões deste manuscrito, identificando sinais de alerta e fazendo sugestões brilhantes. Seria impossível ter camaradas, confidentes, leitores ou companheiros de bar melhores. (Caras: vocês são os próximos.)

Inúmeros amigos, colegas e terapeutas torceram por mim, analisaram as muitas ideias levantadas neste livro, deram dicas e conselhos sobre o quê e como escrever, me pagaram bebidas, deixaram comida na porta da minha casa, assistiram ao *O Senhor dos Anéis* comigo e toleraram as minhas reclamações, desculpas e e-mails atrasados durante vários meses. Entre eles: Lauren Davis, Hisham Matar, Jess Payne, Ravit Reichman, Pagan Kennedy, Sage Guyton, Elly Truitt, Litty Mathew, Heather Stimmler-Hall, Bridge & Samburg, Laura Harrison, Hathalee Higgs, Sari Boren, Julie Batten, David e Holly Kelleher e Jenny

Cutraro. Jennifer Dorsen não deu muita importância quando eu pagava meu aluguel com atraso. Kim Howe me deixou pegar seu carro emprestado, entre vários outros gestos generosos. A minha gratidão se estende a Amy Thibeault, Rhett Richard e a equipe da True Grounds (a melhor cafeteria de Somerville), onde uma grande parte deste livro foi escrita. Agradeço especialmente a Page Carter, por sempre me ouvir.

Também agradeço ao Vermont Studio Center, ao Conselho de Artes de Vermont, à Colônia de Artes de Millay, ao Hall Farm Center e ao Conselho de Artes de Somerville/Conselho Cultural de Massachusetts por oferecerem abrigo e suporte financeiro para a minha carreira e para este livro. Chris Castellani, Whitney Scharer e Sonya Larson, da Grub Street, Inc., me proporcionaram uma comunidade de escritores em Boston. Meus muitos professores — Greg Jones, Ellen Donkin e Paul Jenkins entre eles — ignoraram os meus esforços iniciais pífios e me estimularam bastante. Meus alunos também me inspiraram e me deram energia.

Os editores das inúmeras publicações que aceitaram meus textos merecem ser reconhecidos. Em primeiro lugar, John Koch e Joe Yonan, do *Boston Globe,* e Mark Eversman, do *Paris Notes,* decidiram aceitar o risco de ter um escritor inexperiente que não fazia a menor ideia de como escrever um artigo especial. Outros editores generosamente me incumbiram de escrever artigos que se tornaram capítulos (ou partes de capítulos) deste livro: Jeremy Keehn, K. C. Summers, Stephen Humphries, Francis McGovern, Barbara Ireland, Steve Reddicliffe, Daniel Born e Kathleen McGowan. No *Globe*, as seguintes pessoas ajudaram a sustentar o meu padrão de vida: Steve Greenlee, Wendy Fox, Anne Fitzgerald, Paul Makishima, Scott Heller, Leighton Klein, Veronica Chao, Jim Concannon, Debbie Jacobs, Marjorie Pritchard, Doug Warren, and Thomasine Berg. Obrigado a todos.

As dezenas de entusiastas de jogos de fantasia e fãs que entrevistei para escrever este livro são numerosas demais para serem mencionadas por nome, mas quero chamar a atenção para alguns que responderam questionários infinitos, que me receberam para passar a noite em suas casas, me deram caronas, facilitaram visitas e entrevistas, me deram contatos e foram, de várias maneiras, incrivelmente generosos com seu tempo e expertise: Matt Blessing, no Departamento de Coleções Especiais e Arquivos da Marquette University, Judith Priestman, da Biblioteca Bodleiana da Oxford University; David Randrup; Mark Egginton; Jen e Matt Ender e Camp Crook'd Cat; Joyce Oswald e Lynn Shaftic-Averill, da Sociedade para o Anacronismo Criativo (SCA); Cassy Gordon, da Dragon*Con; Steve Chenault, da Troll Lord Games; Ian Collier e a Tolkien Society; todos os participantes de Forest of Doors, especialmente Charles Kelley, Lauren Massengill, Christopher Tang, Nick Perretta e Chris e Rachel Jones; Juan Carlos e Victor Piñeiro Escoriaza; Nissa Ludwig; Jeff Curie; David Vierling; Paul e Joe DeGeorge; Trent Kielley; Mike Scott e Elyse Boucher; Ri Streeter, Peter Lyon e Gino Acevedo, da Weta Workshop; Daniel Reeve; Adriena Daunt, da Tourism New Zealand; Kristin Thompson; Paul Donovan e Kelly Bargh; e Brian Mullane. As perguntas formuladas por David Brin, Gerard Jones, Michael Drout e John Suler formaram a espinha dorsal da minha investigação inicial sobre o entretenimento baseado no escapismo e na fantasia.

Também gostaria de reconhecer todos aqueles que me deram ou me ajudaram a ganhar permissão gratuita (ou que aceitaram taxas bastante reduzidas) para reproduzir ilustrações, textos, letras de músicas e imagens para este livro: Dave Nelson (www.davenelson.com); Tami Chappell; Nathan Backous; Mike Scott; Sean "Dragons" Stalzer e The Syndicate; Jane e Dick Kaufmann;

Delphine Bourselot e Guédelon; Damian Hess; Alan De Smet; Chris e Rachel Jones; Marty Allen; Katie Page, da Porter Novelli; Adam Merksy, da Turbine, Inc.; Ron Hussey na Houghton Mifflin Harcourt; Helen McFarland e Rohini Janda na Harper-Collins UK; e Kacy Dishon na Blizzard Entertainment.

E tudo isso por causa de JP Glutting, que me transformou em um fã de fantasia, e a quem sou eternamente (e de maneira geral) grato. As discussões com ele sobre o nosso passado com o D&D e seus primeiros comentários sobre o manuscrito ajudaram a definir o curso deste livro. Que você sempre role vinte naturais, meu bom amigo. A Mike Wellington, Bill Kaufmann, John Giles, Eric Moore, Eric Hagman e o resto da velha turma, eu digo uma coisa: peguem suas espadas vorpais — vinte e cinco anos podem ter se passado, mas ainda restam muitas masmorras a serem conquistadas.

Finalmente, um alô a Wendy Harrington: você deu uns belos pontapés no meu traseiro e também no deste livro quando eu mais precisava. Obrigado, chatonilda.

Glossário de Termos e Abreviações

***Advanced Dungeons & Dragons*, ou AD&D:** Versão mais complexa do D&D, popular no final da década de 1970 e durante toda a década de 1980.

Alabarda: Arma de haste que consiste em uma lâmina parecida com a de um machado e um espigão, montados sobre um cabo longo.

Aspera: No LARP chamado Forest of Doors, membro de uma raça de pessoas capazes de respirar debaixo d'água que vivem em uma região chamada Submar.

Avatar: Representação visual de um jogador em um jogo de computador.

Balrog: Criatura demoníaca e ameaçadora, vagamente humanoide e envolta em fogo e trevas, nativa da Terra-média de J. R. R. Tolkien.

Basilisco: Réptil mítico com um olhar mortal; de acordo com o *Manual dos Monstros* do D&D, "capaz de transformar em pedra qualquer criatura de carne e osso com a qual seu olhar cruzar".

Bolseiro, Bilbo: O hobbit que protagoniza o livro *O Hobbit*, tio de Frodo Bolseiro.

Bolseiro, Frodo: O hobbit que protagoniza o livro *O Senhor dos Anéis*, que herda o Um Anel de Bilbo e o destrói durante a sua jornada rumo à Montanha da Perdição.

Con: Abreviação de "convenção", evento onde entusiastas e fãs de jogos se reúnem para jogar, participar de seminários, comprar produtos etc.

Cubo Gelatinoso: Um monstro do D&D. Um cubo de 3m × 3m que limpa os túneis das masmorras e paralisa suas vítimas.

***Dungeons & Dragons*, ou D&D:** Role-Playing Game (RPG) de fantasia criado por Gary Gygax e Dave Arneson que envolve papel, dados e manuais de regras. Orientados por um mediador, os participantes interpretam personagens e usam técnicas improvisacionais de contar histórias para criar aventuras imaginárias em um cenário de "espada e magia".

Dungeon Master (DM) ou Mestre do Jogo: A pessoa no jogo de D&D encarregada de preparar cada sessão e de descrever seu mundo imaginário; uma combinação de diretor de teatro, mediador, construtor de mundos e Deus. Também conhecido como "Mestre do Jogo". "Mestrar" é o termo usado para descrever o ato ou ação de coordenar um jogo.

D20: Dado de vinte lados com o formato de um icosaedro. Dados de jogo têm uma variedade de lados: quatro, seis, oito, doze e vinte.

Fantasia: Gênero da literatura, dos jogos e do entretenimento da cultura pop que utiliza magia em seu enredo; tipicamente, é ambientado em um período ou cenário neomedieval.

Ficção científica, ou FC: Gênero da literatura, dos jogos e do entretenimento da cultura pop que frequentemente envolve ciência ou tecnologia e especulações sobre o futuro; às vezes chamado de "sci-fi", uma abreviação do termo "science-fiction".

Filk: Gênero musical que engloba música sobre livros e personagens, computadores, tecnologia e a cultura do universo dos fãs em si.

First-Person Shooter (FPS), ou Jogo de Tiro: Gênero de jogos eletrônicos que apresenta a perspectiva da ação através dos olhos de um único protagonista; o objetivo frequentemente é andar por um cenário e atirar nos inimigos.

Forest of Doors, ou FoD: LARP (Live-Action Role-Playing Game) com foco em combate que ocorre na região de Atlanta, no estado da Geórgia, ambientado em uma misteriosa fronteira entre oito "Mundos principais".

Game Master (GM), ou Mestre do Jogo: Veja "Dungeon Master".

Gandalf: Poderoso mago e líder da Sociedade do Anel em *O Senhor dos Anéis*.

Gankar: Atacar ou matar intencionalmente outros jogadores, sem qualquer aviso ou provocação, em um jogo online.

Gold farming, ou "Farmar" ouro: Atividade em um MMO na qual os jogadores exploram a mecânica do jogo para adquirir itens poderosos ou para fazer seus personagens subirem de nível, e posteriormente vender esses itens ou personagens para outros jogadores.

Gollum: Personagem fictício dos romances de Tolkien. Embora fosse hobbit há muito tempo, o patético Gollum se apoderou do Um Anel e o artefato o enlouqueceu.

Grindar: Atividade em um MMO no qual os jogadores executam práticas repetitivas, tais como matar monstros estritamente para conseguir mais pontos de experiência para ajudar seus personagens a subir de nível.

Grognard: Gíria para designar um entusiasta de jogos de estratégia. Tipicamente, um jogador experiente que prefere as versões mais antigas de um jogo ou de um conjunto de regras.

Gygax, E. Gary: (1938–2008) O cocriador de *Dungeons & Dragons* e pioneiro do gênero de RPGs de mesa.

Hobbit: Raça fictícia de criaturas parecidas com os seres humanos criadas por Tolkien. São baixinhos e adoram diversão, com orelhas grandes e pés peludos. *O Hobbit* é um livro de fantasia para crianças escrito por Tolkien e publicado em 1937.

In-game, ou no mundo do jogo: Termo usado para descrever ações que acontecem dentro do universo de um jogo específico.

In-period, ou historicamente correto: Quando um objeto, palavra, alimento etc. está de acordo com um jogo em particular ou com o mundo de uma sociedade de reencenação. Veja "Período histórico".

IRL: Abreviação de "In Real Life", ou "na vida real", ou fora do ambiente do jogo.

Jogo de mesa: Jogo, como o de cartas, de tabuleiro, de estratégia com miniaturas ou D&D, de que se participa presencialmente, com objetos simples como papel, dados e livros de regras.

Jogada de proteção: No D&D e em outros RPGs, rolagem de dados que dá a um personagem a oportunidade de evitar os efeitos de um feitiço ou veneno e sobreviver.

LARP, ou Live-Action Role-Playing game: Espécie de RPG no qual os jogadores executam fisicamente as ações dos seus personagens e se vestem com figurinos ou fantasias adequados à ambientação.

LARP *boffer*: Jogo de interpretação de personagens ao vivo e com combates, geralmente envolvendo armas acolchoadas.

Lembas: No mundo de Tolkien, pão duro feito pelos elfos para nutrir os viajantes em longas jornadas. Uma única mordida é suficiente para encher o estômago de um homem adulto.

Lowbie: Personagem de nível baixo e em geral dotado de poucos poderes em um jogo, frequentemente controlado por um jogador experiente (compare com "Newbie").

Massively Multiplayer Online Game, ou MMO, MMPOG, MMOG: Jogo eletrônico que se desenrola na internet, em geral jogado simultaneamente por milhares de jogadores; sua ambientação e ação acontecem em um mundo imaginário.

Massively Multiplayer Online Role-Playing Game, ou MMORPG: MMO com elementos de RPG, como a interpretação de um personagem. Usuários interpretam personagens que podem interagir uns com os outros em um mundo virtual.

Multi-User Dungeon, ou MUD: Jogo online ambientado em um mundo virtual que não utiliza gráficos; as ações e o cenário são descritos através de textos.

Mundano: Literalmente, "oriundo deste mundo terreno e não de um mundo celestial ou espiritual". Na SCA ou em jogos, alguém ou algo que está fora do jogo ou do mundo da reencenação. O nome mundano de uma pessoa é o seu nome no mundo real.

Newb, newbie, noob ou noobie: Alguém que é novato em uma atividade ou subcultura.

Nível: Número que representa o poder de um personagem e sua experiência, similar a um ranking. "Subir de nível" significa aumentar o poder de um personagem, alcançando assim um nível mais alto.

Orc: As criaturas humanoides de J. R. R. Tolkien que servem como soldados malignos de infantaria na Terra-média.

***O Senhor dos Anéis*, ou "*os Anéis*":** Romance épico, a obra magistral de J. R. R. Tolkien, publicada entre 1954 e 1955, ambientada no mundo imaginário da Terra-média.

Out-of-game, ou Fora do jogo: Termo usado para descrever ações que acontecem fora do mundo de um jogo.

Out of period (OOP), ou Historicamente incorreto: Quando um item, palavra, alimento etc. não existiria em um jogo em particular ou no mundo de uma sociedade de reencenação. Computadores seriam historicamente incorretos na Europa medieval.

Período histórico: O período de tempo delimitado no mundo de uma sociedade de jogos ou reencenação. Alguém que deseje fazer experimentos com a culinária europeia "do período histórico medieval" teria de seguir as receitas corretas e evitar ingredientes como tomates, que não estavam disponíveis no continente antes do século 16.

Personagem: O alter ego fictício em um jogo eletrônico ou em um RPG, controlado por um jogador.

Player vs. Environment (PvE), ou Jogador vs. Ambiente: Modo de jogo online no qual os personagens lutam predominantemente contra outras criaturas, competem contra o mundo do jogo controlado pelo computador e são proibidos de lutar uns contra os outros.

Player vs. Player (PvP), ou Jogador vs. Jogador: Modo de jogo online no qual os personagens têm permissão para lutar uns contra os outros.

Pontos de experiência, ou XP: Dado numérico que quantifica o progresso de um personagem em um RPG. Após certo número de pontos de experiência, um personagem chega ao próximo nível no jogo.

Pontos de vida: Em um RPG, a quantidade de dano que um personagem ou criatura é capaz de receber, ou a quantidade de força vital que resta para um personagem.

Raide: Em um jogo como *World of Warcraft*, batalha em grupo envolvendo diversos jogadores, que lutam juntos contra um inimigo comum.

Role-Playing Game, ou RPG: Jogo que envolve jogadores que assumem os papéis de personagem e, de maneira improvisada, criam uma narrativa colaborativa dentro do universo do jogo.

SCAdiano: Membro da Sociedade para o Anacronismo Criativo.

Society for Creative Anachronism (SCA), ou Sociedade para o Anacronismo Criativo: Organização dedicada a pesquisar e recriar as artes e habilidades da Europa de antes do século 17.

Subcultura: Grupo de pessoas cujas atividades características as diferenciam da cultura majoritária; assim, termos como a "subcultura dos games" ou a "subcultura punk".

Tactical Studies Rules, ou TSR: A antiga companhia de Gary Gygax em Lake Geneva, no estado do Wisconsin, que criou e publicou o D&D.

Tauren: Raça de criaturas nômades em *World of Warcraft*. São humanoides e têm aparência bovina, com cascos e chifres.

Terra-média: O mundo imaginário criado por Tolkien, e também o cenário para *O Senhor dos Anéis* e suas outras obras de fantasia.

Tolkien, J. R. R.: (1892-1973) O filólogo e professor inglês que é reconhecido como o pai do gênero da fantasia; é autor de, entre outras obras, *O Hobbit* e *O Senhor dos Anéis*.

Toon: Abreviação de *cartoon*, outro termo para designar o avatar digital de um jogador em um jogo eletrônico.

Trabuco: Máquina utilizada em cercos medievais para arremessar pedras ou outros projéteis de grande tamanho, geralmente com uma funda, um braço móvel e um contrapeso para aumentar a força.

Trollar: Assédio ou outros comportamentos antissociais em um jogo online, feitos com o propósito de causar transtornos a outros jogadores. Um "troll" é quem faz "trollagens".

Trouxa: Pessoa comum ou ignorante; nos livros da série *Harry Potter*, uma pessoa sem poderes mágicos.

Wizards of the Coast, ou WotC: Empresa estabelecida em Seattle, fabricante de jogos de cartas colecionáveis e RPGs, muitos deles com cenários de fantasia, incluindo *Magic: The Gathering*, *Dungeons & Dragons* e *Pokémon: Jogo de Estampas Ilustradas*.

***World of Warcraft*, ou WoW:** MMORPG de fantasia jogado por cerca de 11,5 milhões de pessoas por todo o mundo, ambientado no mundo fictício de Azeroth; criado pela Blizzard Entertainment, empresa baseada em Irvine, na Califórnia.

Permissões

Partes deste livro apareceram originalmente, de forma amplamente diferente, nas seguintes publicações: *Boston Globe, Boston Globe Magazine, Washington Post, The Christian Science Monitor, The Common Review, The Walrus, Psychology Today* e *Literary Traveler.com*. O autor agradece aos editores dessas publicações pela ajuda que prestaram para dar forma às histórias, e por encomendá-las em primeiro lugar.

Letra da música "Penny Arcade Theme", do álbum *Nerdcore Rising*, © 2005 por Damian Hess, publicado por Nerdcore Fevror Conglomerated (ASCAP).

Letras das músicas "The Weapon", "Voldemort Can't Stop the Rock" e "Save Ginny Weasley", cortesia de Paul and Joe DeGeorge. Letras de Dumbledore "D.Bowla" e "U Down w/ OOTP?" reproduzidas sob permissão do artista.

Letra da música "The Gary Gygax Song", escrita e gravada por Uncle Monsterface.

Trecho de valgards.livejournal.com, cortesia do Dr. Michael Cramer. Usado sob permissão.

Trecho do *World of Warcraft Game Guide*, cortesia da Blizzard Entertainment, Inc. *World of Warcraft* e Blizzard Entertainment são marcas registradas da Blizzard Entertainment, Inc. nos Estados Unidos e/ou outros países.

Trechos do programa da Dragon*Com e "código de conduta e políticas" © 2008 DragonCon/ACE, Inc.